心动满格

楚寒衣青 著

中国致公出版社·北京　知音动漫

图书在版编目(CIP)数据

心动满格 / 楚寒衣青著. -- 北京：中国致公出版社，2024.11

ISBN 978-7-5145-2234-1

Ⅰ．①心… Ⅱ．①楚… Ⅲ．①长篇小说－中国－当代 Ⅳ．①I247.5

中国国家版本馆CIP数据核字（2024）第013045号

心动满格 / 楚寒衣青 著
XINDONG MANGE

出　　版	中国致公出版社
	（北京市朝阳区八里庄西里100号住邦2000大厦1号楼西区21层）
出　　品	湖北知音动漫有限公司
	（武汉市东湖路179号）
发　　行	中国致公出版社（010-66121708）
作品企划	知音动漫图书
责任编辑	林　颖
责任校对	魏志军
装帧设计	杨　瑾　刘　宝
责任印制	翟锡麟
印　　刷	长沙鸿发印务实业有限公司
版　　次	2024年11月第1版
印　　次	2024年12月第1次印刷
开　　本	710mm×1000mm 1/16
印　　张	21
字　　数	378千字
书　　号	ISBN 978-7-5145-2234-1
定　　价	58.80元

（版权所有，盗版必究，举报电话：027-68890818）
（如发现印装质量问题，请寄本公司调换，电话：027-68890818）

00:13:14

🔔 1月16日

CONTENTS

第01章　故事开始 ……… 001

第02章　电量不足 ……… 007

第03章　初次留宿 ……… 029

第04章　霸总哥哥 ……… 051

第05章　真假学霸 ……… 071

第06章　赛后谈心 ……… 089

第07章　过往恩怨 ……… 113

第08章　异国夜谈 ……… 129

第09章　身份危机 ……… 143

第10章　小鹿老师 ……… 157

第11章　宝宝岚行 ……… 173

第12章　淋一场雨 ……… 189

目录

第13章 211

第14章 237

第15章 247

第16章 261

第17章 271

第18章 281

第19章 289

第20章 提前高考 297

第21章 知心鹿鹿 305

第22章 愿望成真 313

番外篇 受伤 321

第01章 故事开始

外头的风有点大，呜——呜——地尖啸来去，啸得门口的小青柏折了腰，没放好的易拉宝飞了起来，上边明星的笑脸在风中有点儿扭曲，一如这个蹲着的女人的脸。

"小朋友，你怎么一个人坐在这里，爸爸妈妈呢？"

商场休息区的人造樱花树下，祝岚行在这坐了有好一会儿了，他将目光自色彩斑斓的商铺上收回来，看着女人。

女人四十岁左右，长得还算白胖，像刚出锅的馒头，但不太会笑，笑起来时就像馒头被人用力掐了一把，一下现了它皱巴干瘪的原形。

"来，阿姨请你吃糖。"

她朝人群里的同伙飞了个眼色，朝祝岚行摊开的手掌里满是花花绿绿的糖果。

祝岚行恍若未觉，从中挑出颗粉蓝色兔子形状的糖。

女人的笑容更深了，她张开嘴巴，模拟着吃东西的声音催促道："快吃吧，很甜的，啊——"

祝岚行剥开包装，收起漂亮的包装纸，将这颗可疑的糖果扬手丢进了这个来历不明的女人嘴里。

女人大惊失色，但糖果已经直抵喉咙，她一噎，撕心裂肺地干呕起来。

祝岚行跳下椅子，迈开小腿，朝前方不远处的甜品店跑去。

小孩的奔跑速度当然比不上大人，但呕咳连连的女人一时顾不上他，再加上来往的人群是很好的屏障，给他创造了足够的时间和空间。

眼看就要跑入甜品店了，前方突然横伸出来一条腿，祝岚行没能收住脚步，直接撞了上去。他这一跤摔得不轻，人都有点晕了。就在他挣扎着想要爬起来的时候，一只手伸过来扶起了他。

"小朋友，没事吧？走路小心点……"

"后头有拐子追我，想要拐卖我！"

两道声音交叠着响起来。

来甜品店接班的鹿照远怔了怔，打量起小孩儿来：四五岁大的孩子，皮肤冷白冷白的，大眼睛，粉嘴唇，穿着一身小绅士似的西装，可爱得像橱窗里的洋娃娃，最独特的是他的眼睛，颜色很淡，清澈明亮，如同一盏琉璃，注视人的时候分外摄人。

鹿照远从小孩儿的眼睛中看见了自己的清晰倒影，他在这瞬间做出了决定。

他蓦地蹲下，把孩子抱进了甜品店里。

在鹿照远的这一系列动作之后，店门口的人群突然一阵骚动，一对神色凶狠的男女冲了出来，目标明确，直奔甜品店中的祝岚行。

鹿照远站着没动，一直到这对中年男女堪堪走到甜品店的门口，他才伸出脚，用脚尖轻轻推了一下玻璃门。就这样一个轻轻的推力，也足以让厚厚的玻璃门重重地合上，玻璃门正好拍在了两人脸上，甚至把他们的眼泪都拍了出来。

鹿照远露出一个微笑，拉开门状似诚恳地解释道："不好意思啊，一不小心关了门，没撞疼二位吧？二位气势汹汹地冲过来是要干什么？是想进来吃点甜品吗？"

女人擦掉眼泪，恶狠狠地盯着鹿照远，一开口就像被掐住了喉咙的母鸡在尖叫："你抢了我的孩子还打人，我才要问你想干什么！"

这一声嚷得甜品店附近的人尽皆侧目，连离得稍远一点的路人都围拢了过来。

"我没有打人，我只是一不小心碰到了玻璃门。"鹿照远看了看面前的男女，又回头扫了一眼刚才被自己抱进来的孩子，"不过，你说他是你们的孩子？"

"不是我的还是你的？赶紧让开，不然我报警了！"

女人表情凶狠地伸手去拨鹿照远想往里走，但鹿照远却用了点力气让自己站在了原地。他犀利如刀的眼神划过两人面孔，半响，他笑了："请便，随意。不过等警察来了我可要请他们好好看看，一对猩猩是怎么生出个人类宝宝的。"

围观的众人一看两人这丧气长相，再看看玉雪可爱的小孩儿，不禁发出了然的哄笑："不要越级碰瓷，这俩最多是小孩儿家的保姆和司机吧？"

中年男女见势不妙，立刻想跑。但鹿照远早有准备，他先一脚放倒了女人，再一个飞扑将男人压在了身下并反扭住了对方的双臂。

眨眼间，鹿照远就控制住了二人，他对围观的路人说："请大家帮忙报下警，顺便把保安叫来，谢谢了。"

人群里响起了此起彼伏的答应声。

保安匆匆赶来，将这对可疑的男女带去了保安室，以免引起更大的骚动。

这边的事情处理完，鹿照远才终于有心思去仔细考虑小孩儿的事情。他回头看去，只见值班经理尤甜已经端着碗芝麻糊出来了。

她走过来拍了拍鹿照远的肩膀，称赞道："脑子转得真够快的。我刚才看见有人拿手机拍视频了，回头视频在网上火了，带动了生意，给你算提成。"

说完，她风风火火地走到祝岚行身前伸手牵人："小朋友，这是芝麻糊，我们一边吃糊糊，一边聊天，好吗？"

祝岚行对尤甜礼貌地点头，赶在女孩子弯腰抱他之前，先一步爬上椅子，端正地坐好了，还附赠了一个软萌甜美的微笑："谢谢大哥哥，谢谢大姐姐。"

这孩子的家教真好，尤甜和鹿照远交换了个眼神，心下同时感叹。

见小朋友乖乖地坐着吃起了东西，尤甜也放心了，她冲鹿照远打了个手势，就去收银台后顶鹿照远的班了，鹿照远则在祝岚行的对面坐了下来。

"小朋友……"十七八岁的少年，紧致的五官还带着些稚气，一双偏圆的眼睛明亮非常，可眼角眉梢全是傲气，给人的感觉就像是一阵不能被拘束的风，直到他低下眉，脸上的桀骜突然不见了，还带着些许扑面的温柔，"别怕，安全了。"

祝岚行垂下眼，长长的睫毛遮住眼睛中难掩的复杂——

他知道这个人，今天来这里就是为了这个人。

他下意识地摸了摸手腕上的链子。那链子是银色的，上边挂着个笑眯眯的天使吊坠，当他的手指碰到天使展开的翅膀时，一块名片大小的虚拟屏幕弹出来，悬浮在手腕的正上方。

除他之外，其他任何人都看不见这块屏幕。

鹿照远还在说话，简单的安慰太过无力，他试图更深入一些："说来你可能不太相信，哥哥像你这么大的时候，也差点被拐子拐走了。"

"我相信。"祝岚行回答。

"那就好。"鹿照远怔了一下，很快又笑道，"那个时候，我也像你现在一样害怕，还好有一个大哥哥及时发现不对劲，他用三言两语骗过了拐子，救了我。大哥哥救了我，我救了你，等你长大了，变厉害了，说不定也会碰到一个身陷危机、需要帮助的孩子，到时候你也会勇敢地挺身而出……像接力棒一样，一棒接一棒地传递下去，是不是很有趣？"

祝岚行安静地听完，"嗯"了一声，微微一笑："很有趣，谢谢哥哥。"

"这有什么好谢的。"鹿照远见小孩儿这可爱的样子，忍不住亲昵地揉一揉对方的脑袋。

祝岚行低下头，吃了一口芝麻糊，目光又落到了屏幕上。

不是为了今天道谢，而是为这十二年道谢，谢谢你，让我恢复光明。

两天前，他还是二十七岁，被困在漆黑的世界里足足七年。时间自失明以后便没了意义，他的生命被切割，不是被时钟上单调的声响，就是被嘴中无味的饭菜。如无意外，这样的黑暗和孤独将会持续到他生命的终结，但是毫无征兆地，一道若有似无的祝福声在他耳边响起——

"又到了每年的这一天，希望小时候救我的哥哥健康平安，长命百岁。"

没等祝岚行弄清楚这是怎么回事，眩晕感便向他袭来。

当他醒来时，沉沉的黑暗收敛，五彩斑斓的世界降临——不，世界没有变，他却回到了眼睛尚好的十七岁。

一次昏迷，身体年轻了十年，手腕上还多了个会弹出屏幕的奇怪银链子。

祝岚行错愕地看着屏幕上的文字："天堂239代许愿机v0.8。"其后还贴心地附上了来历说明——

> 天堂1888号分部检测到鹿照远对祝岚行进行了为期十二年的诚挚美好祝愿，特批下许愿机一部，帮助两位实现愿望。
> 附注：本许愿机为测试版本，若发生意外，天堂1888号概不负责。

回忆在脑海里一闪而过，祝岚行的思绪回到了现在，注意力也再次集中在眼前的屏幕上。这块屏幕只有名片大小，半透明的底板上只有简简单单三个图标：信号、电池，以及电源。

其实，自从得到许愿机后，祝岚行也摸了下这个神奇机器的使用规则。他的一切日常活动都会消耗许愿机的电量，活动越剧烈，电量消耗得也就越快，当电量耗尽，许愿机关机，他就会变成现在这副四岁的模样——至少这次是这样的。

至于许愿机的电量要怎么补充……祝岚行抬头看了鹿照远一眼。

"我脸上是不是有什么东西？"鹿照远摸着脸，有点狐疑。

"没有。"祝岚行摇摇头，又将目光转向屏幕。

这两天他尝试过许多方法，可始终都未能给这个神奇的许愿机充电。但现在，他坐在鹿照远对面，始终空荡荡的信号栏里突然出现了两格信号，电池上也出现了充电的标志。

鹿照远似乎觉得安抚得差不多了，于是开始询问祝岚行家里的情况。

祝岚行条理清晰地回复对方，并尝试为自己争取更多的充电时间："爸爸、妈妈都出差了，现在正在飞机上，手机打不通，也没空来接我。但我知道家在哪里，可以拜托哥哥下班后送我回家吗？"

"但哥哥要工作到晚上六点才能下班，要不，哥哥拜托警察叔叔送你回家？"

祝岚行摇摇头，乖乖巧巧地说："我等哥哥。"

一个下午过去了，祝岚行看完了甜品店里的所有杂志，许愿机的电量堪堪充到50%，这个电量虽然开机绰绰有余，但和用手机的心理相似，出门时没能把电量充到100%，就总觉得不踏实。

回去的路上，祝岚行又找了个理由磨蹭，他假装记不清具体地址，在家附近带鹿照远来回兜圈子，天色也从浅蓝变成了深黑。

祝岚行正走着，肚子突然咕咕地叫了起来。

牵着祝岚行的鹿照远蹲下来："是不是饿了？哥哥先带你去吃晚饭，好吗？"

吃晚饭确实能再拖延些时间，但这样是不是太耽误人了……祝岚行有些迟疑。

鹿照远以为他是累了，直接将小孩儿举到自己肩膀上坐着："坐稳了。刚才我看见一家面馆，哥哥先带你去吃饭，吃完再找，今天哥哥一定把你安全送回家。"

祝岚行错愕地望了眼驮着自己的人。

鹿照远应该也很累了，甜品店的生意不错，上班时他几乎没有休息过，现在又陪着自己一直走……

"……哥哥。"

"嗯？"

"我想起来了，"祝岚行抬起手，指了指前面那条一直没进去过的小路，"应该是往这里走。"

有了正确的方向，鹿照远驮着祝岚行几步就走到了目的地。他蹲下身，让小孩儿从自己肩膀上下来。

"谢谢哥哥，我家到了，哥哥再见。"

"你先进门。"鹿照远思虑周全，要看着小孩儿进屋才放心。

祝岚行当着鹿照远的面用指纹开了门，进屋后他马上跑到窗户边掀开窗帘，踮着脚趴在窗台上探着脑袋朝还在门口的鹿照远挥手。

鹿照远冲他笑了一下，摆摆手，转身潇洒离去。

视线里没了人，虚拟屏上也没了信号和充电指示，祝岚行这才离开了窗边。

窗帘晃悠悠地合拢，将室内室外的世界彻底切割。

这是个近乎全白的住所，空间很大，东西很少，电器也全是自动感应的，人走到哪，电器就开到哪。

祝岚行在白色的沙发上坐下来，正好看见前方放着的一架黑色钢琴。钢琴摆在落地窗前，落地窗则被一层白纱覆盖着，遮去了窗外的花园和池塘。

他低下头，轻轻按下恢复成绿色的开机键，刹那间，浅白色的光波自屏幕上荡开，像是帷幕打开，又像是帷幕合上。

祝岚行的心脏快速地鼓噪着，他陷入了缺氧和漆黑的困厄中，但并非全然无助。

黑暗像一条幽深的隧道，而隧道的尽头，有斑驳陆离的光彩。等到远方的光彩花一样炸开将黑暗全部驱散时，祝岚行从昏沉中苏醒过来。

他觉得有些晕，身体有明显的被拉扯的撕裂感，但他还是跟跟跄跄地站起来，扯过一旁早就准备好的衣服披上，循着更多的斑斓的光的方向摸索过去。

唰的一下，窗帘被扯开；砰的一声闷响，落地窗被推开。

眼前混沌的斑斓色彩消失了，一片片灯光闪烁着将城市装点，在幽蓝的夜色下竟然有些刺眼。祝岚行抬起手，修长的五指挡在眼前，然后他缓缓地滑坐在地，像是脱力后终于可以放松地坐下来一样。

"十七岁……不是梦……"感慨过后，祝岚行沉默了好久，才有低低的声音响在夜风里，"要和鹿照远待在一起才行啊……"

第 02 章
电量不足

周一，市实验中学。走在前面的教导主任已经絮絮叨叨地说了半天。教导主任叫窦兴学，是个五十来岁的中年男子，从身材到衣着都很教导主任，尤其是发型——他的头发和他本人的叨唠程度成反比，头顶就只有三缕头发，名副其实的"窦三毛"。

失明了七年，祝岚行的耳朵变得尤其敏锐，一路走来，就听了一路教导主任的外号，被洗脑得不自觉地就关注起对方脑袋了。正当祝岚行心不在焉的时候，手腕处突然感觉到了一阵轻轻的振动。他低头查看，只见许愿机上原本空荡荡的信号栏上突然出现了一格信号。

祝岚行先是一惊，随后马上意识到有信号就意味着鹿照远在附近——他环视四周，随后将目光落在了旁边的男厕所那里。

"二班就在这层楼的那头，旁边是年级组办公室，我先带你去见见你们班主任王老师，他是位很优秀的老师，相信……你怎么不走了？"独自走过半条走廊，才发现身后学生没有跟上的窦兴学又折回来了，还顺着祝岚行的目光看向了旁边的男厕所。

蓦地，他鼻子一抽，闻到了些味道，脸上当即就浮现出一抹冷笑。他拍拍祝岚行的肩膀，示意他别动，然后一振衣摆，气势汹汹地走了进去。

一阵鬼哭狼嚎自厕所中响起，窦兴学撵羊一样从里头撵出了三个人，另外两个祝岚行不认识，但走在最后，一副漫不经心、目中无教导主任样子的，是鹿照远。

他看鹿照远的时候，鹿照远也在看他，似乎还怔了下。

祝岚行不动声色地拉拉衣袖，遮住腕上手链，毕竟前两天才以小孩儿样子和这人接触过，万一对方记得他的手链就麻烦了。

"说，烟在哪里？"窦兴学也顾不得新同学在场，气势汹汹地质问，"都高二了还不学好，天天闹事不说，现在还学会抽烟了，心思全不在学习上，你们到底知不知道自己是学生？就这样能学到什么？"

"你，还有你——"窦兴学用萝卜样的手指使劲地戳了戳前头出来的那两人的脑袋，而当他转向鹿照远的时候，不知怎么的，那手指一歪，就指向了墙壁，嘴里的质问也在同时变成了嘟囔。

鹿照远抬起的眼皮又耷拉了下来，不咸不淡地说："窦主任，没人抽烟。何况你也没找到烟头吧？"

窦兴学明显有点忌惮鹿照远，因为就算鹿照远这样说，他也没反驳。

站在旁边的祝岚行很想相信鹿照远，但除了耳朵以外，他的鼻子也比较灵，所以……他微微转头，看向了站在中间的那人。

中间的人察觉到了祝岚行的目光，摆出一副凶狠的样子问道："你瞅啥？"

"嘿，向晨，"窦兴学都气笑了，"很牛嘛，还你瞅啥，瞅你咋的了？"

祝岚行没有说话，因为没必要了，一缕淡淡的烟从对方背后袅袅升起。

妖娆的烟雾吸引了在场几人的目光，大家的目光逐渐下落，锁定了关键位置。

向晨被看得有点毛，下意识地伸手摸了摸自己的屁股："你们看我干什么，都把我看热了……"

鹿照远露出个不忍直视的表情。

窦兴学背着手，冷冷一笑："能不热吗，火都烧屁股了！"

这下人赃并获，窦兴学彻底发挥出教导主任的威势，在精准打击鹿照远三人的同时还溢出大量伤害，整条走廊人烟禁绝，学生们特别默契地不踏入这片是非之地。

没多久，一个小个子男人过来了，他笑呵呵地跟窦兴学打招呼："窦主任。"

窦兴学瞥了来人一眼，不咸不淡地回应道："小王老师。"

"你看，孩子们也知道错了……"

"呵呵。"

一声冷笑将王老师剩下的话都堵了回去，祝岚行察觉到对方看向了自己。

王老师有意转移话题："这是我们班新来的转学生吧？"

窦兴学一顿，大约也意识到当着新学生的面处理这几个刺儿头影响不好，于是顺势暂时放过了鹿照远三人，转而给王老师介绍起来："祝岚行，以后他就是你们班的学生了。"

说完，他又看向祝岚行："这是你的班主任王勇男老师，平常学习和生活上有什么问题，找他就可以。"

王勇男赶紧接过话茬儿："那行，早读也快开始了，我先把这孩子带到班里去。鹿照远他们——"

窦兴学态度坚决："鹿照远三人留下。"

毕竟是鹿照远几人违纪在先，王勇男也不好再多说什么，他给了鹿照远三人一个爱莫能助的眼神，说："那好吧，我……"

"我也留下。"祝岚行突然说道。

在场的人齐刷刷地看向他。老师们是好奇，同学们则是审视。

"你留下干什么？"窦兴学不解地问，"之前不是还急着去教室吗？"

之前是急，但现在……祝岚行不着痕迹地看了眼鹿照远，斟酌着回答道："因为我觉得窦老师维持纪律、教育我们辛苦了，我想在一旁学习学习。"

好了，审视变成了蔑视。

不过最终窦兴学也没能如愿把鹿照远三人带走，因为早读的铃声像警报一样响了起来——像窦兴学这类人，谁也没法从他手中抢人，但学习可以。

王勇男赔着笑目送教导主任去楼上继续巡视，等彻底看不到对方的身影，才转头对鹿照远三人长叹一声："你们能不能消停点？不要三天两头给老师找事，这学期才开始我就觉得年终奖没指望了……"

鹿照远轻嗤一声："说了我们没抽烟。"

王勇男无奈地摇头，懒得和鹿照远多说，转头却向祝岚行友好地笑了："都开学一个月了，怎么现在才转过来？"

"现在才有转学需求。"祝岚行回答。

"生活上、学习上有什么不适应的，尽管和老师说。"

"谢谢老师，我会自己处理。"

王勇男略感词穷，他对哪个学生都是这样叮嘱的，怎么这个就感觉冷场了呢？为缓解尴尬，王勇男转头假装思考，正好看见向晨手捂屁股踱着鸭子步的怪模样。

"你又在干什么?"

"裤子烧穿了。"向晨面容微微扭曲,"内裤露出来了。"

"……"王勇男深深吸了一口气,小心翼翼地摸了摸自己尚浓密的头发,"我办公室有条运动裤,你去换上吧……其他人跟我回教室。"

这次没人反驳,都乖乖地往教室走去,让人崩溃的晨间事故也告一段落。

进了教室,鹿照远他们径直回到座位上坐下,王勇男则带着祝岚行留在讲台上向班里的同学介绍:"先占用大家五分钟,今天我们班来了一位转学生……"

学生们早就注意到新面孔了,听到班主任这么说,他们立刻撕掉早读的伪装,光明正大地关注起了新同学,甚至还有人吹起了欢迎的口哨。

"哇,又来一个酷哥!"

"不只酷,看着还很学霸,我们班不会又要多一个……"

"好了,好了,大家别吵了。"王勇男拍了两下讲台,"让新同学说两句。"

班主任的面子还是要给,只是学生的兴奋劲儿没那么容易散,吵闹的余韵持续了一小会儿班上才安静下来。

祝岚行转过身,在黑板上写下自己的名字。"大家好,我叫祝岚行。"说完,他就收了声,和教室里的同学以及望过来的王勇男对视了片刻。

王勇男欲言又止,最终也没能说出让祝岚行多说两句的话来,主要他觉得说了没用:"以后祝岚行同学就是我们这个集体的一分子了,大家要帮助祝同学尽快融入。祝同学,你就坐在……"王勇男伸着脖子张望起来,考虑着祝岚行坐在哪里合适。

此时,换好裤子的向晨偷摸回来了,他的座位就在鹿照远前边,见王勇男没看见自己,便一溜烟儿地跑到座位上坐了下来。

"亮哥,看什么呢?"说完,也不等鹿照远回答,他就顺着鹿照远的视线看去,当即嗤笑起来,"新来的真会出风头,从刚才开始就一副跩样了。"

"出没出风头不知道,"鹿照远一顿,"从一见面就一直在看我倒是真的。"

他突然伸长腿,不轻不重地碰了下桌子腿,哐当一声,将教室里的目光都吸引了过来。迎着众人的目光,鹿照远用下巴点点旁边空着的位子,轻描淡写地说:"坐这里,我来帮新同学融入集体。"

隔着大半个教室,祝岚行和鹿照远四目相对,他感觉到对方眼中的审视更加明显了,所以——"老师,我坐那里。"祝岚行抬起手指向了和鹿照远相隔一条过道的空位,旁边是一个留着波波头的女生。

对方已经有了警惕，还是稍微保持点距离吧，也不能逮着充电宝就不管不顾一顿猛充啊……可持续发展很重要，竭泽而渔、打草惊蛇不可取。

上午第一节课是语文课，波波头女生将课本推到中间，小声说："一起看吧。"

"谢谢。"祝岚行礼貌道谢，视线在对方的桌面轻轻扫过。粉色的笔袋，粉色的笔，连放在角落的笔记本都是粉色的，是个很粉嫩的女孩子，叫苗小卉。

祝岚行盯着课本发了会儿呆，然后环顾教室一周，最后把目光落在了教室朝向操场的窗户上，不可避免地看见了窗户下的鹿照远。

鹿照远一上课就趴在桌上睡觉了，此时像是察觉到祝岚行的目光，他懒洋洋地撑开眼皮瞥了他一眼，然后转过头，拿后脑勺对着他。

睡得真坦然，祝岚行想，成绩恐怕不太好吧……

漫长的第一节课终于结束了，语文老师一走出教室，同学们一下子活跃起来。祝岚行一时也不知道自己该做什么，干脆坐在座位上发起呆来。

他呆坐着，同学们的声音却自动钻进他的耳朵里，顺理成章地，他听到了向晨的八卦。也不知怎么的，早上向晨裤子被烧破露出内裤的事情已经在班里传开了，细节还很丰富，连他内裤的花色都传得有模有样的。大家窃窃私语、低头偷笑之间，向晨已经变成了向小花。

祝岚行心里不由得暗暗感叹，高中生啊，忙是真忙，闲也是真闲。

祝岚行朝鹿照远那边瞟了一眼，正好看见一个身形健壮的同学坐在了鹿照远身旁的空位上。只一眼，祝岚行就认出来了，这是早上跟鹿照远、向晨一起被窦兴学从厕所里撵出来的那个学生，从刚刚的八卦里祝岚行得知他叫舒云飞。

舒云飞压低声音说道："我跟你们说，我刚才在女生那边听到了个消息。"

舒云飞的长相并不算出众，但出人意料的是他非常有女生缘，哪怕是只有女生的聊天群他也有本事混进去。据他说，随着高二分班，他加入的女生聊天群也跟有丝分裂了似的，从一个一下扩展到了十二个，消息多得他都看不过来。

"什么消息？"鹿照远总算把脑袋抬了起来，似乎是对新消息有点兴趣。

舒云飞同情的目光落到向晨身上："就你那个事……大家都知道了，向小花。"

瞬间，向晨就臊得脸红脖子粗，气得都口吃了："怎——怎——这是怎么传出去的？我一路都捂着了，除了你们几个……那个浑蛋转学——"

向晨的这声吼还没冒出嗓子，就被鹿照远一巴掌拍了回去。他皱着眉不赞同道："好了，没证据的事情，你瞎说什么？"

向晨瞠目结舌："亮哥，你是我这边的，还是他那边的？"

鹿照远看了旁边一眼。只见坐在走道另一侧的人眼观鼻，鼻观心，淡色的眼睛一错不错地盯着桌面。

桌面有什么看头？欲盖弥彰！

鹿照远轻"呵"一声，转头对向晨说："我站在证据那边，行了吧？"说罢，他伸了个懒腰，校服随着他的动作提了上去，露出截小麦色的腰肢来。伸完懒腰，鹿照远拿起杯子，起身往饮水处走去。

当鹿照远吊儿郎当的身影消失在教室门口时，祝岚行不由自主地起身跟了过去。

一个拳头自前方挥来，直奔祝岚行的脑袋。他瞳孔微缩，还没来得及做出反应，拳头就已经擦着他的脸砸在了墙上。鹿照远面色不善地问："跟着我干什么？"

饮水处在楼梯的另一边，才上完第一节课，来打水的人还不是很多，但鹿照远这么突然的一下，当即就把周围同学的目光给吸引过来了。

"壁咚①吗？！"

一位女同学小声惊呼道，不大的声音清晰地传进了两位当事人的耳朵里。祝岚行不懂"壁咚"的意思，鹿照远却神色微妙地朝声音传来的方向瞟了一眼。祝岚行结合鹿照远的脸色也推断出那估计不是什么好话。

他微微移了下脑袋，淡淡地说："谁跟着你了？我过来打个水而已。"

"打水却连水杯都没有？"鹿照远似笑非笑地看着祝岚行。

祝岚行扫了眼饮水处："这个学校的水房连一次性水杯都没有吗？"

这种理所当然的指责口吻，竟像是学校做得不对了。

众人对祝岚行刮目相看，鹿照远也被噎了一下。

这家伙……鹿照远难得认真地看了一眼祝岚行。只见对方贴墙站着，站姿虽然很放松，但很有风度，表情……也没特别什么的，反正是一脸的冷淡，皮肤倒是挺白的，像是十年没有见过阳光的那种苍白，白到连脖颈上都隐隐透着青色。

这人就像晨间的薄雾，朦胧且阴郁。

感受到鹿照远的视线一直在自己身上，也听到围观同学窃窃私语——说实话，祝

---

① 壁咚：网络用语。指一人把另一人逼到墙边，单手撑墙或者靠在墙上发出咚的一声的动作。

岚行大部分都听不大明白。

他沉默了片刻，抬手拨开鹿照远的拳头，问："看够了吗？"

其实他这下并没怎么用力，但鹿照远的拳头似乎也只是虚撑着墙壁，他一动，对方的手就轻飘飘滑下来，指关节还在他的脸颊上擦过。这意外的接触让两人都怔了一下，祝岚行下意识地往旁边挪了一步，拉开两人之间的距离。

这时，恰好上课铃响了，丁零零，丁零零，催命一样。

祝岚行："……上课了。"

鹿照远："我知道。"

见鹿照远没有要回教室的意思，祝岚行只得先跟在众人后面慢吞吞地往二班的教室走去。他希望鹿照远不是要逃课，因为许愿机的电量还没充满……

"亮哥。"人群散了，向晨突然冒了出来。

"鬼鬼祟祟的，你干什么？也跟踪我？"鹿照远伸手撸了一把向晨的刺猬头。

手感真差……奇了，我怎么会想摸人脑袋？而且，我……怎么也想被人摸脑袋？

向晨一脸震惊地看着鹿照远发癫："亮哥，你干啥呢？"

第二节课开始五分钟后，鹿照远回来了。最先发现他的是祝岚行的许愿机，一个轻微的振动，目标出现。祝岚行吸取之前的教训，假装看黑板，只用余光瞄了一眼。

只见鹿照远顶着滴水的脑袋，穿着湿了大半的T恤回到了座位上，然后摆出和上节课一模一样的姿势睡了。

显然，湿漉漉的衣服贴在皮肤上并不好受，趴了一会儿，鹿照远就坐直了身体，不耐烦地牵着衣服下摆扇了起来。带水的T恤有点分量，在鹿照远的动作下，它时不时打在他身上，发出啪啪的声响，在安静的教室里挺惹人注意的。

下一秒，一截白色粉笔头飞越大半个教室，直冲鹿照远而去。

鹿照远似乎对此早已习惯，一抬手就接住了粉笔头，然后随手放在了一边。虽然他依然扇动着T恤，但动作变轻了许多，没有再发出声音了。

祝岚行不动声色地收回了视线，沉思起来。

他原本的计划是慢慢和鹿照远结识，争取在高中和大学阶段能成为他的死党，而他自己则利用这六年的时间来破解许愿机的奥秘，找出就算离开鹿照远也能拥有光明的方法。如果实在找不出来也没关系，祝岚行认为自己有办法跟鹿照远当同事、做邻居……可惜事与愿违，鹿照远似乎不太喜欢自己……

不喜欢就不喜欢吧，祝岚行叹了口气，心想，总不能没电啊……

好不容易熬到中午放学，祝岚行没什么东西要收拾，就定定地坐着，打算等会儿悄悄跟着鹿照远。校园生活就是这点好，往哪里走都有大批同路人，很难对"跟踪"一事进行取证。但祝岚行没想到的是，鹿照远根本不走寻常路，眨眼间，他就从自己座位旁边的窗户翻出了教室。

从二楼？！"喂——"祝岚行一个箭步蹿到窗边探头往下看，才发现窗户底下有个平台，就在一楼和二楼中间。鹿照远是先跳到平台上，再从平台跳到一楼。祝岚行松了一口气，将剩下的话咽回了喉咙，他有点怀疑鹿照远这样做是为了摆脱自己。

我已经将人逼到了要跳窗逃跑的程度了吗？祝岚行反思了片刻，随即低头看了看许愿机的电量……40%，应该足够了，中午就先不跟了吧……

实验中学的食堂不小，学生和老师中午大多都在这里吃饭，祝岚行没有在这里碰见鹿照远，虽说这也是意料之中的事情，可莫名还是有些遗憾，像是明明中了彩票却没能成功兑奖。

吃完饭，祝岚行意外在操场上发现了鹿照远的身影。

红色的跑道，绿色的球场，在同样的穿校服的学生中鹿照远是很好认的一个。

风从衣摆灌入，少年劲瘦的腰露了一截出来。他踢着足球，轻盈得像是乘风的精灵，又像精灵射出的那支箭，纵贯翡翠般的草场。

祝岚行忽然有点羡慕。阳光，少年，神采飞扬的年纪。

午休结束之前，祝岚行先鹿照远一步回到了教室。这个时间教室里的人不多，一个扎着高马尾的女生坐在他的座位上正和旁边的苗小卉说笑，两人还时不时交换彼此的奶茶尝一尝。

祝岚行脚步放慢了些，正犹豫要不要再出去走一圈的时候，高马尾女生看见了他。她站起来，马尾快活地一甩："你坐吧，我走了。"

祝岚行朝她点点头，回到了自己的座位上。苗小卉跟好友道了别，才指着堆在祝岚行课桌上的书说道："刚才老班把书给你搬过来了，你看看有没有什么缺的，如果有，就去办公室找他。"

祝岚行并不是很在意这些书，只瞥了一眼："谢谢。你们刚才是在聊明星吗？"

"是啊，这期的《梦想家号》特有趣，鱼鱼表现得超棒！"提起自己感兴趣的东西，苗小卉双眼发亮，语速也变得快了些。

祝岚行发现自己不懂的东西真的很多，他向同桌虚心地请教："鱼鱼是？"

"虞生微！"小粉丝将偶像的名字说得超大声！

"喂，老唐……"不远处，一个人碰了碰唐锋锐的胳膊，小声说，"你看。"

正抛着个签名版篮球和人嘻嘻哈哈炫耀的唐锋锐转头一看——好家伙，转校生和他喜欢的苗小卉正凑在一起看手机，脑袋都要挨一起去了。

他手一翻，篮球重重地砸在墙上，又反弹出去，咻地直奔苗小卉。

"小心！"听到声音的祝岚行警觉地伸手，替苗小卉挡住了篮球。篮球砸中他的手臂，弹到前边的桌子上，将上面的书本文具砸落一地。

后知后觉的苗小卉惊叫起来："啊——！"

"你有病吧唐锋锐！"前方听见声音的高马尾女生生气地转过头，"在教室里打什么篮球，都砸到人了！"

"我又不是故意的。"唐锋锐回了句嘴。

"砸人的比被砸的还理直气壮。"高马尾女生对他嗤之以鼻。

"……"唐锋锐压根不想道歉，但是苗小卉还在旁边看着，他只好转向祝岚行，挤出个虚假的微笑，"不好意思，我下次会注意的。"

祝岚行看了一眼唐锋锐，权当回复了，随后又对苗小卉说："没被吓到吧？"

"没事……谢谢你啊。"苗小卉只是被吓了一跳，并没有受伤，她还想再说点什么，突然发现祝岚行动作隐蔽地指了指桌上的手机——有些事情并不用言语来沟通。

苗小卉瞬间会意，不着痕迹地把手机收进了桌肚里。

随即，一道熟悉的声音响了起来："还有下次？"

教室里的人集体转身向发出声音的方向看去。教导主任窦兴学幽灵一样站在窗户外，不知看了多久。

挑事的是唐锋锐……的篮球，所以最先被"献祭"了，哪怕唐锋锐一直哭丧着脸强调这个篮球是"漂洋过海""外国友球""签名特供版""血统高贵"也没用……或者有用，却是反作用——原本只用没收到这学期末的篮球，现在得和唐锋锐一直分别到高三毕业了。

至于苗小卉收起来的手机也被窦兴学拿走了。

苗小卉登时站了起来，又急又羞，脸也涨红了："主任，我……"

好在窦兴学这次是高高举起，轻轻放下："不该带来学校的东西，别带，带了也别拿出来。你放学了来我办公室一趟。"

他说完这些，又转向祝岚行，雷霆暴雨一下变成了和风细雨："学校有校医院，不管是磕着碰着，还是有什么不舒服，都可以去校医院里看看。"

祝岚行："谢谢，我没事。"

将在场的学生点了一遍，窦兴学这才满意地走了。

很快，午休时窦三毛在二班大显神威的事情就在年级传遍了，还衍生出了好几个不同的版本，其中最离谱的一个——

"我觉得，祝岚行搞不好是窦三毛的私生子。"向晨趴在桌子上，遮遮掩掩地和鹿照远、舒云飞说话。

舒云飞感觉智商受到了侮辱："不能吧，怎么就和私生子扯上关系了？"

"你们想啊，祝岚行转学，窦三毛亲自安排，那个劲儿，不知道的还以为他是迎宾主任呢！"向晨是有理由的，"中午的事情，谁都受了警告，就祝岚行啥事没有，还得到窦三毛的关心，这不合理吧？"

舒云飞虽然觉得反常，但没被完全说服："窦三毛的态度确实有点问题，但这和私生子也没什么关系。"

"你不是最会八卦吗？怎么一碰上祝岚行脑子就不灵光了？"向晨有点恼火。

"八卦也要讲逻辑。"舒云飞不干了，"你自己想想，就窦三毛那样的，能对儿子和颜悦色？他只会问他儿子考了多少分、第几名、有没有得奖，以及大学想上哪个学校。"

"所以……"舒云飞语出惊人，"我觉得祝岚行是窦三毛领导的儿子！"

向晨跟着舒云飞的思路想了想："你是说……他是我们校长的儿子？！"

鹿照远用书盖着脸，不知道在想什么。但听这两人的逻辑越来越"感人"，他终于憋不住了。他坐直身体，双手接住从脸上滑落下来的书，无奈地问两人："见过三毛和小红吗？"

三毛就是窦三毛，至于小红，大名肖和豫，是实验中学的校长，宽额阔脸，有双丹凤眼。对这位校长，学生们其实没有什么意见，毕竟跟他打交道不多，只是这位肖校长毛细血管过于发达，脸蛋总是红彤彤的，这才有了"小红"的雅号。

两人纳闷，但还是回答道："每周至少在主席台上见一次。"

"见过就该知道他们的长相。"鹿照远觉得好笑，"祝岚行要是他们的儿子，他们的另一半除了得美上天外，祝岚行还得学会在肚子里就把不良基因给剔除了吧。"

这话一说出口鹿照远就觉得熟悉，随即他想起了周末遇见的那个孩子。仔细回想一下，那孩子的五官轮廓和祝岚行还真有些像……可能丑能丑得千奇百怪，而美总有相似吧，他开导自己，不再深想。

向晨和舒云飞面面相觑，觉得鹿照远的话好有道理。

实验中学一直提倡的是素质教育，除了高三年级，其他一律不准上晚自习。下午放学的铃声才响，鹿照远就已经迫不及待地拎着他的黑色书包起身了。他的书包和别人的不同，很单薄，是一种和高中生的身份不相称的单薄，轻飘飘地搭在肩膀上。

祝岚行注意到今天老师发下来的卷子鹿照远一张都没有带，他离开座位的时候还不小心将这些卷子带到了地上，可鹿照远看也没看一眼，径直走了过去，在上面的几张卷子上留下了一个大大的鞋印。

鹿照远往前走了两步，像是想到了什么似的，又退回来把卷子捡起来，冷漠地把这些印上鞋印的卷子塞进了桌肚。

这……恐怕不是学习不好，而是彻底放弃学习了吧……

从学校出来，鹿照远没有回家。他在校门口扫了辆共享单车，在下班和放学的人流中如同一条游鱼那样灵活穿梭着，并赶在六点之前到了自己打工的快餐店。

他推开快餐店的玻璃门准备进去，却又略带疑惑地回头看了一眼。只是还没等他看清楚，耳旁已经响起匆匆的招呼声："小亮来了？快点换衣服帮忙。"

"我这就去。"鹿照远回答，顺便将刚才那一瞬间的违和感丢在了角落。

换衣服的时候，鹿照远兜里的手机振了下，是家人发来的消息。

妈："晚上回来的时候带份鸡翅尖，弟弟想吃了，别太迟。"

除了这句，没别的交代。鹿照远手指在键盘上按了两下，回了个"嗯"。

快餐店对外的甜品站的窗口旁，祝岚行微微侧着头，看着走进后厨的鹿照远陷入了沉思。上周六见鹿照远他是在甜品店打工，而现在他又在快餐店打工……这人，很缺钱吗？

到底不了解鹿照远的情况，祝岚行不好贸然下定论，但有一点他可以肯定，如果鹿照远真的缺钱且需要一直打工的话，那事情就好办了，只要买下他打工的店铺并在他工作的时候藏在里头充电，一切问题就迎刃而解了，甚至连放假都不需要担心。

想到这里，祝岚行紧绷的神经一下放松了，甚至有心情计划着回家看看苗小卉推荐的综艺节目。

综艺节目出乎祝岚行意料的好看，不知不觉看就到了半夜一点。他打了个哈欠，走向书房。

祝岚行的书房里有整整一面墙的书，有些书已有些年头了，但依旧平整，看得出主人的爱护。他的指尖在一本本书上划过，打算挑本自己还没来得及看的带到学校去打发时间。当然，高度和封面的软硬度也是他考虑的重点。他一口气选了好几本，然后分别趴在上面感受了几次，最后选了本内容、高度和软硬都适宜的放进了书包里。

这么一折腾，都到一点半了。祝岚行爬上床，闭上眼睛，睡意幽幽地笼罩过来。只是在即将沉入睡眠时，他像是被吓到了一样惊醒过来。他起身打开床头那盏原本是摆设的小夜灯，在柔和的暖光中重新睡了过去。

到底是睡得太晚了，第二天祝岚行虽没有迟到，但精神萎靡，早读时就已经困得不行了，在上第一节英语课时他干脆枕着昨天挑的书睡了过去。

偏偏英语老师是个负责的，信奉"看不如写，写不如说"的学习理念，每节课都会要求全班大朗诵。因此，在一众仰着头、张着嘴的朗诵者中，这个唯一趴在桌子上的祝岚行就无比的醒目了。

实验中学的老师大概都练过武林绝学凌波微步，窦兴学固然是其中的佼佼者，英语老师也不遑多让。她明明穿着高跟鞋，却依然无声无息地来到了祝岚行的桌旁。

苗小卉悄悄戳了下祝岚行的手臂，但他毫无反应。而更令苗小卉吃惊的是，英语老师站了一会儿后又悄无声息地离开了，印象中的提醒或训斥都没出现。

一条走道之隔的鹿照远也注意到了这个反常的现象，有那么一瞬，他都有点相信"祝岚行是领导儿子"的这个传言了。

但是很快，他就注意到了祝岚行压在胳膊下的书。他悄悄摸出手机，将书脊上的书名拍下来上网搜了一下，发现那是本德语书。难怪他看不懂，也在同一瞬间明白了英语老师沉默不语的表现下隐藏着怎样万分感慨的内心。

有水准！鹿照远又看了看祝岚行，对他的这番操作打心底里佩服起来。

此时，睡着的人突然动了一下，露出了小半张脸，紧闭的眼睛弯弯的，眼角带一点点的勾，没了先前的沉冷距离感，倒显出些人畜无害的样子。

鹿照远被这细微的动静吸引，忍不住又将视线投了过去。

不过看了一会儿后，他突然生出个隐隐约约的古怪念头：有点想要揉揉对方的脑袋，也有点想要被揉脑袋……鹿照远甩甩头，将这个诡异的想法甩到脑后，然后竖起课本装模作样地读起来。

祝岚行是在"老师再见"的声音中醒来的，迷糊了一会儿之后，他才意识到第一节课已经结束了。他还有一点儿刚醒来的困倦和茫然，所以明明看见英语老师越走越近，却没有意识到即将要发生的事。

英语老师也不想跟他废话，走到他的座位旁，直接抽走了还压在他手臂下的书："上英语课不许看别的语言书，回头找你班主任拿去。"

迷迷糊糊的祝岚行就这样看着英语老师带着自己精心准备的"枕头"离去，一个字也没说。

大约是不习惯熬夜，今天一整天祝岚行都没什么精神。好不容易熬到了下午的体育课，祝岚行本想趁机再趴一趴，哪知道体育老师根本没来，体育委员队都没列就带着人直接冲进了器材室，班里一下就空了——鹿照远更是早早地就离开了教室。

祝岚行想了想，还是慢悠悠地走到球场边，表面上是在看同学打球，实则是在挨着"充电宝"鹿照远给许愿机充电。

他正发呆呢，一声呼喊随着足球一同过来："同学，麻烦帮我们把球踢——"

可这话没说完，他又听到一句经典国骂。踢歪了球的向晨满脸震惊地看着祝岚行，忍不住低语："怎么是他？这家伙不会把球踢坑里去吧？"

"想什么呢！"鹿照远没好气地踹了他一脚。

他话音刚落，祝岚行正好把球踢进了旁边的泥坑里。打脸①来得太迅速，鹿照远一时都有点恍惚了。

向晨怒发冲冠，一边发出极有"素质"的感慨，一边撸起袖子就要冲过去找祝岚行算账。

鹿照远眼疾手快地抓着向晨的肩膀，将人丢进舒云飞宽广的怀抱。

---

①打脸：网络用语。一般指发生的情况与某人阐述的观点相反，如同一记响亮的耳光打在他脸上。

舒云飞一拢双臂，抱住人劝道："冷静，冷静，打架会被学校处分禁赛的。"

鹿照远走过去准备捡球，经过祝岚行身边时扫了对方一眼。

"抱歉。"

鹿照远一怔。

"抱歉，我不是故意的。"祝岚行也向泥坑走去，"我去捡。"

鹿照远看了眼白到发光的人，又瞅瞅对方身上纤尘不染的衣服："不用了。"

鹿照远心里有点烦，发现和这人对上后自己总有些不得劲。他懒得再废话，几步走到泥坑前，长腿一伸，足尖轻轻一拨，足球像粘在他脚面上一样，就这样轻松地被他带了出来。

草场上的练习再一次开始，大家该怎么练就怎么练，唯独向晨，不论跑到哪里都朝着祝岚行的位置瞪眼，眼神还特别凶，甚至被球砸了脸，捂着腮帮子喊疼也要执着地瞪对方。

祝岚行觉得，为了向晨的安全，自己还是暂时离开比较好，而且……他瞥了眼许愿机的虚拟屏幕：60%。

对这个电量，他还是比较放心的。这两天他在家里做了些测试，没有鹿照远在身边，许愿机是无法充电的，而他日常活动也会消耗电量。他尝试过关机，虽然可以阻止电量继续消耗，但他也无法再维持光明了，而且有一点他也很在意——虽然测试了几次他都是变成了二十七岁的样子，但鉴于有变成过四岁的经历，祝岚行总觉得由许愿机关机或者电量耗尽引起的变身说不定是随机的。

另外，他还悲伤地发现许愿机一旦关机就无法自行开机，除非他按住电源按钮启动或者集中意念开机……这机器真是又古朴又高级……

祝岚行慢慢地往教室走去，余光又瞥见了鹿照远的身影。

无论昨天还是今天，对方跑起来总是那么不遗余力，一往无前，好像这个世界上再没有什么东西值得他分心，他只是单纯又彻底地沉浸在这种迎风奔跑的快乐中。

像是受到了感染，祝岚行微微屏息。失明了七年，世界还是那个世界，只是独独让他入了夜，暗沉着，始终让人提不起劲。

可现在不同了，祝岚行举起手挡在眼前——他的世界里，太阳出来了，他也开始想要踢踢球，跑跑步。

正当祝岚行感受着久违的活力与生机时，篮球场那边传来了招呼声："祝岚行，过来一起打球不？"

祝岚行循声看过去，发现说话的人是……唐锋锐？他记得这个人，昨天在教室里打球被没收了签名篮球。

于是他摇摇头："好久没打了，恐怕跟不上你们的节奏。"

唐锋锐跑过来，不由分说地将篮球塞到祝岚行的手中："随便打打，怕什么？"

说罢，他回头招呼站在篮下的那个小个子："你先下去休息。"

小个子同学看着有点不乐意，但只是耸耸肩，走了。

运动的冲动还在身体里冲撞着，球也在手，祝岚行不再扭捏，运球入场。

一声哨响，篮球比赛重新开始。

祝岚行察觉到了其他人的排挤，但人已经在场上了，何况身为成年人的他实在没必要跟这些毛头小子一般见识，便按照自己的节奏跟着球积极地跑动。

突然，一个球从横向传来。祝岚行眼疾手快地接住，用余光扫了一眼，发现传球的人居然是唐锋锐。他有些意外，但面上不显，运着球就往对方篮下发起了进攻。

意料之中的严密防守，祝岚行试了几次都未能完成突破，而他的队友却像是没有任何得分想法一样，远远地在中场徘徊，并不过来配合。

祝岚行双拳难敌四手，对手趁他短暂分神之际断了他的球并快速回传。祝岚行拔腿就追，准备回防，哪知刚过中场，唐锋锐又一次把球传给了他。

如此反复几次，本来想着随便活动一下的祝岚行渐渐有些体力不支了。出了汗之后，他白皙的皮肤显得更白，两颊显出些平常少见的红晕，额上满是汗珠，胸口更是剧烈地起伏着——太弱了，祝岚行对自己现在这孱弱的身体有些不满。

不满之余，他也渐渐咂摸出点儿味儿来，唐锋锐的针对太明显了。

先不说他毫无策略只一味给自己传球的异常行为，就光看他这会儿在场边撩衣服擦汗、仰头喝水的浮夸动作，祝岚行忍不住想笑，青春期的少年像只开屏的孔雀一样，在自己喜欢的女生面前不遗余力地展示着自己。

祝岚行也是从这个年纪过来的，当然不会因为这点事生气，真正让他觉得烦恼的还是自己那已经不习惯运动的身体。

又一个球传来，祝岚行往后退了两步，球啪地落到地上弹远了。球场上的众人都有些错愕。

祝岚行抬手抹了下额头上的汗，对场上的人说："你们继续，我先走了。"

唐锋锐有点急："别啊，才打了这么会儿，都没过瘾。"

祝岚行摇摇头："我还不太适应剧烈运动，换人打吧，别浪费时间。"

"没事，我们不怕浪费时间。"唐锋锐飞快接话。

"我的意思是，"祝岚行看着对方，神色淡淡的，他慢条斯理地说，"请你们不要浪费我的时间。"

足球场和篮球场的距离很近，所以，当篮球场上开始喧哗的时候，原本无所事事地坐在草地上压腿的舒云飞耳朵一动，倏地站起来了。

运球过来的鹿照远看见己方门将朝篮球场走去，干脆停了球，做了个"暂停"的手势："休息一下。"说完，他抬脚跟上了舒云飞。

向晨等人面面相觑，犹豫片刻，抱着球追了上去。

篮球场边的人虽然多，但舒云飞的身材很是显眼，鹿照远一下就锁定了对方的位置。他伸手揪住舒云飞的后衣领刚要问，就听场中一声嚷嚷："怎么，打得烂要丢脸了，就想跑？"

鹿照远循声望去，只见唐锋锐和几个其他同学抱团取暖似的站一块，而他们对面则站着祝岚行。鹿照远下意识地松开了舒云飞的后衣领，抱着双臂站在一旁默默地看起热闹来。

此时向晨他们几个也过来了，他戳戳舒云飞的后背，问道："发生了什么事？"

舒云飞退后两步，小声总结道："还能是什么事，不就是唐锋锐那帮人联合起来欺负转学生呗。"

"那转学生打得到底臭不臭？"向晨的关注点一直就很独特。

"谁知道？我来的时候他们就没打了。"

就在两人说话的工夫，祝岚行已经转身准备离开了。其实他并没有因为唐锋锐几人的挑衅生气，只是单纯觉得麻烦，并且认为只要自己不理这帮小孩儿就行了。

可惜，祝岚行低估了开屏孔雀唐锋锐的好胜心，就在他即将走到场边的时候，身后传来唐锋锐的声音："祝岚行，你不许动！"

围观的女生们一片哗然，这一刻，她们异口同声："唐锋锐你是小学生吗？！"

震天的喊声之中，向晨都蒙了："不是，这些女生干什么这么激动……你又激动什么，还为转学生说上话了？"后面那句是对着舒云飞说的。

舒云飞很激动地喊完，意犹未尽地分析起现在的局势："你说，转学生是不是很有心机？表面上看他是被唐锋锐他们欺负，但实际上他的处境已经完全激发了全班女同胞的母性，从这一节课开始，他就正式被我们全班的女生接纳了……有点高明，真的有点高明。"

女生们的话让唐锋锐的脸有点挂不住了，而更令他窘迫的是在女生们吐槽完的当口又从人群中传出了一声轻笑。

这笑声并不大，音色沙沙的，似乎是因为缺水而有点嘶哑，一响起就吸引了众人的注意。

祝岚行转头看去，一眼就看见了人群中的鹿照远。他身上多了些青草和泥点子，还有一点泥浆不知怎么的飞到了他的鼻尖上，在他桀骜的脸上添了一点灰色。

唐锋锐也看见鹿照远了，他脸上的肌肉轻微地抽动了两下，没好气地说："鹿照远……你……你怎么在这里？"

鹿照远凉凉地看了他一眼："怎么，我来这儿还得跟你汇报一声？"

"我们的事情你别管。"唐锋锐警觉地说了句硬气的话，说完却立刻后退了一步，色厉内荏。

鹿照远扯扯嘴角："你哪只眼睛看见我要管了？我只是不忍心看见菜鸟们互相折磨而已，都一个水准的，放过彼此吧。"

祝岚行："……"

场上其他人都不乐意了。有一个壮着胆子，眼望天空地反驳道："你足球踢得牛我们承认，但这是篮球，你会吗？恐怕连投篮都没试过吧……"

这话一出，惹得向晨和舒云飞齐刷刷地转头看向说话的家伙，但他们眼里装的不是愤怒，而是同情。

鹿照远"啧"了一声，看了说话的人一眼，伸手就把向晨怀里的足球拿了过来。他将球踩在脚下，然后抬头冲唐锋锐几人勾了勾嘴角。

唐锋锐心中生出了些不祥的预感。

鹿照远周围的同学也纷纷自觉后退，给他留出舞台。

只见鹿照远退后，抬腿，出脚。足球化作黑白色的闪电直扑唐锋锐身后的篮筐。

哐当一声，唐锋锐下意识转头去看，只见篮筐下的球网抖动，他瞬间就明白刚才发生了什么——

这人把足球踢进了篮筐里？！

"哇——"女生们集体尖叫，"鹿照远！！！太酷了！！！"

在这些尖叫声里，还夹杂着舒云飞的幽幽叹息："有时候我真觉得，像咱亮哥这种人能存在就表明这世界太不公平了……"

他看了一眼兴奋的女同学们，特意补充道："而且跟咱亮哥一比，转学生也落了下风，他只能激起女同胞的保护欲，但咱亮哥却收获了女同胞们的集体爱慕，这两者之间的差别可大了！依我看，这校草的位置还是咱亮哥的……"

女生的尖叫有多热烈，唐锋锐一行人的脸色就有多难看。他很想再放点狠话，但嘴巴张了半天，只有悻悻一句："鹿照远，你牛。"

说完，这里也待不下去了，唐锋锐泄愤似的抱起篮球朝旁边的球场走去。

他带了头，剩下的那些人也灰溜溜地跟着走了。

没人再阻拦了，祝岚行先从球篓中拿出一个篮球，才对鹿照远说："谢谢。"

鹿照远撇清关系："不是为你。"

祝岚行对他的态度不以为意，反而还称赞道："刚才那球你踢得很漂亮。"

这回鹿照远没有说话，只是抱着手臂，仿佛笑了下。

见他不说话，祝岚行也没继续找话题。他向后退了几步，举起球，摆出投篮的姿势，衡量着距离和感觉。

"要投篮？"鹿照远问。

"嗯，自己练练。"

"菜是要多练练。"

祝岚行手腕一抖，篮球在空中划出一道漂亮的弧线，唰——球落网袋。

鹿照远恍惚了。这人是不是有点邪门？这一节课他已经被打了两次脸了，还是一秒不耽搁的那种……

还没有想完，那边的祝岚行又开始运球了。他的身姿舒展，犹如浮空，一贯的冷然优雅之中居然带了三分活力和暴力，他用双手将篮球灌入篮筐，球和筐相撞的响声仿佛激昂的鼓点，让周围掀起了海浪一样的欢呼声。

"是扣篮——"女生们疯狂尖叫，"神仙扣篮，祝岚行，超帅——"

而不远处，唐锋锐的脸色跟被喂了洗脚水一样难看。

鹿照远"啧"了一声，玩味道："还真会扮猪吃老虎……"

"转学生，不简单。"他身旁的舒云飞摇头晃脑的，那看穿一切的神情，就差手里拿把羽扇来彰显自己的睿智了，"我本来以为亮哥你已经胜券在握了，没想到转学生还有后招，看来今年的校草评选结果会有些悬念了……"

"把你的聪明才智多多用在守门上吧。"鹿照远打断舒云飞，抬脚就走。

舒云飞怪叫一声，以和他身材并不相符合的灵敏扑住鹿照远，顺便招呼还在看热闹的小伙伴："向晨，走！"

只投了两个球，祝岚行就觉得累了，但这是一种爽快的累，好像一块压在胸口的石头被搬开，连呼吸都顺畅了一些。

这种感觉让本来打算投几个球过过手瘾就结束的祝岚行一时没能控制住，又在篮筐下磨蹭了些时间，直到再一次弯腰捡球的时候他眼前忽地一黑。

糟了！许愿机要没电了！

眩晕袭来，祝岚行来不及多想，跌跌撞撞地按照许愿机的提示往足球场走去。

足球场上，鹿照远他们回来已经踢了一会儿了，争抢之中，球出了界，鹿照远追过去捡球，后背突然一沉。

鹿照远眉头微拧，本能地转身，背上的重量擦着他的背脊和侧腰缓缓滑向地面。

他于电光石火之间看清了撞自己的是什么。

是……祝岚行？

鹿照远一伸手，拉住祝岚行。对方的身体很凉，像抓着一块湿淋淋的冰："你没事吧，祝岚行？"

他一连着问了两声，祝岚行才有反应。只见他抬头望向鹿照远，明亮的眼睛雾蒙蒙的像蒙了层纱，让人想帮他擦擦。

不知是不是错觉，鹿照远总觉得对方看到自己后似乎放松了些……

心脏跳得很快，眼前发黑，视野变得模糊，就连听力也受到了不小的影响，原本就在耳旁的喧闹都像做了降噪处理，猛地低了下去。但有一点值得庆幸，他还是坚持从篮球场走到足球场，抓到了鹿照远。

总算不用在操场上大变活人了……祝岚行在心中长长地松了一口气，在彻底失去意识之前，他喃喃地回答了鹿照远："没……什么，我……低血糖……"

"怎么回事，转学生怎么跑过来就倒了？"足球队的人都蒙了，本来挤着准备抢球，现在全围过来了。

"……不知道。"鹿照远也很蒙，祝岚行这种行为简直可以称为碰瓷。

"他脸色很差。"舒云飞仔细看了他两眼，说，"是不是要去医务室？"

因为校足球队常在这边训练，所以学校在这附近设了个医务室分站，校医经常不在，但里面放着不少常用药。

鹿照远看了看祝岚行。这人本来就白，现在更是白得跟鬼一样，直接往地上一躺就能装尸体了，保管没人能拆穿。

他皱了下眉："你们都让让，别都围在这里影响空气流通。"

包围圈扩大了些，也变得更密集，原本守在篮球场旁边的女生已经担心地围了过来。接着，小小的骚动从里头传来，没一会儿，一包还没开封的纸巾被递到了鹿照远的手中，还捎带了一句话："祝同学满脸都是冷汗，帮他擦擦吧。"

鹿照远三下五除二地替人擦掉脸上和脖子上的汗水，抬头对舒云飞说："帮我把人抬到医务室去。"

这是正事，舒云飞二话不说，配合着鹿照远的动作将人架了起来。

在去医务室的路上，鹿照远感觉祝岚行好像总在往他身上靠……他忍不住侧头去看，正好看见祝岚行的发顶。

对方的发色很黑，被阳光一照还带了点温暖的焦糖色，看着很是柔软妥帖，只有藏在耳后的一缕暗藏心机地卷着。

鹿照远就这样盯着那撮鬈发出神了一瞬，似乎是觉得那撮鬈发很可爱。

医务室就在足球场旁边，没费多少工夫他们就到了。校医果然没在，鹿照远熟门熟路地拿了钥匙开了门，然后和舒云飞一起把祝岚行放到了床上。

因为祝岚行昏迷着，鹿照远觉得还是把校医找来处理比较稳妥，只是离开前瞥到祝岚行那苍白的脸色，不自觉地脚下一顿。想了想，他俯身帮对方脱了外套，正打算去解衬衫的扣子……突然听见背后传来手机拍照的声音。

鹿照远转头看向舒云飞："你干什么？"

"没什么，没什么。"舒云飞收起手机，心虚地推了鹿照远一把，还小声催了下，"亮哥你别管我，继续。"

鹿照远嘴角抽了下，站起身，一脚把舒云飞踢出了医务室："快去找校医。"

清理了障碍，鹿照远坐到一边若有所思地盯着祝岚行。不过没等他把祝岚行来学校之后的事儿想清楚，就见祝岚行眉心微皱，慢慢睁开了眼睛……

睁开眼睛的一刹那，眼前陌生的场景让祝岚行不禁放松了许多——没失明！紧接着他又紧张地查看起自己的身体，直到确认身体和昏迷前一样，他才意识到旁边有道目光一直紧盯着自己，是鹿照远！

见对方终于注意到自己了，鹿照远一挑眉："醒了？"

"嗯……"

"哦。"鹿照远起身，去药柜那边捣鼓了一会儿，回来时把一个杯子放在了床头柜上："喝了。"

"这是？"

鹿照远不耐烦道："葡萄糖水而已。我妈是护士，我偶尔会跟她一起照顾病人。放心吧，毒不死你的。"

虽然并不需要，但祝岚行还是伸手端起来小口地喝了。

果然是葡萄糖水的味道。可这甜丝丝的味道并不能减轻祝岚行的焦虑，他在伸手的时候顺便看了眼虚拟屏，虽然侥幸自己的身体没有变化，但此刻的电量依然岌岌可危，不过3%……所以，要怎么样才能将鹿照远留下来？

那边，坐在椅子上的鹿照远已经站了起来："既然你醒了，我就先走了。舒云飞去找校医了，应该一会儿就来了。"说完，也不等祝岚行有什么反应就离开了。

反馈是即时的，眨眼的工夫，虚拟屏上的信号格直接空了，电量也在缓慢下降，身体上的不稳定感又回来了。祝岚行连忙反锁了医务室的门，又拉下窗帘和床帘，最后才缩到床上等待着身体的变化。

离开的鹿照远碰到了一个人回来的舒云飞："不是让你去找校医来吗？"

舒云飞一摊手："校医没在，我想找也没办法呀。"

怎么这么巧，鹿照远无语地想。他朝舒云飞摆摆手，转身往医务室走去。只是当他发现医务室门窗紧锁时，忍不住嘀咕："这么快就回教室了？"

就在这时，一声闷响自医务室里传出，像什么重物掉到了地上。

祝岚行从地上摸索着爬起来，又不小心碰倒了鹿照远之前搬过来的椅子。但他顾不得那么多了，因为此刻门外传来了鹿照远的声音："祝岚行，你在里面吗？"

但他现在一点也不想见到鹿照远。刚刚的眩晕让他确认自己的身体已经发生变化了——难不成真的要在鹿照远面前表演大变活人？

祝岚行懊恼地沉默着。

门外的鹿照远却因为得不到回应而担心起来。这边的医务室为了方便校足球队使用，专门放了一把备用钥匙在门上的窗框上。鹿照远伸手把备用钥匙摸下来，果断地开了门。

昏暗的室内有个人站在窗边，穿着不合身的校服正一脸紧张地望向他。

"祝岚行？"鹿照远走近两步，愣了一下，"你是谁？我同学呢？"

好消息，他没认出我；坏消息，我应该是谁？

祝岚行局促地朝鹿照远笑了一下，低头避开了他的视线。也因为这个动作，他惊讶地发现自己的身体并没有变得特别小！

校服的袖口遮住了指尖，校服裤子也在鞋面上堆了起来——他分明变成了自己十三四岁时的模样。

原来因电量耗尽而关机的变身真的是随机的！甚至他也没有失明！

情况不算太糟的这一认知让祝岚行在瞬间就冷静下来了。

他拉开窗帘镇定地对鹿照远说："我是祝岚行的弟弟，表弟。"

第03章 初次留宿

"表弟？"鹿照远满脸狐疑，"你们长得还真像，你要是不说，我还以为你就是他本人或者亲弟弟。"

"因为……我妈和他妈是双胞胎姐妹，"祝岚行干巴巴地解释道，"她们又嫁给了双胞胎兄弟。"

"你说真的？"

祝岚行很认真地点点头。

鹿照远打量了这个所谓的表弟好一会儿，才勉强接受了这个说法，但他没有完全放松警惕，而是皱着眉头问："你怎么在这里，祝岚行呢？"

"我哥身体不太舒服，先走了。他叫我过来拿他的外套。"祝岚行瞥见搭在床边的外套随口编了个理由。

"哦。"鹿照远将床边的校服外套丢给祝岚行，"在这儿，你拿回去给他吧。"

"好。"祝岚行，"谢谢。"

真是双胞胎姐妹和双胞胎兄弟养出来的两兄弟，连说谢谢的样子都像双胞胎。鹿照远漫不经心地瞥了祝岚行两眼，注意到对方那明显不合身的校服，忍不住奇怪道："你的校服怎么大这么多？"

实验中学分初中部和高中部，但校服样式却是一样的。所以刚才看见祝岚行说自己是表弟的时候，鹿照远就已经默认他是本校初中部的学生，但现在仔细看看，这校服怎么也不像是面前的小鬼自己的。

祝岚行沉默了下，艰难地编了个理由："我穿的我哥的，我自己的洗了没干。"

还有人买两套校服？鹿照远也沉默了。

祝岚行也不知道鹿照远信没信，只见他没再说什么，干脆利落地转身走了。

祝岚行抓着衣服不远不近地跟在对方身后。

突然，一群学生在两人之间鱼贯穿过，等他们离开时，鹿照远已经不见踪影了。祝岚行有些慌张地左右张望起来，肩膀却被人拍了一下。

鹿照远出现在他身后："跟着我干什么？初中部可不往这里走。"

"我……我哥忘了和老师请假了，让我拿了衣服就代他去和老师请个假。"祝岚行再次急中生智地圆了过去。

真是乖巧啊。鹿照远挑挑眉，指着教学楼道："年级组办公室里，长得最嫩的那个就是你哥的班主任。"

说完这句话，鹿照远就走了，这一回祝岚行没有跟过去。距离体育课下课还有五分钟，而下节课是数学，也是下午的最后一节课，自己这副模样显然没办法名正言顺地回教室，要想好好地充电，还得再想个别的办法接近鹿照远。

祝岚行突然一愣，周一中午鹿照远撑着桌子跳出窗户的一幕出现在他脑海里……他顾不上虚弱的身体，跑了起来。

教学楼前是花圃，窗户下平台的位置正好被一棵树密密地遮住了。祝岚行盘着腿坐在上面，背靠着墙，神情轻松地听着从教室里传来的数学老师中气十足的讲题声。

一个突兀的声音在祝岚行的头顶响起，他蓦地抬头，对上了鹿照远的视线。

"你——"

鹿照远的话音刚落下，一截粉笔头就冲着他呼啸而来，在打中他的桌子后，又弹到窗外，落到了祝岚行的脚边。

姜还是老的辣，无意识间数学老师就一箭双雕了。

祝岚行沉默地往里缩了缩身体，就听见数学老师的声音响起："你什么你？鹿照远，上来！"

接着是椅子在地上拖动的声音，还有脚步声，响起又远去。

祝岚行微抬身体，透过窗户看见了走上讲台的鹿照远。

鹿照远面对着黑板站着，黑板上是数学老师刚讲的题。祝岚行看不到他的表情，只注意到他捏着粉笔的手指似乎紧了紧，却迟迟没有别的动作。

数学老师是个老头儿，他站在旁边恨铁不成钢地训斥道："这么简单的题目也要看这么久，上课还敢不认真！"

鹿照远深吸了一口气，猛地抬手，重重地在黑板上留下一个白色圆点。

还能有心情听讲？！他眼前现在只剩下窗外那小鬼的脸了！

而被腹诽着的祝岚行却在窗外衷心祈祷鹿照远能在讲台上做一节课的题，或者被赶到走廊上去罚站，好让自己能安安稳稳地隔空充电，并在下课前先走一步。

可惜，天不遂人愿，数学老师训够了就让鹿照远回座位了，前后不过五分钟。

逃也没法逃，藏也藏不住，祝岚行干脆泰然坐好，仰着头，对着重新出现在头顶的那张脸微微一笑。

下一刻，字条卷着笔从里头飞出来，落到了祝岚行脚边。

祝岚行拿起来一看，上头写着："藏这里，吓人玩？"

他毫不怀疑自己要是写"是"的话，鹿照远说不定会马上跳出窗户来。迟疑片刻，他写道："不是。"

"那你在这干什么？"

"是这样的，"祝岚行酝酿片刻，重新开始编瞎话，"本来我是过来请假的，来了发现这节课是数学课，所以想听听……"

但是他一个十三四岁的初中生，来听高中的课干什么？祝岚行试图自圆其说："替我哥记一下。"

随意团起的字条每次传回来时都被叠得整整齐齐、四角尖尖，就像祝岚行这个人一样，任何时候都给人一种工整规矩的感觉。

鹿照远手指一挑，展开字条低头看去。

替哥哥记一下？鹿照远不怎么相信，但要不是因为这个，窗外的小学弟又为什么待在那里呢？总不会是跟着自己吧？

鹿照远沉吟许久，最后决定做几套上周王勇男给的实验班的卷子压压惊。

虽说可能性不大，但万一是真的呢？想到这里，鹿照远忍不住犯嘀咕，然后把一样东西丢了出去，只是在落笔写卷子之前又忍不住琢磨，把初中小鬼都逼成这样了的祝岚行的实力究竟有多可怕？

外头平台上的祝岚行看着掉下来的这本边角卷起明显时常被人翻阅但内里又干干净净的数学书百感交集——没想到鹿照远还挺好骗的。

两人似乎达成了一种默契，就这样互不打扰地一直待到了下课。

伴随铃声一起传到祝岚行耳朵里的还有鹿照远落在平台上的声音——这家伙不走寻常路，又从窗户翻出来了。

鹿照远拿过数学书，说了声"不用谢"就把书从窗户丢了进去，然后在祝岚行的注视下，手一撑，轻巧地从平台跳到了地上。

祝岚行忍不住撇了下嘴，也移到了平台边缘。这会儿他已经不那么迫切地需要跟着鹿照远了，一节课的时间，充上的电量已经足够许愿机开机了，他打算等恢复了身体再光明正大地继续充电。

可令他意外的是鹿照远并没有离开。

他正站在下面抬头看着祝岚行，别扭地表达了好心："跳下来，我接着你。"

"谢谢，我自己可以。"祝岚行礼貌微笑，往旁边挪了一下，避开了鹿照远。

不远处突兀地传来一声大喝："你干什么？不准跳！"

这极具穿透力的中年嗓音，鹿照远一听就知道来的是窦兴学。

祝岚行也因为这一声大喝分了神，一个没站稳，半摔半跳地下了平台。幸好鹿照远早有准备，还是稳稳地把他接住了。

祝岚行就像个面口袋一样，直通通地挂在了鹿照远身上。

鹿照远等祝岚行在地上站稳了才放开手，一挑眉道："再次不用谢。"

祝岚行干咳了两声，没有接话，而是将脑袋转向了刚刚声音传来的方向。

窦兴学气势汹汹地朝这里大步走来。

祝岚行问鹿照远："教导主任过来了，他要干什么？"

鹿照远："三毛过来会对你说，你跳得好，跳得妙，跳得顶呱呱。"

祝岚行："嗯。"

鹿照远："……"不会真信了吧？前一秒窦三毛还在喊"不准跳"呢！他狐疑地瞟了祝岚行一眼，想从他脸上看出点强撑的痕迹来，然而任他横看竖看，对方是真的镇定自若，一副要在原地等着窦三毛表扬的模样。

就这么两句话的工夫，窦三毛快到两人跟前了。

祝岚行这时才说："会被罚写检查吧？"

"应该会。"

"借我抄抄，可以吗？"

鹿照远："……"

"写检查挺麻烦的，所以……"

窦兴学一路紧赶慢赶，人没到，声先至，带着奔跑的粗气，气势汹汹地抬起萝卜指遥遥指向祝岚行："真是吃了熊心还是豹子胆了，都敢从二楼往下跳！把你的学生证给我拿出来——"

鹿照远面无表情地扛起祝岚行拔腿就跑，把窦兴学和他要祝岚行交出学生证的咆哮一起留在了身后。

如果祝岚行真是十三四岁，他也许会挣扎，但他不是，所以他只是一动不动地任鹿照远扛着自己同时不咸不淡地说："放我下来。"

"放你下来干什么？让你把学生证给窦三毛看？"

"我手头有我哥的学生证。"祝岚行说，"我和我哥挺像……"

鹿照远沉默了，半晌，他告诉祝岚行："让你失望了，你哥才转学过来的，报到那天还是他亲自带着的。"

"……"忘了！这次轮到祝岚行沉默了。

鹿照远却再次开口："就算你哥不是转学生这招也不行了。太多人这么做了，所以窦三毛在很早以前就学精了，看见这种学生证就直接扣下。你没有学生证，第二天连学校的门都进不了，照样得乖乖认错并被扣分。"

"那我哥确实有点麻烦。"他嘴里说着麻烦，口吻却一派云淡风轻，一点不是事的样子。

鹿照远神色微妙，他算是听出来了，合着这小子所有骚操作的胆子都来自手里拿的是祝岚行的学生证。

这小鬼，年纪不大，心是真的黑，搞得他都有点同情祝岚行了。

想归想，鹿照远脚下的速度却是丝毫不慢。

窦三毛在后面气急败坏地大声嚷嚷道："鹿照远，你给我把人放下来！不然我就扣你双倍的操行分，记大过！"

"你扣吧，把我高二下学期的过也给记了都没事！"祝岚行听见鹿照远哼笑一声，哪怕是面对这种情况，这人的语调里也藏着些玩世不恭的调侃劲儿，"只要你追得上，我就都听你的。"

窦三毛被鹿照远这一激将法给气得够呛，真就拖着不算瘦的身体穷追不舍。可即便他已经拼尽全力了，鹿照远和祝岚行的身影依旧是越来越远，最终消失在他眼前。

出了校门又走了一段，鹿照远才把祝岚行放下来。

祝岚行微微抬头，思索的目光停在鹿照远身上："你还差几个处分退学啊？"

"……"鹿照远无语片刻，"啧"了一声，"哥是谁？再被记100个过也没事。"

哦……祝岚行沉默了，决定不再纠结鹿照远过分自信的问题，而是抓住机会接着给许愿机充电。于是他对鹿照远说："不管怎么样还是谢谢你帮我逃过一劫，我请你吃饭，怎么样？"

鹿照远无可无不可地应了。

祝岚行掏出手机不太熟练地搜了一番，最后带着鹿照远去了一家开在附近商场里的自助海鲜火锅店。"我找了最近比较流行的餐厅。"祝岚行告诉鹿照远，"这一家的评价很好，说是性价比高，我们进去尝一尝？"

鹿照远站在店铺前，望着招牌上"399元/人"的标价，久久不语。

门口迎宾的小姐姐脸上的笑容都有点僵硬了。

祝岚行奇怪道："怎么不进去，不喜欢吃海鲜吗？"

"……算是。"

"那你想吃什么？隔壁有日料，也有其他地方菜系。"

鹿照远张了张嘴，刚准备说话，就听背后有人叫"哥哥"。

鹿照远回过头，祝岚行也跟着朝声音传来的方向看去。只见明显是一家三口的一行人站在不远处望着鹿照远，中间那个少年看着跟自己现在这副身体的年纪差不多大，那声"哥哥"是他叫的。

站在少年身旁的中年女性，眉眼长得秀气精致，只是肤色发黄，整个人看着没什么精神，因而有些显老。她看到鹿照远明显有些吃惊："小亮，你怎么在这里，今天不用打工吗？"

这是鹿照远的父母和弟弟？

祝岚行转头去看鹿照远，发现他也有点蒙："爸、妈、乐乐，你们怎么在……"

"我和你妈妈带你弟过来吃个饭。"中年男性也就是鹿照远的爸爸却挺高兴的，"你要是晚上没事就留下来和我们一起吃顿好的。"

一丝尴尬自鹿照远脸上滑过，他说："其实我晚上还有工作……"

"叔叔、阿姨，"祝岚行主动接话，"今晚我要请小亮哥哥吃饭。"

"你是？"鹿妈妈看向祝岚行，看着这个明显比自己儿子年纪小的男孩子，有些拿不准他和自己儿子的关系。

鹿照远替祝岚行回答了："他是我们学校初中部的学生，我的学弟。"

鹿妈妈这才笑了，她和气地对祝岚行说："你为什么要请小亮吃饭？择日不如撞日，不如你也和我们一起吃吧。"

祝岚行摇摇头，像个真正的十三四岁的少年那样，一本正经地说："小亮哥哥今天帮了我一个大忙，我一定要请他吃饭，表达我的感谢。"

听了这话，鹿妈妈询问的眼神落到了鹿照远身上："小亮，你看……"

"我们之前就说好了的，我和他一起吃就行。"鹿照远回答，"爸、妈，你们带乐乐吃就行。"

鹿妈妈并没有勉强："也行，那我们进去了，你晚上下班就早点回来。"

鹿照远点点头，算是答应了。

鹿照远的父母带着他的弟弟进了自助餐厅，祝岚行则和鹿照远往相反方向走去。

两人漫无目的地逛了一会儿，就在祝岚行准备拉着鹿照远随便进一家店的时候，鹿照远突然说自己想撸串儿。

因为之前没做过相关的准备，找撸串儿店的时候祝岚行还颇费了些工夫，来回转了好几条街道，才找到了一家看着还不错的店。

这家店里人不少，两人挑了个角落的位子坐下。

祝岚行问鹿照远："有什么想吃的吗？"

"都可以，随便。"鹿照远回答得很不上心，碰到家人后他就一副魂飞天外的样子，现在更是看着窗外，不知在想些什么。

祝岚行索性自己拿主意，点了些烤串儿和饮料。

很快，东西上了桌，辛香的气味弥漫开来，刺激着人的味蕾。

祝岚行十分自然地把果汁递给鹿照远，然后拿起啤酒准备开瓶。

这时，鹿照远突然说："上错了？"

"哪样上错了？"祝岚行嘴里问道，手上一下没停，利索地打开了一瓶啤酒。他一边扫视着检查桌上的食物，一边将混着白色泡沫的澄黄酒液倒入玻璃杯中。

鹿照远伸手过来盖住杯子，神情复杂地看着他："小鬼，你是装傻还是真傻？在学校违纪不说，现在还要喝酒？你这么能，你是要上天？"

"没……"祝岚行松开杯子，心虚地否认："上错了，我和服务员说。"

鹿照远"哼"了一声，把酒和杯子放到一边，然后把果汁放到了祝岚行面前。

祝岚行张了张嘴，最后只说了句："谢谢亮哥。"

鹿照远却没回答，他若有所思地看了一眼酒，问道："要借酒消愁？"

祝岚行一愣，随即随口回答："是啊，何以解忧，唯有杜康。"

鹿照远没忍住，扑哧笑了："你个小屁孩能有什么忧愁？"

"担心有朝一日会失明……"这是祝岚行最深的恐惧，下意识就说出了口。

他话才说完，眼前突然出现一片阴影。

是坐在对面的鹿照远凑了过来，直直注视着他的双眼："你眼睛不好？"

两人近得都可以感觉到彼此的呼吸了。

祝岚行有些不自在地退开一点，正要说话，就听鹿照远已经笑起来："小鬼就是小鬼！肯定是玩手机、打游戏被爸妈唠叨了吧？放心吧，近视是不会致盲的，顶多就是一辈子戴眼镜而已，何况现在还有那种近视矫正手术。"

祝岚行含糊地应了，鹿照远以为他是被这话吓到了也挺好的。

鹿照远坐了回去，突然说："你的瞳色很浅，和祝岚行的很像。"还和之前遇到的那个小鬼的眼睛很像。

想到那个可爱又有点跩的小家伙，鹿照远的心情突然好了一点，想都没想就说："挺漂亮的，要好好保护。"

说罢，鹿照远低头吃起了烤串儿。

祝岚行不知道鹿照远为什么突然心情好了，但也庆幸他没有揪着眼睛这个话题不放，含糊应了两声，也拿起烤串儿吃了起来。

烧烤的味道还不错，可惜鹿照远没有只沉浸在美食中，吃着吃着，他突然说："还没问你，你初中几班的？"

"……"祝岚行动作一顿，没想到对方一开口就是自己回答不了的问题。

还没等他想好怎么回答，鹿照远又问："你叫什么名字？"

祝岚行："……"就知道这套基本流程自己躲不了了，问完班级问名字，等下说不定还要问成绩了。

他垂下眼，思考起来。

单纯编个名字简单，可考虑到自己身体变大变小的不稳定性，还是多准备几个名字比较安全……这样一来，这些名字最好是一套的，让人一听就知道是一家人……一二三四五六七？甲乙丙丁戊己庚？

祝岚行在心里摇摇头，浅薄又刻意，听起来很像假名，那赤橙黄绿青蓝紫？岚行，蓝……现在这副十三四岁的模样，倒着来的话……青、绿、黄？祝黄？祝yellow？

"野……楼。"祝岚行开口，"我叫祝野楼。"

鹿照远念了下祝岚行的新名字，称赞一声："这名字很适合你，听着就野性十足。但是你姓祝的话，应该和祝岚行是堂兄弟吧？"

"也……行的，但是我们这么说习惯了。我妈说既然已经跟爸爸姓了，那关系就从她们姐妹那边来算。"

"哦……"鹿照远点点头，似乎要消化一下这曲折的人物关系。

祝岚行微笑着趁机把话题引到鹿照远的身上，不是说他像妈妈长得好看，就是问他弟弟在哪里上学。

奇怪的是，说起自己家里的事情，鹿照远却变沉默了。

联想到之前的事情，祝岚行很快就想通了，鹿照远和家人的关系可能有点问题，连今晚要打工说不定都是托词。

果然，当吃完饭祝岚行问他几点去打工的时候，鹿照远使劲按了一把他的脑袋："人不大，管得倒多……我打不打工不要你操心，倒是你……小屁孩就别学人请客吃饭了，还399元的自助餐……"

祝岚行不满地一偏头，躲开鹿照远的手。他这副模样落在鹿照远的眼里，活脱脱就是叛逆的不服管教的小屁孩。

鹿照远心里觉得好笑，也不再去管他，而是直接叫服务员过来结账了。

祝岚行并不真的是十几岁的少年，在他推测出鹿照远今晚不打工时就开始盘算着怎样才能再多充一会儿电了。

他沉默地思考着。

而他沉默的样子却让鹿照远误会是自己的话让人不高兴了。

恍惚中，鹿照远觉得自己看到了一个熟悉的小孩儿，挺瘦的，校服挂在身上像个松松垮垮的面口袋，脸色也黄，眼底青黑，看着不太健康——那是他的弟弟，鹿乐成。鹿照远烦躁地挠了挠自己的脑袋，咕哝道："是不是弟弟都这么难搞啊……"

"什么？"祝岚行沉浸在自己的心思里，没听清他的话，下意识地追问了一句。

鹿照远却又问起别的来："祝野楼，你有兄弟吗？"

"有。"

"是亲的那种，表的不算。"

"嗯……亲的。"

鹿照远"哦"了一声："你们关系怎么样？应该挺好的吧？"

"挺好。"

"怎么个好法？"

"有我没他，有他没我。我们王不见王。"

两人大眼瞪小眼了半晌，鹿照远看祝岚行的眼神炯炯有神又意味深长。

"小祝，"他字斟句酌地说，"你真的很危险啊，坑起表哥不手软，又和亲哥闹这么僵……我很担心。"

"担心什么？"

"担心你智商不够！瞧你这四面树敌的样子，要不是我扛着你跑了，你现在还想吃烧烤？估计只能在窦三毛的办公室里吃检讨了！"鹿照远真挚建议道，"你还是多吃点核桃补补脑吧。"

满腹都是难言之隐的祝岚行确实不好辩驳，只得叹了口气："我还是回家吧。"

鹿照远："嗯。"

祝岚行看着鹿照远一动不动。

鹿照远犹豫了一下，不确定地问道："要我送你？"

祝岚行发誓，自己刚刚真的只是在思考怎么能跟鹿照远多待上一会儿，但既然他已经主动提出，虽然有些无耻，可……

"嗯……"祝岚行就坡下驴，"我家远。"

"多远？"

"很远。"祝岚行说了个地址。

鹿照远知道那里，是城里有名的花园小区，离他们现在的地方确实不算近。鹿照远打量着祝岚行，看着这个和自己弟弟年纪相仿的少年，心软了："行吧，带路。"

祝岚行这次的家是一个小别墅，面积不算大，却很温馨，顶楼还有个室外的恒温游泳池——当然，这么好的房子也是空着的。

"进来坐坐？"祝岚行打开门，对站在门口的鹿照远发出邀请。

鹿照远有些犹豫，总觉得他和小鬼的关系还没好到进对方家玩的程度。

祝岚行明白对方的想法，但都到这一步了，他无论如何也想试一试留下鹿照远，好让许愿机能充上整晚的电。于是他硬着头皮说："其实……亮哥……我害怕一个人，你今晚能在我家陪陪我吗？"

"啥？"鹿照远以为自己听错了。

第03章 初次留宿

哪知祝岚行一脸豁出去的认真模样，郑重地点点头："嗯，留下来跟我做个伴吧，亮哥。"

"你家里人知道你这个……小特点吗？"鹿照远很想笑，但换位思考了一下，还是决定说得委婉一些，保全少年的脸面。

"嗯，本来应该是我表哥来陪我的，但是他生病了，所以……"

"明白。"鹿照远爽快地点头，抬脚走了进去。

祝岚行没什么招待客人的经验，也为免多说多错，他将鹿照远在客房安顿好后就溜之大吉了。

之所以选这里，祝岚行是有些私心的。下午的体育课让他久违地体验到了活着的感觉，而鹿照远此时就在身边，他完全可以好好运动一番，再次体验一下生命力。

他换了衣服去楼顶的小泳池里游了两圈，然后又在跑步机上跑了几公里，直到全身上下再也榨不出一丝力气，才拖着大汗淋漓的身体去了浴室。

按摩浴缸的水流有节奏地打在身上，配合着微高的水温，很好地缓解着运动后的疲乏。祝岚行惬意地泡了半个小时才慢悠悠地起来。

痛快运动过后的身体泛着些想把人勾入睡梦的酸，在入梦前，他看了下许愿机的电量——100%，多么令人安心和舒适的数字。

鹿照远，多好的充电宝，真希望他能天天在我家睡觉，祝岚行心想。

鹿照远是被渴醒的。刚醒时他还有点迷茫。和自己那间略显逼仄、只能看见对面花花绿绿墙壁的卧室迥然不同，这里有大床，有落地窗，朝外望一眼，高耸的大楼像一只只巨兽沉睡在安宁的夜色里。

鹿照远揉了下脑袋，记忆渐渐复苏，自己现在是在祝野楼的家里。

他摸出手机。半夜两点，手机屏幕上挤满了未读消息的提醒，也提醒着他这些消息里没有一条是来自父母的。

他按下锁屏键，过了几秒又将屏幕解锁，手指飞快地在屏幕上点起来，一条消息在眨眼之间就编辑好了。

"今晚在同学家睡觉，早饭不在家里吃。"

手机一丢，鹿照远拉过被子蒙住头就一动也不动了。

鹿照远再次醒来已经是早上六点半了，他抹了把脸，一个鲤鱼打挺地起了床。

"祝野楼——"鹿照远站在客厅喊人,却没有得到回应,在餐厅的桌上却发现了一桌子早餐,从稀饭、包子到油条、豆浆,应有尽有。旁边还有张字条:

亮哥:
　　早餐放在桌上了,你挑喜欢的吃,我先走了。走时锁门就好,其他不用管,会有阿姨来打扫的。

祝野楼

　　鹿照远收起了字条,心里一暖,这小鬼看着叛逆,却还挺细心的。只是现在这屋里只有他一个人,昨天一进来就冒出来的那种隐约的奇怪感觉又出现了。
　　鹿照远环视周围,这房子采光很好,装修很棒……但感觉没什么生活气,不像是有人常住的样子。
　　这样想着,手机突然响了,鹿照远接起来。
　　"喂?妈……没事,昨天玩得比较晚,正好朋友邀我留下来,我就没回去。"
　　"我知道,没有麻烦到别人。"
　　"我这里没事,你去忙吧,我挂了。"
　　他挂了电话坐下来,闷头吃起了早餐。

　　祝岚行比鹿照远早起半个小时。这一晚他睡得很沉,一夜无梦直到天光大白,起床时十分精神。简单洗漱后他就回了自己常住的房子里,也只有在这里他才能安心地变成十七岁的模样。
　　一番折腾,祝岚行赶到学校的时候早读都快开始了,周围都是行色匆匆赶着进校门的学生。一抬头,祝岚行对上了值日委员的视线。
　　值日委员都替他着急:"快、快,再不进去就要扣分了!"
　　祝岚行却说:"谢谢,但不着急。"
　　"啥?!"
　　在值日委员的注视下,祝岚行慢慢地走过校门口,一头扎进旁边的小店,没一会儿又攥着一沓花花绿绿的书皮走了出来。
　　书皮是苗小卉给他的灵感,和苗小卉同桌的第一天,他就看见对方用粉色书皮仔细包好的教科书——有了书皮,谁能知道他手里拿着的是什么书?

值日委员都看呆了，直到这人走到校门口刷卡进门朝自己点头微笑的时候他才回过神来。

祝岚行迟到了，但他一点都没有迟到的自觉，大摇大摆地走进教室，丝毫不在意自己到底吸引了多少目光。他神色自若地走到自己的位子坐下，正想把书包里的书拿出来包书皮，坐在隔壁有一下没一下转着笔的鹿照远先说话了。

他的声音挺低的，大概是不想影响早读的其他人："祝岚行，你有祝野楼的联系方式吧？推给我。"

祝岚行陡然沉默，他看看鹿照远，神色微妙。按理说对鹿照远这个充电宝，他实在没有什么好不满的，但是也不知道为什么，每当祝岚行觉得解决了身份的难题之后，鹿照远总用行动会明确地告诉他难题正在不停生成。

他有常用的社交账号，但只有一个。要弄一个新的账号当成是祝野楼的虽然有点麻烦，但不是不可以，只是……

祝岚行担心自己未来要准备的不是一个小号①，而是一堆小号，他要一人分饰多角地和鹿照远聊天……想到这，他决定将一切麻烦扼杀在摇篮中。

放下书包，祝岚行冷冷地回答："不给。"

鹿照远面无表情地将脸藏在书后，愤愤地想：可爱贴心的祝野楼怎么有个这么做作的表哥？但轻易放弃不是鹿照远的风格，于是他收拾好情绪开口解释道："我昨天认识了你表弟……"

"表弟说了。"祝岚行拿定主意要拒绝，他一边不紧不慢地包书皮，一边说，"还说你帮他躲过了处罚，晚上你们还一起吃了烧烤。"

"……"鹿照远一脸狐疑，"他对你说的？"

"他跟他父母说的，然后我妈和我小姨通电话的时候我听到了。"祝岚行并不打算表现得和祝野楼特别亲密，"他们知道这些事情后，把我表弟暴打了一顿……"

"他挨打了？"

这一声高了点，惹得讲台上的班长朝他们这儿直瞪眼。鹿照远连忙压低声音，但眉头不自觉地皱了起来："怎么回事？"

"没有怎么回事，他们教育自己的孩子而已。"祝岚行轻描淡写地说，为了分开鹿照远和这个不存在的表弟开始胡说八道，"他们不喜欢我表弟和坏学生待在一起，

---

①小号：网络用语。最开始指游戏玩家在主账号之外，另外申请的辅助账号，后来被借鉴到社交软件等领域中。

所以为了我表弟的生命安全，你们还是保持距离吧……"

说完，他还特意看了鹿照远一眼。

令祝岚行意外的是对方没有急着反驳或发怒，甚至十分镇定，只微微侧着头注视自己，一双星芒闪烁的眼睛带着审视，又有着让人难以忽视的桀骜。

祝岚行有一瞬间怀疑自己不慎说漏嘴了，但他很快镇定下来毫不退缩地跟鹿照远对视，在心里祈祷着他能就此打消去找祝野楼的想法。

片刻之后，鹿照远收回视线，竖起课本，将自己藏在书后。

祝岚行悄悄松了一口气，继续自己的包书皮工作，并在完成后将书摊开，装模作样地早读起来。

早读很快结束了。休息的时候组长来到祝岚行身边收作业

"作业？"祝岚行朝组长手上看了一眼，看见一沓数学试卷。

但这份作业他没有什么印象，沉思片刻，才想起来昨天上数学课的时候他正在窗户外和鹿照远传字条。祝岚行咳了一声，说："我昨天不舒服，数学课没上……"

组长"哦"了一声，也没说什么，只是移开放在最上面的数学试卷，让祝岚行看下面的语文作文、物理试卷、化学试卷、英语试卷："还有这些。"

"……"祝岚行揉揉眉心，正想说话，突然发现身旁有点动静，然后他惊讶地发现隔壁小组的组长收作业时直接跳过了鹿照远。

于是他转头对自己的组长说："鹿照远为什么能够不交作业？"

"鹿照远不一样。"组长回答。

"那我也不交。"祝岚行说。本来要求特殊待遇让他有点不好意思，但既然已经有先例了，因此他提出自己要求的时候也就坦然许多。

"这……"组长微微犹豫，"行吧。不过如果老师问起来，我就直说了。"

"当然。"祝岚行点头。

被祝岚行当模板的鹿照远正低着头摆弄手机，连听见自己的名字也只是抬起头朝祝岚行的方向扫了一眼，之后就没什么表情地收回目光。

鹿照远在群里发消息："谁认识初中部的？帮我打听个人，叫祝野楼。"

消息刚发出去，群里就沸腾了。大家纷纷冒泡，先刷上一串"亮哥"，活像小弟恭迎老大那样把队列排得整整齐齐。紧接着，人脉最广的舒云飞代表众人发问："亮哥你找初中的小鬼干什么？"

"有点事。"

"我所在的13号小甜甜群的群主有妹妹在初中部,我托她问问。"舒云飞回复,"对了,他是哪个班的?"

"不知道。"鹿照远打字,"应该很好打听,挺跩一小孩儿。"

新的一天过得十分安稳,靠书皮祝岚行成功瞒天过海,把一本课外书看到只剩最后十来页了。放学时组长捎来班主任王勇男的口信:"老班让你去办公室一趟。"

他用口型说:"作业。"

祝岚行也知道是这事。他摩挲了下书页,带着些没能一气儿看完的遗憾将书反扣在桌上,站了起来。

办公室里没几个老师,王勇男的座位紧邻大门。祝岚行才走进去,王勇男就露出了一个如同小动物般和善、无害的微笑:"转学的这两天还习惯吗?"

祝岚行:"很习惯。"

"习惯就好。"王勇男轻咳了一声,"既然习惯,为什么不交作业?而且其他科任老师也反映你上课经常开小差、睡觉、看杂书……"

"老师,"祝岚行打断他,"我能申请不做作业吗?"

王勇男一愣:"理由呢?"

祝岚行:"做作业对我没有帮助。"

"……"王勇男开始苦口婆心,"老师看过你转学之前的成绩,确实很不错,但不能因为过去的成绩不错就骄傲,高二是很重要的一年,会学很多新的内容,如果基础没有打好,高三的总复习会非常艰难,甚至会影响你的高考。"

祝岚行耐心听完,说得更加直白:"做这些对我没有任何意义。"

情况有点尴尬,这个学生非常不好搞。王勇男脸上小动物般的笑容维持不住了,他板起脸,祭出绝招:"祝同学,你家长的电话是多少?"

一般来说,不论多顽劣的学生,听到这句话,态度怎么都要先软一半。但出乎王勇男意料,祝岚行听了这话,不仅态度没软,反而还爽快甚至可以说是欣然地报出了一串数字。

王勇男见他毫无悔改之意,气得立刻拨出电话。

电话很快接通,对方彬彬有礼,反客为主:"您好,是王勇男老师吗?"

王勇男:"我是,您是祝岚行的家长吗?"

对方肯定道："我是他的监护人。您请说。"

光听声音，王勇男就觉得自己正面对着一位温文尔雅的绅士。他不知不觉坐直身体，委婉说明："是这样子的，祝岚行最近两天在学校里的表现不是很理想……"

一通告状完，王勇男有点口干舌燥，等待电话那边家长的回答。

"老师，我听明白您的意思了。"家长的声音依然沉稳有礼，"但据我所知，贵校崇尚素质教育，我们将孩子送进学校，就是希望学校能够以素质教育的方法启发孩子的向学之心。"

"什么叫'以素质教育的方法'？"按理来讲，王勇男不该问这一句，但他心中升起不祥的预感，于是打开保温杯喝了口水，想在解渴的同时顺便压压心慌。

"不逼迫孩子做作业的方法。"对面说。

王勇男一口水呛在喉咙里，撕心裂肺地咳起来。

旁边的祝岚行伸出手，意思意思地拍拍王勇男的背："老师，小心点。"

"没、咳咳、没事。"王勇男手忙脚乱地抽出纸巾去擦溅到桌面的水，他对电话那头说，"你——"

王勇男很想说，你不是这孩子的亲爹吧？要是亲爹，能这样？但他忍住了，隔着电话说这个，毫无威慑力。他怀疑祝岚行之所以这么爽快地给了号码，就是因为这根本不是他家长的号码，他预先料到自己会找家长，所以找了个人来假扮！

王勇男虽然年轻，但他和学生的斗争经验已经很丰富了。他三言两语地敷衍完这通电话，收了手机，目光炯炯地看着祝岚行："祝同学——"

祝岚行："老师您说。"

"你这样不行。如果你再这样糊弄老师，我就去你家家访了！"

祝岚行眉头皱了起来。

果然，刚才那个人就是假的！王勇男心忖，越发成竹在胸。

而祝岚行不想被家访仅仅是因为这样一来太容易露馅了，毕竟他的身份和档案都是新做的……要不然，同意做作业？

但祝岚行还想再争取一下："老师，班里并不只有我一个人不交作业……"

"可能就是你一个人。"

说话的人在祝岚行背后。

祝岚行微微侧头，看见鹿照远走进办公室，将手里的卷子放在王勇男的办公桌上。他匆匆扫了一眼，是有好几张卷子没错，但最上面的卷子上有大面积的空白，下面卷子的情况估计也不会好。

他又看向了王勇男。

王勇男显然已经习惯了，他看着卷子点了点头："我晚点看。"说罢，他打开抽屉又抽了几张卷子给鹿照远。

祝岚行等鹿照远走了才说："老师，鹿照远虽然交了作业，但还有很多没写。"

王勇男："关于这一点……是我同意的，鹿照远的成绩……"

祝岚行迫不及待地说："那我也可以像鹿照远一样只做自己想做的题目吗？"

当然不行！作为一个有原则的班主任，王勇男不需要思考就能甩出这个回答，但此刻他却迟疑了。面前的学生可是会找人假扮家长的，万一逼得太紧，对方再搬出一个假爹……他严肃的表情松动了："实在不会的题目可以空着。"

祝岚行看着只有30%完成度的鹿照远的试卷。

王勇男也看见了，所以他连忙补充："至少要完成70%！"

祝岚行："老师……"

王勇男神色认真："祝同学，我知道你现在觉得老师很烦，但高考是每个人都必须过的一关，我们六年小学，六年中学，用整整十二年的努力去闯这一关，现在距离这道关卡只剩下不到两年的时间了。如今是努力痛苦一时，不努力痛苦一世；考好了终生得意，考不好天天失意！就拿老师自己来说，老师当年高考，就差一点点……"

祝岚行悄然叹了一口气。他上过高中，经历过高考，考了个好大学，也上了两年，结果不算太好……高考是很多人改变命运的途径，可惜不是他的。

不过……祝岚行看了眼王勇男激动到微红的眼眶，觉得没有必要再争执下去了。最后，祝岚行做了写作业的保证，王勇男也见好就收放他走了。

从办公室出来没走几步，祝岚行就听见一声嗤笑："你也太跩了。"

祝岚行朝声音传来的方向看去，看见倚墙站着的鹿照远。显然，对方在这里等他有一会儿了，于是他问："找我有事？"

当然有事！今天一天，鹿照远和他的小伙伴们用了各种方法都没能在学校初中部找到那个叫祝野楼的学生！鹿照远也回过味来了，祝野楼压根不是他们学校的，至于他为什么要骗自己……谁知道那小鬼是怎么想的。

鹿照远懒得去猜。他只想找到人，看看对方是不是真的因为自己挨打了。"你这样直接说不写作业，老师怎么可能会答应？"鹿照远懒懒地说，还有点儿对祝岚行这番简单粗暴操作的鄙视，"你要真不想做作业……我们做个交易怎么样？"

"什么交易？"祝岚行问。

"你把祝野楼的联系方式给我，我的作业给你抄。"鹿照远说道。

"……"就你？祝岚行想到鹿照远的学渣属性和毫不端正的学习态度以及大片空白的练习卷，觉得很没必要。

"要是连抄都不想抄，"鹿照远垂下眼，透着股玩世不恭的劲儿，"我让向晨写作业的时候把你那份一起做了。他能仿写多种笔迹。"

"……"祝岚行真实地心动了，但还是疑惑，"向晨为什么会仿写多种笔迹？"

这话两人是边走边说的，说话间已经到了教室。这会儿放学有些时间了，教室里就剩向晨和舒云飞。

鹿照远走到自己桌子前，拿了张自己写了的卷子，又从向晨桌上拿了一份今天的作业，摆在祝岚行面前："怎么样，一模一样吧？天赋。"

祝岚行却觉得向晨这个天赋八成是被鹿照远逼出来的。他沉思许久："半年。"

鹿照远挑眉："一周。"

"三个月。"

鹿照远嘲笑道："一个账号而已，最多一个月。"

向晨奋笔疾书，老大有事，小弟服其劳。反正不管作业还是检讨，他都写习惯了。等写完还有做不出来的，再劳动老大过目。

祝岚行伸出手，与鹿照远轻轻一握。"成交。不过——"他为自己找小号争取时间，"今天晚上我要先验货，再给账号。"

回到家，祝岚行心里有了主意。他拿起手机发了一条消息。

两分钟后，一个顶着黄色可达鸭头像的人找来了。可达鸭像是知道祝岚行对自己的社交账号没有印象一样，非常自觉地自报家门："岚哥，我是双语中学初二年级五班的高小默，您的表弟。"

盲人的手机有读屏软件，一旦有消息进来就会自动朗读。但看不见的时候，哪怕有读屏软件，依然有这样或那样的不方便，直到眼睛恢复光明，祝岚行才拥有了最基本的生活便捷。

祝岚行流畅地打字："你发动态吗？"

手机屏幕后边，高小默的表情和他用作头像的可达鸭一样，充满了"我是谁？我在哪儿？我听见了什么？"的迷惑。他缓慢回复："……发。"

"发自拍吗？"

高小默："……也发。"

祝岚行陷入了沉思，思考自己该怎么开口。

而另一边高小默觑着冷冰冰的屏幕，试探回复道："如果岚哥不喜欢，我也可以不发动态和自拍。"

这倒也是个办法。祝岚行直接开口："借你账号用一个月。"

高小默立刻拍胸脯："没有问题！"

"我要用你的号加一个好友，而你，在这一个月里，要扮演祝野楼，一个初中二年级的学生。

"加完好友后，对方给你发消息你就回复，对方不找你，你也不用主动找他。切记不能和对方见面，也不能露脸，更不需要和对方谈得很好，可是也不能谈崩。"

高小默却问："祝野楼是谁？"

"我的表弟。"

高小默有点迷糊，还暗暗算了算谱系："可是……表弟为什么姓祝，姑姑明明和我爸一个姓，都姓高。"

祝岚行又为他补充讲解了一下双胞胎父母的背景设定："从母系算，是表弟。"

高小默惊呆了："姑姑还有双胞胎妹妹？姑父还有双胞胎弟弟？怎么我都不知道这回事，他们是从小走丢了现在才找回来吗？！"

"……"祝岚行现在十分确定对面是个货真价实的初中生了。

"我骗人的。"他顿了一下，又开口，"骗人不是好习惯，不要学。"

唰的一下，高小默脸红了，他无比尴尬地抹把脸："明——明白。"

"你确定没有问题？"

"肯定没问题，我不主动、不拒绝、不负责，"高小默找回了状态，一不小心就瞎说大实话，"就吊着他呗！"

祝岚行只花几分钟的时间就顺利搞到了一个货真价实的初二学生的社交账号，还顺便解决了后续维系关系的问题，但是为了少出纰漏，他决定今晚还是自己出马。

晚上八点，鹿照远如约发了作业的照片过来。正在看电视的祝岚行也被这一连串的叮咚声惊动，不得不暂停视频，拿起手机查看对方发来的图片。

写得密密麻麻的，和自己的字迹不太像，但也足够应付老师了。

"收到。"祝岚行回复道。

鹿照远更是干脆利落："号码。"

祝岚行把高小默的账号推给鹿照远，然后切换到高小默的账号通过了鹿照远的好友申请，通过的时候，他还很谨慎地设置了好友权限。

鹿照远的账号名就是他的名字，头像则是一个踢球的背影。祝岚行仔细看了下，确定这就是鹿照远的背影——少年的活力与叛逆尽显，和现实中一模一样。

才通过申请，鹿照远就发来了消息："昨天谢了。"

祝岚行克制地回复："不用谢。"

无论什么时候，鹿照远说话总是很直接："我听你哥说，你因为我挨打了？"

祝岚行："皮外伤。"末了还附上了一个微笑的表情。

消息发出去后，对面半天才回复："没事就好。"

祝岚行用表情结束了这场对话，然后切换回自己的账号，告诉高小默自己用好了，并再次强调了一遍跟鹿照远聊天的注意事项。高小默自然是连声应好。

但不等他从跟祝岚行聊天的窗口切出去就收到了鹿照远的消息。

"我给你寄点零食吧。"

高小默都惊呆了，他有一瞬间怀疑自己的表哥假装小姑娘跟人网恋了，可转头就想起自己现在是祝野楼，一个弟弟。高小默看着聊天窗口发呆，这该怎么回？

此时的鹿照远刚敲响了弟弟的房门。

门很快打开，鹿乐成毛茸茸的脑袋从中探出来："哥，有事？"

"问你个事，你们学校最近有什么比较流行的零食吗？"

两人虽然是兄弟，但并不在一个学校。鹿照远在实验中学，鹿乐成在双语中学，后者的学校算是贵族学校，里头流行风向变得快，大家都比较时髦……对于因自己而无辜被打的祝野楼，鹿照远还是感觉挺抱歉的。但祝野楼明显不想多谈挨打的事情，鹿照远也就只能买些零食送过去安慰安慰对方受伤的心灵了。

鹿乐成转头拿手机："还真有，哥你等下，我找找发给你。"

这个空当里，手机振动起来，鹿照远低头一看，是祝野楼发来的消息。

一只浑身带着镭射光彩的小黄鸭在屏幕上旋转跳跃不停歇。

"……"鹿照远有点怀疑自己的眼睛，于是又往上翻了翻聊天记录，实在是无法将前面的一板一眼和现在的欢脱联系在一起。

"也太分裂了……"他嘀咕道，但也觉得这家伙现在才有点初中生的感觉。

果然，刚才是在生气吧，鹿照远想着，见屏幕上又弹出条信息来。

"谢谢亮哥，不用了亮哥，我哥天天给我买零食，我都吃不完。"

"你哥？祝岚行？"

"对、对、对！"高小默回复得飞快，"我那天底下最好最大方的哥！"

鹿照远回了一个省略号。天底下最好的哥？他想起祝岚行那张冷淡又似乎憋着坏的脸，轻轻"啧"了一声。

虽然想要补偿一下小孩儿，但小孩儿态度坚决地拒绝了，鹿照远也没勉强。

他收了手机，对鹿乐成说："别找了，暂时不用了。"

鹿乐成呆了："……啊？我刚把链接发给你了。"

"发了就发了。"鹿照远不在意，但想起自己提起买零食后弟弟的神情、语气，他脚步一顿，问道，"你想吃吗？想吃我给你买。"

鹿乐成眼睛亮了："可以吗？"

"当然。"

鹿乐成说："那我要第三个链接的鲷鱼烧冰激凌！"

鹿照远笑笑应了。

目送自家大哥离开，鹿乐成开心地比了个"耶"。人在家中坐，零食天上降，他拿起手机想将这份幸运分享出去，编辑好内容，刚按下发送键，他就刷出条新动态。

默言默语：

今天给个帅哥哥做替身了，跟小说里的情节一样，感觉非常无敌螺旋踢腿半空劈叉般奇妙哈哈哈哈哈哈哈——

下方还配了张黄色鸭子的搞笑表情。

鹿乐成的账号里加的全是同学和家人，默言默语就是他班上一个叫高小默的同学。两人不算熟，同班两年也没说上十句话，但这条分享实在有点好笑，鹿乐成想了想留了言。

小鹿蹦蹦跳："真这么好玩？"

默言默语火速回复："你无法想象的好玩，主要是反差感和秘密性。"

写完了仿佛暗语一般的回复之后，高小默一下清醒了。

我在干什么？我飘了！我居然敢在背后说岚哥了！

"不行不行不行。"高小默自言自语,"你看看你全线最新版最大容量的智能设备,再想想每年寒暑假两趟出国游和过年时五位数的红包……岚哥可不只有你一个亲戚家的弟弟!"

凡是岚哥说的,都是对的;凡是说岚哥错的,都是错的。高小默坚定思想觉悟,果断删掉了刚才的动态,改成了隔空表白——

默言默语:
岚哥、岚哥,你就是我的岚爸!

算是将不发动态的保证彻底抛在脑后了。

第 04 章
霸总哥哥

事情比祝岚行想象的更加顺利，除了当天晚上，一直到周五，鹿照远都没再找过祝野楼。没有交流，当然就没有露馅儿的风险。再加上祝岚行多少也适应了学校的生活，上课看自己的书，放学有别人帮忙写作业，日子过得十分轻松愉快。

但周五之后就是周末，祝岚行必须面对一个问题——为了继续充电，他得跟着鹿照远。而一个人天天跟着另外一个人叫什么事呢？

可是没办法。

祝岚行费了些心思，套上假发，戴上帽子与口罩，彻底变装之后才出现在鹿照远打工的甜品店。店长尤甜在店中穿梭忙碌，鹿照远在吧台后做咖啡，一切都井然有序。祝岚行背着包进入店中，找了个角落坐下。

才坐好，尤甜就笑眯眯地迎上来："客人要吃点什么？我们这周出了柚子口味的新品，推荐尝尝。"

祝岚行没有说话，只是点了点头，宽大的帽檐将他仅露出的眼睛也遮住了。

到晚饭时间，店里的客人陆陆续续离开，尤甜也终于能够喘一口气。她刚到吧台旁边坐下就听到后面的同事在八卦。

"……坐在角落的客人好奇怪。"

尤甜不由得板起脸，小声对同事说："没事做了吗？天天议论客人。"

同事并不很怕尤甜，笑嘻嘻地小声说道："是真的奇怪，尤姐你可能没有注意到，这个客人从进来起一共点了六份一模一样的甜品。"

"啊？"

"对，全是柚子白雪冰，点了也不吃，口罩就没有拿下来过，每次等到点的那份彻底化了，就再点一份新的。你说他在想什么？有钱也不是这样浪费的吧。"

尤甜听了忍不住也朝角落望去。戴帽子，戴口罩，一坐一下午……是挺奇怪的。

其他人议论的时候，鹿照远刚好换完衣服出来，他朝尤甜摆了摆手，说道："我先下班了。"

"去吧。"尤甜痛快放人。

鹿照远也毫不留恋地向外走去，但在推门的时候，他朝同事们说的角落看去，那里空荡荡的，并没有什么戴着帽子和口罩的奇怪客人。

一下午都没动的人在自己刚下班就消失了，这真的只是巧合吗？鹿照远无法说服自己就这样略过这件事，而且他有一种奇怪的直觉，那个全副武装的奇怪客人好像是自己的新同学祝岚行。

但祝岚行这样做是为了什么呢？鹿照远挑了挑眉，挑出满心的纳闷和不爽。

注意力全被祝岚行夺走的他没太关注身旁，也就没有发现有个寸头藏在人群里尾随了他好长一段路。

寸头和鹿照远差不多大，面上虽然有点凶狠，但也看得出是个学生，他一边跟踪，一边发消息："踩点成功。"

"鹿照远在一家甜品店里打工，明天他上晚班，是一个人。"

"我们叫几个人，明天晚上堵他一回，报上次的仇！"

转眼一夜就过去了，祝岚行故技重施，甜品店一开门他就进去等着了，可惜整个白天他都没有见到鹿照远，直到晚上六点以后，对方的身影才姗姗来迟地出现在甜品店门口。

今天鹿照远上的是晚班啊……口罩之下，祝岚行面无表情地想，疏忽了，我累了，真的。

但好歹充电宝还是来了，祝岚行鼓励自己，调整了一下姿势，开始安心地闭目养神。不知道是不是电量一直不算充足的缘故，他一下就睡着了。

这一觉睡得不是太安稳，人声和眩光总在黑暗中突现纠缠他，直到熟悉的声音将他唤醒，祝岚行才挣脱。

到这时，他才发现明亮的店铺已经变得昏暗，客人也都走了，地板上湿淋淋的痕迹从店门口一直延伸到自己脚边，而鹿照远就站在他身前，眸光很亮，带着些咄咄逼人的意味。

对上他的视线，鹿照远不紧不慢地开口："客人，我们打烊了。"

"不好意思。"祝岚行回过神来，压低声音说道。

鹿照远挑挑眉，微微让开了一些。祝岚行警了他一眼，站起身，谨慎地低着头将自己的东西收好，背起背包，抬脚离开。转过身时，他不忘看了眼许愿机的电量——35%，差强人意，也够撑到明天了。

鹿照远收拾好一切走出商场的时候，看见那个全副武装的背包客人还在路边站着。鹿照远看了看周围，瞬间了然，这是碰上周末回家的高峰了。打车回家可不是他这个打工人该干的事，他脚步一转，往停着共享单车的广场那一头走去。

祝岚行等车张望时，恰巧看到鹿照远了。他用超常的毅力将自己的双脚牢牢钉在了原地，目送鹿照远走远了。

恋恋不舍地收回视线，祝岚行抱着一丝希望看向手机。

打车软件的界面上贴心地显示着"前方还有17个人正在排队，预计等待时间为24分钟，请耐心等候"。祝岚行无语地闭上了眼睛，然后他做了个决定——去骑车。

夜晚挺静，路灯很亮，穿过广场，人流变得稀了些。虽说走近点还能蹭着充点电，但祝岚行依然克制地保持了距离，鹿照远似乎对他隐隐有所怀疑了，安全起见，还是不要再做会让人误会的事情了。

两人之间的距离越拉越远，祝岚行一个走神，前边的鹿照远拐了个弯，身影彻底消失在他的视线里。

祝岚行不自觉地松了口气，被迫当跟踪狂的感觉真是太差了。

就在这时，鹿照远身影消失的那个拐弯处忽然传来一阵凌乱的脚步声。他怔了下，又听见一声高喊："拦住他！"

凶狠的喊声在安静的夜里传出老远，震得路边的路灯似乎都闪了一下。

祝岚行内心闪过一些异样，加快脚步，匆匆赶了过去。

鹿照远消失的拐角处连着一条小巷，昏暗幽长，蜿蜒如蛇。小巷里，不知从哪里钻出来的几个人将鹿照远围在了中间！

祝岚行来不及反应，就见对面的男生提起拳头一拳揍在鹿照远的面门，嘴里还骂骂咧咧道："上次在球场你不是很横吗？现在怎么不横了？"

对方背对自己，祝岚行没有办法判断鹿照远伤得怎么样，而且凭自己这副瘦弱的身体，贸然闯入显然也不是明智之举……

短短几秒，他脑中天人交战了数回合，在决心事后好好补偿对方后，他高举手机冲向人群，准备拍下证据然后马上报警。

然而，眨眼间情况就变了。刚刚还在挨揍的鹿照远一拳砸在对方脸上，愣是把那个一米八的大高个砸得踉跄后退了几步。

祝岚行沉默了。这种证据，真的能帮上忙吗？他正想着，突然有人怒喝道："你拍什么拍！"

冲突之中，堵着鹿照远后路的两个男生中的一个转过头来。他穿着白T，衣服后面印着四个张牙舞爪的黑色大字"有种来啊"，配着他的莫西干头，一副凶神恶煞的模样："别管闲事，放下手机，删了视频，不然连你一起打！"

祝岚行抬眸看了对方一眼，出人意料地应了："好，我删了。"

反正这证据也讨不了好。

祝岚行干脆利落地删掉东西，又在莫西干头的注视下退后两步。

莫西干头得意地冷哼一声，转头再度加入战局。

就是现在！祝岚行一个箭步走上前，肩膀一沉，背包滑下肩头，他顺势抓住背包肩带，抡起背包砸向莫西干头的后颈。

莫西干头向前扑倒，旁边的人瞬间反应过来，怒吼一声，举拳对准祝岚行。

拳风扑面，祝岚行连忙打开手机的手电筒，骤起的亮光晃了对方的眼，连带着攻击也失了准头。祝岚行趁机冲上去，抓起鹿照远的胳膊："快走！"

昏暗的环境衬得鹿照远的双眼愈发明亮了，那双眼睛就这样注视着祝岚行，似乎在判断着什么。祝岚行又扯了他一下，语气急促："赶紧走！"

这回鹿照远动了，还说话了："挺有创意，不过杀伤力太低了。"说罢，他一个用力，借着祝岚行拉着自己胳膊的姿势将人拽到了自己身后。

祝岚行这才发现不远处躺着三个人在小声地抽气——挺疼的吧，祝岚行不合时宜地想。

挡在他面前的鹿照远已经对上了刚刚那个被晃了眼睛的家伙。

那人对鹿照远怒目而视，可能是忌惮他的实力，迟迟没有动作。鹿照远也一言不发地跟对方对峙着。

就在这时，棍棒带起的风声自身后响起。祝岚行失明多年，优于常人的听力让他一瞬间锁定了声音传来的方向。

来不及多想，他使出全身力气拉起鹿照远就跑。

棍棒擦着祝岚行的后背落下，鹿照远看在眼里，满是惊讶。身后愤恨的呼喝响起，鹿照远用力抽手，想回头给那些人一点教训，可抓着他的手却异常用力……犹豫了一瞬，鹿照远加快速度带着祝岚行疯跑起来，将那些喝骂远远抛在了身后。

不知跑了多久，也许也没有很久，但对祝岚行孱弱的身体来说却是难以承受的运动量。他的胸膛像是要爆炸了一般，身体像打开的水龙头，汗水争先恐后地排出来，滴在眼睛里，甚至扭曲了眼前的景象。

身旁传来熟悉的声音："甩掉了。"

祝岚行感觉领着自己的风也在这声响起后终于停下，他的双腿还要不由自主地往前踏，可肌肉却酸痛得让他动弹不得。祝岚行觉得整个世界似乎都在晃动，他踉跄地走向墙壁，将自己的脊背紧紧地贴了上去。

眩晕在这时达到顶峰，意识仿佛中断了一下。祝岚行惊恐地发现眼前闪烁摇晃着的光全都不见了！像是对着他的两扇光明的窗户全关了，他又进入了黑暗的盒子里。

短暂的恍惚之后，祝岚行才在一片寂静的漆黑中意识到，刚才不仅是运动过量，他还耗尽了许愿机的电量，变成了二十岁后瞎了的自己……

幸好今天衣服穿得宽松，祝岚行冷不丁地想道。

沉默只有一瞬，下一刻鹿照远的声音传来："你的口罩都打湿了，别戴了——"

接着，他脸上一凉，口罩被取下。

祝岚行睁大眼睛，但什么也没能看见，只有敏锐的耳朵听见鹿照远的呼吸猛地加重，又停滞，最后是一声怎么也掩饰不了的惊呼——

"你……你不是祝岚行？！"

鹿照远蒙了。

他无法理解，明明面前这人有着十成十的祝岚行的轮廓，但……不是他……

祝岚行虽然总是一副冷淡的样子，可偶尔还是透出些烟火气，可眼前这人却像是被时间单独禁锢了一样，他身上看不到任何社会属性的影子，只余下一个最纯粹的个体，孤独内敛，无声无息，又像黑色画布上的白色美人像，美得惊心动魄。

等等，我竟然觉得祝岚行有烟火气？鹿照远后知后觉地感到一阵窒息，但又不得不承认，要是和面前的人相比的话，祝岚行倒也能算是个活人。

"你是谁，为什么连着两天都在我上班的地方出现？还有，你和祝岚行有什么关系？"鹿照远收回飘远的思绪，专注于眼前的人，冷静地发问。

鹿照远直直地盯着对方，昏黄的灯光下，倚墙而立的人似乎有些不真实。

"你说祝岚行？你认识他？"对方回避了问题，反问道。

"呃……他是我同学。"鹿照远解释道，突然心虚了起来，仿佛自己心里那点怀疑被人看透了一般。

"我姓祝，是他哥哥，表哥。"

"表哥？那祝野楼是你亲弟弟？"鹿照远记得祝野楼提过自己有个关系不好的亲大哥，但他又觉得不可能这么巧，于是故意问道，"你怎么连着两天来我上班的甜品店，是祝野楼告诉你的？"

当然，他从没有跟祝野楼说过自己的工作地点，但现在这个一竿子捅到了祝家老巢的感觉让他不得不留个心眼。

祝岚行当然听得出来这是在试探他，于是他儒雅又包容地笑了："我工作的地方在附近，这两天有点突发状况，所以去那家店待得久了些。"

"这样啊……"鹿照远干巴巴地说，"好巧。"

"是很巧。不巧也不会在刚才看了一场好戏。"祝岚行淡淡地说，末了又道，"你就是野楼提起过的小亮哥哥吧？野楼说你人挺好……小亮。"

鹿照远耳朵微微发热，被家人叫惯了的小名突然被眼前这人这样理所当然地念出来，感觉不太一样。

祝岚行看不见，他不知道鹿照远为什么突然不说话。可没有声音，置身黑暗中的他就不得不调动除眼睛以外的所有感官，去感觉、捕捉哪怕最微不足道的变化。

祝岚行沉吟片刻，决定打破沉默，他小心地向之前声音传来的方向伸手："我的口罩……"

鹿照远也在这时有了反应："抱歉……"

对方细微的动作导致祝岚行的估算有了偏差。他没有摸到口罩，却触碰到了对方因夜风而微凉的肌肤，以及上面区别于汗水的黏腻感觉。

第04章 霸总哥哥

"你受伤了？"祝岚行收回手，微微侧头，做出注视的样子。

"没事，小伤……"手臂确实有点痛，鹿照远借着灯光看了一眼，可能是刚才跑的时候在哪里蹭到了，小臂上是一片脏兮兮的暗红。

闻言，祝岚行再度伸手，神奇而又精准地抓住了鹿照远的手腕并避开了所有伤口，语气中带着不容置疑的意味："去医院。不要这样回去，家人会担心的。"

可能是因为对方成年人的气势，又或者是因为"家人"这个词，短暂的沉默后，鹿照远说："这点小伤去医院太夸张了。我看了下地图，前面五百米有个药房，到那里买点药水搽搽就行了。"

一路上祝岚行都牢牢地抓着鹿照远的手腕，中途鹿照远几次想挣开都没成功。鹿照远干巴巴地说："我伤得不重，不用扶。"

"我怕你跑了。"祝岚行答道。

"啊——我有什么好跑的？"鹿照远费解。

"你刚才不就不管伤口吗？"

鹿照远无语地看向对方，刚想张嘴反驳，眼睛却被灯光下对方的脸晃了一下，还有点奇怪的亲切感，好像拉着自己手的，不是今天才见面的陌生人，而是个很亲切很信任让他感觉很舒服的……朋友。

就在这时，"目的地到达"的提示音响起，鹿照远的注意力被成功转移了。

进门的时候，因为看不见，祝岚行被绊了一下，不过他用崴脚这个理由搪塞了过去。很快，两人买好东西出来了，祝岚行特意记下了进门之后走的步数，出去的时候就在心头默数，最终成功安稳地走下台阶。

"找个地方坐，"祝岚行说，"给你上药。"

鹿照远扫了一圈："前边就是个小公园，去那里吧。"

他没察觉到异样，没心没肺地领头往前走，祝岚行也就没松手，安心地跟着。

两人走了没多久，小公园就到了。牵着手始终发挥着锚点的作用，祝岚行不动声色地向后微微退了半步，直到小腿撞到长椅边才慢慢坐下。

说实话，高中生和男青年这个组合出现在深夜的公园就很奇怪，两人坐定后，鹿照远才后知后觉地觉得别扭起来——不合适，祝大哥，咱俩这样不合适。祝岚行却完全没有这样的尴尬，他拧开纯净水的盖子，神奇而又精准地冲洗着鹿照远的手臂。

"呃……我自己来吧，谢谢。"不等祝岚行反应，鹿照远迅速地抽出胳膊，给自己上起药来。

祝岚行从善如流地收回手，还体贴地往后挪了一下，给对方多一点动作的空间。

鹿照远低着头，草草将胳膊上的伤口处理好，正要开口道别，一抬头却对上了祝岚行的眼睛——那双定定看过来的眼睛尤其专注，浅色的瞳孔里倒映的全是自己的模样，好像他的世界里只剩自己了一样。

鹿照远一瞬间愣住了，只听祝岚行说：「你脸上也有伤口。」

祝岚行没有尝试开机，眼睛始终看不见，之所以能够肯定鹿照远脸上有伤口，是因为刚刚打架的时候他看见了。祝岚行回忆之前的景象，手试探地伸向对方的脸颊，却不小心一下按到了对方的嘴角，还按到了底下藏着的突起，是鹿照远的虎牙。

抽气声在祝岚行的耳旁响起。祝岚行赶紧找补："我看你之前挨的那下不轻，口腔内有没有伤到？"

"没事，没有。"鹿照远脖颈后的寒毛悄悄竖起，他抿抿嘴，藏起自己的牙齿，"就是嘴角被刮破了，刚才那个人戴了戒指。"

"皮外伤也要赶紧处理。"祝岚行沉默片刻，问出心中疑问，"那些人是谁？看样子他们是有预谋地来堵你的，你之前和他们有过冲突？"

"外校的，算是冲突吧。"鹿照远嗤笑一声，"之前和他们打过比赛，输球了急眼了，不踢球了改踢人了……"

"然后？"

"然后，"鹿照远长腿一伸，靠着公园的长椅，声音里带着些懒洋洋的无所谓，"想踢人大家就一起呗，难道只有他们长了腿？结果对方踢人的技术和踢球的技术一样烂，甚至烂上加烂，输球又输架，最后被我们灌了六个球进去。"

"所以他们来堵你。"祝岚行想起自己拍到的画面，心情复杂地说，"你也算应对得当了。"

"没什么大不了的。"鹿照远回复得极其平淡，"三不五时就要来一回。五个人还能应付，人数再多就要见机行事了。"

"……"祝岚行问，"为什么不报警，或者告诉老师？"

"能自己解决的事为什么找别人？"鹿照远古怪地反问，"又拖拉又麻烦，还未必解决得了问题。"

我怕你将来被警方解决了，祝岚行望着鹿照远声音传来的方向心道。

大道理估计鹿照远是不会听的，他索性不说，只在短短停顿后委婉告诫："你要心里有数，如果需要的话……"他说了一串数字。

鹿照远一下没反应过来："什么？"

祝岚行重复了一遍："我的手机号码。"这是属于二十七岁的祝岚行的号码，他在心中默默补充道。

"有任何需要的话，找我。"

出乎祝岚行意料，鹿照远听了这话安静了下来。一时间，他有点摸不准是不是自己太主动了，因此显得有些居心不良？

果然，鹿照远的声音响起，语气有些异样："你为什么这么照顾一个陌生人？"

"我比你大十岁。"祝岚行尽量保持平静的语气，"你对我而言，还是个小孩儿。"有了真话打底，很多东西都顺理成章了。

祝岚行接着道："照顾小孩儿，不需要太多理由。而且岚行和你同班，他刚转学过去，我希望你们能好好相处。"

鹿照远吐出一口气，怪异的感觉有了答案："我会的，大家都是同学。"

他看祝岚行又拿起了棉球，便伸出手接了过来："我自己来吧。"

祝岚行没有坚持。他眼睛不方便，做太多的事情容易露馅。很快，鹿照远的伤口处理完了。祝岚行问道："你打算怎么回家？"

"骑车，前边有车。"

祝岚行"嗯"了一声："快回去吧。"

鹿照远站起身，见祝岚行坐着没动，嘴边的话不知怎么的就变成了"再见"。

对方略带失落的语气让祝岚行一愣，随即他又笑了。他站起来伸手按住鹿照远的肩膀，揉了揉。

鹿照远在祝岚行望向自己的双眼中看见了一点笑意。那点笑意像夜空里的星，闪闪烁烁，捉摸不定，却让人移不开眼。

那星星的主人开口说："你只是个学生而已，不要太勉强。"

鹿照远离开后，祝岚行又坐了一会儿。

后面传来窸窸窣窣的响声，也许是野猫在翻垃圾桶；前边有鞋底摩擦路面的沉重脚步声，可能是醉汉路过……各种各样的声音充斥他的耳道，可眼前却始终是一片漆黑，那黑浓得仿佛无论撕去多少层，总还有沉沉黑幕在底下。祝岚行握紧手机。

他置身在一个喧闹又孤独的世界。世界永远喧闹，而他恒久孤独。

七年的时间，他本来已经习惯了，但再一次短暂拥有过光明之后，对黑暗的恐惧就犹如附骨之疽，如影随形。

而能够打败这种恐惧的，唯有光明。

祝岚行摸向腕间的手链，还不是时候，再等等，他对自己说。

"呼叫威廉。"他摸索着启动手机的语音助手打出了一通电话。

电话很快被接通。对面的人正是之前和王勇男沟通过的"祝岚行家长"。

"岚行少爷？"

"威廉，追踪我的位置，过来接我。"

另一边，鹿照远踩着共享单车慢吞吞地往家的方向走，从他跟祝岚行分开其实也有半小时了，因为不想回家，所以在附近稍稍磨蹭了一下。等红灯的时候，鹿照远突然看见一辆豪车自身旁飞快驶过，并停在他之前离开的小公园附近。

车门打开，一个西装革履的中年人下了车，匆匆往公园那边走去。

不知为什么，鹿照远脑海里突然浮现出了祝岚行那双浅色的眼睛。他想了想，掉转车头往回骑了一段，正好看见刚才的中年人搀着一个人从小公园走了出来——

是祝野楼的哥哥。

中年人将他扶进车里，又绕到另一边上车，车门关上，黑色的轿车飞速驶离。

鹿照远后知后觉地想，他身体不舒服？

这个想法萦绕在鹿照远心头，夹杂着惊讶、懊恼和担心，让他始终不能安心。于是洗完澡躺在床上的他犹豫再三，还是摸出手机联系了祝野楼："你哥哥还好吗？"

消息发出，对方秒回："岚哥？岚哥很好啊！"

"不是他，是你另一个哥哥。"鹿照远打字，"二十多岁的那个，他说祝岚行也是他表弟，还说你跟他提过我。"

巨大的问号就如从天而降的陨石，哐当一声砸在高小默的脑袋上——所以我岚哥，虚拟出来的不是一个人，是一个家族？

高小默抹了把脸，火速把聊天记录转发给祝岚行。然而消息石沉大海。

鹿照远还在给他发消息："我刚和你哥分开，他被人扶走了，看着不是很好。"

"哦……我哥身体不太好。"高小默战战兢兢，在露馅儿的边缘疯狂试探。

高小默的回答让鹿照远莫名想到了自己的弟弟，他顿了一会儿才回复："对了，晚上碰见你哥的时候忘记问了，你哥叫什么名字？"

高小默的脑海里瞬间闪现以"野"为中心的一百种答案，又闪现以"岚"为中心的另一百种答案，还闪现——闪现不出来了，他完全取不出合情合理的名字。他只能寄希望于祝岚行在下一秒回复自己，可时间一分一秒地过去，祝岚行那边毫无反应。

鹿照远的新消息又跳了出来，只有短短一行，但高小默觉得自己从对方的每个字里都能读到怀疑与审视："这个问题很难回答吗？"

"他叫……"高小默赶鸭子上架，干脆把心一横，豁出去了，"祝霸总！"

"他的名字已经不重要了，每个人都叫他祝霸总，他从头到脚，从里到外，就是一地地道道、货真价实的霸道总裁！"

这晚，到家后祝岚行几乎昏迷了过去，最终在经历了似睡非睡的漫长折磨后浑身大汗淋漓地睁开了眼睛。眼前是漆黑的，有那么一瞬间，祝岚行分不清自己究竟是梦是醒，茫然地坐了一会儿后，他握住手链，在内心默念开机。

黑暗收敛了。

一点微光点亮了视野的最远处，起初小得和芝麻粒一样，后来渐渐扩大，祝岚行先看见了天边的红日，再看见框着红日的窗户，最后整个房间都进入他的视野。

他长长地舒了一口气，想起床，但无力的身体又让他重重跌回床上。直到这时，他才感受到浑身的酸痛和过高的体温。

发烧了啊，但这不是什么大事……祝岚行给家庭医生打了电话，然后强撑着起床洗漱——可以生病，但不能不充电，这个学他上定了。

发着烧又吃了药的祝岚行虽然到了学校，但也没勉强自己，从早读课开始就趴在桌上睡觉，迷迷糊糊的，好像听见王勇男说了什么"联考"，但这些都跟同学的喧闹声和老师的讲课声混在一起，仿佛是梦中的事。

他就这样昏沉地过了大半天，直到被向晨那足以掀翻教室屋顶的愤怒叫喊吵醒。

"四中的混蛋居然敢带人堵你？不要命了！亮哥，你喊一声，我们堵回去！"

然后是鹿照远的回答："行。"

祝岚行简直是垂死病中惊坐起，因为起得太猛，眼睛都是花的，可他顾不了这么多，直接转头去看鹿照远。

就见鹿照远皱眉瞅着他："有事吗？"

"……没事。"

祝岚行刚要开口问他是不是还要去打架，就听刚刚一直埋着头折腾手机的舒云飞说话了："等等亮哥，四中那边有情况。"

"什么情况？"向晨急不可耐地问。

"陈公鸡他们今天没去学校。"舒云飞头也没抬地说，"我打听出来了，最早出歪点子堵亮哥的就是陈公鸡，没事给自己剪个鸡冠头，染成红色，还对学校说是天生的……言归正传，肯定是昨天没成功，他怕亮哥你回头找他算账，所以躲起来了。"

祝岚行想起了昨晚被他用背包放倒的那个莫西干头，然后又转头看向了鹿照远。

鹿照远收起搭在窗台上的手臂，站了起来。他额前的刘海被风吹到了两边，脸上毫无遮挡，嘴角的伤口就格外明显。"知道了。"他说，然后走出了教室。

向晨和舒云飞连忙跟了上去，留下祝岚行一个人盯着三人的背影狠狠皱眉。

这语气，报复之心溢于言表啊。祝岚行颇有点孺子不可教的无奈感。先不说鹿照远是他珍贵的充电宝，就算只是个普通的高中生，他也不能眼睁睁地看着对方走上歧路，何况现在这歧路看起来是三个人要携手走了……祝岚行沉默半晌，有了主意。

当天晚上回家，他拿起手机准备登高小默的号。一开机，计划还没来得及实施，就被高小默发来的一堆难以言喻的夸张的哭泣表情刷屏了。祝岚行耐着性子翻查对方发来的消息，了解了前因后果，然后被"祝霸总"这个名字狠狠地钉在了原地。

祝岚行做了几个深呼吸，到底也没去教训这个无厘头的小表弟，留言、上号一气呵成。下一瞬，他就是祝野楼了。

他发消息："亮哥在吗？"

"什么事？"鹿照远回复得很快。

"听我大哥说你昨天遇到了点麻烦，你还好吧？"

"没事。"鹿照远言简意赅。

祝岚行删删减减，考虑怎么把话题引到自己想要的那个方向。这时，鹿照远的消息过来了："你哥昨天被敲了一棍子，严重吗？"

其实鹿照远在看到祝岚行被人扶着上车的时候就想起这个事儿了，总归是因为自己对方才挨了这一下。虽说对方留了电话号码，他也有心想要问一问，但实在不知怎么开口。昨晚他也想问，但被"祝霸总"这个名字给唬了一下，一时又忘了。现在他正琢磨该怎么再打听情况呢，祝野楼发消息来了，鹿照远抓住机会，立马发问。

看到鹿照远的消息，祝岚行才想起来好像是有这回事。他动动肩膀，没什么感觉，猜测应该只是皮外伤。"没事。"祝岚行不想浪费时间，他斟酌着打字，试图在保持自己人设的同时劝说鹿照远，"我听我大哥说了，这次是对方找的你，亮哥你得保护好自己，还是要找个合适的方法解决这些麻烦才行。"

"怕我去找对方打架？"鹿照远一针见血地戳破了祝岚行的迂回，"还是说，是你大哥要你来劝我的？"

是我本人亲自在劝你！祝岚行面无表情地想，回复却不慢："不，我才不听我哥的呢，就觉得那样有点傻。"

"傻也认了。"鹿照远回复。

祝岚行连忙打字，还想再劝两句，就看到鹿照远发来了另一句话："牵扯到你大哥了。找我麻烦我可以认，但是牵扯到无辜的人就不行。"鹿照远想到昨晚祝岚行非要他处理伤口的模样，忍不住又发了一句，"他人挺好的。"

祝岚行悟了，鹿照远之所以如此执着还有一部分原因是他。难道要祝霸总来劝？可牵扯进太多虚构的身份让祝岚行很没有安全感……他的手指在键盘上划了两下，回了个"嗯"后就关掉了微信。

接下来的几天，虽然向晨和舒云飞没再到处嚷嚷要找陈公鸡了，但祝岚行知道鹿照远并没有改变主意。祝岚行想办法用祝野楼的号加上了向晨的好友，并最终混进了名为"反击卑鄙无耻陈公鸡作战群"的群聊中。

周五，舒云飞又兴奋又遗憾地在群里发言："找到陈公鸡他们了！"随即还附上了一条定位消息。

鹿照远："正好是周五，放学就去找他们聊聊吧。"

向晨自然是积极响应。祝岚行为了不露馅儿，也跟着回复了一个"亮哥威武"。

这就算是说定了。虽然祝岚行不想暴露身份，但他也不想就这样放弃，于是在放学的时候叫住了鹿照远三人。

"我说你们，"祝岚行开了口，发了一个星期的烧，他的嗓子哑得厉害，"是要去堵人找回场子吧？祝野楼都告诉我了。报仇是没什么，但，能不能有点创意？"

"小孩子果然不靠谱。"最冲动的向晨抱怨道，接着"哈"一声，"我们去干什么关你什么事？"

"是和我无关。但我这儿有个主意，你们要不要听听？"

"你——"向晨还想开口，被鹿照远拦住了。

鹿照远问："什么主意？"

"你们与其冒着跟对方发生集体冲突最后被老师和家长教育，甚至还可能闹进警局留下案底的风险找上门，"祝岚行说得很慢，"不如把这几个旷课一周的学生连带他们的秘密基地一起举报给他们的班主任和学校教务处。逃课一周，我想四中的老师和他们的家长一定会迫不及待地上门给他们带去最亲切的'问候'。只要你们想办法搞到第一现场的视频并且传出去……我想他们应该再没心思出来吃五喝六了吧？"

听完祝岚行的话，连最为不忿的向晨都噤了声。他们三人齐齐盯着祝岚行，目瞪口呆之余，心中还有一个共同的感慨：好……好"歹毒"！这心肠，是真的"毒"！

鹿照远没想到，他们只是想在身体层面上征服对方，而祝岚行是想从精神层面上摧毁对手。这种精神战斗法一旦成功……陈公鸡他……鹿照远打了个寒战，转而又想到些什么，于是眉头微拧，戒备地问祝岚行："为什么给我们出主意？"

祝岚行感叹这小子的戒备心，庆幸自己早有准备："因为我哥……我表哥啊，总不能让他白白被打吧？"

这下没人有疑问了，四人一致同意在这周末实施这个"助人计划"。

了却一桩心事的祝岚行回了家，发现亢奋的少年们不光已经按照计划开始行动了，甚至连在群里没什么存在感的祝野楼都被向晨艾特①出来了。

"怎么了？"这回上号的是高小默。他茫然无知，纯洁得就像一个小宝宝，"艾特我干什么？"

"明知故问啊你，把群里的事情全告诉你哥了还在这里装无辜？"

向晨的一句话把高小默说蒙了，天地良心，他真的什么都不知道啊！还好向晨马上又发了数条长长的语音消息，把祝岚行出的主意一字不漏地复述了，最后还点评道："你哥是真的毒，我听完他出的主意心都抖了，就怕他把我们也给举报了……"

"其实我岚哥吧……"高小默了解了事情的来龙去脉，顿时也不怵了，甚至还敢出卖祝岚行，"还真有过这个想法。"

这句话一出，别说向晨了，就是恰好点开群聊的鹿照远都感觉头皮发麻。

向晨："真、真有？"

高小默："骗你干什么，我岚哥就是这种人。"

向晨："这也太爱打小报告了吧？！"

高小默这回可不乐意了，义正词严地纠正对方："怎么能叫作打小报告？分明是积极配合老师开展工作，拯救失足失学少年，学校应该奖给我岚哥一面锦旗！"

向晨："……"这天聊不下去了。

---

①艾特：符号@的中文谐音，在群聊中@加上用户名，一般表示提到或者提醒某人。

高小默却兴致高涨，继续表白："我岚哥身体是真不好，可牛也是真的牛。那些打小报告的为什么令人讨厌？是因为他们拿着别人的秘密去讨好老师。但我岚哥不是这种人啊！他根本不需要讨好任何人！他之所以这么做，是因为他内心有对这个社会、对学生的一份责任感！是完全公心没有私心的高尚道德！"

这段长长的几乎能占满屏幕的消息蹦出来以后，鹿照远接到了向晨的私聊。

向晨："这小老弟脑壳坏了，不中用了，咱不要他跟咱混了吧？"

巧了，鹿照远也这样觉得。而且他还发现祝野楼的个性实在是难以捉摸，时而冷静理智，时而活泼跳脱，就连表情包也是风格迥异……

向晨继续吐槽："你说那一长串话，我怎么看怎么别扭，这是活体脑残粉吗？"

鹿照远同样觉得别扭，只要把这些形容的对象代入一下祝岚行，就立刻有了格格不入的出戏感。要说哪里出戏……鹿照远又扫了眼高小默发的那条长长的消息。突然，他眉头一挑……

"身体是真不好"——祝野楼为什么说这个？之前他俩私聊时提到身体不好的人明明是祝霸总，难道表兄弟之间也有身体不好的遗传巧合？

"对这个社会、对学生"——这种居高临下的说法也有一点古怪，好像那个人不是他们的同龄人，而是一个已经出了社会有身份的人一样。

鹿照远的脑海中突然闪现出昏黄灯光下的一张脸，俊美冷淡，那双浅色的眼睛里都是自己的身影。鹿照远怔了会儿，下意识摇摇头，内心颇觉荒诞，不同的两个人怎么能混为一谈？

然而这个荒诞的念头在鹿照远心里就像生了根一样，怎么也丢不下。来来回回分析了好几遍，鹿照远陡然想起一件事情来：那天晚上，在揭对方口罩的前一刻，他是万分笃定来人就是祝岚行，但是口罩揭下后，出现的却是祝岚行的表哥……时至今日，鹿照远依然不知道对方的真实姓名，但祝霸总……哪有人叫这个的，说个名字而已，有这么难吗？

想到这，他又翻看起了自己和祝野楼的聊天记录。当时他只以为两兄弟感情不好，所以对方才满嘴跑火车，但从另一个角度分析，这分明就是吞吞吐吐、含糊其词，瞎编的一个拙劣的谎言。所以，有没有可能，那天晚上出现的不是别人，就是祝岚行？只是他通过什么手段改变了自己的身高和样貌？

鹿照远屏息凝神，有点被自己的想法吓到了，但他迫切地想要证实……

带着混乱的思绪，鹿照远浑浑噩噩地吃了饭，甚至洗完澡了还在想这事。鹿乐成从房间里出来，经过他身边时关心了一句："哥，你后背怎么青了？上药了吗？"

鹿照远惊喜地看向自家弟弟，豁然开朗——那晚，那个人的后背也受伤了！

转眼就到了"助人计划"当天。根据舒云飞事先踩点得来的情报，几人约在了陈公鸡藏身的小区外的奶茶店会合。

说起来，这个"助人计划"差点夭折，只因为陈公鸡他们的秘密基地正好在最里面，是死角，从外面很难看清里面的情况，更别说拍了。就在向晨提议还是打上门去的时候，祝岚行及时伸出援手，再一次拯救了几个差点失足的少年。

他说："明天我带无人机去拍。"

想到这，鹿照远忍不住多看了祝岚行两眼。

祝岚行正好望过去，只觉得今天鹿照远的眼神格外不友好。没等他想明白，鹿照远就转移了话题，他对向晨和舒云飞说："你们穿成这样干什么？"

祝岚行和鹿照远都是正常的休闲装，但向晨和舒云飞两人，一个头戴帽子，一个面戴口罩，鬼鬼祟祟的，活像通缉犯。面对质疑，两人异口同声道："干偷拍的活儿就得低调点。电视里的狗仔不都是这样搞的吗？"

鹿照远干脆懒得再说什么了，他们高兴就好。

这时，祝岚行将自己带来的无人机放在桌子上："你们谁会操作？"

鹿照远看向他，有点不敢置信："你不会？"

祝岚行理所当然地解释道："刚买的。"

几人看祝岚行的眼神顿时变得有点怪。向晨比较耿直，张口直接问了："看这牌子，东西不便宜吧？你为了今天这事儿，特意买了架无人机？"

"嗯……"祝岚行刚要回答，突然记起来自己现在是高中生，于是话锋一转，"我向我哥申请了经费，我们也算替他报仇，他怎么也要意思一下。"这个理由很完美，单纯的真高中生们立马接受了，向晨和舒云飞还不忘夸两句哥哥真好。

虽然几人都没玩过，但要搞清楚无人机的操作也不难，祝岚行和鹿照远按照说明书上的指示操作，很快就上手了。

接着就该看戏了。舒云飞借奶茶店员工的手机给四中的教务处打电话，确认值班老师将各项信息都了解清楚之后，四人捧着奶茶坐在窗边安心地等待起来。

大约过了半小时，几个看起来像是家长的人陆续到了，然后一个一看就是教导主任的中年男人带着一群人也来了。两拨人打过照面后就结伴往小区里走。

"应该是他们吧？"向晨伸着脖子往外看。

祝岚行回忆了一下自己查到的信息，点点头："可以飞了。"

无人机稳稳地停到了窗户边，通过手机，几人将里面的情况一览无余。看到陈公鸡一行人都在客厅，舒云飞小声地感叹道："真走运，一下就找到目标人物了。"

闻言，祝岚行笑而不语。

接着，向晨激动地说："你们看，有人动了！是不是去开门了？！"

舒云飞也不太平静："很像，他走的方向就是大门的方向！"

无人机的摄像头忠实地记录下了房间里发生的一切：沙发上的几个人齐齐转头，然后像被浇了水泥那样，凝固了一瞬。

"嘣！"向晨激情配音。画面中，好像真有一枚炸弹从天而降，炸得他们人仰马翻。跨沙发的跨沙发，藏桌底的藏桌底，还有一个人晕了头，以百米冲刺的架势直奔窗户！那奋力拼搏的气势，就仿佛前边不是五楼的玻璃窗，而是100米的终点线！

可惜，有人比他更快。一位满身腱子肉、很像体育老师的男性突然出现在镜头前，拦在学生面前，像是一座无法越过的高峰。说来也真巧，冲窗户的这位不是别人，正是陈公鸡。

看清陈公鸡绝望表情的刹那，舒云飞和向晨全笑岔了气，不由自主地感叹祝岚行这招真的妙！看到剧情向着自己希望的方向发展，向晨兴致高涨，配音配得根本停不下来："你跑啊，你有本事再跑啊！"

舒云飞和他一唱一和："老师，我可以解释的，你听我解释啊！"

"解释你这一周是怎么窝在这里把小肚子都给窝出来了吗？"

"你可以侮辱我，但不能侮辱我六块腹肌的肚子！"

"六块腹肌？看这一摊软面，我不仅要侮辱你的肚子，我还要让你的班主任和你的家长一起来侮辱你的肚子！"

镜头内外，同样有趣。鹿照远跟着笑了许久，听到这里终于忍不住吐槽道："你们啊，高考不去考相声系，真是大家的损失。"

舒云飞脸不红心不跳："亮哥，你和我想到一处去了，学校要有相声系，那一定是为我舒云飞创立的。"

向晨插嘴："我就不一样了，虽然我有这方面的天赋，但我志不在此。"

"那在哪里？"祝岚行搭了句腔。

向晨大言不惭："踢球，试训，成为国际球星！"

祝岚行还没说什么,旁边的鹿照远差点被饮料呛死。他心有余悸地摸摸自己的喉咙,评价道:"人有多大胆,嘴吹多大牛,这牛我看都能登月了吧。"

祝岚行微笑地听着几人斗嘴,也没忘正事。前后也就几分钟,陈公鸡几人就灰溜溜地被家长和老师带走了。祝岚行操控着无人机,停在小区门口的树下拍下了他们狼狈的样子。最后检查了一下文件,他说:"录像文件我回去发你们。"

向晨和舒云飞点点头,鹿照远倒是没什么反应。祝岚行已经习惯鹿照远这种态度了,而且还有别的事情让他烦恼——行动太顺利,充电时间不够,想要全天维持光明还有很大的电量缺口。

祝岚行正在想再找个什么借口继续和鹿照远待在一起充会儿电,结果不等他开口,鹿照远像听见了他内心的声音似的说话了:"事情已经解决了,现在时间还早,我们去游个泳放松一下?"

这对祝岚行来说简直是瞌睡了就有人递枕头,但为免引起鹿照远的怀疑,他谨慎地等到向晨和舒云飞都答应了,才应了声"好"。

现在是十月,天气虽然不算冷,但游泳馆里的人也不多。因为是临时决定来的,到达后祝岚行因成年人的习惯使然,主动给大家买了新泳裤。向晨和舒云飞两人大大咧咧地道谢——自从拍了陈公鸡出糗的视频后,这两人就已经把祝岚行当自己人了——鹿照远则若有所思地看着祝岚行,最后还是在向晨的催促下简短地道了声谢。

祝岚行觉得鹿照远可能是因为在打零工,所以对钱有些敏感,因此也没把小孩儿的别扭表现放在心上。

四人一起进了更衣室,祝岚行独自走向深处的那排储物柜,正要脱衣服,旁边突然出现了一道人影。他微微一惊,转头便看见了鹿照远:"是你啊。"

"嗯……"鹿照远回答得心不在焉,视线却直直地投过来。

祝岚行被他看得有点不自在,回望着鹿照远,问:"有事吗?"

"没事,我去洗手间。"鹿照远神色很坦然,倒衬得祝岚行过分敏感。

"哦。"祝岚行往储物柜的方向走了一步,空出更大的空间方便对方通过。

鹿照远真就去了洗手间,不过不到一分钟就回来了,还明显意外地看着祝岚行身上的浴袍:"你换好了?"

祝岚行反问:"需要很久吗?"

"我以为按你的个性会很久。"鹿照远嘴硬道。

两人之间的气氛莫名有些冷,好在这时候向晨和舒云飞这两个家伙过来了。

"亮哥，你怎么还没换好？我和大飞可不等你了。"

"你试试。"鹿照远越过两人走到自己的储物柜前迅速换起了衣服。向晨和舒云飞自然也跟了过去。祝岚行没等他们，一个人先出去了。

鹿照远他们到泳池的时候没见到祝岚行的身影。向晨和舒云飞向来没心没肺，一看到泳池，像鱼见了水，一个猛子就扎了进去。鹿照远留心找了一下，确认祝岚行确实没在这里。他犹豫片刻，同在泳池里撒欢的两人说了一声就准备出去找人，恰好碰见祝岚行走进来，手里还提着一个袋子，里面装的似乎是矿泉水。

"我买了几瓶水。"祝岚行见鹿照远略显惊讶地看着自己，于是主动解释，还不忘递给他一瓶，"要吗？"

"谢谢。"鹿照远接过水，拧开喝了一口，向祝岚行发出邀请，语气中带着他自己都没有察觉的急切，"我们去游泳吧。"

"好。"祝岚行答应得痛快，甚至还先对方一步脱下浴袍跳进了泳池里。

鹿照远盯着祝岚行的背，眼光一暗，也跟着跳了进去。

祝岚行只游了一圈就上来了，他跟几人说自己才退烧，体力有些不支。向晨和舒云飞表现得挺遗憾的，反而是鹿照远听了这话露出一副愧疚的样子。

一阵水声响起，鹿照远带着一身水珠坐到了祝岚行身边。

祝岚行挑挑眉，眼里全是了然，嘴上却问道："怎么了？"

鹿照远低着头，看着水面，小声说道："对不起，我……不知道你在发烧。"

"没事，已经好了，再说也不是什么大事。"祝岚行可不想放过这么好的机会，利用得好，说不定以后充电就方便了，于是他又说，"但你跟我道歉恐怕不只是因为这个吧？从进游泳馆起你就怪怪的。你想干什么？或者说，你想对我做什么？"

鹿照远没想到祝岚行这么敏锐，迎着对方那双似乎什么都看透了的双眼，他的脸慢慢涨得通红："我想看你的后背……不是，是我想确认一下你的身份。"

这话一出，祝岚行心里一咯噔，但面上却表现出了生气的样子："你说这话是什么意思？你是有什么奇怪的癖……"

鹿照远急忙解释道："没有，不是，你别误会。我会这样做是因为你表哥。"

"有太多巧合了，所以我之前怀疑你就是你哥。"鹿照远说完这话，再加上今天看到的，都不用祝岚行吐槽，他自己都觉得荒谬，"当然，你们不是同一个人……"

"你为什么这么想？"祝岚行不动声色地追问，"因为我们长得像？"

"多少有些吧。"鹿照远从来没有这么丢脸过，而自己那些似是而非的猜想更是说不出口了。

"那你的想象力可真够丰富的。"祝岚行话锋一转，又说，"原来你很在意我表哥？这没什么的，其实我表哥对你的印象也很好，我觉得你们可以多多交流。需要我给你他的联系方式吗？"

鹿照远被祝岚行的一席话说得愣住了，直到听到要给联系方式才反应过来，连忙说："我有我有，他给我了。"

"哦！那你可以主动找他，加个好友，发发消息啥的，他会回的。"

这是祝岚行在经过刚才的事后电光石火间决定的。但看到鹿照远的反应后，他觉得自己做得没错。他不可能一直以同学的身份赖着鹿照远，而祝野楼也是不稳定的状态，既然鹿照远因为某些原因对成年的自己有好感，那就必须利用起来。

满心愧疚的鹿照远没捕捉到祝岚行算计的小情绪，他既感动又愧疚，实在不知道说什么好，于是又道了一次歉。

"只是误会，现在误会解除了。"祝岚行露出一个淡淡的微笑。

鹿照远似乎是被这个笑容晃了一下，随即也跟着笑起来："嗯，解除了。"

然后他又恢复成了平常那副有点贱的样子，伸手勾住祝岚行的肩膀说："如果扛不住了你就先回去，或者我送你。"

"没事，就这样也挺好。"

这一天的最后，几人在游泳馆赖到很晚才离开，每个人都很满足，祝岚行更是如此，因为许愿机的电量终于充满了！睡前，他还网购了十几个游泳馆前台小姐姐的同款遮瑕膏。到货了就让威廉送过去，沉睡之前祝岚行想。

第05章 真假学霸

这周的最后一天，获得满格电量的祝岚行什么都没做，只安心地在家休养。所以周一当他神清气爽地走进教室时，要考试的消息对他的打击就格外大。

苗小卉问他："祝岚行，今天你在哪个考场考试？"

可能是祝岚行脸上的茫然过于明显，苗小卉仿佛明白了什么，看他的目光带着同情："上周老班强调好几回了，你都没听到？"

祝岚行仿佛有些模糊的印象："是月考？"

"变异月考。"

祝岚行大吃一惊，月考还能变异？

苗小卉揭秘道："联考，月考的升级变异版，咱们学校将联合其他六所名校一起出试题，到时候……"

"七校联合排名？"

"那倒也不是。各学校自己内部排名，七校只算总平均分来意思意思比一下。只是每逢七校联考，题目都格外难。"说着，苗小卉都跟着苦了脸，心里也发慌。

她成绩中等，排名全靠临场发挥以及试卷难度，上下波动能有一百多名，每回上考场就如上刑场，考试于她与钝刀子割肉无异。

想到这里,她聊不下去了,匆匆和祝岚行道别,抱着自己还没合上的语文书小跑着朝自己的考场赶去,准备抓紧最后的时间再看两页书,万一押到题了呢?

看着苗小卉跑远,祝岚行才意识到自己也得去考场了。他回到教室门口对着分配表找起自己的考场来。

实验中学并不按成绩分考场,而是全年级学生打乱随机排的,祝岚行这回运气很好,和鹿照远分到了一个考场,等他走进考场看到鹿照远已经坐好之后,就更高兴了——不用翘掉考试或者蹲窗户外充电了!

第一天的第一科考的是语文。祝岚行没有升学压力,所以写完姓名、班级、考号之后只看了下题目就将试卷整整齐齐地叠好压在了胳膊下,然后张望起来。

他和鹿照远隔着些距离,他在第二列的最后一排,鹿照远则在第四列的第一排。今天天气好,阳光烈烈,透过窗帘上的虫洞落了几道光进来,照在鹿照远的嘴巴附近,从他的角度看,就像是几道闪闪的胡须。风一吹过,那胡须就威严地抖一抖,挺有意思的。

而且出乎祝岚行意料,鹿照远居然在认真答题。

语文嘛,谁都可以写上两句,祝岚行这样想着,又安心地充起电来。

上午的考试很快过去,下午考的是数学。祝岚行继续上午的流程:写名字、看题、折起试卷然后发呆充电。直到一声推椅子的响声把他从放空的状态惊醒。

鹿照远走到讲台上交卷,然后扬长而去。

"嗯?"祝岚行惊讶地看着对方离去的背影,用余光扫了眼黑板上方的挂钟——开考才一个小时就交卷了?他连忙也拿起卷子走上讲台,想提前交卷出去找鹿照远。

监考老师看着那比人脸还干净的卷面,直接黑脸训斥道:"好好考试。"

祝岚行试图说服老师:"可刚才那个人出去了。"

监考老师冷笑一声:"考试你管别人干什么?选择题都不会做吗?瞎蒙也不至于交白卷啊!"

眼看老师是不会放人了,祝岚行也不想影响其他同学,于是乖乖地拿着卷子回到了座位上,并在监考老师的严厉注视下将选择题的答案全部填了"A"。

两天的考试眨眼就结束了,因为充电时间几乎减半,所以许愿机的电量始终维持在一半的水平,祝岚行也看着没什么精神。

不过这次考试也不是全无收获的,他发现鹿照远虽然上课不怎么听讲,但考试还挺认真的,四门考试全部参加不说,理综和数学还都提前交卷了。

祝岚行在心里记下这点，默默提醒自己稍后对鹿照远的学习成绩进行重新评估。

考完回到教室，祝岚行直接被低沉的气氛给震惊了。

同学们议论纷纷，甚至有人开始转向玄学了，比如苗小卉就试图通过数花瓣的方法来判断自己考得好不好。

在愁云惨雾的班级里，淡定的鹿照远格外引人注意。

此刻他一个人孤零零地坐在座位上，向晨和舒云飞这对平日里跟他焦不离孟的兄弟则在别的地方和同学对答案。

祝岚行想了想，主动和鹿照远搭话："你这次考得怎么样？"

鹿照远愣了愣，大约是没想到会有人来问自己这个问题，连回答都慢了半拍："……还成吧，就那样，跟平常差不多。你呢？"

"我也就那样。"祝岚行轻描淡写地同鹿照远说，"待会儿一起走吧，我请你喝奶茶，预祝你……"

祝岚行看了看被低气压笼罩的教室，顿了顿，说："考出一个好成绩。"

鹿照远从未被人这样祝福过，他稀罕地看了祝岚行好一会儿，认真点头："承你吉言，我也希望能考好点。"

这天放学后祝岚行兑现了自己的承诺，给鹿照远买了杯名叫"明日觉醒"的奶茶，预祝他红运当头、能力觉醒、超常发挥，然后满意地带着100%的电量回了家。

紧接着来到的周三就像暴风雨前的平静，所有科任老师都赶着批改考卷，上课都是发张卷子下来让大家自己做。每个人都紧张得不行，犹如达摩克利斯之剑悬在头顶，放学后传来的小道消息更是犹如一盆冰水将他们浇了个透心凉。

"你们知道吗？听说我们班这回平均分垫底了。"

"这消息可靠吗？"

"可靠！我刚在走廊碰到了老班，他整个人都恍惚了，我连叫他了好几声，他都没听到！"

周四一早，布告栏那边围满了学生，直到快上早读课了，学生们才三三两两地往教室走去。

教室中的鹿照远这时却慢吞吞地站了起来。

向晨惊讶地问他："亮哥，你干吗去？"

"看排名。"

"你去看排名？你的排名还有什么悬念吗？"

鹿照远说："又不是只有本校的排名。"主要难得有人这么关心他的成绩，要是考得不太好就太丢脸了，还是看一眼心里有个底。说着，他也不管向晨和舒云飞是什么表情，抬脚走出了教室。

鹿照远晃悠到成绩栏前，确认了自己的成绩后就开始找祝岚行的名字。

这时从背后传来了王勇男的声音："鹿照远，你看见祝岚行了吗？"

鹿照远回头，只见站在自己背后的王勇男满脸胡楂儿，憔悴得很，惊得他什么也没顾上问，下意识地答道："没见到。"

王勇男叹了口气："也没在教室……你要是看到他就叫他来办公室找我。"

鹿照远应下了，喊住要走的王勇男，又问："老班，我这次联合排名多少？"

王勇男脸上总算有了点笑影，指了指鹿照远，说："给你留点悬念。"说罢，也不管鹿照远什么表情径直离开了。

巧的是，王勇男前脚刚走祝岚行就来了。此时布告栏前还有三三两两的学生围在一起，而祝岚行是从另一边过来的，所以鹿照远一开始没发现他。

祝岚行也很低调，他清楚自己是怎么考的试，所以见自己面前正好是成绩排名的末尾，也就安心地站定看了起来，并且没怎么费劲就找到了自己的名字。

最后一名啊……祝岚行点点头，心中感叹，看来再叛逆的高中生也没办法真的完全不学，不然他这个倒数第一的分数怎么寂寞呢？

没在最后一页看见鹿照远的名字这让祝岚行有点意外，他想了想，移动脚步，慢慢往前找。

恰好鹿照远是顺着榜单往后找祝岚行的名字。

于是，两人毫不意外地在布告栏中间碰头了。

祝岚行看着从那边移过来的鹿照远，隐隐约约地好像明白了点什么。

"你……"他试探地问，"这回考得怎么样？"

"普通。"鹿照远说。

"具体？"祝岚行追问。

"第一。"鹿照远说。

"……"祝岚行有点恍惚，他之前一直以为鹿照远是个学渣，结果一夜之间对方成学霸了，想想昨天那杯奶茶，他哪是给鹿照远点了杯"明日觉醒"啊，分明是给自己点了杯"昨日眼瞎"。

"你呢？排第几？我可能看漏了，没找到你的名字。"鹿照远问。

祝岚行沉默着，假装自己依然在恍惚中。

突然背后有人喊祝岚行。他们班的班长急急地冲过来，边跑边说："你跑到哪里去了？老班找你半天了，让你去他办公室一趟，是小办公室，别走错了。"

祝岚行叹了口气："我知道了，这就去。"说完，他又看了鹿照远一眼，以成年人的心态发表了一句点评，"考得很好，再接再厉。"

确认祝岚行走了，班长对鹿照远小声说："你们刚才在聊成绩？"

鹿照远看着班长一脸小心翼翼的模样，莫名其妙："是啊。"

"那你知道……"班长欲言又止，"这回祝岚行考得怎么样吗？"

鹿照远不明所以："他看着就很厉害啊，应该考得还不错吧。"

"……倒数第一。"班长悲伤地说，"以一己之力，无比勇猛地拖了我们班10分的平均分。"

鹿照远："……"

"据说老班昨天晚上看到我们班平均分的时候吓得吃了半瓶速效救心丸。"

鹿照远听完脸都木了，那家伙该不会以为我在跟他炫耀吧？

祝岚行倒真没有这么想。

此时，他正站在小办公室里和班主任面对面。

办公室里没有其他人，王勇男坐在办公桌前，表情无比严肃："祝岚行同学，这一次考试你只做了数学的选择题，其他全部是白卷，得分……更不提了……你老实告诉老师，你是不是在报复你的父母？"

"……"祝岚行试图解释，"老师，其实我——"

王勇男却打断了他："祝同学，我不知道你家里是什么情况，但是你要知道学习终究是为自己学。你不是在为你父母学，更不是在为其他人学，你现在所学的知识将来都会成为你在社会上安身立命的基石。"

王勇男的拳拳心意让祝岚行都不知道该怎么解释，最后只能妥协地点头，说自己明白了。

"既然明白，那你交白卷？"王勇男反问道。

"那是因为……"祝岚行顿了下，实话实说了，"不想考。"

王勇男眼前一黑："你之前说作业不想做，老师也同意你少交作业，现在你连考试都不想考，那你想干什么？想上天吗？"

"考试对我来讲没什么意义。"祝岚行无奈解释，"因为我已经走到了人生的另一个阶段……"

"什么阶段？"王勇男冷笑，"十七岁的人生阶段吗？"

祝岚行觉得可能还是要说些什么好让王勇男放弃说教，想了想，他告诉王勇男："我有钱。"

掷地有声的三个字成功激怒了王勇男。一口气堵在他的喉咙里，把白白净净的班主任憋成了大红脸："就算你有钱，那也不是你的，那是你……"

"是我的。我爸妈把财产转移到我的名下了。"

"你就算现在有钱，不好好读书未来也会被人骗——"

"他们转移财产已经有好几年了，在我委托的经理人的精心打理下，我的财产每年都能实现10%以上的收益。"

"……"王勇男胸膛一挺，一副冷漠孤高的模样："有钱很了不起吗？钱能买到你的分数吗？能让你交的白卷变成满分试卷吗？"

祝岚行沉默不语，王勇男心累地闭上了眼睛。

把王勇男逼到这个份上并非祝岚行所愿，但让他这个早就财富自由现在只想恢复光明安稳度过一生的咸鱼成年人接受老师的说教也确实痛苦。

想了想，祝岚行决定换个话题："老师，我想问个问题。"

"说。"

"鹿照远现在的成绩，未来能考上什么学校？"祝岚行脱离学生生活太久了，不太清楚这次联考名次的含金量，但后面可能还要一直靠鹿照远充电，所以他想了解一下情况早做打算。

王勇男不可思议地看着祝岚行："我觉得你还是先专注自身吧，鹿照远的成绩距离你太远了……"

"能上什么大学？"祝岚行坚持追问。

"只要他想，这个成绩保持下去，国内大学任他选！"王勇男简直无法理解眼前这个少年，罕见地真的动怒了，"你没事这么关心他干什么？我听监考老师说，考数学的时候你看鹿照远先交卷你也想走？你是想学鹿照远？鹿照远确实不能算典型的好学生，但人家能考试，还能考得好！你呢？你考了——"

王勇男翻出了祝岚行唯一有分数的卷子，看了一眼，又感到一阵天旋地转般的窒息。他伸手按住胸口，深深地吸了两口气，越吸越痛苦，越吸越愤怒，最后霍然站起来："祝岚行同学，考得好不好，是能力问题；写不写试卷，是态度问题！你的态度很有问题！你，现在，别去上课了！就坐在这里，在老师的眼皮底下，把之前没写的试卷重新写一遍！"

　　办公室内一阵沉默。

　　祝岚行将手伸进口袋里，想摸出手机给威廉打个电话，让他以家长的身份出面来解决这次危机。然而王勇男眼疾手快，一把抢走了手机："你别急着打电话。别说喊来爸妈，就算你喊来大罗神仙也改变不了你要在这里写试卷的结果。马上要开家长会了，到时候我会找你家长单独聊聊！"

　　"老师……"

　　"你现在叫我老天爷也没用。"王勇男铁面无私，"快写卷子，早写早了事，我陪着你写！"

　　祝岚行被留在办公室写试卷，鹿照远则在班长的提示下找到了祝岚行的名字和分数——

祝岚行　总分：5分

　　落后倒数第二名整整250分。

　　他突然想起昨天两人买奶茶闲聊时祝岚行说的两句话。

　　"我爸妈也不管我。"

　　"没必要让他们管，我自己管我自己。"

　　整个上午，鹿照远都有点心不在焉，目光不时瞟向祝岚行的座位，可惜整个上午对方都没有回来。

　　中午吃饭的时候，鹿照远听到了班长和她朋友的聊天。

　　"祝岚行太狂了吧，七校联考他都敢考出这个分数来，老班不得削死他？"

　　"老班确实削他了。上午就把他提溜到小办公室里让他重做试卷。"

　　"真这么惨？"

　　"我刚才去小办公室给老班送卷子，亲眼看见的。"

鹿照远听了，默默往另一个方向走去。

祝岚行枯坐了一上午，终于做完了数学卷和理综卷。

手机被没收了，他不知道具体时间，但听着校园里突然充满了学生们活泼的动静，猜想应该是到午休时间了。

祝岚行抖了下语文卷子，长长地叹了一口气，声音大到连走廊传来的窗户叩响声都被盖住了。直到一袋鼓囊囊的面包飞到桌子上并在语文试卷上蹦了两下，他才惊讶地抬起了头。

办公室的窗户被打开了，鹿照远站在窗外，神色不愉："这么乖？不知道先去吃个饭再继续吗？"

祝岚行十分意外："你怎么在这里？"

因为有人说你很惨，连午饭都没得吃。鹿照远挑了挑眉，却说："路过。"

"这是……"祝岚行拿起桌上的面包，看着鹿照远突然笑了，"特意给我的？"

"多的。吃不下了，正好给你。"

"哦……"祝岚行笑眯眯地撕开包装袋，慢条斯理地吃了一口，"谢谢。"

"有吃的还堵不住你的嘴。"鹿照远没好气，少年人总是羞于表达真实的感情，他假装不在意地转了下头，片刻又转回来，"你到底怎么想的？"

"什么怎么想的。"祝岚行叹了口气，面包也吃不下去了，"不想考试而已。"

"我也不想考。"

"成绩这么好还不想考？有这种成绩，老师和父母都对你很好吧？"

"老师是挺不错的，家里……就那样吧。"鹿照远淡淡地说，神色也没有什么异样，"我考得好又不代表我喜欢考试，我考得好只是……"

"只是因为你聪明？"

"只是为了自由点。"

说罢，鹿照远退后两步，助跑，一脚蹬在窗台上，潇洒地跳到祝岚行身旁，只留个黑乎乎的鞋印嚣张地印在窗台上。

鹿照远一屁股坐到王勇男的位子上，问祝岚行："你不想考试是因为家里吧？"

祝岚行含糊地应了一声。

"没必要。"鹿照远说，"高中就剩不到两年，你和他们生活在一起的时间也只剩两年了。等高考完了，你挑个省外的大学，等到大学毕业，你想去哪就去哪。"

第05章 真假学霸

祝岚行听完，却问鹿照远："你自己的未来规划也是这样吗？"

鹿照远怔住了。"我……"他张口，又顿住，最后说，"还没想好。"

祝岚行觉得自己有点坏，明明家里压根就没有问题，还装模作样让这个比自己小十岁的少年来安慰自己。可祝岚行是真的想知道更多的关于鹿照远的事情。

"之前就想问了，你和你父母关系不好吧？"

"不算。"鹿照远说。

祝岚行没有追问，只看着鹿照远，目光平静得似乎洞悉了一切。

鹿照远和他对视片刻后突然低声说："确实不算。可能是我……"

他自嘲地笑笑："有时候有点小心眼吧。"说完，鹿照远再也不肯说其他的了。

他随手拿起祝岚行放在桌上的试卷："数学和理综都做完了？"

祝岚行心里有了底，便顺着鹿照远的话转移了话题："做完了。好久没认真做题了，手都生了。"

"嗯……"鹿照远扫了眼试卷，"选择题第三题错了。"

"是吗？"祝岚行接过试卷，"我看一下。"

他拿笔重新算了起来，不一会儿就重新填了个答案，把试卷递给鹿照远："刚才没注意，这回对了吧？"

鹿照远看了一眼答案："还是错了。"

祝岚行："……"

鹿照远干脆拿过祝岚行的试卷批改起来。

十分钟后，他抬起头，脸上的表情是一言难尽："60分。兄弟，原来……你真是个学渣啊！"

气氛突然尴尬了起来，原本非常自信的祝岚行蒙了那么一下。

然而鹿照远继续说："之前看你大刺刺地不听课、不交作业，还以为你是尖子生中的尖子生，老师才对你百般放纵……"

"老师没对我百般纵容，是对你百般纵容。"祝岚行下意识反驳。

"我考得好。"鹿照远一针见血，说话时透着股理所当然的劲儿，又扬了扬手上的卷子，"但你考得不好。你是怎么转学进来的？"

祝岚行不语，目光透过窗户，看向远处空地上刚刚打完的地基。

鹿照远顺着他的视线看去，呆滞了一瞬："那边好像就是你刚转过来不久才开始建的……你家参股了？"

079

祝岚行瞥了鹿照远一眼:"我捐的。"

两人默默对视了片刻,鹿照远干脆起身。

祝岚行眼疾手快地抓住了他的胳膊。

鹿照远抽抽嘴角:"小少爷,有何吩咐?"

"别乱给我起外号……"祝岚行有点无语,但态度又不得不诚恳起来,"有事要请你帮忙。"

"什么事?"

"你先听我解释,虽然我是捐了一栋楼才转学进来的,但我之前的成绩挺好的,所以学校才会收我。"

鹿照远挑挑眉:"多好?"

"高一期末,总分630分。"祝岚行从记忆里调出关于成绩的信息。

鹿照远点点他的数学试卷:"看你现在的分数,说实话,很难相信。"

这也正是祝岚行觉得无力的地方,他苦恼地说:"因为王勇男知道我的档案成绩,所以他不光怀疑我故意考砸,还会在看到这份试卷后觉得我冥顽不灵,铁了心要跟他作对……你能不能帮我填点正确答案?"

"……"鹿照远的心情也很复杂,"一个暑假成绩就倒退成这样,小少爷,你不会真的在乱做吧?"

"……"祝岚行真是欲辩已无言。

好在鹿照远没有追根究底,而是问他:"我凭什么帮你?"

"就凭……"祝岚行叹了口气,"就凭咱们都得为老班的血压和心脏着想吧。"

鹿照远叹了一口气,然后坐下来开始帮祝岚行改答案。两人头挨着头,改得热火朝天,突然走廊传来了脚步声,并且越来越近。

是王勇男回来了!

祝岚行一下从座位上弹起来,抓住鹿照远的胳膊,无声地说:"躲门后。"

鹿照远犹豫了一下,却还是被祝岚行坚决地推了过去。

在他站好的那一刻,门开了,带着午饭的王勇男出现在门口:"祝同学,先吃饭吧。你做了多少了?"

"老师你来得正好。"祝岚行拿起试卷主动迎上去吸引王勇男的注意力,"我理综卷做完了,你看看我化学部分的正确率。"

王勇男就是化学老师,闻言接过试卷,同时把打包好的饭菜递给祝岚行:"好,我来看，你先吃。"

祝岚行连声答应，挪到旁边挡住王勇男的视线。

鹿照远趁机闪身离开。低头看卷子的王勇男像是感觉到了什么，一回头，正好看见站在门口还没来得及走的鹿照远。

"鹿同学！"

祝岚行："……"

鹿照远："……"

两人一起看着老师。

王勇男以为对方路过，还笑着打招呼："鹿同学，午饭吃了没有？"

"嗯……啊……吃了。"鹿照远含糊地应道。

王勇男叮嘱他："你这次的卷子老师看了，理综那2分不该扣的，以后考试的时候再仔细一点。"

"好，知道了。"

王勇男冲鹿照远挥挥手，示意他可以走了。

鹿照远连忙走了，只是没走多远就听到向晨的大嗓门响起来："亮哥，你跑哪里去了？我们从小卖部里一出来就没看见你了。"

鹿照远没好气地看了他和舒云飞一眼，说："你们猜。"

"啊——亮哥，你怎么这样……"

"这让我们怎么猜啊……"

少年人的斗嘴内容祝岚行和王勇男都不知道。办公室里，王勇男认认真真地检查着试卷，祝岚行则借着收拾包装盒的动静把面包的包装袋收了起来。

王勇男从试卷中抬起头："祝同学……"

祝岚行乖巧地回以微笑："嗯？"

"做得不错。"王勇男说第一句的时候还板着脸，下一秒还是绽开了笑容，"确实有些不足，但大部分知识点还是掌握了。下次不管什么原因，都不能再这样交白卷了，明白吗？"

"明白。"

王勇男又看了看其他科的试卷，见祝岚行已经完成了数学和理综两门，就连英语都做了一半，他更满意了："好了，老师也不留你了。回去休息吧，以后上课要认真，剩下的两门你就跟着任课老师一起过一遍吧，记得查漏补缺。"

"谢谢老师。"祝岚行大大地松了一口气，收起试卷就要走。

"好好上课，好好考试，就是对我最大的感谢了。"王勇男见他迫不及待的模样忍不住想笑。

回到教室，祝岚行刚坐下，苗小卉就递来一个亮晶晶的眼神。

祝岚行还没来得及问她是不是有什么事，前桌也转过身来了。

前桌男生是体育委员，考完试的这几天都无精打采的，估计也没考好。从转学到现在差不多半个月，祝岚行还没有和对方说过话。但现在，体育委员冲他挤眉弄眼，语气激动："被老班弄去'VIP室'体验一上午的感觉怎么样？"

祝岚行正思考着这句话是不是反讽，前桌就从自己的桌肚里摸出一条巧克力能量棒："你真是吾辈楷模。听说你写了一上午的试卷，来，给你补充能量用。"

"……"祝岚行不懂楷模在哪里，是楷模在只考了5分吗？

而这只是个开头，有了体育委员打样，班里其他同学也三三两两地走过来，围在祝岚行的桌子旁边七嘴八舌地议论起来。

"你牛，居然真敢考试交白卷！"

"天天不是写卷子就是写卷子，我看到卷子就想吐，做梦都想把空白卷子摔在老师和爸妈脸上！"

"哼，说得漂亮，你真敢吗？"

"不敢不敢，别说像祝岚行一样只考5分，就算是只掉了5名排名，我爸妈也得让我跪穿键盘。"

祝岚行听了一会儿，有些哭笑不得地明白过来，班里的同学没觉得5分是他真实的水平，只认为这是他的反抗，还觉得很酷。而且这些同学也不是只顾着八卦，每个人过来的时候还都给祝岚行这位"英雄"带了点零食。当人群散去后，祝岚行望着一桌零食不知如何处理。

这时，苗小卉说话了，她的声音还是温温柔柔的，可眼睛超级亮："祝同学，你上午去补做试卷的时候，好几科老师又发了试卷下来，要我们当堂完成，而且已经讲完了。你……"

祝岚行转头看向苗小卉。

"你又少做了一套卷子。"苗小卉亮亮的眼睛里全是羡慕。

祝岚行面无表情地后知后觉，自己居然以从未想过的方式获得了人气。

当天下午，王勇男宣布这周五晚上开家长会。班里再次哀号四起，但祝岚行很淡定，因为来的人只会是威廉。

但鹿照远呢？祝岚行朝对方看去，只见少年面无表情地坐在位子上，好像这些事与他无关一样。不知怎么的，祝岚行突然想起中午鹿照远在办公室宽慰自己的话……想去哪就去哪么……

周五很快就到了。晚上七点，教室里坐满了学生家长。威廉坐在祝岚行的位子上，端着祝岚行家长的人物设定得体地社交着。

苗小卉的妈妈是个很热情的女人，和威廉寒暄过后特意嘱咐道："我女儿比较腼腆，麻烦岚行同学多照顾。"

威廉应了，转头看向一条走道之隔的女人，她坐在鹿照远的座位上。

威廉主动打招呼："你好，你是鹿照远的妈妈吧？"

鹿妈妈笑道："是啊，你——"

话还没说完，周围的家长听见"鹿照远"的名字，当即展现出了不一般的热情。

"鹿妈妈，鹿照远同学我听我家孩子说了，学习一直很好，这回又是全校第一！真是太厉害了！"

"你真是太会教孩子了！"

"是不是给他报了什么班，有什么秘诀？都是一个班的，分享一下吧！"

鹿照远妈妈笑吟吟地应对着，似乎早已习惯在开家长会时被其他家长恭维："没有，孩子都是自己学的，他聪明，省心……"

实验中学开家长会，学生是放假的，教学楼里只剩下少数被老师安排了任务的学生，而其中并不包括鹿照远。

他站在二班教室外，一半的脸藏在阴影中，让人看不清他的表情。

祝岚行抱着王勇男要的文件过来的时候看到的就是这幅画面——鹿照远怔怔地看着教室里热烈交谈的家长们，抑或……是在看自己的妈妈？祝岚行稍稍靠近了一点，顺着他的视线看去，目睹了威廉主动与鹿妈妈攀谈的一幕。

只顾着关心鹿照远亲子关系的祝岚行没想到少年其实在打量威廉。

这个人就是那天晚上匆匆赶来带走祝大哥的人吧，鹿照远皱着眉头回忆着，他是祝岚行的爸爸？但怎么感觉这人也像是祝大哥的下属呢？真奇怪……

"看什么呢？"祝岚行用文件碰了碰鹿照远的胳膊。

鹿照远猛地惊醒:"你怎么来了?手上拿的什么?"

"不知道,老班叫我拿来的。"祝岚行说。

一道轻快的脚步声靠近,王勇男端着茶杯过来了:"鹿同学也在?正好,你俩一起把文件按名字发下去,然后去玩儿吧。"

两人不情不愿地拿着东西进了教室,飞快地分发完文件就迅速溜走了。

路上,祝岚行问鹿照远:"你怎么不问老班那些文件是什么?"

鹿照远兴致缺缺地说:"看老班的表情,猜也猜得到是成绩单之类的东西呗。也可能是心理健康教育指导之类的资料,这个学校就喜欢搞这套。"

"哦。"听了这话,祝岚行也没什么兴趣了,只是想到自己5分的成绩单要让威廉看到了,突然有一种羞耻感袭来。

人生真的太难了,祝岚行不由得想到了今天一整天认真听课却只换来习题全错的结果。他,一个二十七岁的刚刚重获光明的成年人,不想努力了。第一次,在鹿照远的身边他没有想充电的事情,而是分心祈祷起另一件事进展顺利。

心不在焉的人不止祝岚行,鹿照远也突然说有事要先走。

祝岚行记挂着别的事,只挥挥手跟对方道别就再度沉浸在自己的思绪中了。

教学楼走廊,感应灯时亮时灭,站在拐角处的两个人的身影也时现时隐。鹿照远认出这两个人是王勇男和坐在祝岚行座位上的男人,应该是他爸爸,估计是在说祝岚行交白卷的事情。他轻手轻脚地踏上楼梯,悄悄地靠近两人。

只听王勇男说:"祝先生,特意在开会之前找你主要是想让你提前了解一下祝同学在学校的表现和他这次的考试成绩——主要还是要说他的学习态度问题。"

要告状了,鹿照远默默吐槽,老班这招一点新意都没有。

出乎鹿照远意料的是,那个男人却说:"谢谢王老师对岚行的关心,但有一点我要说明,我不姓祝,我只是岚行目前的监护人,你叫我威廉就好了。"

什么?不姓祝?监护人?鹿照远听蒙了。

当然,听蒙了的不光他,还有王勇男。

只听王勇男问道:"威——威廉先生,你……监护人?那祝同学的父母呢?"

"他们……"短暂停顿后,威廉说,"他们出车祸去世了。"

啪的一声响,下面一层楼的声控灯突然亮了,昏黄的光洒下来,一下照亮了这个原本黑暗的角落。威廉向下看去,但那里空荡荡的,什么都没有。

王勇男这时候从震惊中回过神来,他连忙说:"真是不好意思,我……"

"没关系。"威廉淡淡地笑了笑,"事情已经过去了,岚行也平静下来了。我们还是要勇敢迎接明天的,虽然不知道明天是否会更好。"

"对了,"他又说,"老师不介意我去打个电话吧?"

王勇男像个做错事的孩子,连忙说:"你——你请。"

威廉往前走了两步,和王勇男拉开一个礼貌的距离,接着掏出手机打了个电话。电话很快接通,他轻声说:"刚才我和班主任的对话好像被一个同学听见了……没说什么,只说了你父母的事情。好的,我知道了。"

挂断电话,威廉回来了,他还是那副彬彬有礼的样子:"老师请继续。岚行的学习态度有什么问题吗?"

这话一出,王勇男更愧疚了:"我本来是想和你谈谈孩子在学校的情况,再向你了解一下孩子在家的状态,好家校同步地纠正孩子的问题。但现在我了解了情况,孩子受到了这么大的打击,状态一时有些不稳定也是很正常的。"

说到这里,王勇男又变得严肃起来:"虽然发生了这种不幸的事情,但我还是想要强调一件事,那就是无论如何都不能让孩子拿自己的明天去放纵!在这一点上,威廉先生,你也要端正你的态度!你是祝同学的监护人,你应该对他的未来负责任,上回因祝同学不想做作业我和你通电话时,你的态度助长了孩子的厌学之心!"

"这确实是我的问题。"威廉诚恳认错,"因为家里的事情,我们对孩子的要求都比较松,就怕刺激到他。"不等王勇男开口,威廉又说,"关于这次月考的事情我都知道了,也知道孩子最后的成绩是500分。"

500分是祝岚行补完试卷之后各科老师单独给他批改出的新成绩。王勇男却还是严厉地指出:"只是三个月的时间,就退步了一百多分,必须高度重视了!"

威廉就等着这句话呢,他温和地笑着提出自己的建议:"我也这么认为。所以我想问问老师,班上有学习互助小组吗?我知道鹿照远同学他的成绩非常好,如果岚行能得到鹿同学的帮助……"

接到威廉的电话后,祝岚行又转回了学校。一进教学楼,他就看见有个人在一楼大厅站着,是鹿照远。

两人面对面站着,谁都没说话。

祝岚行神色平静,和平常没什么两样,鹿照远的表情却在吸顶灯的照射下显得有些飘忽。他眼睛一错不错地盯着祝岚行，突然说："你……要不，我们去走走，就在学校里？"

"好啊。"祝岚行痛快答应，就好像刚才两人一起散步到学校外，又在分别后前后脚回来这件事没有发生一样。

两人走了一会儿，走到了学校中心的小广场。广场小道边的草丛中埋着色彩斑斓的灯，灯罩是花朵的形状，夜里灯一亮，就像是一朵朵闪光的花儿开了一样。

鹿照远率先打破沉默："我在楼上看见你家长……"

祝岚行纠正他："准确地说，威廉是我的管家。"

鹿照远笑了："小少爷，你家里真有钱，管家都有。"

"不过我小时候家里挺穷的。"

"小时候我家也挺穷的。"鹿照远忍不住"哈"了两声，觉得两人说的"穷"可能不是同一种，"我就记得，小时候连买菜妈妈都要精打细算。那时候我爸爸起早贪黑地上班，家里没人照顾我，我妈就带着我一起去买菜，每回去都会路过一家卖炸鸡排的店。鸡排很香，好像肚子里的馋虫都被勾出来了，从胃里开始啃我，香得我每回路过都忍不住咬手指头，我妈每次看到都要拍掉我的手，还说我不讲卫生。

"有一次，我看见那家店门口排了好多人，里面还有好多的小孩子。我鼓起勇气开口让我妈妈给我买个鸡排吃。我妈却告诉我鸡排很贵，如果给我买了鸡排，那她和爸爸就没饭吃了，而好孩子是不会让爸爸妈妈没饭吃的。

"我那时不懂，就是很想吃鸡排。我告诉我妈，买了鸡排我们三个人一起吃。我妈却说，三个人吃不饱的。我说，那我只吃一点点……但我妈没同意，她说大人不喜欢吃这个，说我不乖，让我不要闹了。

"她要带我走，我却不肯。她拖不动我，就跟我说，如果下次考试我考了满分，她就给我买鸡排。后来我确实考了满分，我妈也兑现了承诺，给我买了鸡排。"

有时候以为已经忘记的事情，却在提起时清晰得像是发生在昨天。鹿照远的表情出现了一瞬间的怀念："吃到的一瞬间，我满足极了，觉得这是我从出生以来吃到的最好吃的东西。我现在还记得，鸡排加了两种作料，椒盐粉和甘梅粉。

"后来好几次考试我都考了满分，每次考满分我都会吃这家店的鸡排……不过一段时间后，我就没吃了……"

"为什么不吃了？"祝岚行问。

夜风徐徐地吹来，鹿照远的声音有些轻，像是藏在了风里头，一同藏起的还有夜色下他的表情："记不太清了，可能是那家店关门了吧。"

祝岚行沉默了一会儿，说起自己的故事来。

"我小的时候家里真的挺穷的，连个蛋糕都买不起。但哪有孩子不馋蛋糕呢，上学、放学的路上，我的眼睛都快粘在蛋糕店的橱窗上了。我妈看在眼里，但从来没说过。直到我又一次过生日，她从厨房里端出一个蛋糕来……"

"是她自己做的，求了很久，人家才教她，她也没什么能给的，只好给别人送去了家里攒的一篮鸡蛋。"说到这里，祝岚行笑了，"那种愿望被满足的惊喜，我这一生都不会忘记。后来，我家条件变好了，蛋糕想怎么吃就怎么吃，但每年生日，我妈还是亲自给我做蛋糕，因为我告诉她，她做的味道是别人做不出来的。"

祝岚行的故事说到这里就结束了，但鹿照远却一下想到了自己在不久前偷听到的谈话。他问祝岚行："你生日是什么时候？"

"九月。怎么了？"

"没事。"鹿照远说完，定定地看着他，突然发现祝岚行那双总是略显冷漠的眼睛里此刻满了光亮与色彩，像是盛下了城市里的万千霓虹一般。而这看似微不足道的光亮，正在慢慢驱散笼罩在他生命里的黑暗。鹿照远正要再说些什么，手机响了。

"喂，妈？家长会结束了？好，好，我去找你。"

挂了电话，鹿照远欲言又止地看着祝岚行。

祝岚行大大方方地挥挥手："走吧，我就在这儿等威廉。"

鹿照远收起电话，点点头："那行……再见。"

"嗯。"

走了没两步，鹿照远突然回头问道："你周六有空吗？"

祝岚行其实每天都很闲，但他还是说："怎么了？"

"周六我有场比赛，你可以来看看，电子票回头我发你……你还是出来吧。"鹿照远忍不住嘚瑟，"没事多出来玩玩，顺便看看我踢球的英姿。"

说完，他就一溜烟儿地跑走了。

祝岚行看着对方渐渐变小的背影感叹，精力真充沛啊！

没多久，威廉就找了过来。

"学习互助小组成了吗？"

"王老师有点心动，但暂时没有松口。"

这是个水磨的功夫，祝岚行知道急不得。但他突然想起另一件事："为什么突然和班主任提起我父母的事？"

"这记录在我们做的档案之中，何况这也是事实。适当告诉身旁的人一些事实，会显得我们的档案更加真实。"威廉解释，"而且我觉得你现在的叛逆行为是需要一个正当理由的。是出了什么意外吗？是那个偷听的人？"

"那倒没有。"祝岚行叹了口气，"我只是不愿意用这件事来当借口，更不想用这件事来博取某个小孩儿的同情罢了……"

鹿照远和鹿妈妈慢慢地往回走着。在经过菜市场时，鹿照远突然问道："妈，这里开的那家炸鸡排店什么时候关门了？"

鹿妈妈看向鹿照远指的方向诧异地反问："这里什么时候有鸡排店了？"

"开过的，就在那边，那家水果店的位置。"

鹿妈妈却连连摇头，笃定地说："瞎说，那里从来没开过炸鸡店，你记错了。"说完，她看也不看鹿照远，自顾自地向前走去。

走了好几步，一直没听到儿子的动静，她才回头，发现儿子没有跟上来。

"小亮。"鹿妈妈催促道。

"来啦。"鹿照远苦笑一声，跟了上去。路灯光模糊了他的脸，明明是他记得那么清楚的事情，却已经被妈妈忘记了。

"可能是我记错了吧。"他喃喃道。

第 06 章 赛后谈心

鹿照远说的比赛是在周六的下午。为了感谢对方在毫不知情的情况下主动邀请自己充电，祝岚行做了充足的为鹿照远加油的准备来观赛。因为准备得太过充足，以至于鹿照远看到他的时候还微微吃了一惊："你背这么大个包干什么？"

祝岚行拉开背包给他看："单反、运动相机、望远镜、大声公、三脚架……都是有用的东西。"

"哪里有用了？"

祝岚行解释："运动相机可以全程录像，单反捕捉精彩一瞬，望远镜用来看球场——我不知道座位距离球场有多远，带上一个，有备无患。"

鹿照远不禁倒吸一口凉气，发现了认真准备的祝岚行的可怕之处："我可能忘记跟你说了……"

"什么？"

"今天是H市U17的专业选手加高中足球队队员对战前职业选手的表演赛，我是替补，不一定能上场……"

祝岚行这才知道这场比赛是H市为了推广足球运动、激发广大青少年的足球兴趣特意组织的表演赛，比赛双方是青少年队和前职业选手队。

所以鹿照远说今天他不一定能上场是真的，因为除了有跟他一样的高中足球队队员之外，还有许多职业的青少年选手。

不过祝岚行根本不在意这些，他说："没事，我可以带着这些装备去替补席专门拍你……你们球队允许吗？"

祝岚行明显是醉翁之意不在酒，但鹿照远不知道。听了这话，他犹遭雷击，被吓得"外焦里嫩"。他沉默片刻，换了个话题："你以前看过比赛吗？"

"看过两次，不过很早了，都是和朋友一起去的。"

"我带你进内场看看怎么样？"鹿照远的声音低了点，带着些神秘，里头是股子跃跃欲试的劲儿，"不是看台，是更衣室。里头有球星在哦！"

祝岚行对这些其实不太感兴趣，但鹿照远兴致很高，所以他笑了笑说"好"。

鹿照远轻车熟路地带着祝岚行走到了球员更衣室。祝岚行看了眼门口的名牌，不是鹿照远所属的球队的。

鹿照远伸手敲了敲门，里面的人说了声"请进"，鹿照远满脸笑容地朝祝岚行挑了挑眉，毫不客气地领着人走了进去。

更衣室里有不少球员在，鹿照远跟大家打了招呼后就目标明确地带着祝岚行直奔一位坐在靠里座位上的三十岁上下的高瘦选手而去。

"王队——"鹿照远眼睛亮晶晶的，直直的看着对方。

祝岚行明白了。眼前这人就是刚刚退役的知名前锋王开复，他球技高超，曾在国外的甲级联赛踢过两年。

王开复微微一愣，显然没搞懂这个穿着对手球队球服的少年来找自己干什么。

鹿照远好像没注意到王开复略带疑惑的表情，他已经滔滔不绝地说起对方哪场比赛一球绝杀，哪场比赛梅开二度，哪场比赛上演帽子戏法……

王开复面上看着严肃，其实个性很腼腆，在听到鹿照远开始夸自己的时候就已经有点不好意思了，等了半天见对方也没有停下的意思，他终于忍不住，顶着一张已经红成番茄的脸打断了鹿照远的话："谢谢，谢谢……你和你的朋友是来……？"

"这是我同学，祝岚行。我叫鹿照远。"鹿照远对偶像简直是有问必答，"我们都喜欢王队，他今天来看比赛，知道你也在，所以拜托我带他进来看看，也想跟您要个签名。"

"嗯。"祝岚行乖巧地点头承认，"能麻烦王队给我签个名吗？"

王开复比之前任何一次都更加爽快地拿出签字笔，在鹿照远不知道从哪里变出来的签名板上写下了自己的名字。

得到了签名，鹿照远心满意足地道了谢，这才带着祝岚行出了更衣室。

祝岚行将手中的签名板递给鹿照远："给，你更需要。"

鹿照远翘翘嘴角："先放你那里，比完赛再给我。"

分开前，祝岚行把拿了很久的一瓶水递给鹿照远："这个也给你。我看你平常在学校踢球都有人送水，就给你带了一瓶。我知道球队肯定备了水，不过这瓶水是供过菩萨的，你上场前拧开喝一口，算是讨个吉利。"

鹿照远都吃惊了："你……特意为我去庙里拜菩萨了？"

祝岚行实话实说："那倒不是，我是去吃素斋顺便拜的。"

"然后……"祝岚行从包里掏出笔记本和签字笔，"我不认识王开复，但我认识你。我觉得你很懂足球，也踢得很棒，未来说不定会成为一个很厉害的球星，所以，先给我签个名吧，怎么样？"

他说完这句话，鹿照远的脸好像都亮了起来。

不过最后鹿照远还是没好意思在祝岚行的本子上签名，只把水给拿走了。

球员们要做入场前的准备了，祝岚行也回到了看台上。

鹿照远给他留的位子挺好的，是前排，祝岚行正调试着三脚架上的运动相机，旁边的位子来了个国字脸的外国中年人。祝岚行移了一下设备以免挡住对方的视线。

不多时，比赛开始了。正如鹿照远所说，他是替补，没有上场。

祝岚行也就有一搭没一搭地看着，不是很投入，但也看明白了王开复很活跃，在上半场已经有两粒球入账。

短暂的中场休息后，下半场比赛就开始了。本以为鹿照远还会继续坐冷板凳，谁料比赛才开始两分钟，他就被叫起来热身了。

祝岚行惊喜地看着鹿照远，正巧鹿照远也看过来。他微微抬手，举起手中的水抿了一口。祝岚行知道这是鹿照远在向自己示意。他想了想，翻出笔记本，在上面写下"加油"两个大字，举给鹿照远看。

鹿照远笑着做了个"OK"的手势，又朝天竖起食指，意气风发的样子让他看起来无比耀眼。

鹿照远上场之后，祝岚行发现比赛变得好看了。少年像风一样在绿茵场上飞驰，一次次抢断，一次次射门，活力满满。

早就架好的运动相机忠实地记录着少年青春的身影,祝岚行则举着单反,追逐着鹿照远的身影不停地按快门。现场因为鹿照远的活跃而掀起了一阵小高潮。在观众热烈的欢呼声中,祝岚行捕捉到了一道不同寻常的声音。

邻座的外国人用德语咕哝着:"27号……叫什么名字?"

祝岚行与有荣焉,骄傲地用德语回复对方:"27号吗?他叫亮。"

中年人没想到有人能回答,他又惊又喜:"你会德语?"

"之前在德国留……"祝岚行想到自己现在是十七岁的模样,顿了下,"之前在德国待过两年。"

"哦——"中年人笑得更亲切了,连忙追问,"你认识27号?"

"他是我同学。"祝岚行解释,"他的名字,我想应该是照亮远方的意思。"

外国人听得似懂非懂,但兴致不低:"他还在上学吗?今年几岁?"

"高二,今年十七岁吧。"

"哪个学校?"

这问得就有点过于详细了。祝岚行看了外国人一眼说:"实验中学。"

外国人"哦"了一声:"他也是U17的选手?"

祝岚行其实不大懂U17或者球队,不过听鹿照远之前说的意思……祝岚行心中有了答案,他摇摇头说:"不是。"

"那他在哪里踢球?"

"我们学校的足球队,他是队长。"

这话一出,外国人淡金色的眉毛就高高挑了起来:"没有经过专业的训练?"

祝岚行不大确定:"不能这么说,校足球队也有教练的。"

中年人若有所思地点点头。祝岚行关注着对方的一举一动,心中对他的身份有了一些猜测。就在他期待对方说些什么的时候,中年人却说起了别的事情。

"我叫比伯,我是来这里旅游的,也很喜欢足球,但英语不太好,我还是第一次在这里遇到能说德语的人,能麻烦你再给我介绍一下球员吗?"

祝岚行其实也不懂,他刚要拒绝,就听到场中一阵喧哗。

祝岚行连忙将目光投向球场,只见鹿照远已经远远甩开所有人冲到对方的禁区,并毫不犹豫地抬起左脚——

守门员看准时机,朝左边飞扑。

可这是一个假动作。

力道十足的左脚到了球前变得像和风细雨，脚尖向右轻触足球，足球旋转着腾空而起，自球门的空当轻巧地落入球网。

"Goal——球进了！"

解说高亢的声音响彻球场！

"比赛进行到了58分钟，H市青少年队踢进一球，场上比分变成了2∶1，进球选手是青少年队的27号，实验中学高二年级的鹿照远同学！鹿照远同学不仅球踢得好，学习成绩也拔尖，多次参加省级竞赛……"

伴随着解说的激情演讲和观众的欢呼声，鹿照远激动地高举双手沿着场地边缘奔跑起来，他的队友也朝他飞奔而去。

虽然两人隔得有些远，但祝岚行还是清楚地看到了鹿照远高高竖起的两根食指，他突然就明白了，鹿照远这是在向他、向现场的观众无声地立誓：这场比赛我还要再进一个球！

最终，鹿照远兑现了他的承诺，整场比赛他成功打入了两粒进球，可惜的是，最后青少年队还是以3∶4的比分输给了对手。

观众意犹未尽地讨论着比赛，缓慢地向门口移动。祝岚行却逆着人流，站到了球员进出场的通道口。他和鹿照远还没有联系，但他觉得对方不会就这样离开。

喧闹声渐远，他的肩膀在这时被人从后面拍了一下。

脏兮兮的鹿照远站在他身后。

他像刚从满是淤泥和绿藻的水里爬出来一样，浑身上下的毛孔全吐着汗水，汗水将他身上沾染到的草汁冲开了，左一道右一块，花斑似的覆盖在他身上。

"还不走吗？"祝岚行不禁问，"怎么到这里来了？"

"你不是也没走吗？"鹿照远满脸带笑，今天的他开朗坦诚，完全就是十七岁少年该有的样子，"你为什么在这里？"

祝岚行看着这样的他，心中说不出是什么感觉，于是也难得坦诚地回答道："因为我觉得你会在这里。"

鹿照远笑得更加灿烂了。

他看向祝岚行背后变得安静的球场，问："踢一会儿？"

祝岚行微微一愣。

失明的人想运动，总是不便。但他不运动，并不只是因为不便。失明之后，那种自心底产生的惶惑与因周围人将他当成易碎品而感受到的颓然,就像是藏在黑暗里看不见又真实存在的毒蛇,无时无刻不在啃食着他的精神。

再加上失明之初,他遭逢巨变,无助的他只能塑造出一个冷硬的外壳将自己装进去,苛刻地规范着自己的言行,到最后连通过运动发泄都成了奢侈。

再后来,他终于解决了那些麻烦,可他也从不敢运动、不便运动变成了不会运动——也是,一个瞎子,运动做什么呢?

祝岚行承认自己对这个提议很心动,但……

"你会不会太累了?"

"才不会,我现在精神好得还可以再踢九十分钟。"

"但我不太会踢……"

"我教你。"

"我运动到一半可能会有些站不住。"

"我扶你……"鹿照远简直服了。他不由分说地拉起祝岚行往球场跑去,"别想那么多,踢了再说!"

"欸——我的包还没放——"

太阳西斜,天边的云霞蔚然生光,映照在碧绿的草场上流火似的掠过。

许愿机的电量只剩下个位数了,祝岚行脱力地坐在草地上。晚风吹来,带走了一些黏腻的湿意和疲惫,留下了沁透身心的凉爽。

鹿照远跟他并肩坐着,在风中舒服地长叹了一口气。

祝岚行也微微张嘴——打了个喷嚏。

鹿照远嫌弃地躲了一下,吐槽道:"你的身体真的不太行……"

祝岚行无奈地赞同:"嗯,但我正努力让它变好。"说完还别有深意地看了鹿照远一眼。

鹿照远不光毫无察觉,还很欣慰地赞同道:"是该好好锻炼了。"

看着快活的少年,祝岚行真的不忍心破坏现在的气氛,但告急的电量却不容他心软。他沉默了一会儿,然后用脚轻轻地碰了碰旁边的人:"还有个事情想和你说。"

"嗯?"鹿照远察觉到祝岚行的语气突然认真起来,不自觉地坐直了身体。

"之前考试的事情你也知道……"祝岚行慢慢地组织着语言,"我想和你组成学习互助小组,你周末没事的话,能帮我补补课吗?"

鹿照远一下子也变得认真起来，他知道祝岚行家里的事，自然会多想："你是真的想学吗？"

"……"当然不是真的想学，但也不是完全不学吧？祝岚行思考着要怎么说，经过了今天的事，他已经不想再说谎欺骗鹿照远了。

鹿照远并不意外他的犹豫，甚至都不期待他的回答，瞬间他就做了决定："组就组呗，又不是什么大事。你想学我就帮你，你不想学我就罩着你。"

明明才十七岁，却总是一副什么都能扛的样子。祝岚行看着鹿照远，脸上虽然带着笑，但心里却说不出是什么滋味。

"谢谢。"最后祝岚行说。

鹿照远奇怪地看了他一眼，做了个鬼脸，又说："不过我周末要去打工。"

祝岚行飞快回答："我跟你去。你打工，我学习。"

"那敢情好，还给店里增加营业额了。"

见鹿照远并不避讳打工的事情，祝岚行趁机把自己一直以来的疑惑问出了口："之前一直没问，你怎么老去打工？你才高二……"

鹿照远呆愣了一会儿才说："不打工也没事干，学习不需要额外费力，足球就算我想踢也没人能整天陪我练，所以还不如去打工打发时间顺便赚点钱。反正……有时候日子过得也挺无聊的。"

说到这里，他突然问祝岚行："你呢，你平常休息的时候都干些什么？"

祝岚行有片刻的迟疑："看综艺……"

鹿照远听了哈哈大笑。他的笑声其实没有什么特别的，但自觉堕落的祝岚行总觉得他就是在笑自己。

于是他轻轻咳了一声，强行将话题拔高："你说日子无聊，是因为没想过未来吧？要是想到了未来想做的事，那就有得忙了。"

鹿照远没反驳，反问道："你想到了吗？"

"想到了啊。"祝岚行随口答道。

鹿照远这回是真的在嗤笑："想到了还把时间都花在综艺上？"

祝岚行发现自己总会说漏嘴，于是连忙找补："过去想到过。"

不等鹿照远追问，他直接坦白："我曾经想学医，主动了解了一些医学知识，也听过医学课、做了些实验，我的父母都很支持我的理想……"

鹿照远后悔了，他张开嘴想要说些什么，但祝岚行却不给他机会。他顿了顿接着说道:"不过人生这辆车,总喜欢驶向弯道,所以原来的想法也就无所谓了。"

时间不是特效药,不能治愈一切伤口,但它总归是药,伤口也终归会愈合,只是那些疤痕难看些罢了。

因为这个话题,两人之间的气氛有些沉重,但这并不是祝岚行的本意,所以缓了缓,他问鹿照远:"你呢?你足球踢得好,也喜欢足球,以后要去当职业选手吗?"

鹿照远愣了,接着给出了一个让祝岚行有点意外的回答:"从来没想过。"

他抬头看天,像是在跟祝岚行解释,也像是在说服自己:"反正我成绩好,老师都说全国的好大学任我选,到时候我再选个热门的专业,毕业以后……"

鹿照远耸耸肩,带着点不以为然:"……混几年,我也能算是个成功人士吧。"

天边的晚霞渐渐暗了下去,就像两人间的这场对话。

突然,鹿照远的手机响了起来,打破了这令人不安的宁静。

"我弟弟犯病了,现在在医院。"

两人赶到医院的时候,鹿妈妈就坐在输液室外的椅子上。她一脸疲倦,裹着件白大褂,正靠着墙壁闭目养神。

"妈?"鹿照远几步走到她面前,关心地打量起她的神色。

鹿妈妈睁开眼:"小亮,你怎么来了?不是让你安心在家的吗?"

鹿照远不接话,反而问道:"乐乐现在怎么样?"

鹿妈妈说起这个就发愁:"老样子,肺炎。先输液看看有没有效果,有效果就回家,情况不好就住院。"

鹿照远转头看向输液室,一眼就看到窝在角落座位上的弟弟,他的脸色不是很好,但精神似乎不错,单手握着手机玩得不亦乐乎。

他转头对鹿妈妈说:"妈,你先回家,我在这里陪乐乐。"

"那怎么行?你的任务是好好读书,你弟弟有我陪着就行。何况我就在这里上班,情况我更了解,万一累了也有地方休息。"

"但是你没有休息。"鹿照远心平气和地摆事实、讲道理,"你已经连上几个夜班了,不好好休息的话你也会被累垮的。再说我和乐乐在这里,周围都是你的同事,你根本不需要担心。"

鹿妈妈的神情有些松动,但她转头看了一眼小儿子,又变得坚决:"妈知道你是心疼我,想让我去休息,但是你弟弟的情况比较特殊,得仔细照顾,要是当年的事情再来一次——"

鹿照远的表情瞬间变了，难以言喻的阴云布满他的脸，愧疚、愤怒……像是犯了什么很严重的错误一样。

鹿妈妈也像说错话一样突然噤声了。

"那我……"鹿照远紧绷着脸，勉强地说，"先走……"

此刻鹿妈妈也很后悔，她尴尬地看着鹿照远，欲言又止。

目睹了一切的祝岚行这时突然走上前，对鹿妈妈说："阿姨好，我是鹿照远的同学，我叫祝岚行。"

鹿妈妈看见祝岚行时明显愣了一下："同学你好……之前我们是不是见过？"显然她还记得他上回和鹿照远吃饭的事。

"那是我表弟。大家都觉得我们长得很像。"祝岚行面不改色地说，"现在已经七点多了，阿姨和弟弟吃了没有？要不我和小亮去买点吃的，我们吃完再说吧。"

鹿妈妈怎么好意思麻烦儿子的同学，连忙说："不用不用，这个点不算晚，医院食堂还有员工餐，我去打两份就好。"

鹿照远这会儿也反应过来了，连忙说："那我先在这里陪乐乐，妈，你去吃饭，吃完回来我就走。"

鹿妈妈见他这样坚持，明白多说无益，只好点点头，嘱咐了两句之后就离开了。

输液室这边人不少，鹿妈妈的身影很快就看不见了。祝岚行回头看向沉默的鹿照远，问道："你弟弟到底怎么了？"

"老毛病了，从小就身体不好。"鹿照远表情凝重。

祝岚行叹了口气："是先天性心脏病？"

鹿照远怔住了，脱口而出："你怎么知道？"

祝岚行看着输液室里的鹿乐成说："肺炎，又是老毛病，还从小就身体不好，再加上你弟弟身材消瘦，唇部青紫……指征非常明显了。"

鹿照远面露心疼："他总是很瘦……"

"做过手术了吗？"

"做了。"鹿照远点头，"比以前好很多了……"

但还是没有完全好……祝岚行了然。一般先天性心脏病越早动手术越好，但鹿乐成的情况明显严重些，可能需要二次、三次甚至更多次手术才能痊愈。

但这并不是绝症，相较于很多更麻烦乃至终生不能痊愈的病而言，它是有很大治愈希望的。

然而，此时此地，任何语言都是苍白的，祝岚行也只能干巴巴地安慰鹿照远："你弟弟恢复得很不错，不用太担心。"

这时输液室里的鹿乐成看到他们了，龇着牙冲他们挥手。鹿照远的神情终于轻松了些，点点头，抬脚往里走去。祝岚行也跟了上去。两人进去的时候，鹿乐成正低着头编辑文字，配图是自己输液的手。

鹿照远故作轻松地拍了拍弟弟毛茸茸的脑袋，说："看来你精神不错，还有心情拍照呢。"

鹿乐成嘿嘿一笑："我这是记录生活。再说本来也没什么事情，我感觉到不对就立刻来医院了，都没跟妈说，但谁让妈是这里的护士，根本瞒不住。"

"你这个想法有点危险，"鹿照远挑挑眉，"生病了还敢不告诉爸妈？"

鹿乐成吐吐舌头："我心里有数的，这回不严重，打几天针就好了。"见哥哥还是板着脸，他又说，"我这两年都没像以前那样动不动就住院了，哥，你放心。"

鹿照远揉了把鹿乐成的脑袋，没再揪着不放，转而向他介绍起祝岚行："我同学，姓祝。"

鹿乐成乖乖地叫了声"祝哥哥"。

"你好。"祝岚行也向这个乐观的少年投以热情的微笑。刚才兄弟俩斗嘴时他在旁边看热闹，发现这鹿乐成跟鹿照远还是很相像的。看着打针也不忘耍宝的小少年，祝岚行不禁好奇鹿照远小时候是什么样子了。

三人聊了会儿天，鹿妈妈就提着大包小包回来了。

她先给鹿乐成安排上饭，然后把剩下的几个打包盒一股脑儿地堆到鹿照远和祝岚行面前。她满脸歉意地对祝岚行说："刚才是阿姨没有考虑周全，你和小亮肯定也没吃。也不知道你喜欢吃什么，阿姨就随便拿了些，你和小亮吃完再回去吧。"

鹿乐成也在一边帮腔："是啊，哥，还有祝哥哥，你们也吃吧，不然我一个人吃饭都不香。"

鹿照远没好气地瞪他一眼："吃饭说话，小心消化不好。再说我也没说不吃。"说着，他把一次性筷子掰开后递给祝岚行，"给。"

祝岚行接过筷子，礼貌道谢："谢谢阿姨和乐乐。这饭菜一看就知道很好吃。"

鹿妈妈轻松地笑起来，眼角挤出几道和善的皱纹："阿姨才要谢谢你特意陪小亮一起来看乐乐。"

鹿照远不自在地拿起筷子，又把鱼汤往鹿乐成那边移了移，才说："吃吧。"

鹿家两兄弟都是正能吃的年纪，祝岚行虽然早就过了长身体的时候，但今天他的运动量超标，也胃口大开，所以没多久，鹿妈妈打包过来的饭菜就被三人一扫而光。

看着几个孩子吃得香，鹿妈妈心里松快不少。

鹿照远见好就收，不等妈妈催促就主动说要回家。

鹿乐成不舍却懂事地跟两个哥哥道别，鹿妈妈也温柔仔细地嘱咐两人路上小心。

出了输液室，祝岚行看着松了一口气却还是莫名低气压的鹿照远，忍不住问道："你和你弟弟，小时候发生过什么事情吗？阿姨刚才一副讳莫如深的模样。"

"嗯……而且是我的错。"

谈这段往事明显对他来说并不轻松，但也许是因为今天发生的种种，也可能是因为对方是祝岚行，所以鹿照远还是说了。

"我小时候差点被拐，当时全家人都出来找我，只留下奶奶照顾弟弟。但奶奶年纪大了，力不从心，我弟弟恰好犯了病，差点没救回来。"

"这也不能怪你……"

"但如果那时候我没有出去玩……"

"那时候你也只是个小孩子。"祝岚行说。

鹿照远怔住了，但他闭口不再谈的表现也让祝岚行识趣地沉默下来。良久，鹿照远轻轻吐了一口气，像是安慰也像是强调一样说道："都过去了。"

祝岚行盯着他看了一会儿，觉得不能放任这个快被自责淹没的少年这样下去。可能有些不合时宜，但他也不知道合适的时机会在什么时候出现，所以他问道："当年到底发生了什么？"

短短一句话，让鹿照远的思绪不由自主地回到了过去，也让他第一次将对某个人的思念表露了出来。

"是一个素不相识的大哥哥救了我……"鹿照远轻声说。

祝岚行眼睫动了动，一件埋藏在记忆深处的往事浮上心头。

十二年前，他十五岁，突然爱上了钓鱼，甚至痴迷到了每个周末都要去的程度。

当时家里的生意正好，父母总是很忙，所以都是威廉载他去附近的乡下钓鱼。

祝岚行记得那是一个下午，跟往常一样，威廉在车里等着，他自己则带着钓竿和水桶去了水库大堤上。

那个下午的收获还不错，他提着半桶鱼心情舒畅地往回走，却在半路上碰到了一伙奇怪的人。那伙人坐在面包车里，车停在路边，车窗开了一半，有隐隐约约的争吵声传来。

这声音引起了祝岚行的注意，所以他往车里看了一眼，只见形容猥琐的两男一女正低声争执着，女人怀里抱着的孩子则泪眼汪汪。

那小孩儿哭得很伤心，戴着口罩，仰着脸，一颗颗眼泪从眼眶滚落，又顺着脸颊滑向鬓角。

女人注意到祝岚行正在看他们，连忙向另外两人使了个眼色，又把怀中的孩子抱得更紧了些，还拍了拍小孩儿的背，状似安慰道："只是去医院打个针而已，哭了一路还没哭够？好了好了，妈给你揉揉好不好？"

祝岚行不知道女人是不是真的好好给孩子揉了，因为就在女人说话的工夫，车窗已经被升起，车子也发动了。

车轮扬起的灰尘几乎要把车身都盖住了，但祝岚行还是在面包车从视野里消失前记下了车牌号。

然后，灵光乍现，祝岚行突然明白了怪异之处：那小孩儿明明哭得那么厉害，却一点声音都没有！

而且那三个人贼眉鼠眼的，看着跟那小孩儿一点儿相像的地方都没有。祝岚行有种不好的猜测，稍稍犹豫了一会儿，还是选择了报警。

少年人总是冲动而又英雄主义的，抑或那小孩儿的眼泪实在太多、哭得实在太伤心，虽然警察表示会尽快赶到，但祝岚行总觉得自己不能就这样放任不管。

天边的晚霞映照着乡里纵横的阡陌和水道，树木遮掩的小楼里不时传来犬吠和鸡鸣，到处是催人归家的暖黄色，就是这样温馨的时刻，也许有个孩子再也无法回到自己真正的家了……

祝岚行装好手机，将鱼竿和水桶放在树下，向面包车开走的方向追去。

这个村子并不大，进出的路也只有一条，祝岚行沿着土路走了没多远就看到那辆面包车了。

面包车停在了村子边缘的一间平房前。祝岚行远远地看见司机和女人从车里下来了，孩子和另一个男人则不见踪影。

这么快就转手了？祝岚行心里一惊，忍不住偷偷靠近，想看得更清楚些。

他猫着腰，悄悄摸到了平房侧面的窗户下，正好听见有个男人说了句"快点儿，十分钟后我们就得走了"。

十分钟后他们就要离开？那警察赶得及吗？

祝岚行扒着窗户朝里小心地看了一眼，只见小孩儿被丢在沙发上，之前没看到的那个男人正在胡乱地打包着这屋子里的所有东西。

他们要跑路，祝岚行判断。

但对方是成年人，而且还是三个人，自己这样贸然进去肯定不行……但现在这里只有一个人，只要把他引开，就有机会救孩子！

祝岚行在心里做了决定。

他悄悄往后退了一段，始终小心地保持着平房的出口在自己的视线内。确认周围没人之后，他拿出手机给威廉打了个电话，并小声叮嘱了一番。

漫长的几分钟之后，祝岚行终于看到了自家的车，然后听到了车辆碰撞的声音。

平房虚掩的大门从里打开，收拾房间的男人一脸怒意地冲出来，用带着乡音的大嗓门喊道："你怎么开车的啊你，我的车子好好停在家门口你都能撞上？"

威廉不停地道歉："不好意思啊老乡，我倒车的时候没注意撞到你车子了。我全责，我认了。这样吧，我来报警。你别动怒。"

"不行！"男人急了，"报什么警，有什么好报警的！你这车是城里的吧？说是报警，谁知道你是不是叫自己人来处理啊！直接赔钱！"

威廉假装生气，又和男人争执了几句，之后似乎是怕男人叫上乡亲围攻自己，于是终于妥协，并且还同意了男人提出的天价赔偿。

而祝岚行则在男人出门的那一刻就已经摸回了平房的窗户下方。

这是个老房子，没装护栏，木质的窗户看着也不是很结实。祝岚行伸手推了推，没想到一下就推开了。

没有任何犹豫，他利索地翻进去，只来得及跟小孩儿做了个"嘘"的手势就抱起对方翻出窗外并一路狂奔。

奔跑带起的风灌入耳朵里，祝岚行觉得自己似乎听见了男人愤怒的吼叫，又好像听见了隐约的警笛声。

最后，他也不知道自己究竟跑到哪了，直到再也抬不起脚，他才喘着粗气慢慢地停下。他抱着小孩儿就地坐下，低头一看，只见对方瞪着双眼惊恐地望着自己。

"别怕。"祝岚行哑着嗓子说，伸手取下小孩儿脸上早就被泪水打湿的口罩，看见了小孩儿被胶带封得严严实实的嘴。

他小心地撕开胶带，又迅速地解开对方被绑住的双手，还不等他去解脚上的绳索，他就被撞开，一下子摔到了地上。

而小孩儿也滚到了一边，往前爬着逃离。

祝岚行连忙赶过去，一边制住小孩儿，一边摸索着去解他脚上的绳索，嘴上也在不停地安慰着："别怕，哥哥不是坏人，是来救你的。"

小孩儿的眼泪却掉得更凶了，整个身体缩成一团，抖得厉害，却是一点儿声音都没发出。

难道是个小哑巴？一丝疑惑掠过祝岚行的心头。终于，小孩儿不再挣扎了，祝岚行迅速地解开了最后的绳索，然后轻轻地拉着他坐了起来。

那小孩儿刚才挣扎得太厉害，衣领大开，祝岚行在这时才看清他身上从锁骨一直往下蔓延的青紫痕迹。祝岚行怒到极点，低声骂了一句："畜生！"

之前祝岚行就嘱咐过威廉，让他脱身了就给自己打个电话，然后再一起送小孩儿去警察局。但离他们逃跑已经好一会儿了，威廉还没主动联系自己，祝岚行不清楚具体情况，不敢贸然给他打电话。

等小孩儿终于不哭了之后，祝岚行掏出手机对他说："小朋友，你看，这是手机，我们用这个给警察叔叔打个电话，让警察叔叔带你去找爸爸、妈妈，可以吗？"

听到这些话，一直处在惊恐中的小孩儿似乎安定了些，他小心翼翼地看了眼祝岚行，然后伸出一根短胖的手指，一下一下地在手机上按下"110"。

电话很快就接通了，接线员的声音从手机里传出来，之前一点声音都没有的小孩儿蓦地大哭起来："警察叔叔——"

才几岁的小孩儿说话条理清晰得不得了，他抽噎着将自己怎么被人带到这里，那些人又是怎么打他的，以及父母的信息和家庭住址全都告诉给警察了。本来祝岚行是想拿过电话自己说的，但一来怕又刺激到小孩儿，二来看他说得很清楚，也就没去拿手机，只在警察问他们具体位置时做了些补充。

好不容易挂了电话，威廉也终于联系祝岚行了。他故意拖了一会儿才给对方钱，因为怕引起怀疑，所以把车开远了一点才打电话过来。两人对了下位置，发现祝岚行所在的地方车进不来，再说已经报警了，祝岚行便吩咐威廉等在村口，到时候直接带警察过来。

事情解决了大部分，而且警察正在赶来这件事给他提供了无比大的安全感。祝岚行带着小孩儿坐到了附近的一棵大树下，粗壮的树干将两人遮得严严实实。

他想跟对方搭个话，却发现小孩儿亮晶晶的眼睛一直盯着自己的手机。祝岚行想了想，问他："想给妈妈打电话吗？"

小孩儿抿着嘴，缓慢地点了点头。

"给，你自己打。"祝岚行将手机递给他，还附送了一个鼓励的笑容。

小孩儿接过手机，看了看祝岚行，这才拨通了电话。

电话几乎是立刻就被接起了。祝岚行听见一道哭得几乎崩溃的女声在电话里响起："小亮，小亮，是你吗？告诉妈妈你在哪里？"

握着电话的小孩儿大哭着不停点头，好像这样就能让电话那头的妈妈看见。祝岚行怜惜地摸了摸小孩儿的脑袋。

天色不知道什么时候暗了下来，晚风吹得树叶发出沙沙的响声。小孩儿终于被电话那头的妈妈安抚好了，乖乖地应了不少话，然后才恋恋不舍地挂断了电话。

突然，他拉了拉祝岚行的衣摆。

祝岚行一回头，就见小孩儿握住手机，睁着大眼睛怯生生地望自己。

他蹲下身，问："怎么了，有什么想对哥哥说的吗？"

小孩儿摇摇头，没作声。祝岚行却看向了他脸上在刚才挣扎的时候沾上的尘土，他掏出手帕细细地帮小孩儿擦拭。

泪珠从小孩儿的眼眶里滚下来。

祝岚行紧张地停下手："哥哥是不是弄痛你了？"

小孩儿抽抽鼻子，摇摇头说："不是。"

虽然小孩儿这么说，但祝岚行还是怀疑自己手重了。他拿开手帕，捧着小孩儿的脸对着蹭脏的地方轻轻地吹了吹："不痛不痛，痛痛飞走了。哥哥把坏人都打跑，没人再来伤害你了……"

听到"坏人"两个字，小孩儿瑟缩了一下。可是紧接着，他看着祝岚行，似乎从他那里获得了勇气，便又直起身体来，虽然还有些结巴，但还是大着胆地向祝岚行请求："大哥哥，手——手机能够暂时给我拿着吗，我不是要拿走你的手机，我只是想拿着……"

这不是什么过分的要求，祝岚行正要点头，小孩儿却突然放开了他的衣摆，将握着手机的那只手塞进了他的掌心。

然后小孩儿抬起头，圆圆的脸上睫毛微颤："哥哥牵着我，这样就不用担心我会带着手机跑掉了……"

祝岚行只觉得心中一软，笑着应了声"好"，手也不由自主地微微收紧，将小孩儿的手牢牢握在手中。

感受到祝岚行的温柔和善意，小孩儿圆圆的眼中盛满了笑意，嘴角边也绽开了两个可爱的梨涡。

"……祝岚行？"

旁边的声音唤回了祝岚行的思绪。

祝岚行侧头看了鹿照远一眼，突然有些无法将那个白乎乎、嫩生生的小可怜和现在这个结实劲瘦、一个打十个也毫不含糊的鹿照远联系在一起。

鹿照远奇怪地看着祝岚行："你在想什么？"

"在想……"祝岚行说，"小亮啊……"

鹿照远朝他翻了个白眼。

祝岚行轻咳一声，连忙补救自己的失误："我的意思是说，你小时候的那段经历其实蛮危险的。"

"也许吧……"鹿照远单手插在兜里，平静中还带着些怀念地笑了笑，"但那次意外让我碰见了个很好的哥哥，他特别聪明，又很强壮，奔跑起来像是一阵风，是他从人贩子手中救了我。"

"可惜我当时太小，根本不知道留下他的联系方式。"鹿照远遗憾地说，"所以，我只能在每年他救我的那天祈祷他平安健康，聊表心意了。"

其实，并不是鹿照远不知道要留下祝岚行的联系方式，而是当时祝岚行特意隐瞒了。但看着鹿照远遗憾的模样，他又忍不住想做点什么。

低头想了想，祝岚行突然说："他肯定听见了。"

"你的祈祷，他肯定听见了。"祝岚行万分笃定地说，"你那么诚心，他一定会平安和健康的。"

"嗯。"鹿照远点点头应了——他每一年都如此期望着。

第06章 赛后谈心

同一家医院，高小默在一重重床帘后终于找到了自己的亲哥高飞捷。只见亲哥趴在治疗床上，背上扎了许多细细的针。高小默瞬间头皮发麻，感觉自己目睹了一场酷刑，连忙问道："怎么回事？"

高飞捷显然疼得不行，连声叫唤着，颧骨凸出、发际线后移的脸上全是水，也不知道是汗还是泪。他偏头看了高小默一眼，说："你来了……我腰肌劳损，连着半个月007，在电脑前坐久了……哎哟——"

高小默纳闷地问："007是什么意思？你像邦德一样牛？"

高飞捷直翻白眼："007意味着一周七天，每天24小时全在公司！"

高小默顿时沉默了，然后同情又残忍地说："这么一看，你的发际线确实又后移了1厘米……哥，要不你换份工作吧，你这是拿命换钱啊！"

一说这个，高飞捷就急了："瞎说！工作是那么随意就换的吗？再说钱少了我怎么养你们！"

这回翻白眼的换成了高小默："哥，我的亲哥，你照顾嫂子就可以了，完全可以不用管我。岚哥把我照顾得好好的……"

高飞捷更气了："你怎么老用祝岚行的钱！学费是没办法，其他的你就不该用仇人的钱，别忘了是他把咱爸送进监狱的——"

高小默笑了："到现在了你还在说这种话！监狱难不成是岚哥开的，他说送谁进去就送谁进去？咱爸依法进去，依法改造，回头还会依法出来。这几年我看他都不抱怨了，你就别再说这些了吧。"

高飞捷脸都气红了："你这个白眼狼，你就是被他一点点钱给收买了！要不是他做的那些事，我们现在也有钱，我还用这样辛辛苦苦地工作吗？你也早就出国留学去了。他夺走了你全部家产，再施舍你点芝麻粒，你就开始对他感恩戴德了？你现在在这里捧他臭脚，他一个瞎子也看不见！"

高小默乜斜着哥哥，看他无能狂怒的模样，然后笑眯眯地说："他就算是个瞎子，也是个心智健全、道德高尚的瞎子；你倒是个健全人，可惜在公司被老板使唤，在家被大嫂使唤，跟岚哥完全比不了！"

说罢，高小默拿起床头柜上的处方单走了，一直走到电梯前才狠狠地吐出了一口浊气。医院的电梯向来难等，他烦躁地拿起手机刷了起来，正巧看到了鹿乐成发的一条新动态：

小鹿蹦蹦跳：
第一医院，我们又见面了。[握手]

下方配了一张正在输液的手部特写图。

第一医院，不就是这家医院吗？

高小默连忙给对方留言："你在哪里？我正好在第一医院，来找你！"

鹿乐成显然也无聊着，立即回复道："我在三楼输液室。"

"等我！"

高小默很快就到了三楼，还在人群中看到了一个熟悉的身影一闪而过……

岚哥？不对，对方比岚哥年纪小些，而且眼睛也能看见……高小默吃惊地推测，难道祝野楼……真有其人？！

不等高小默再看清楚，那道人影就消失不见了。高小默安慰自己也许是幻觉，然后就将这事抛到脑后，抬脚往输液室走去。

鹿乐成一个人待在输液室里乖乖输液。看到高小默来了，立即高兴地冲他挥手："你可算来了！我都无聊透了……我妈非要我哥和祝哥哥走，她自己又不能一直陪我……唉！"

"祝哥哥？"

鹿乐成以为他只是八卦，于是热情地介绍起来："是我哥的同学，今天也来医院看我了。长得可帅了。"

"你哥？他是不是穿着球衣、背着运动包，跟你长得有些像？"

"对——对！他踢球可厉害了，是实验中学校足球队的队长。你认识他？"

高小默面色古怪地摇摇头："不，不认识。就是来的路上远远地看了一眼，我还以为是你呢。"

"我哪有这么快能走哦……"鹿乐成叹了口气，瘫坐在椅子上。

高小默也满脑袋问号地挨着他坐下来。不一会儿，他也长叹一口气，咸鱼一样瘫坐着了。

护士正好过来给鹿乐成换药瓶，见高小默这个坐姿，忍不住板起了脸："腿收一收，这样会绊到别人的，而且这是病人输液的地方，朋友可以去外面等。"

高小默听了马上收起腿，可怜兮兮地说："护士姐姐对不起，但我朋友一个人在这里很可怜的，现在也没什么人了，你人美心善，就让我在这儿待会儿吧。"

高小默长得不差，嘴又甜，态度也好，几句话下来就让护士怒气全消了。

"但是不能打扰到别人哦。"护士换好药瓶后也松了口。

"嗯嗯。"

高小默答应得可快了，鹿乐成见状乐得不行："你的嘴巴也太甜了吧，在学校都没发现你还有这技能。"

"原本是没有的，这不是最近锻炼出来了嘛？"高小默懒洋洋地说，然后他突然想到一件事，吓得他坐直了，"你姓鹿哦？"

鹿乐成看向他的眼神简直像他脑袋坏掉了一样。高小默急忙解释："不是不是，我是想问你亲哥叫啥。"

"鹿照远。"

鹿乐成答得爽快，高小默却觉得是晴天霹雳。

高小默结结巴巴地问："那——那你知道刚才来的那个祝哥哥叫啥吗？"

"不知道。"鹿乐成摇摇头，"不过你真想知道的话，我可以帮你问问我哥。"说话间，他点开鹿照远的聊天窗口就要去问。

高小默按住他的手："不用不用，真的不用，我……"

他突然想起一件很重要的事情，连忙向鹿乐成确认："鹿照远是你哥，肯定有你的微信吧？"

"这不是废话吗……"

高小默立刻拿出手机以最快的速度删除了自己刚才的留言。

他和鹿乐成是在动态下聊的天，两人的共同好友都能看见。这就意味着，如果鹿照远看到了那条动态，那么就有可能知道祝野楼是"弟弟的同学祝野楼"……但这是不存在的，因为只有"弟弟的同学高小默"！

鹿乐成不解地看着他："你今天奇奇怪怪的，到底怎么了？"

"我……"高小默长叹一口气，"这件事说来话长，你要听吗？"

"听！"

"但你要保密，不能让第三个人知道。"

"我保证！"

"好吧……"高小默在被憋疯和可能泄密之间摇摆不定，最终还是选择了后者，"事情是这样的……"

高小默当时七岁，他记得很清楚，那天是8月27日。

当时家里正在准备他上小学的事，计划让他去读双语小学，那时爸爸是这么跟他说的："好好上学，好好学外语，等你小学毕业了咱们全家就移民。"

高小默当时并不懂移民是怎么回事，但对爸爸说的未来还是十分期待。可惜就在那一天，他只在电视里见过的警察突然来到家里，爸爸妈妈都被带走了。

家里乱成一团，等静下来之后，家里只剩下他和哥哥，还有嫂子，当时她还只是哥哥的女朋友。

高小默害怕极了，他跑到哥哥房间找他，却意外听见了哥哥和嫂子的争执。

具体的内容高小默有些记不得了，但有一点他清楚，他读不成双语小学了，也等不到全家一起去国外生活了。

小小的他惶恐得不行，连夏夜的风似乎都变得刺骨起来，吹得他不停地打哆嗦。

后来，他也不知道发生了什么事，哥哥没有送他去任何一所学校，而是将他托付给一个煮饭的阿姨照顾。

高小默很讨厌这个阿姨，觉得就是因为她不让他出门，所以他才上不了学。

再后来，有一天哥哥将他带出门，到长大一些之后他才知道，原来当时他们是去法院旁听自己父母的庭审。

可当时只有七岁的他不理解，只觉得这个地方好可怕，每个人都很严肃，爸爸妈妈跟自己隔得很远，哥哥也不让自己说话。

被告席上有好些人，除了自己的父母，高小默还看见了另外一对男女。他不认识那对男女，就小声地问哥哥他们是谁。

哥哥冷笑一声，在他耳边低声说："是祝岚行的叔叔和婶婶。小默，你要记住，是祝岚行让我们家变成这样的，他是我们的仇人。"

接着就是大人们轮番说话，高小默听得云里雾里，心里只想着爸爸妈妈是不是今天就可以回家了。

然而他没有等到爸爸妈妈回家，只知道当那个被称作审判长的人说了长长的一段话之后，哥哥就失控地站起来冲着旁听席的一处破口大骂。接着法警出现了，他们把哥哥拖走了。

人群渐渐散去，哥哥说的祝岚行走在最后，被人搀扶着。

高小默是认识祝岚行的，从他记事起，这个哥哥每年都会给他红包，而且他的红包是所有红包中最大的。高小默记得当时爸爸说的话。

　　"你祝表哥家大业大，父母又都出意外走了，爸爸帮他看着公司，不让别人把他的东西抢走，这是他给爸爸的辛苦费。"

　　高小默起初不懂，但听得多了渐渐发现了不同，爸爸好像一开始真的是这样想的，后来却变了。

　　七岁的高小默不理解爸爸做错了什么事，但哥哥的话他听懂了，祝岚行是他们的仇人。于是他冲过去，小小的身子挡在祝岚行面前，生气地对他说："你是坏人，你害我连学都没得上！"

　　祝岚行对着管家威廉的方向偏了偏头。威廉冷漠地盯着高小默，声音却很温柔，因为他是在对祝岚行说："是高家的小儿子。"

　　而没多久，他就去上学了。

　　可能是他回忆得太投入了，半天都没说话。鹿乐成等了一会儿，轻轻地推了他一下，难耐地催道："你怎么不继续说了？后来呢？"

　　"后来就是我岚哥包了我的一切学习和生活支出啊。"高小默总结道，"所以岚哥不仅仅是我哥，他也是我半个爸爸。"

　　"那你不怪他吗？"鹿乐成有些好奇，"你怎么就能毫无芥蒂地接受他的照顾和帮助呢？"

　　沉默了一阵后，高小默说："最开始我也不能，但后来……我发现原来错的人是我的父母……"

　　高小默至今不能忘记长大后自己看到法院判决书时的心情。

　　"盗窃公司财产，数额极其巨大。"

　　"买凶伤人，致人双目失明。"

　　两项罪名成立，证据链清楚、完整，辩无可辩。原来哥哥说的话没错，岚哥和高家是有仇的，只不过是高家欠他的。

　　虽然这些话没必要都跟鹿乐成说，但高小默认为他岚哥慷慨善良的形象有必要让每一个人都知道，于是他再度强调："我岚哥真的是很好的人！"

　　不只是因为他变相地照顾、养育了自己很多年，还因为当年在法庭外，面对不分青红皂白责骂他的自己，他没有丝毫怪罪，甚至在威廉要叫人上来把自己抱走的时候，是他阻止了。

祝岚行转过头，七岁的高小默刚好看见了对方无光的双眸，只听他说："算了，小孩子知道什么。"

眼看高小默又要陷入回忆，鹿乐成赶紧追问："那你还没说你这些事儿跟我哥的同学有什么关系呢？难道我哥的同学就是你的岚哥？"

高小默心中警铃大作，生怕鹿乐成回去乱说，连忙解释："哪儿啊！不说人家视力没问题，就说这年龄也对不上啊！我岚哥今年都二十七岁了。只是长得像，我有点儿吃惊罢了。"

"哦……"这回答听得鹿乐成兴致缺缺，转而说起了别的。

高小默也乐得对方转移话题，连忙附和，把给亲哥拿药的事儿彻底忘在了脑后。

祝岚行和鹿照远刚出了医院大门就碰到了鹿爸爸。穿西装夹公文包的中年男人匆匆赶来："小亮！"

"爸？"鹿照远愣了一下，"你今天晚上不是要加班吗？"

"放心，我心里有数。"鹿爸爸看着鹿照远有些狼狈的样子催促，"是比完赛就直接过来了吗？快回去休息，照顾好自己，别搞病了让我和你妈担心。"

说完，也不等鹿照远回答他就急匆匆地走了，甚至都没注意到站在鹿照远身旁的祝岚行。

看着爸爸匆匆离去的背影，鹿照远显出些落寞的神色。

祝岚行将他的表情看在眼里，心里有些难受，却也知道这是多孩家庭难以避免的问题，更何况鹿乐成的情况还如此特殊。

"小亮……"

"我送你回去吧。"

两句话同时响起，两人都愣了一下。

"你送我回家？"祝岚行神色微妙。

"嗯。"鹿照远神情平静，"我家人都在医院，我回去也没事干，不如先送你回家，顺便打发一下时间。"

"原来是有人怕孤独——"祝岚行故意拉长声音揶揄道，直到看见鹿照远因为这句话而重新露出少年人的表情，他才慢吞吞地说，"还是哥哥送你回家吧。"

鹿照远脸上马上写满了不屑："你？哥哥？送我回家？"

"怎么，不行吗？"祝岚行自顾自地走到路边，准备拦车，"再说，你爸爸不是让你早些回家休息，别生病了吗？我送你回家，一来可以达到让你早点休息的目的，二来……怎么，你不愿意邀请朋友去家里玩吗？"

鹿照远被这几句话拿捏了，吭哧了两声才嘴硬道："哼，是我邀请你的！"

"好——"祝岚行拉开出租车的车门，示意鹿照远上车，"带路吧。"

到了家，鹿照远突然拘谨起来。他清清嗓子，给疑似有洁癖的人打了个预防针："我房间比较乱，你别嫌弃。"说着，鹿照远打开了房门。

鹿照远的家是个标准的三房格局，整体面积不大，鹿照远的卧室就更小了。狭长的房间，床铺是榻榻米带柜子的设计，就在窗户底下，榻榻米另一头是书桌，书桌上边还有一排吊柜，里面放的是奖杯。墙面其他地方则被鹿照远从小到大的奖状给填满了，所以球星的海报只能贴在这些奖状上面。

"咳……"鹿照远轻咳一声，指了指椅子，"你坐。"

祝岚行顺着他指的方向看去，房间唯一的椅子上堆满了衣服。

"……"鹿照远在旁边不好意思地解释，"不是每天都这样，这两天没顾上收拾。你坐床上去吧，床上干净。"

"可我今天才在草地上滚过。"祝岚行提醒他。

鹿照远立马伸手拍了拍对方的背和屁股："行了，坐吧。"

盛情难却，祝岚行只好在对方殷切的目光下坐到了床上，只是好像也有点硌。他伸手一探，摸出几件衣服。

"……"鹿照远劈手夺过祝岚行手中的衣服一把塞入衣柜，"这是干净的，还没收起来。"

"嗯。"祝岚行安抚略显紧张的鹿照远，问道，"给我倒杯水？"

"哦哦，好。马上。"

说完他就出去了，不一会儿就端着一杯水进来了。他把杯子递给祝岚行："想干啥？我家就这么大，说实话也没什么好玩的。"

其实在路上祝岚行就已经想好了，今天电量消耗太多，就算延长了接触时间，可电量还是远远不够。所以鹿照远一问，他就顺势说："之前不是答应了帮我提高成绩嘛，不如现在就开始？"

鹿照远没想到补习这事祝岚行居然是认真的，并且态度还如此积极，所以他也只好答应："可……可以，来吧。"

　　说完，他翻出了几张试卷和一些资料，挑选了一番后递给祝岚行一张："这是高一的综合卷，你先做，我摸摸你的底。"

　　"好。"

　　祝岚行接过试卷，正打量着房间看自己可以在哪儿坐着写，鹿照远就已经把书桌和椅子都收拾出来了："你坐这儿写。"

　　"那你呢？"

　　鹿照远把靠着书桌立着放的折叠小桌支起来放在床上："我用这个。"

　　客随主便，祝岚行乖乖坐下来开始写试卷。

　　当然，这个临时起意的补习计划最终也没能按时完成，主要是因为时间久远，祝岚行的知识点忘得有些多。最后，鹿照远翻出了自己高一用过的资料，一股脑儿地塞给祝岚行并把他送上了回家的出租车："你先把这些吃透再说吧……"

第07章
过往恩怨

这周的最后，祝岚行是守着满满的电量和学习资料愉快地度过的。并且还有个意外收获——他正式被向晨和舒云飞纳入自己人的范畴。为此向晨和舒云飞还安排了一个小小的仪式。

周一中午，包括鹿照远和祝岚行在内，一群人在食堂里围了个大桌子，每个人面前都摆着一盒酸奶。

向晨又变成了大喇叭，他兴奋地说："欢迎新人加入，我们干杯！"说罢，他举起面前的酸奶。

大家纷纷响应，齐刷刷地举起了酸奶，唯独祝岚行没有。

向晨定定地向他看过去，短暂的眉眼官司后，祝岚行只得也把酸奶举起来。

"干杯！"

"干杯！"

众人纷纷仰头，硬是把酸奶喝出了陈酿的感觉。

这有些无厘头的欢迎方式让祝岚行忍俊不禁，却也莫名多了几分归属感。

欢迎仪式完成，众人纷纷落座，开始吃饭。只听向晨又说："来来，先把新兄弟的好友加上。"

说完他转向祝岚行,一边伸出手机让他扫描屏幕上的二维码加自己的好友,一边介绍:"晚点我拉你进群。你放心,咱们兄弟都很靠谱,尤其是亮哥!你现在是自己人了,万事都有兄弟们罩着,就连考试——"

祝岚行听了这话,只觉得自己像是加入了什么了不得的帮派。

鹿照远听他越说越离谱,连忙打断:"行了行了,赶紧吃饭。有话吃完再说。"

向晨"哦"了一声,坐下后还是压低声音对祝岚行说:"我的意思是,到时候兄弟们和你一起求亮哥帮忙补课。"

祝岚行被向晨这灵活的转折给逗笑了,于是应道:"好,我先谢谢兄弟们。"

向晨点点头,像是很满意祝岚行的反应,然后转头就掀起了一场抢菜大战,美其名曰"我尝尝你的菜"。

一顿饭热热闹闹地吃完了,祝岚行本来想回教室休息,但鹿照远他们要踢球,想了想,他也跟着去了。

祝岚行坐在球场边,身边放着一堆衣服和水。他看看球,晒晒太阳,好不惬意。

没一会儿,向晨过来了。他跟祝岚行打了个招呼,然后就一屁股坐在他身边低头捣鼓起手机来。

下一秒,祝岚行的手机振动起来。他拿起手机一看,发现自己被拉进了一个聊天群。群里闪出一句话,说话人是在场上守门的舒云飞:"和新兄弟聊得咋样?"

向晨:"实话实说,不咋样。虽然是咱兄弟,但看着有些冷,单独相处还真不知道跟他聊啥好。"

新兄弟是我?祝岚行疑惑地看向向晨,却见对方根本没抬头,手指飞舞,不一会儿群聊中又冒出了一条新消息。

舒云飞:"都是自己兄弟你怕啥?拿出你吃饭时候的主动劲儿来。"

向晨:"臣妾做不到。"

向晨:"@祝野楼,你一般跟你表哥聊啥?"

直到祝野楼被艾特,祝岚行才意识到自己拿错了手机。

上次意外变身之后,他就一直随身携带着两部手机,而且为了降低暴露的风险,两部手机的外观是一模一样的,但这会儿他又意识到不做点区分的话,他自己也很容易搞错……

没等他想好该怎么做,球场上传来了一声惨叫——是刚刚还在群聊中活跃的舒云飞被球砸中了。

众人都围了过去，向晨也跑了过去。

祝岚行犹豫了一下，收起手机也跟了上去。

万幸没什么事，球过来的时候舒云飞正捧着手机玩，球先砸到他的手和手机，才袭向了肚子。舒云飞惨叫更多是因为手机被砸了，但好在手机也没坏。

见状，众人都松了一口气，只有鹿照远有点生气，因为舒云飞这球场玩手机的危险行为。"要玩手机就下场。"鹿照远板着脸说。

舒云飞哪舍得真下场，他连忙把手机丢给祝岚行："兄弟，帮我收一下。"

向晨也有样学样地递出手机："我去踢会儿球，兄弟帮个忙。"

祝岚行的嘴角扯出一丝笑纹。

鹿照远用眼神向他吐槽一番之后，跟着跑远开球去了。

祝岚行揣着两个兄弟的手机回到场边，再次当起观众。

少年们满场奔跑，连空气都被感染到了不竭的活力。直到午休快结束，一群人才带着一股灼人的热气走了过来。

鹿照远径直走到祝岚行身边，拿起一瓶水仰头就灌。

祝岚行看他满头大汗的样子，想也没想就掏出了手帕递了过去。

鹿照远却愣了一下——久远的记忆被唤醒，他突然想起还有一个人也有随身带手帕的习惯……

祝岚行见他愣住，以为是他不习惯用手帕，便说："将就用一下，现在气温降了不少，就这样湿着容易着凉。"

"哦，好。"鹿照远意识到自己的失态，连忙把手帕接过来，"我没什么的，就是觉得现在用手帕的人挺少的。"

"嗯。"祝岚行随口应道，"但我习惯了，我从小到大一直都随身带着。"

"这样啊……"鹿照远的声音低了下去，一副若有所思的样子。

接下来的日子祝岚行过得特别安稳，上学、补习、看鹿照远踢球，总之许愿机电量充足，他也特别知足。

十一月末，又一届竞赛要开始了。

鹿照远毫无悬念地成了学校的种子选手，每天要去参加集中培训。因此祝岚行只能眼睁睁地看着他离开，然后陷入一种电量只能消耗不能补充的寂寞当中。

这天竞赛培训结束得特别晚，鹿照远回到教室时见祝岚行还在，他明显愣住了，不解地问："你怎么还在？"

"等你。"祝岚行想想又补充道，"等你给我讲题。"

鹿照远愧疚道："那……其实这两天下来题型我也学得差不多了，要不明天我跟老师说我不去了……"

"不行。"祝岚行严词拒绝，他不会为了自己而耽误鹿照远的学习，"竞赛是正事，你还是得去。我反正也没事，等等没什么的。"

鹿照远见祝岚行这么坚持，没再说什么，只是对祝岚行更好了，甚至连补习的作业都变多了。

祝岚行："……"

倒也不必。

十一月注定是忙碌的，鹿照远忙到甚至连球都没时间踢了，连带着祝岚行都有挺长一段时间没有放风。

这天，鹿照远久违地去踢了一场球，祝岚行便跟之前一样，坐到了观众席上。

几人踢了好一会儿，向晨下场休息，径直走到祝岚行身边，边走边嘀咕："这外国老头怎么老来球场看球，都见过他好几回了……"

"什么外国老头？"祝岚行问。

"喏，那边。"向晨指了个方向。

祝岚行朝向晨指方向看去，见到了一个既在意料之外，又在情理之中的身影。

"我过去看看。"说罢，祝岚行往那边走去。

"你好，我们又见面了。"走到对方身边，祝岚行主动打了声招呼。

对方回过头，看到祝岚行，面露惊喜："小伙子，是你？"

向晨说的外国老头其实就是祝岚行之前在表演赛上遇见的比伯。比伯见到祝岚行也很激动，说了长长的一段话后便期待地看着他。

祝岚行因为惊讶而短暂地愣了一会儿，然后点了点头，冲球场上正好看过来的鹿照远招了招手。

鹿照远不明所以，但还是过来了。因为隔得远，所以花了点时间，他来的时候身后还跟着两个尾巴，向晨和舒云飞。

"什么事？"鹿照远看看祝岚行，又看看这个陌生的外国男人。

"不是我有事。"祝岚行看向比伯，"是这位找你有事……"

鹿照远将疑惑的目光投向比伯，比伯热情地回复了长长一串。

跟来的向晨和舒云飞听得人都有些恍惚了。

向晨："我的英语听力有这么差吗？怎么一个词都听不懂……"

舒云飞："彼此，彼此。"

鹿照远简直服了这两个活宝："人家说的不是英语。"

"他说的是德语。他说'我来自多特蒙德，我想邀请你参加试训'。"祝岚行望着鹿照远的眼睛，字句清晰。

这话一出，没有惊喜。

"骗人的吧？"

向晨和舒云飞直接当着比伯的面讨论起来。

"也不对。我们身上有什么值得骗的东西吗？"

舒云飞显然比向晨多看了不少社会新闻，哦不，是流言："估计是先给你一张飞外国的机票，等你到了对方的地盘之后再把你迷晕，然后拖进黑诊所里，胸部一开，心肝脾肺肾……"

鹿照远忍不住插嘴："不至于。可能就是给你个诈骗电话号码，从你的手上骗个万把块钱。"

祝岚行眼看三人聊得热火朝天，已经把各种近期社会上流行的骗术全都讨论了一遍不说，而且还越说越严重、越说越可怕、越说越愤怒，于是他不得不出言打断："你们等等，我问他要一些证明。"

说罢，祝岚行转向比伯。

比伯因为听不懂中文，在鹿照远几人讨论起来后就一直摆着一副笑脸等待着，但看着少年人明显不信任的表情，他的心中不免有了些不妙的感觉。所以一见祝岚行转过身来，他连忙询问："怎么样，亮他怎么说？"

三人会有担忧这很正常，也没有什么好隐瞒的。祝岚行看着比伯，直截了当地说："我们对你的身份有所怀疑，你可以证明一下吗？"

比伯一听，长舒一口气："没问题。"说着，他将自己的护照和工作证件一同交给祝岚行。

祝岚行拿着比伯证件，走到一边开始打电话。

鹿照远朝他看了过去，和他交换了一个眼神后，便安心地待在原地。

祝岚行很快就回来了，他先是对鹿照远三人点点头，然后对比伯说："我们需要一封来自官方的正式邀请邮件，有问题吗？"

比伯痛快回答："当然没问题，我稍后就安排。"

祝岚行又说："关于路费和食宿等费用……"

"来回路费恐怕需要你们自行承担，但我们会负责试训期间的所有费用。"

祝岚行将可能涉及的方面一一问到，才对比伯点了点头："试训这件事我们还要再考虑一下。"

"没问题。"比伯明白他们的顾虑，把名片递给了四人后才说，"这是我的名片，有问题可以直接给我打电话或者发邮件。"

"亮，"他注视着鹿照远真诚地说，"这份邀请确实来自多特蒙德官方，请你给我一个邮件地址，关于试训时间和更多详细的内容我们将在邮件中一一说明。"

祝岚行一字不差地将这句话翻译了，鹿照远三人听得一愣一愣的，但总算确定了一件事情——面前的这个男人不是骗子，他真的是多特蒙德的球探！

勉强保持着理智目送比伯走远后，除祝岚行外的三人异口同声地发出了惊呼！

向晨狠狠掐向旁边的舒云飞："我没有做梦吧？多特蒙德！国际豪门球队来我们这里找人了？！"

舒云飞早防着向晨这一手，灵活地往旁边一闪："你做没做梦自己还不知道？"

说完又激动地对鹿照远拍胸脯："亮哥，你赶紧去！我舒云飞全家老小，从今天开始就是多特蒙德的铁杆球迷了！"

鹿照远没有这两个人这么兴奋，他还蒙着，也有些忐忑："只是邀请试训，能不能去还两说呢……"

这话一出，向晨和舒云飞就急了："怎么不能？为什么不能？多好的机会啊！老大，只要你参加试训，然后加入多特蒙德，用不了几年你就可以成为国际巨星了！"

"哪有这么容易的……"鹿照远突然警觉地盯着做出飞扑姿势的舒云飞说，"你要敢扑上来你就完了！"

可他还是说晚了，向晨已经四肢大张，高高跳起，向鹿照远扑来。

舒云飞见状迅速跟上，还不忘拉上站在一旁的祝岚行。向晨和舒云飞一左一右，紧紧地夹住了鹿照远和祝岚行。

等左右两大护法收了神通，祝岚行赶紧提醒："你们是不是还要踢球？"

鹿照远："嗯？"

祝岚行指指场中一群像呆头鹅一样伸长了脖子往这边看的同学："都看着呢。"

向晨咋咋呼呼道："要踢！我现在浑身充满了力量！"

随后他又像想到了什么，对祝岚行说："藏得够深啊，德语这么溜，之前都没听你提过。"

鹿照远想到了那本被英语老师没收的德语书，忍不住说："他本来就这么厉害，你以为人家是你吗？"

向晨不说话了，他抑郁！同是小弟，为何老大的心偏得这么厉害？！

他假装悲愤地冲向球场，没走两步又原形毕露地兴奋得跳起来。

舒云飞紧随其后。

鹿照远无语地看着两人，随后向祝岚行挥挥手，也走向了球场。

午休结束的铃声响起，偌大的球场像是被一键清除了一样，上边飞奔的人在一瞬间就消失得干干净净。

因为中午的事，祝岚行和鹿照远两人谁都没心思听课，直到放学他们都有些明显的心不在焉。

祝岚行想了一下午，认为不管鹿照远做什么决定他都有办法解决许愿机充电的问题，所以他绝对不能只顾自己方便而让对方牺牲。所以一放学，就他对鹿照远说："不管你做什么决定，我都支持你。需要我的地方，尽管开口。"

整个下午，向晨和舒云飞也都在不停地表达同样的意思，但鹿照远一直没松口。直到听到祝岚行这样说，他似乎有所触动，眼睛亮了一瞬，然后苦涩地笑了："谢谢。你今天先回去吧，我可能顾不上给你补习了。"

这一情况祝岚行早有预料，和他道别之后就干脆地回了家。

鹿家。

鹿乐成看着哥哥面无表情地连吃了两口苦瓜，直觉风雨欲来。他不由得看向自己的爸妈，可爸妈不仅没有意识到大事不妙，甚至还催他多吃点虾。

眼看父母靠不住，鹿乐成，咬咬牙，决定自己上。

他小心翼翼叫了一声："哥……"

鹿照远停下筷子，看向弟弟："什么事？"

"你……最近吃得惯苦瓜了？"

被这么一提醒，鹿照远总算回过神来尝到嘴巴里的味道了。他露出个嫌恶的表情，冲到厕所处理干净后才回到餐桌旁。

感觉哥哥似乎恢复正常，鹿乐成松了口气，直接发问："哥，你想什么呢？"

鹿妈妈这时突然想到什么，插话问道："十一月底要竞赛了吧？小亮，今年你报了什么科目的竞赛？"

"数学和物理。"鹿照远回答。

鹿爸爸乐呵呵地说："数学、物理好啊！这次要是拿到了好名次，高考就可以加分了吧？"

鹿照远还没说话，鹿乐成就吐槽了起来："爸，你的消息太落后了，省里的竞赛早就不加分了，得全国的竞赛拿奖了才能加分。但如果得到了国际奖项，那更牛了，估计是世界名校随便选了！"

鹿爸爸和鹿妈妈齐齐看向鹿照远。

鹿照远点点头，表示弟弟的话没错。

鹿妈妈开心也放心，从小到大，大儿子的学习就没让她操过心。她将桌上的那盘虾往鹿照远这边推了推："快吃！你最近想吃什么都和妈说，妈给你做。"

鹿照远点点头，正要说话，手机的提示声响起来，是收到了新邮件。

他放下碗筷，拿出手机，点开邮件，只看了一眼，神情一下变得奇怪起来，兴奋中带点忐忑，还有一丝不敢置信。

鹿妈妈和鹿爸爸交换了一下眼神。说实话，他们哪怕是做父母的，也很少在自己大儿子身上看见这么丰富的表情。

鹿爸爸忍不住问他："究竟发生什么事了？"

鹿照远放下手机，并拢双腿，将背也挺直了一些。

他看着自己的家人，清了清喉咙："我……我接到了多特蒙德的试训邀请，他们刚刚给我发了邮件。"

这消息像一枚炸弹，投在餐桌上却炸得无声无息。

好一会儿，鹿爸爸的脸上才露出了不敢置信的惊喜表情来："多——多特蒙德？那不是国外特有名的一支球队吗？他们怎么会给你发邀请？他们还知道你？"

"其实是上回的表演赛——"鹿照远刚开了个头，话就被打断了。

打断他的话的是鹿妈妈。

几句话的时间，她回过味来了，细细的眉毛紧紧地拧着，神情严肃地说："你们说的这个多……多什么的球队，是国外的球队吧，那参加试训是不是要出国？"

"对。"鹿照远说。

"这不好，人生地不熟的，有个万一该怎么办？"鹿妈妈顾虑很多，"再说出国的话，机票费和住宿费怎么说？"

"机票要个人负责，试训期间的食宿等一切费用由他们承担。"鹿照远解释。

鹿妈妈和鹿爸爸交换了一个眼神。

鹿妈妈又问："试训什么时候开始？试多久？"

"十一月底过去，十二月初回来，具体的时间和天数还没确定。"

"这不就和竞赛冲突了吗？"鹿妈妈脱口而出。

"不冲突，安排得紧一些的话是可以赶上的，两个都能够参加，就是要向学校请一段时间的假——"

鹿照远的解释再次被鹿妈妈打断。

一路问下来，她现在已经非常不赞成他去参加试训了："又要自费，又耽误你读书，还不安全，这个事算了吧。小亮，你平时在校足球队踢得不是好好的吗？以后也这样吧！外国的球队听起来高大上，但你不一定能通过他们的试训，就算通过了，难道你真的要一辈子踢球？踢球不是什么正经的路，你学习这么好，犯不着。"

鹿照远没说话。他有点怔怔的，而后抿了抿嘴，下颚似乎绷紧了一点。

鹿乐成忍不住回了句嘴："妈，什么叫踢球不是正经的路，你的思想也太老派了！我哥踢球这么好，我们家也天天看球赛，你还不知道现在国际巨星多风光、赚了多少钱吗？"

鹿妈妈没好气道："全世界多少踢球的？有几个国际巨星？你哥是清北的苗子，是国际巨星的苗子吗？要是他成不了国际巨星，回头你养他吗？"

鹿乐成被噎了下："我养就我养呗……"

鹿爸爸这时说话了："好了，乐乐你好好吃饭别拱火。"

转头，他又对鹿照远说："小亮，这事爸站你妈这边。你别听你妈说这不行那不行的，她也是心疼你。我们看了这么多年球赛，都知道再红的球员也是一身伤病，我们不求你多厉害，成为什么巨星，只希望你健健康康的，有个好身体就行了。你能明白我们的苦心吗？"

父母说了这么多，鹿照远其实很想反驳，可又觉得似乎没有什么能够反驳的地方。他们的考虑很现实、很周全，态度也很真诚，全然是在为自己考虑，也正因为这样，才更让人无从反驳。

"……嗯。"半天，鹿照远勉强找回了自己的声音，他推开椅子站起来，"我吃饱了，先回房了。"

他转身向屋子里走去，才走两步，就听见妈妈说："小亮，好好准备竞赛。"

还有爸爸的声音："好啦，好啦，小亮自己知道的，从小到大，他什么时候让你操过心？"

关上门，外头种种让人心烦的声音总算是没有了。

鹿照远将自己丢在床上呆呆地看着天花板。一会儿后，他目光一转，定在了贴在墙上的球星海报上。

他和海报上的球星隔空对望了好一会儿，然后摸出手机，发了一条消息出去。

"我应该去参加多特蒙德的试训吗？"

发了消息，鹿照远心里依然空落落的，他没看屏幕，依然望着球星。看他挥汗如雨又生机勃勃的一幕被相机定格，被印上海报，又被万千球迷买回家里欣赏……如果那上面的是我……

叮咚！一声提示音响起。

鹿照远拿过手机，看见了对方回复的消息，很简洁，只有一个字："去。"

祝岚行让我去……鹿照远怔怔地想，他的双手再度按到屏幕上正要回复，突然瞥见了不对劲的地方——他把这条消息发给了和自己只有一面之缘的祝霸总！

上次祝岚行提过之后，他回家确实加上了祝霸总的好友，但再怎么说两人也只有一面之缘，贸然给人家发这样的消息……

鹿照远猛然坐起，尴尬要淹没他了。他盯了手机好一会儿，最终决定假装无事发生过。为免再次出现低级错误，他也不发消息了，而是确认了三次名字后，给祝岚行打了语音通话。

电话很快接通，就像对面的人正等着他似的。鹿照远的心莫名熨帖，他脱口而出："岚行，晚上有空吗？"

祝岚行接到鹿照远电话的时候，威廉正在身旁。他们今晚一直在一起，因而刚才的那条消息及祝岚行的回复威廉也都看见了。现在，威廉轻声打断了祝岚行，这对他而言是很罕见的："少爷……"

祝岚行用手掩着话筒，转向威廉。

威廉平静地说："你不该这样。我们的秘密并不小。如果鹿照远试训失败还好说，如果他成功了，对你来说太麻烦了。"

"所以，我应该阻止他去追求自己的梦想？"

"对他来说，这未必不好。球星并非人人都能做。"

"不是球星不球星的问题。鹿照远的人生，应该由他自己决定，他想去也可以，不去也行。"祝岚行转过头，不再看威廉，"我只是不会也不该阻止鹿照远做他想做的事情。"

"但你刚才让他去……"

"那是因为我知道他很想去。

"威廉，我的人生被人因私欲而破坏，所以我不会那样做。

"如果我那样做了，和那些人又有什么差别？"

祝岚行平静地说完，拿开手，对电话那头的鹿照远说："不好意思，刚才有点事……我有空，晚上哪里见？"

两人约在了市里一个有名的景点见面，那里有一个湖，夜景很美。地方是祝岚行定的，因为当时鹿照远脑子一团乱，一点儿主意都没有。

祝岚行先到了，稍稍等了一会儿，就看见鹿照远匆匆赶来的身影。

明明是自己提出见面的，结果还迟到，鹿照远有些不好意思："等很久了吧？"

祝岚行摇了摇头，将早就买好的热饮递了一杯给他："还好，买了杯水你就到了。去湖边走走？"

鹿照远点点头，乖巧地跟在对方身后。

此时已经是深秋，湖里的荷花早就谢了，莲叶也开始凋零，春夏时漫开水面的柔媚已然歇息，湖边连行人都变少了。

但湖还是湖，心情苦闷的时候，看些开阔的水域，心也会跟着疏阔一些。

沿着湖边走了一段，前方出现了一座横跨水域的长桥。上了桥，两人随意地向着湖面张望。

祝岚行并不急着问鹿照远找自己出来的理由，他总会说的，先给他一点梳理思绪的时间吧。

果然没过多久，鹿照远就开了腔："祝岚行……"

"嗯，我在听。"

"晚上吃饭的时候，我把试训的事情告诉我爸妈了，但是他们不同意，怕有危险，怕影响我学习。"鹿照远说。

祝岚行并不急着说什么，只是聆听。

鹿照远嘴角嘲讽地勾了勾，又说："这是个借口，至少我觉得这是个借口……我有自信不会因为去国外试训而耽误学习，我觉得他们应该也对我有自信……但他们就是不想我去。"

他停了好一会儿，才继续说："我妈说出这些理由的时候，我没有反驳。一方面是因为我知道，就算没有这些理由，她也会找无数个其他的理由；另一方面是我觉得……其实，我也拿不准……"

"我该去试训吗？"他轻声问祝岚行。

"这个邀请对我来说很惊喜也很令我兴奋，但这件事本身……我去试训，通过试训，成为职业球员，参加各种正式的高强度对抗球赛这件事……"鹿照远其实很茫然，"我从来没有想过。我对于这一未来完全没有任何设想和规划，从没有试着去开启也无法想象最后会怎样，这对于我来讲，可能只是我人生中很偶然的一个事件。去，似乎有去的道理；不去，似乎也有不去的理由。既然如此，我非要去试训是不是有些太过……太过任性和没有意义呢？"

鹿照远说得有些乱，因为他此刻的心就是乱的。

"谁说你通过试训就必须成为职业球员了？"祝岚行问。

鹿照远愣了下。

"这只是一次尝试、一个机会，可能成功，也可能失败，就算成功了，也只是多给你一个选择，你还有很多时间去考虑这个问题、考虑你的未来。"

"你想我去吗？"鹿照远有点迷惘，低声问了句。

"年少不追梦，那要等什么时候追？"祝岚行笑了下。

鹿照远噤了声。心底的某一处像是被戳了一下，戳开了裹在外头的壳，露出了更多藏在里头的想要倾诉的话。

"我……"鹿照远吞吞吐吐地说，"我说一件事……你不准笑。"

"不笑，你说。"

"我有点害怕自己坐飞机……"

鹿照远才说完，就见身旁的人翘起了嘴角，他一时恼羞成怒，去掐对方的脸蛋："你还是笑了吧！"

祝岚行一直关注着鹿照远，见他要动作，虽然立刻偏头躲开了，但还是慢了一点，对方的手指仍然戳到了他的脸。

"人之常情。"祝岚行说，"我没笑。"又问，"除了这个你还有什么困扰？"

"如果……"鹿照远又张了张嘴，虽然有点羞于启齿，但还是说了，"我自己付钱买了机票去了，没通过试训，又灰溜溜地回来，是不是特丢人？"

"一个人努力去做一件事有什么可丢人的？也许你认为我一个人的看法没什么说服力，所以……"

祝岚行低下头，打开群聊界面，在里面发了条消息。

"万一亮哥去了却没通过试训，是不是有点丢人？"

鹿照远一不注意就让他把消息发了出去，惊道："你在干什么？"

祝岚行将手机屏幕对着鹿照远："你看。"

众人的回复就这样出现在他眼前。打头的就是向晨。

向晨："小老弟你知道自己在说什么吗？！亮哥能接到试训邀请就已经足够让很多人羡慕一辈子了好吗？！"

舒云飞也批评他："新人，你的思想很危险。我们亮哥就是牛，不服请闭嘴。"

接下来是一群人对鹿照远的集体花式夸奖。

之后，向晨再度出声："@鹿照远，亮哥在吗？你把这事告诉家里了吗？"

说实话，当着祝岚行的面，鹿照远被吹得有点尴尬。他暗暗记了向晨一笔，掏出手机，没好气地回复了一句："说了，不让我去。"

这话一出，群里瞬间炸了锅。但不让鹿照远去的是他的父母，他们也不能真骂人，有天大的不服也只能憋着。

又是向晨打破了僵局。他说："亮哥，机会难得，你就算去旅游一趟也好。路费兄弟们给你解决！"说罢，三个两百块的红包就跳了出来。

这个操作简直给群里的众人开拓了思路。一时间，群里红包乱飞。零用钱多的多发两个，零用钱少的少发两个，只是眨眼之间，群聊的窗口已经被众人发给鹿照远的路费红包给淹没了。

旁边的祝岚行还挺有闲暇地算了算，笑道："来回两趟都够了。"

鹿照远："……"

他用拇指划拉了下屏幕，看了半天大家的消息，才回复道："你们够了，干什么呢这是？我不缺钱。"

向晨劝道："平常都是亮哥你请我们聚餐吃喝，这回就让我们大家请亮哥出国游一趟呗。"

舒云飞也说："亮哥，我觉得你还是去吧。我们天天踢球看比赛的，之前也约好说等高三毕业了就一起追去国外看个现场，现在你有机会提前去，干吗不去？对方包食宿算下来咱还省钱了。"

这是球队所有球员的想法！

对方包食宿等于我方占便宜，而有便宜不占是王……！要是鹿照远真的不去，他们一个个都能焦虑得跟自己身上掉了一块肉似的。

鹿照远翻了个白眼，丢了一张余额截图到群里："看清楚，哥真有钱。"

群里的大家看了截图，这才真的相信鹿照远不是客气，于是又发出了一排整齐的惊叹，不愧是亮哥！

鹿照远翻看了好一会儿聊天记录，才抬头看向祝岚行。他眼睛亮晶晶的，像夜里的两颗明星："你知道他们会这样？"

"我不知道。但我觉得他们不这样才奇怪。"祝岚行微微一笑，"因为……你是什么人，你的朋友就是什么人。"

横跨湖面的长桥曲曲折折，站在桥上，能够听见两侧流水潺潺。祝岚行闭上眼睛。射入眼中的光线被屏障隔断，而响在耳旁的水流声音因为没有了视线的干扰反而变得更加清晰，清晰得像响在他的心里。

一如他当年刚失明的时候。

那时他非常喜欢待在这里。当时，他刚刚从一个健全人变成瞎子，被困在无边无际的黑暗里，虽然因为种种原因，他并没有将内心的情绪流露出来，但他知道，他也能清楚地感觉到自己正在愤怒的火焰中走向疯狂。

是水流的声音帮助了他。

有一次，威廉看他在家里待了太久，劝他出去走走。他们到了这里，威廉扶着他上了桥。那时候是冬天，桥上几乎没有人，没有令他厌恶的噪声，也没有令他抑郁的安静，只有始终流淌着的流水哗哗地响在耳畔。

水似乎有种魔力,听得久了,他的灵魂也投入水中,顺着水流,一路平缓地、安宁地流淌到不为人知的宁静之处……

祝岚行睁开了眼睛。

夜晚、水流、长桥,一个使人安宁的环境,一个令人能够冷静思考的地方。

他看向鹿照远,此时鹿照远也冷静了下来。

他面上的犹豫消失了,变成了思考问题、解决问题的模样——他已经做了决定。

祝岚行笑了:"那现在我们是不是只剩下最后一个问题了?你敢不敢独自坐飞机去国外呢?"

鹿照远觉得对方还在嘲笑自己,不满地咳了声:"我可以克服……"

祝岚行却说:"我也可以陪你去。"

"啥?"

"我可以陪你去。"祝岚行又说了一遍,"就当去那里旅游了。"

鹿照远都蒙了:"你不必……我……你还要上课……"

祝岚行的笑声很轻,契合着这个夜:"上课?你不是在帮我补课吗?我只是跟着我的老师一起走而已。"

祝岚行轻飘飘的一句话让鹿照远觉得豁然开朗。

他忍不住笑了起来,然后又有些疑惑:"祝岚行,你为什么要对我这么好?"

祝岚行愣了下,回答:"你也对我很好。"

但鹿照远觉得自己并没有,他开了个轻松的玩笑:"其实你就是不想上课吧?"

"是啊。"祝岚行半开玩笑半认真地说,"我就想逃课跟着你,不行吗?"

这时,一阵风吹过来。风很大,还很冷,祝岚行忍不住打了个喷嚏。鹿照远一下回神了,他记得祝岚行身体不好,因为弟弟的病,鹿照远总是很在意这方面的事。他伸手摸了下祝岚行的手,关切地说:"你的手好冷。"

"天生的,再说今天也有点冷……"

才说完,祝岚行的手就被抓住了。

鹿照远抓住他的手直接往自己衣服口袋里塞。

虚拟屏不知道怎么的被调了出来,祝岚行惊讶地看着上面显示的电量。

自从能稳定充电后,他已经好久没时时刻刻地关注电量了,现在一看,只见半满的电量正以跳跃的速度蹿升,他目瞪口呆。

这充电速度是怎么回事?这简直是鸟枪换炮,单车变摩托了!

祝岚行看向毫不知情的始作俑者："你是在帮我取暖吗？"

"对啊！"鹿照远理所当然地说道，"你不是觉得冷吗？"

祝岚行"嗯"了一声，思索片刻——主要是盯着许愿机的电量，末了，他突然扯下了自己脖子上的围巾。

他今天戴了条羊绒围巾，围起来很轻也很暖。他牵着围巾的一端，把另一端搭在了鹿照远的脖子上："我们一起戴。今天确实很冷，你也注意别感冒了。"

"……嗯。"鹿照远应了一声。

与此同时，许愿机的电量再次飙升。

祝岚行很迷惑。明明之前两人也有身体接触，当时电量虽然也会涨得快一点，但绝对没有现在这么快。

所以充电速度加快的原因到底是什么呢？难道接触还有分类？

第08章 异国夜谈

既然决定了，两人就开始为出国的事情做准备了。

排在第一的，自然是签证。祝岚行的签证在当时做身份的时候已经一并做好了。鹿照远虽然是第一回办签证，但在有试训邀请邮件的加持下，他的签证办理得十分顺利，十天左右就可以办下来了。

这样一来，办签证、参加竞赛、出国试训，事情一件一件井然有序地排列好了。

"等竞赛结束我就去请假。"鹿照远将自己的打算说给祝岚行听，"就说我父母奖励我带我去旅游，要请一周的假。家那边我就说学校组织去研学，要出去一周。"

祝岚行觉得鹿照远的这个计划有点冒险，一旦两方联系一下，他的谎言就不攻自破了："这么简单？"

鹿照远沉默了一会儿才说："问题不大的……我觉得他们都挺信任我的。"

可能这就是独属学霸的名誉加成吧，祝岚行挑挑眉，却没再说什么。

鹿照远表面上淡定，但毕竟是他第一次欺骗父母和老师，心中难免愧疚，所以这之后他在学校表现得格外遵守纪律，在家也勤快不少，乖到了窦三毛和鹿乐成都觉得反常的地步。

终于到了竞赛的这天，是个周六。今年的竞赛定在双语中学举行。祝岚行虽然不参加竞赛，但还是在这天早早地等在双语中学的门口。没多久，鹿照远轻松随意的身影出现在了他的视线里。

"嗨！"他跟鹿照远打了个招呼。其实祝岚行心里还有点忐忑，担心鹿照远看自己来这里会觉得有压力，直到透过清晨那薄薄的雾气，他看见对方眼里乍现的惊喜，才倏地放松紧绷的神经。

鹿照远几步跑到他面前："你怎么来了？"

"来送你。"祝岚行说，"不欢迎？"

"当然不是，我就是……就是有点惊喜。"鹿照远摸了下鼻子，"从来没想过还有人会特意来送我。"

"哦。"祝岚行故意说，"其实我是想找个安静的地方做作业，正好想到你要来这里比赛，就跟着你来了。"

"在家里不是更安静？"鹿照远直接戳穿他。

"……"祝岚行嘴硬道，"家里没有做作业的氛围。"

鹿照远做出一副了然的样子："哦——"

两人一路走一路聊，直到鹿照远要进考场了，祝岚行才挥挥手同他道别。

考试的钟声敲响，鹿照远拿起笔，笔尖点在姓名那栏，顿了顿，他突然将笔挪到一旁的草稿纸上几笔写下了祝岚行的名字，然后才在试卷姓名栏上写下了自己的。

他做了个深呼吸，沉下心来开始答题。

送鹿照远进考场后，祝岚行也没有走多远。开考后，他就在学校的凉亭里坐了下来，并且还真的掏出张试卷开始做——多少要做点，这样才不显得他特意跑来蹭电量的行为特别功利。

可能是经过这段时间的补习已经养成习惯了，祝岚行做起题来十分专注，并没有发现周围来来往往的中学生中藏了个他的熟人。

凉亭之后的灌木丛中，本来是来学校上辅导班的高小默一眼看见了坐在凉亭中的祝岚行，对方还没怎么样，他已经反射性地蹲在树后藏了起来。

"啊——竟然又碰见了！"高小默双手抱头，非常崩溃，"这种宿命般的就要见证一个大秘密的感觉究竟是怎么回事啊！那个少年版的岚哥究竟是谁啊？！"

他兀自崩溃了一会儿，然后渐渐冷静下来，开始思考。面前的少年版岚哥肯定和岚哥有很亲密的血缘关系……因为两人实在长得太像了……

父子？不、不，父子的话，岚哥得多早结婚生孩子啊……

兄弟？难道岚哥有个失散多年的亲弟弟？但没听说啊……也许是对方一出生就被坏人拐走了，现在才找回来？

高小默拿出手机，点开祝岚行的聊天窗口，一阵犹豫：我现在问岚哥这个小哥哥的事情，岚哥是会回复我呢，还是会直接削我一顿？

他左思右想，还是觉得不要贸然开口比较好。想到这，他把手机切换到拍照界面，小心翼翼地拍了张照片。

高飞捷觉得弟弟最近不太对劲。周六加班的时候，他接到了学校补习班老师的电话，说弟弟没去上课。起初，他不以为意，只以为小鬼十四岁了，终于开始叛逆了，想当年，他可是从十二岁就开始没有老师敢管了。

但周日，老师又打电话来说同一件事的时候，高飞捷就有些在意了。虽说不逃课的叛逆期几乎不存在，但一个周末连着翘掉两天的补习，这种行为对已经不是公子哥儿的他们来讲有点太嚣张了吧？

高飞捷觉得弟弟可能碰到什么事情了。他留了个心眼，并没有在当天发作，而是在周一下午请了两个小时的假提前回了家。考虑到可能要采取怀柔政策，他在回家之前还特意绕去进口超市买了点学生爱吃的零食。

就这么一耽搁，他到家的时候高小默已经放学回来了。见人回来了，他不敢歇，连忙走到弟弟的房门口敲响了房门："小默啊……"

门是虚掩着的，稍一用力就开了。高飞捷看见坐在书桌前看手机的弟弟像是被踩到了尾巴的猫，瞬间从椅子上弹起来，手忙脚乱地把手机反扣在桌上。

"哥……你怎么回来了？！"高小默紧张地问道。

"这也是我家，我怎么就不能回来了？"高飞捷提着东西走了进去，假装没有发现弟弟的异常。

"我说你干吗进我的房间！"高小默移到书桌前挡住手机。

"你是我弟弟，我还不能进你房间了？"眼看弟弟要生气，高飞捷话锋一转，"好了好了，难得早下班又给你买了零食，你还埋怨我贸然进你房间，真是的。我刚才可是敲了门的，是你自己没有关好门。"

"……"高小默一阵气闷，走上前接过哥哥手中的袋子，"谢谢，没事的话我要继续做作业了。"

"呸，你这样像是在做作业吗？别以为我小时候没和父母玩过这些花招。高飞捷暗暗吐槽，但没有戳破高小默的谎言，只在对方要把自己推出房间的时候问道："小默，你没什么事要和我说吗？"

"我有什么事要和你说？好了好了，你别打扰我，我真的要开始写作业了。"说着，高小默就把高飞捷推出了门外，并当着他的面重重关上了门。

高飞捷无奈地叹了口气，突然灵光一闪："这小家伙……这么纠结恍惚的，莫非是交了女朋友？"

中学生有女朋友，曾经的二世祖高飞捷觉得没关系，但有女朋友且不去上课，现在的打工人高飞捷认为问题很大。左思右想，他坐不住了，最后决定痛舍各种奖金和加班费，请几天假去盯梢高小默。

盯梢进展得很顺利，第一天放学，高飞捷就发现了高小默的身影，他独自一人走出校门，却不往家的方向走。高飞捷的心提到了嗓子眼儿，但不得不按捺住冲动悄悄跟着，直到跟到了实验中学的门口他才稍稍放心，难道是跨校恋爱？

新的可能性又让他紧张起来。

高飞捷对这一块不熟悉，张望着调整了一下自己的位置，接着他就惊奇地发现自己的弟弟异常娴熟地往一棵大树后边躲——像是和自己一样在盯梢。

"……"莫非还是单相思？高飞捷的心顿时安定了，也不再继续藏了，而是径自走到高小默身后，还伸手拍了拍对方的肩膀。

他还没来得及说话，就见高小默一蹦三尺高，惨叫连声："啊——岚哥我错了！对不起！我没拍照，真的没拍——"

高小默的话戛然而止，因为他回头看见了自己哥哥，而他的脸拉得比驴脸还长。

"哥，你怎么在这里？"

高飞捷冷笑："这话该我问你吧！你怎么在这里？周末为什么没去补习？"

说完，他又憋屈地补了一句："三句不离祝岚行，你去给祝岚行当弟弟算了！"

"……我倒是想，但人家不是不要吗？"

高飞捷差点被气死，但他已经学会不跟高小默争论这件事了。他手一伸，直接去拿高小默的手机："你拍的什么？给我看看。"

高小默立马警惕地抱住手机，后退一步："你想干吗？"

"我干吗？是你想干吗！"高飞捷更气了，"你蹲在这里偷拍什么？你知不知道这是违法的！"

高小默一下慌了。但他想到手机里头各种角度的少年版的岚哥照片，又看了看满脸不高兴的高飞捷，直觉一旦照片被他看到绝对要出大事。

"我……我……你别动我手机啊！这是我的隐私！"高小默逞强道。

高飞捷冷笑一声："现在和你哥说隐私了，过去哥喂你吃饭、给你洗澡、帮你擦屁股的时候你怎么不说隐私？"

刚才弟弟对祝岚行下意识的维护让高飞捷心头一阵抽痛，这也就导致高小默越不给他看，他越想看。争抢之间，高小默一着急，举起胳膊，直接把手机往远处的河里丢去！只听扑通一声，手机在水面激起一圈涟漪后就沉入了水底。

高飞捷愣了，他也是真的不懂了："你手机里到底有什么秘密，宁愿丢了也不肯给我看？"

明天就是出发的日子了，鹿照远正在房间里收拾自己的行李。音响里放着叫不出名字的德语歌，他心情很好地一样样清点重要物品。

突然，房间的门被叩响，接着鹿乐成的脑袋从门缝里探进来。不等鹿照远说话，他直接进来并迅速关了门。

"你干什么鬼鬼祟祟的？"鹿照远奇怪地看着他，发现鹿乐成不仅鬼鬼祟祟地进来了，还鬼鬼祟祟地带上了自己的小金猪，"怎么把存钱罐拿来了？"

按理说，现在大家都用手机支付了，家里也都不放钞票了，但鹿乐成不这样。他有个小小的怪癖，就喜欢花花绿绿的钞票和拿在手里有分量的钢镚儿。每回过年通过手机收了压岁钱后，他还要特意去银行把钱给取出来塞进自己的金猪存钱罐里。存钱罐旁边还有个电子秤，鹿乐成时不时就会把金猪放上去称一称，哪怕只重了1克，他也能开心好久，十足的财迷样。

可以说，这个金猪里装的是鹿乐成记事以来的全部积蓄。

鹿乐成张口就丢了个炸弹："哥，你是不是要去参加试训了？"

鹿照远心里一咯噔，声音都绷紧了："你乱说什么？"

"哥，你对我还瞒什么……"鹿乐成一手抱着金猪，一手摸猪屁股，"你这些天的表现，妈没看出来，我还能不知道吗？你肯定是想先好好表现讨妈开心，然后再说服妈同意你去试训。"

"我之前出来喝水的时候路过你房间，看见你用电脑上的国外网站了。虽然认不得上边的文字，但是照片还是看得懂的，就是你想去的试训的地方吧？"

鹿照远不作声了。

鹿乐成又猜测："你是不是打算研学回来再和妈摊牌？"

听了弟弟的话，鹿照远暗暗松了一口气，含糊地应道："这都被你猜到了？还有……乐乐你能不能别摸猪屁股了？"

鹿乐成的手一顿，然后说道："哥，我说句实话，你别不爱听。我觉得咱妈改主意的可能性不太大，你没听爸说嘛，就连晾台上的那根晾衣竿都比咱妈的脑袋会转弯一点。所以……"

"所以？"

"所以，哥，要是定了日期，你就悄悄地去吧！"鹿乐成仿佛下了个无比大的决心，"悄悄地去，悄悄地回，我帮你瞒过妈妈！至于路费，你也不用担心……"

说到这，他又不舍地摸了金猪好几下，蓦地，双手举起金猪，重重地砸到地上。红红绿绿的钞票连带钢镚儿散了一地。

鹿照远还没反应过来，鹿乐成已经蹲下去，把钞票全部搂起来，递到鹿照远面前："哥，都给你——"

这时房间突然被推开，鹿妈妈出现在门口，疑惑地问道："什么东西摔碎了，这么大响声——你们在干什么？"

鹿妈妈的突然出现，让两兄弟都有点蒙。

鹿乐成还保持着双手捧钱往前递的姿势，鹿照远也是伸着双手——他本意是拒绝弟弟的，但现在看来，尤其是不明真相的人看来，这动作也可以理解为接受。

于是，兄弟俩眼睁睁地看着鹿妈妈的脸色从阳光明媚变成了电闪雷鸣。

"妈！"鹿乐成连忙解释，"事情不是你想的那样！"

"我想的是怎么样？你说说。"鹿妈妈双手抱在胸前看着兄弟俩。

"就是……我哥没有强迫我，我是自愿把钱给我哥的！"鹿乐成说。

鹿照远一听这话就知道要完。

果不其然，鹿妈妈一挑眉，问道："你为什么要把钱给你哥？"

"因为……呃……"鹿乐成失语了，绞尽脑汁想了半天最后憋出个极其蹩脚的理由，"我托哥哥帮我买个东西！"

"买什么东西要花这么多钱？你手上那些有七八千了吧？"

这个数真不夸张。鹿乐成平常是不怎么花钱的，因此这些年的压岁钱都严严实实地存在这小金猪中，现在那里面的钞票被他捧了个满怀，非常有视觉冲击力。

"我……就是……"鹿乐成支支吾吾地说不出个所以然来，急得冒汗。

鹿妈妈见小儿子实在煎熬，不忍心，决定放他们一马，她笑了笑，对大儿子说："算了，小亮，你弟弟既然给你，你就收下吧。"

鹿照远愣了下："妈，其实……"他其实很想说事情不是她想的那样，从头到尾都是鹿乐成在自说自话，自己只是还没来得及拒绝……

但鹿妈妈没看他，而是伸手摸了摸鹿乐成的脑袋说："乐乐长大了，会心疼哥哥了。但只是要把钱取出来而已，也没必要砸碎存钱罐啊，喂了这么久的金猪不心疼吗？妈给你再买个吧。"

"不用了，妈，我就是表一下决心……"

鹿妈妈都被逗笑了："还表决心？你一个借钱给人的有什么决心好表的。行了，钱你哥哥收下了，你快去洗澡吧。你给你哥的钱，回头妈给你补上。"

"妈，我……"鹿乐成看着鹿照远，又看看妈妈，想说点什么，但看着沉默的哥哥，他的那些话也不知道该怎么说出口了。

鹿妈妈却一个劲儿地催促："快去，快去！钞票上面全是细菌，你摸了半天，赶紧洗个手再洗个澡。"

她把小儿子推出大儿子的房间，临走的时候像是又想到了什么，突然回头对鹿照远叮嘱道："小亮，下次你有什么想要的可以直接跟爸、妈说，只要是合理的要求，爸、妈都会答应你。别拿你弟的钱。"

"我没有。"鹿照远回了话。

只是这一句有些轻，所以鹿妈妈没有听见，她直接关上了门，鹿照远还能听见她在门外催鹿乐成去洗澡的声音，但终究隔了一道门，总是有些模糊。

祝岚行到达机场的时候，距离飞机起飞还有两个小时。他给鹿照远打了个电话，电话很快接通，那边还没说话，机场的广播声就从听筒中传出来。

祝岚行有些惊讶："你已经到了？"

"嗯。"电话那头的声音比平常更低一点。

"我也到了，你在哪里？"祝岚行举着手机张望，但没有看到鹿照远的身影。

鹿照远描述着自己的位置，才说到一半，祝岚行已经找到了他。

他在一个巨大的电子广告牌底下，不停变换的画面发出各种鲜艳的色彩，这些颜色落在鹿照远的肩膀上，像为他披了件斑斓的外套。但和这件彩色外套形成鲜明对比的是他那一动不动、宛如雕塑的姿势和那双布满血丝的眼睛。

祝岚行怔了一下："你……"

听见了祝岚行的声音，雕像鹿照远慢慢地眨了下眼，好像才恢复意识一般。

"你等多久了？"祝岚行问。看鹿照远这个样子，他觉得对方似乎在这里枯坐了一个晚上。

"没多久。"鹿照远说。

"要喝水吗？"祝岚行目光在鹿照远干得起皮的嘴唇上停留了一会儿，"旁边有热水，我给你倒一杯吧。"

"谢谢。"

祝岚行这次出门只带了一个背包和一个行李箱。见鹿照远答应了，他放下行李就往饮水机走去。很快，他就回来了。

看着鹿照远捧着热水小口小口地喝着，等到对方差不多喝完了，他才说："靠着我眯一会儿吧，还没到时间，我们稍稍休息一下再去值机。"

鹿照远有些茫然地看了祝岚行一会儿才说："我靠着椅子休息一会儿就好了。"

说罢，他就真的靠着椅背闭上了眼睛。但他个子高，这样靠着，他的头只能向后仰着，脖子后面没有任何支撑，光看着就觉得十分难受。

祝岚行伸手把他的脑袋按在了自己的肩膀上。

鹿照远短暂地精神起来："没关系，马上就上飞机了，我可以在飞机上睡……"

祝岚行没有说话，只是保持着按着他脑袋的姿势。短暂的沉默后，鹿照远说话了，声音却有点闷闷的："那我靠着你睡一会儿，你累了就直接推醒我。"

"嗯。"祝岚行安抚地摸了摸鹿照远的后脑勺，鹿照远竟然就这样睡着了。

听着对方逐渐平稳的呼吸，祝岚行又等了一会儿，才小心地拿出手机给威廉打了个电话："帮我和鹿照远办理升舱。"

昨天显然发生了些什么，但如果鹿照远不愿意说，他也不好勉强，更不好主动去问，因为有些事情是需要当事人自己去消化的。

头等舱的环境要好很多。鹿照远一进去就立马意识到这是祝岚行的手笔，他嗫嚅着动了动唇，感谢的话怎么也说不出口。

祝岚行看出他的拘谨和挣扎，便说："你知道我身体差，我也想舒服一点。"

鹿照远认真地看着祝岚行，半晌才道："谢谢。"

飞机很快就起飞了。祝岚行让空姐拿了杯牛奶过来，盯着鹿照远喝完并强势地让他躺下休息。两人的座位只隔着一道可升降隔板，因为担心鹿照远的情况，也为了方便照顾他，祝岚行并没有升起隔板。

不一会儿，鹿照远就睡着了。

祝岚行转头看了眼罕见地露出疲态的少年，心里有些感慨，刚刚的鹿照远就像是一只听话的大狗，黑亮的眼睛里全是信任，看得人心里不忍。

鹿照远的这一觉像是睡在航行的船上，随着水流来回漂荡，荡得人似乎在半梦半醒之间，谈不上好，也谈不上不好。但清醒之后，他感觉到了意料之外的舒适，直到这时，他才记起来自己是在飞机的头等舱里。他轻轻地叫了一声："祝岚行？"

低头看书的人抬起头来，看向他："醒了？"

"……嗯。"鹿照远坐起来环顾四周，突然问道，"我能看看窗外吗？"

"当然可以。"祝岚行笑了，教他打开舷窗的遮光板。

鹿照远立马透过小小的窗户向外看去。蓝天在上，白云在下，远处还有一轮金黄的太阳悬挂在云层之上，辉映着翻涌的白云，灿烂得如同天堂。

他着迷地看着远方，久久无法移开视线。这是他第一次坐飞机。而他第一次坐飞机就是飞往异国，去完全陌生的城市，而且这趟旅程的唯一同伴是……

"祝岚行——"

鹿照远转过头，想将内心的兴奋、期待、感谢以及摆脱种种束缚的自由感全都一股脑儿地告诉对方。

但当他看到祝岚行面带笑容地看着自己的时候，他突然觉得好像什么话都不用说了，因为对方一定都明白。

祝岚行等了半天，但鹿照远只是定定地看着自己，于是他问："怎么了？"

鹿照远只觉得心跳突然加速，甚至有些头晕目眩，他说："我……我……好像有点恐高……"

祝岚行紧张地探过身去，抓住鹿照远的手。突然，他感觉到腕上的手链振动了一下。低头一看，只见许愿机的电量从80%直接飙到了100%！

这是怎么回事？！祝岚行彻底蒙了！

这一趟旅程足足十多个小时。当两人从飞机上下来时，已经置身陌生的国度并且是全新的一天了。

　　长途旅行总是令人疲惫，祝岚行和鹿照远没去逛街，而是直接去了球队指定的酒店。球队给鹿照远订好了房间，祝岚行则自己另开了一间房——因为隔壁没有房间了，所以他开的是鹿照远房间楼上两层的套间。

　　鹿照远把自己的行李丢进房间后，就陪着祝岚行上了楼。

　　打开门，宽敞的空间出现在两人面前。鹿照远忍不住感慨道："从飞机上下来以后，看哪里都宽敞得让人安心。"

　　"是这样的。之前我来回德国的时候也觉得无法忍受。"祝岚行对于这一点深有感受，"可是路程在那里，也没什么别的办法。"

　　放下行李，他们在房间里转了一圈，转到浴室时，鹿照远对着浴缸和放置在周围的白蜡烛吹了声口哨："洋气。"

　　"喜欢的话，晚上可以上来试试。"

　　鹿照远居然认真地思考了一下才说："这个之后再说，我们先去吃点东西！"

　　祝岚行欣然同意，和鹿照远一起去了酒店里头的餐厅。

　　吃完饭，两人恢复了点精神，于是出了酒店沿街散起步来。

　　全新的建筑风格，陌生的异国文字，还有肤色、眸色和他们两人截然不同的路人，如果在白天，这或许是个新奇而有趣的地方，但在将暗未暗的夜色笼罩下，孤独与隔阂突然翻涌起来，好像城市是一边，他们是另外一边。

　　鹿照远不自觉地朝祝岚行的方向靠了靠。

　　祝岚行朝他看去，目光中带着询问。

　　"记下路了吗？"鹿照远有点不好意思，于是没话找话地掩饰，"这里的路长得都一模一样……"

　　"记下了。"祝岚行莞尔，"我会把你好好带回去的。"

　　鹿照远摸了下鼻子，刚才的窘迫就像被风吹过的雾，一下消失了。

　　两人沿街转了大半个小时，道路的尽头，一座巨大的球场渐渐显现。

　　鹿照远愣了半天："这——这是——"

　　祝岚行微微笑道："也许不久以后，你就会在这座球场踢球了。我觉得先过来看看还蛮有必要的，你说呢？"

　　鹿照远的心情实在是激动，忍不住爆了句粗口。

　　祝岚行失笑道："你太夸张了。"

今天正好有球赛。两人想都没想，直接买票入场。

进场的时候他们看到了一家四口。一位妈妈带着三个孩子，最大的女孩也就十岁的样子，最小的婴儿还在妈妈的怀里，五六岁的小男孩抱着个足球，像小尾巴一样跟在妈妈身后。他一直伸手去拉妈妈的衣服想和她说点什么，但妈妈牵着大女儿抱着小婴儿，总不回头。几次之后，小男孩生气了，抱着足球跑掉了。

鹿照远忍不住站了起来。

"有事？"祝岚行问，他们刚刚找到座位坐下，他不明白鹿照远这是怎么了。

"那个孩子……"鹿照远说，其实他也觉得自己的担心没什么道理，但从那个孩子身上他看到了曾经的自己，"没什么……"说着，他慢慢地坐了下来。

祝岚行却站了起来。鹿照远错愕地看着对方，看见他脸上了然的神色。

"担心的话，我们一起去看看吧。"

鹿照远想：他真的什么都懂。

两人走出球场，在不远处的树下找到了独自踢球的小男孩。

鹿照远松了口气："人没事，我们回去吧。"

祝岚行却摇摇头。他走上前，用德语和小男孩说了几句话。鹿照远听不懂德语，但能看见小男孩脸上一下绽开了笑容。

这时祝岚行回过头，对鹿照远招招手："我问他愿不愿意和我们一起踢球，他说愿意，还告诉我前边有个足球场，可以去那里。我们过去吗？"

鹿照远是愿意的，但他担心祝岚行："那你不看比赛了吗？"

"不看了。"祝岚行挑挑眉，"时间就这么多，我们当然要做最想做的事情。"

鹿照远轻而易举地就被说服了。每每他的内心有所迟疑的时候，祝岚行总能明白他真正想要的是什么。

他们跟着小男孩到了对方所说的球场。

说是球场，其实就是在草坪上支了两个球网，一群半大的孩子正在那里踢球。因为人数不够，所以他们一到场就被邀请加入了。

小男孩是前锋，鹿照远做门将，会德语的祝岚行也没有闲着，当了临时的裁判。

当祝岚行吹响比赛哨声的时候，从不远处的球场那边也传来山呼海啸般的欢呼声——比赛开始了。

一场孩子的球赛，并不精彩，但非常开心。鹿照远所在的球队稍稍落后，正当他们重整旗鼓再次进攻时,不知道哪个家长来了,球场中的孩子们一哄而散,又只剩下他们与小男孩了。问过小男孩的意见后,祝岚行和鹿照远带着他返回去找家人。

走到半路,正好看见了小男孩的妈妈匆忙赶来的身影。

小男孩一下挣脱了祝岚行的手,抱着球冲到了妈妈的怀抱中——但他被打了,妈妈一巴掌拍在小男孩的脑袋上,拍得他的脑袋都向下点了点。

小男孩都快哭了,妈妈终于缓和脸色,抱起他向远处走去。

想要倾吐的欲望在这一刻达到顶峰,鹿照远下定决心,对身旁的人说出了藏在心底的话:"祝岚行,我和你说说我家里的事情,好不好?"

"昨天……其实,我在机场坐了一夜。"

鹿照远清楚地记得半夜候机室的景象,没什么人,里面亮堂堂的,照得人眼前一片白花花的,风铆着劲儿地刮,发出呜呜的怪声。

他独自坐着,听着这些声音,倒不害怕,只是有些无所适从。

鹿照远说出这句话的时候觉得自己有点小题大做的软弱。他声音很低,有些不好意思,佯装不经意地瞥了祝岚行一眼,却见祝岚行只是温和地看着自己,一脸的相信、理解和包容,鹿照远从他的眼神里获得了力量,又重新开口了。

"出发前我和我妈闹了点矛盾,应该是我单方面地闹别扭。于是等他们睡了,我就拿了行李打车到了机场……"

祝岚行其实猜测过这种可能,但当这种可能被证实时,他还是有些不悦和心疼,他不喜欢自己看好的孩子被人欺负,家人也不行。

但他很好地克制了自己的情绪,问鹿照远:"什么矛盾?"

"不是什么大事。"鹿照远轻声说,末了又自嘲地笑笑,"全都是鸡毛蒜皮的小事,但是有时候,就是因为这些事我才觉得我妈不太相信我。"

说这话的时候,两人已经并肩躺在祝岚行房间的大床上了。

鹿照远盯着天花板,像是在说服自己:"其实我妈对我并不差。"

"我家条件一直不宽裕。现在好一些,但是早几年,我弟弟要做手术,要吃药,家里真的是捉襟见肘……你去我家看过吧?那套房子有些旧了,又小,但其实我们家是三年前才换到这个房子里来的,之前我们住的地方更小……

"我上小学的时候,要交一笔不低的择校费,我妈二话不说就卖了她结婚时候的金镯子给我交了。小时候过年,我妈不舍得给自己买新衣服,但我和我弟弟的新衣服她从没有落下……"

祝岚行双手枕在脑后，沉默地听着。

鹿照远说的事情很琐碎，零散地分布在他成长的轨迹中。作为一个外人，祝岚行看得明白，鹿照远正在用他妈妈对他的好来抵消他妈妈对他的不好。

单纯的爱和单纯的恨都是很简单的东西，但人是复杂的，由人衍生出来的爱和恨也不会那么简单。

如果鹿照远再长大一些，也许他能够想明白：我妈妈固然对我很好，很爱我，但她所做的那些偏心的、不信任我的事情，同样让我伤了心——我要向她指明这一点，她也应该明白这一点。

但是现在，他还只有十七岁。

祝岚行侧过头，目光从涂饰着彩绘的天花板落到鹿照远的脸上。

只见对方的眉头皱了起来，嘴也抿着，脸上表情却还是倔强的，略带着些玩世不恭的倔强。也许正是这种"我能解决一切"的倔强姿态让人忘了他其实也是一个需要关怀的孩子。

祝岚行伸出手，在鹿照远的眉间轻轻揉了下。他揉开了对方皱起的眉头，也让鹿照远错愕的目光落在自己身上。

祝岚行收回手，对鹿照远说："有一句话说，一份烦恼……"

"倾诉一下，就变成了半份烦恼？"对于这种心灵鸡汤，鹿照远也是听过的。

祝岚行笑了笑："一份烦恼，只有去解决才会消失。你有想过和你妈妈说一说你心里的想法吗？"

鹿照远愣住了。

"既然你妈妈是爱你的，那她就是可以沟通的。有些事情，总是隔着层窗户纸，不捅破，大家都不会明白，只有戳破了，大家才会知道。"

"可是我……"

"你觉得你这样是在和你弟弟抢夺你妈妈的关爱？你觉得这样做过于小气？"

鹿照远默认了。

"那你弟弟是怎么想的？他对你妈妈这样的行为也觉得理所当然吗？"

"他……"鹿照远想了想，"他可能也觉得有些无奈。"

"既然你们兄弟都觉得这样不好，为什么不直接告诉妈妈呢？"祝岚行问，"难道你们觉得无法跟妈妈沟通吗？"

鹿照远再一次被问住了。

正当他反思这究竟是不是自己的问题的时候，祝岚行肯定了他的假设："我认为你妈妈对你弟弟的偏爱很可能已经成习惯了，很难改变。这种时候……"

他沉吟了下，没有直接说："接下来我说的办法可能有点坏，你要听吗？"

"听。"

既然鹿照远都这样说了，祝岚行直接开了口："你妈妈偏爱你弟弟，你就偏爱你爸爸。你妈妈怎么偏爱你弟弟，你就怎么偏爱你爸爸，无条件地赞同他……"

鹿照远木着脸："你是在教我拆家吧？"

祝岚行脸上有了淡淡的笑意。他换了个姿势，侧躺在床上，枕着手臂，眼睛一眨不眨地注视着鹿照远，浅色的瞳孔里闪着摄人心魄的光。

鹿照远悄然屏息，不知道为什么，他总是轻易地被这双眼睛所吸引，仿佛那里面有许多他不知道的东西。

只听祝岚行说："其实，有些问题交给时间和距离也是不错的选择。"

鹿照远笑了："你是说等我和弟弟长大独立了，我就不会再在意这些了？"

"当然不是，也不用这么久。"祝岚行摇摇头，"还记得之前聊过的未来吗？还有一年半就高考了，高考结束，你就成年了。你不能决定自己出生在哪里，但你能够决定自己以后生活在哪里……"

"我们在德国。"

"再过两天就是试训，加油。"祝岚行说，他的声音很轻，但很笃定，好像他无条件地相信鹿照远，相信一切困难鹿照远都有办法解决，"你可以的。"

鹿照远看着祝岚行，忍不住说："总觉得你很信任我的样子，好像我做什么都可以成功。"

"嗯。"祝岚行嘴角微微勾起，"我就你一个朋友，不信你信谁？"

得到满意的回答，鹿照远再次咧开嘴笑了。

这天晚上，他们聊了很多，聊到最后，鹿照远睡眼蒙眬地放出豪言："看我踢出一份合同来……从此功成名就走上人生的巅峰……"

"相信你。"祝岚行迷迷糊糊地答应着，然后彻底进入了梦乡。

鹿照远调动最后一丝清醒的意识，用被子把两人裹住，然后直接陷入了沉睡……

一夜好眠，第二天两人醒来时都是神采奕奕的。但是剩下的时间确实不多了，两人最后还是决定在酒店好好调整状态，迎接即将到来的试训。

第09章 身份危机

两天之后，试训如期而至。负责带他们去训练基地的还是比伯。

自从上回在学校见了一面后，这还是他们的第一次再会。相较上一回，在自己国家的比伯显然放松了许多，也热情得多，一路上他都在兴致高昂地跟鹿照远他们介绍当地的风土人情和球队的情况。

没多久，训练基地就到了。上场前，鹿照远先要进行一轮体能测试。

体能测试在室内，由于鹿照远语言不通，祝岚行被允许留下陪同。测试的时候，球队的体能训练专家全程在场，祝岚行虽然不大懂，但他感觉鹿照远的成绩应该不错，因为无论专家还是比伯，都是一副十分满意的模样。

体能测试没多久就结束了。鹿照远从器械上下来，满头都是汗。祝岚行从旁边拿过一条毛巾递给他，问道："感觉怎么样？"

鹿照远拿毛巾胡乱地擦了擦脸，笑道："感觉全身都活动开了。"

看鹿照远后脖子上还有汗珠，祝岚行索性拿过毛巾替他擦了擦，之后又递给他一瓶水："他们让我告诉你，十分钟后上场。"

鹿照远点点头，拧开瓶盖小口小口地喝着水。休息够了，他站起来，转身冲祝岚行举起一只手："来。"

不用多说，光看动作祝岚行就能明白鹿照远在想什么。

他依言抬手，不料在他即将击中鹿照远手掌的时候，对方却蓦地将手向下撤了一段，让本该击满的手掌只打中一半。祝岚行有点讶异。

鹿照远嘴角一勾："先击半掌，等我得胜归来，再补上另外一半。"

祝岚行会心一笑，伸手向前抓住鹿照远的手用力一握，像要把自己的力量传递给他一样："好，等你。"

"男孩们，"这时比伯出现，提醒他们，"时间到了，上场吧！"

鹿照远不再耽搁，用力朝祝岚行挥挥手后，小跑着到了球场边缘，在教练的安排下加入队伍。祝岚行和比伯落后一步，看着鹿照远的背影，比伯突然换上了一副凝重的表情："有件事我得先和你说一声。"

祝岚行眉头微皱："怎么了？"

"这次我同事找来了一个厉害角色，18号，他将是亮的主要竞争对手。"

听着比伯的描述，祝岚行一下就找到了人，和鹿照远同队，都是前锋。

"同事说这个孩子是他这二十年来碰到过的唯一一个为踢球而生的注定成为巨星的天才。天才在我们这里很多，但是巨星不一样。"

"我这样说你能够明白吗？"比伯对祝岚行说，"我觉得亮很有天分，是个天才，可是我不确定他能到什么程度，我也根本不敢说他会成为一个巨星。但我的同事对他挖掘的球员用了这个词，也许我们要面对的是一个不太公平的竞争——"

一声哨响，打断了比伯的话。祝岚行将目光转向球场，瞬间，他就明白为什么对方是"为踢球而生的注定成为巨星的天才"了——球场中有二十多人，18号像闪着光一样，吸引着场外所有人的目光。

但再怎么闪耀，祝岚行也不关注，他之所以会出现在这里，只是因为鹿照远。

可鹿照远的情况似乎不太妙。

"亮的情况不太好。初次配合，他还没有和队友建立默契，他的实力和长处完全无法发挥出来……真是糟糕……"外国球探低咒一声，"18号的位置完全和亮的重合了，而他各方面都比亮强一些，亮陷入泥潭了。"

说完，比伯皱着眉摇了摇头，似乎有点失落，五分钟后径自离开了。

祝岚行却没有动，他依然看着鹿照远。比赛还没有结束，他觉得场上还有可能会发生点什么，至少鹿照远身上会有什么改变，因为他还没有从对方身上读到放弃。

鹿照远确实在等待一个时机。从上场的那一刻起，他就警觉地发现现在的队友或对手是他之前从未遇见过的厉害家伙——他们每一个人都有比他更快的速度、更娴熟的运球技巧以及更强健的体魄。

慢慢来，不着急，总能找到机会的……鹿照远跟自己说。

时间缓慢地流逝，上半场比赛只剩一分钟了。场中跟着来回跑动的教练已经将口哨叼在嘴里，对手一直在后场倒脚，打算用这个战术消磨掉最后一点时间。

就在这时，一条腿斜着刺出来。

一直没什么存在感的鹿照远在这时突然抢断！他的周围全是对方球员，一旦跑动起来让对方抓到漏洞，他脚下的球一定会被抢走。

所以鹿照远只运了一下球就抬腿射门！

球像闪电一样飞出，打着旋儿地奔向球门。

场中从极静到极动，一半人向他扑来，一半人往球门赶去。

门将极致地舒展身体，勇猛扑救，绷直的指尖轻轻在足球上擦过，让本来射向球网死角的足球偏离角度撞到了门柱！

胜利和失败只有一线之隔，鹿照远郁闷至极。

突然，一道幽灵一样的影子出现在球门前。

是18号！他在门将重重跌倒在地的时候，高高跳起，狮子甩头，头球得分！

哔——哨声响起，上半场比赛结束。

始终0∶0的记分牌在同一时间跳动，比分变成了1∶0！

上半场结束的哨声并没有阻碍球员们狂欢，在射门成功的那个刹那，18号激动地脱下球衣，一边用力挥舞双手，一边冲过草地将鹿照远一把抱住，一头半长的金发将鹿照远的脸盖得严严实实的。

鹿照远艰难呼吸，只觉得这会儿的太阳太耀眼了，亮得他眼前一片金黄。

休息了十五分钟后，下半场比赛开始。双方鏖战四十五分钟，却始终未能获得突破，1∶0的比分一直维持到终场哨音响起。

试训结束后，18号毫不意外地被专人请走了，其他人则被各自的球探领走了。而鹿照远……试训教练的脸上浮现出些许的迟疑，笔尖也在打分板上摇摆不定，最后望了一眼已经进入经理室的18号，遗憾地对鹿照远说了句世界通用的委婉拒绝："请你先回去等通知。"

可能是教练脸上的表情太明显，还不等祝岚行组织好语言，鹿照远就直接拉了他一下："我们走吧。"

"其实——"祝岚行张嘴想解释。

鹿照远直接打断了他的话："别说，我明白的。"

祝岚行没再说话了。

来的时候有比伯引导，现在球探先一步离开了，两人在面积不小的训练基地里转了好一会儿才找到出去的路。回去的路上，两人没怎么说话，沉默在彼此间蔓延。

祝岚行没看鹿照远，鹿照远也没看祝岚行。

他们都有点不敢看对方，各自想着自己的心事。

祝岚行不禁懊恼起来。其实一直以来鹿照远都没有下定决心把足球当成自己未来人生的方向，甚至决定过来时他都是抱着来见见世面的想法。是他一步一步地，甚至是有些自作主张地把"鹿照远的未来"替换成了"鹿照远踢球的未来"……

另一边的鹿照远也在懊恼。懊恼自己说什么"踢出一份合同"的大话，只是丢人也就算了，最重要的是，现在这个结果恐怕让特意陪他来的祝岚行失望了吧……

思来想去，鹿照远决定找外援。他摸出手机给祝野楼发消息。

"在吗？"

"我有个问题想要问你，你知道你表哥祝岚行喜欢什么吗？"

"或者怎么样能够讨好你表哥？"

他发了三条消息，祝岚行的手机就振动了三次。祝岚行都不用看，就知道是鹿照远在给自己发消息——肯定不是给祝岚行，八成是给祝野楼。为免穿帮，他仍旧目不斜视地往前走。好在鹿照远发了三条消息之后就没动静了。

两人相安无事地又走了一段，鹿照远再次掏出手机。祝野楼一直没有回复，可能是有事，但此刻的沉默已经让鹿照远有点无法忍受了，他决定找个人说说话。

迟疑好久，鹿照远一咬牙，拨通了祝霸总的电话。虽然他和对方不算熟，但他现在人在国外，也不方便找别人，还有一个更重要的原因是，莫名地，他觉得祝霸总和祝岚行关系应该很好，也许他可以帮他们打破这个僵局。

电话拨通的一刹那，铃声自祝岚行背包中传出。

祝岚行："……"短暂的惊慌后，赶在鹿照远反应过来前，他拉开背包，拿出手机接起了电话。

当然不是真的接。将手机拿起来的那一刻，他已经悄然按下挂断键，这个号码是他私人的，只有少数重要的人知道，为了保证任何情况都能联系上他，这个号码还设置了呼叫转移，无法接通时会呼叫转移到威廉的手机上。

他明明挂了电话，却还是假装接通了，走开两步，对电话那头说："什么事？"

原本并肩走着的两人就这样拉开了距离。

鹿照远不禁瞥了祝岚行一眼，意外地发现祝岚行拿出来的手机是键盘机。现在还有这种老款手机？鹿照远有些奇怪，但思绪很快被听筒里传来的陌生声音拉回。

"你好。"对方说。

"你好，我……"鹿照远几乎是立刻意识到接起电话的人并不是祝霸总，有那么一刹那，他甚至怀疑自己又打错了电话。

但那头的人说："祝总现在在开会，有什么事需要我代为转达吗？"

"没事，不用。"鹿照远说。

他拨通这个电话大半是因为冲动，而冲动没得到想要的结果，他的心情就变得更加失落了。即便是这样，他依然敏锐地觉出对方似乎认识自己。于是他脱口而出："你知道我是谁？"

"鹿照远同学。"电话那头字正腔圆，"祝总吩咐过我。"

"你是……"这时鹿照远也听出来了，"威廉。"

祝岚行早在鹿照远电话接通的那一瞬间就装模作样地挂电话走了过来。等鹿照远挂了电话，他无比自然地问道："怎么打电话给威廉了？"

"其实是打电话给你哥。"

祝岚行玩笑似的问："为什么要打电话给我哥？是想和他商量些什么不能和我商量的事情吗？"

鹿照远低咳一声，将手机藏了藏："你别乱想……我们俩还有什么不能商量的事。对了，刚才是谁打给你的？"

祝岚行同样藏了藏手机，说："家里打来的。"

电话虽然没打通，但沉默被打破了，两人像是没事发生一样一路聊回了酒店。

祝岚行有点在意鹿照远刚才的反常行为，便找了个借口独自回到房间看他发给祝野楼的消息。点开消息才看一眼，他就怔住了，过了好一会儿，才回复："你为什么要讨好我表哥？"

鹿照远回复得很快："被我吵醒了？不好意思，我忘记时差了。现在没事了，你接着睡吧。"

"没事,这是我的正常作息。"祝岚行也不全是说谎,眼睛不好的时候,他总是很早醒来。

"现在初中生的压力都这么大了?"鹿照远关心地嘱咐道,"反正你注意学习方法,要领悟的东西就那么点,掌握了就好了。"

这就有点聊不下去了。祝岚行正思索着怎么把话题引回去,鹿照远又发消息过来了:"你表哥有什么特别喜欢的,能让他开心的东西吗?"

祝岚行绕回自己最初的问题:"你到底为什么要讨好我表哥?"

鹿照远:"办错了件事。"

祝岚行隐隐有了预感:"什么事?"

鹿照远没好气地回道:"你怎么什么问题都要打破砂锅问到底?有就告诉我,没有你就继续蒙头睡觉去。"

这条消息才发过来,祝岚行的房门突然被敲响了。鹿照远在外头喊他:"岚行,你东西放好了吗?我们约的用餐时间快到了。"

鹿照远说的餐厅是祝岚行两天前订的,原本是为了庆祝鹿照远通过试训特意安排的,可结果不如人意,鹿照远本来提议取消算了,可祝岚行却说难得订下,就算是旅游也要吃顿好的。鹿照远想想也是,世面已经见过了,确实没有必要因为一时的挫折而矫情,便答应了。两人在回来的路上已经说好,等鹿照远洗完澡换过衣服就出发。

现在的问题不是这个,而是鹿照远这会儿就站在门外,祝岚行不能再拖了,可祝野楼和鹿照远正聊到关键处……

短暂的犹豫后,祝岚行回复:"不用送任何东西,我哥很有钱;不用帮我哥做任何事,他要做的事会吩咐威廉去办妥;我哥为人孤僻没有朋友,你是他唯一的朋友,你能够一直陪着他,对他而言已经足够了。所以你不要担心,不管你办错了什么事,他都不会怪你。"

点完发送,祝岚行就将手机往兜里一揣,三步并作两步地赶过去开了门:"不好意思,我刚收拾好。"

他出现的时候,鹿照远正低头看手机,他似乎被手机上的回复搞蒙了,半天才回答祝岚行:"没事,我们走吧。"

他说着,又想起了一件事:"对了,把你的号码给我吧。"

"什么号码?"祝岚行没明白。

"你另一个手机的号码。要不是刚才看你拿出来,我都不知道你有两部手机。那个是专门的亲属手机吗？"鹿照远猜测，这种老款手机，要说还有什么优点，那就是耐摔和待机时间特别长，正好符合长时间待机保障联络的需求，"你可以把那个号码告诉我吗？"

"……"本来以为危机翻篇了，没想到还有这茬儿，祝岚行定定神，说："吃完饭回来我再给你吧。"

鹿照远却开玩笑似的问："怎么，那个号码要对我保密吗？"他这会儿有点儿尴尬，本来没想说这个的，都怪祝野楼，说了那么一大堆，让他一时冲动了。

"没有的事。"祝岚行，"是手机没电关机了，要先充电开机。"

听了这话，鹿照远按电梯的手顿了下。给个电话号码而已，为什么需要手机有电？祝岚行为什么要找这样的借口？是真的不想告诉他电话号码吗？直接说不愿意不就好了吗？按照祝岚行的性格，本来也会直接说的……

叮的一声，电梯到了。

祝岚行和鹿照远先后走进去。祝岚行按了楼层"1"，在他手指收回来的时候，一只手擦过他的身体，按下了另一层楼。

鹿照远说："我回去拿点东西，你在楼下等我一下。"

祝岚行应了声"好"。

电梯先停在了鹿照远所住房间的楼层。他出了电梯，慢悠悠地往自己的房间走去。但当身后的电梯门关上后，他的脚步陡然加快，迅速转到安全通道沿着楼梯往祝岚行的房间跑去。短短的路程，他一直在下意识地摩挲着自己的手机。

鹿照远其实也有点说不明白自己为什么要回来，但是他打电话给祝霸总的时候，祝岚行的电话正好响起，这有点过分巧了……

另外，他从来没见过祝岚行用这个手机，而且刚才他只是要个号码而已，祝岚行却为此而找了个蹩脚的理由……

鹿照远停在祝岚行的房间门口，出于直觉，他再度拨通了祝霸总的号码。

当电话拨通的刹那，房间里响起了手机铃声。鹿照远想都没想就挂掉了电话，里头的铃声也戛然而止。

"祝霸总的手机……"鹿照远喃喃自语，"在祝岚行手里……"

过去的事情再度浮现眼前。他屡次的怀疑，似乎被证实了——

那天晚上，跟踪他的人就是祝岚行！

祝岚行订的是一家很正宗的德国餐厅，烤猪肘和香肠一上桌就肉香四溢，令人胃口大开。除了这些，祝岚行还点了一份奥地利饺子。这种饺子和国内的不太一样，是用黑麦面粉做的皮，用菠菜和奶酪做的馅料，好吃不好吃另说，但特色十足。

但无论面对哪道菜，坐在祝岚行对面的鹿照远都食不知味。当看见他直接叉起一整根酸黄瓜面不改色地塞进嘴里的时候，祝岚行都替他牙酸。

想了想，他拿起刀叉，将猪肘切了一片下来，放到鹿照远的盘子里，并借此展开话题："在想什么？"

鹿照远好像是在凭本能回答："没想什么……"

"没想什么光吃配菜？你真的不酸吗？"

听他这么一说，鹿照远如梦初醒，脸先是一僵，接着慢慢扭曲，一副想吐又不好意思的样子，最后还是勉为其难地将嘴里的东西吞了下去，脸色直接变成黄瓜绿。

虽然有点可怜，但也真的有点好笑。祝岚行憋着笑递给鹿照远一杯水，直到看到他脸色恢复正常，才问："还在想试训的事情？"

鹿照远放杯子的手一顿，惊讶地意识到自己满脑子想的都是祝岚行的身份问题，试训失败的事早被他抛到了九霄云外。

现在要和祝岚行摊牌吗？

鹿照远突然的呆愣把祝岚行也给搞蒙了。他本来打算和鹿照远好好聊聊关于试训的事情的——事儿都发生了，显然不能一味逃避——但他才开了个头，对方就又神思恍惚地盯着桌子了！

这问题很大啊！

既然不能聊试训……祝岚行略带无奈地想，那还是聊点别的吧。没办法，自己的充电宝，非宠不可啊。

祝岚行谨慎地开了口，另起了一个话题："你知道德国除了香肠和烤猪肘之外，还有一种很有名的食物吗？"

"嗯嗯……"鹿照远恍恍惚惚地回答。

"……"算了，也许他想自己消化，祝岚行开解自己，干脆也低头吃了起来。

而被祝岚行认为在自我调节的鹿照远其实在内心中天人交战。

一个鹿照远小人说："祝岚行就是祝霸总。祝岚行骗了你，一而再，再而三地。你应该冲到祝岚行面前，将证据放在他面前，问清楚他到底为什么要这么做。"

另一个鹿照远小人却说："仔细想想，那天晚上你是不是也有做得不对的地方？

很有可能是因为你过于咄咄逼人，才导致祝岚行慌张之下撒了谎。祝岚行肯定不是故意骗你的，因为撒了一个谎，后面得用一百个谎来圆，祝岚行是不会主动做这么蠢的事情的。如果当时你的态度好点，也许他就不会被迫撒谎了，也就不会到现在这个局面。这样看来，你是不是也有一部分责任呢？"

我中邪了吗？为什么要千方百计地替祝岚行想理由、找借口？鹿照远崩溃地想，怎么想也不可能是我的错吧？

鹿照远将这个离谱的想法甩出脑海，忍不住又想道：其实也不是我找借口，祝岚行一直对我很好，他会撒谎，肯定是有苦衷的。

鹿照远内心十分矛盾，他想问，又不知道该怎么问。他既好奇祝岚行的回答，又担心祝岚行会生气……

而埋头吃了一会儿的祝岚行这会儿却有些震惊了，他没想到试训失败这件事对鹿照远的影响有这么大……可……既然这样，那之前怎么还要想办法讨好他呢？祝岚行发现自己已经搞不懂目前的状况了。

他斟酌片刻，小心地提议道："这附近有个蛮有名的景点，不如我们吃完饭一起去逛逛吧？"

鹿照远似乎现在才回过神来，他无可也无不可地点点头，算是答应了。

一顿饭两个人都没吃好，但两人都默契地假意称赞了几句，然后沉默地走向祝岚行刚刚提到的知名景点。

这会儿已经是下午了，景点里的游人并不算少，热闹的场景让人的心情也在不知不觉间变得明媚了些。

祝岚行短暂思考，觉得机不可失，于是开口："关于试训，如果你真的想踢职业，我们可以再想想别的办法，世界上不止这一支球队——"

但他的话被人打断了，旁边传来了一道饶有兴致的中文女声："踢职业？你们难道是足球运动员吗？"

在异国他乡猛然听到本国的语言，亲切感油然而生。祝岚行和鹿照远不约而同地朝声音传来的方向看去。

一对双胞胎姐妹花就站在他们身后，十八九岁的样子，长相甜美，正笑盈盈地望着他们俩。见他们回头，除了点头示意之外，姐妹俩还不忘解释："不好意思，我们不是有意要打断你们的，主要是突然听见中文，一下子没忍住。"

祝岚行理解地点点头："明白，其实我们的心情也是一样的。"

鹿照远也跟着点点头，随即又一愣。

女孩子们见两人没有生气，便笑着继续刚才的话题："你们长得都挺帅的，尤其是你，简直太好看，不应该去踢球的，应该去当明星。对了，你们是哪里人？听口音，说不定我们是老乡。"

鹿照远不知道想到什么，又是一愣。

祝岚行注意到了，但面对两个热情的女孩子，他也不好直接丢下对方去问，只能硬着头皮社交起来。

两拨人就这样各怀心思地聊了一会儿，终于互相道别。

祝岚行看看天色，不无遗憾地说："已经有点晚了……欸，本来想和你看看风景、聊聊天的。"

出乎他的意料，鹿照远居然认真回话了："嗯，也没关系，我们可以随便逛逛，然后再去找点好吃的。我来之前查过了，好像还有一道名菜没有试。"

鹿照远的配合让祝岚行惊讶不已，但他还是快速地跟上了鹿照远的思路："你是说那道炖牛肉？"

"晚上就吃这个吧，说实话，中午有点儿没吃饱。"鹿照远挠挠头，露出一副不好意思的样子。

祝岚行感觉自己算是碰到对手了，见鹿照远露出这副表情，他似乎连吐槽的想法都没有了。

半晌，两人相视一笑，算是说定了。

"我知道有家店做炖牛肉很不错，走吧。"祝岚行指了个方向，抬脚就走。

鹿照远亦步亦趋地跟了两步，突然跑上去揽着祝岚行的肩膀说："那天你比我高，是因为穿了内增高吧？"

"什么内增高？"祝岚行一阵迷糊。

鹿照远意识到说漏嘴了，嘿嘿一笑，不接话。他记得很清楚，那天晚上两人一直并排走着，祝岚行是比自己高的，但现在的祝岚行比自己矮。他有点得意，也不知道自己为什么得意，反正就是背挺得更直了，衬得祝岚行比自己矮得更加明显了。

祝岚行无语地瞥了鹿照远一眼："别比了，我还会长。"

鹿照远笑道："不要说得好像我不会再长了似的。"

他走了没两步又说道："你刚刚是不是想跟我说这家球队不行就换一家？我以为你会劝我好好读书，换一条赛道呢！明显我读书比踢球有前途多了。不怕我回头没踢出来，怪你吗？"

"怕啊。"祝岚行哪里敢再提这人刚才那失魂落魄的样子，只含糊说道，"不过人生苦短，及时行乐吧。"

"看不出来你是这种人……"

"那你以为我是什么人？"

鹿照远怔怔地想了好一会儿，摇了摇头："我也不知道。那我听你的，回头踢不出来，就怪你。"

"怪吧，怪吧。做你想做的事情，其他的我替你分担。"

祝岚行说这话的时候，始终面带着微笑，语气轻松，但鹿照远就是莫名觉得他是认真的。他沉默了一阵，声音变得有些低哑："你对朋友真的太好了。你这样……就算……欸，没什么。"

一句话说得断断续续的，祝岚行听得云里雾里，他忍不住问道："你是不是有什么话想和我说，怎么老是说一半藏一半的？"

鹿照远却摇摇头，沉默着，不知在想什么，许久后又说："是有。我想问你……你自己呢？你对未来有什么想法吗？这段时间你一直在问我的事情，那你自己呢？"

祝岚行愣住了。

在这个瞬间，他甚至忍不住下意识地问了自己一句：我还有未来吗？如果有，我的未来会是什么样的？

好在这个话题很快就被带过了，下午的小插曲也没有影响两人的心情，晚餐在和谐愉快的氛围中吃完了，其间两人甚至还兴致勃勃地讨论起炖牛肉到底是哪国的做法比较好吃，鉴于最后两人都是扶着墙走出店的，于是默契地达成了两国做法一样好吃的结论。

回酒店的时候已经有点晚了，跑了一天，两人也没有精力再多说什么，于是各自回房，倒头就睡。

这一觉鹿照远睡得不好不坏，但醒来也不算早，洗漱过后，他照例上楼去找祝岚行："岚行，你起来了吗？我们去吃早餐吧。"

祝岚行裹着浴袍来开了门，脸色因刚刚的泡澡而带上了罕见的红晕。见到鹿照远，他懒洋洋地打了个哈欠，才说："你先坐一下，我去换身衣服。"

鹿照远一愣，抬脚进屋："嗯，你慢慢来，不着急。"

祝岚行说完也没管他，径直回了卧室去换衣服。

鹿照远走到沙发旁边，看着祝岚行的背包，神色复杂……他回头看了一眼卧室的方向，像是终于下定了决心，悄悄打开祝岚行的背包伸手摸出了那个键盘手机……

手机上果然有未接电话的记录，正是他昨天打来的那通电话！

不假思索地，鹿照远删除了这条记录，然后快速地把手机放回原位，装作一副什么都没发生的样子坐到了一旁。

没一会儿，祝岚行换好了衣服出来，看鹿照远一动不动的样子，觉得有点奇怪："没睡好吗？"

鹿照远打了个哈哈："不是。有点饿了，我们快去吃饭吧。"

祝岚行一听，连忙拉着他下楼。只是才到餐厅坐下，祝岚行的电话就响了。

"是比伯。"祝岚行对鹿照远说，然后接通了电话。

电话一接通，比伯难掩兴奋的声音就传了过来。

祝岚行听了一会儿，也兴奋地同鹿照远说："比伯说昨天试训你的教练愿意介绍你到另一支球队试试，那边正好缺一位前锋。"

原本已经熄灭的希望又燃起了意外的火苗，鹿照远同样感到意外和开心。但片刻之后，他就收敛神色平静了下来。

祝岚行心里有了些猜测，简单回复了比伯几句之后就挂断了电话。他问鹿照远："你不打算去？"

鹿照远点点头。

祝岚行追问："是不想去还是不敢去？"

鹿照远低头切面包，借着这一刀一刀的动静，厘清自己的想法："是不想去。我挺喜欢足球的，也会一直踢下去，但我还没有喜欢它到愿意为它不顾一切的程度，而且我昨天……"

他咬了口面包，咽面包的时候把一些话也咽回喉咙："仔细想了想，我认为现在这样挺好的。"

"出来也快一周了，该回去了。我们今天随便逛逛，周六到家，周日休息一天，周一就该回学校上课了。"

"……"要不是鹿照远提醒，祝岚行都忘记了还要上课。

虽然觉得有点可惜，但这是鹿照远做的决定，祝岚行还是无条件支持。

第09章 ❖ 身份危机

两人再次去了多特蒙德的训练基地，鹿照远当面将自己的想法告诉了比伯。他虽然觉得可惜，但还是对鹿照远的决定表示理解，甚至还带他们见了球星，拿了签名。

试训之旅到这里算是画上了完美的句号。两人带着行李，告别了这个有些熟悉但更多是陌生的城市，登上了返程的飞机。

一直到把鹿照远送回了家，祝岚行才算松了一口气。

而楼上，鹿照远默默地站在窗前，看着祝岚行的身影消失了才转身，然后就听见鹿妈妈问他："小亮，叫你半天了，怎么都不回答？"

鹿照远回过神来："刚才没听见。妈，怎么了？"

鹿妈妈一边给他摆碗筷，一边说："知道你今天回来，特意煲了汤，你过来吃点，吃完赶紧去洗澡休息。去外面跑了一周，累了吧？"

鹿照远听话地坐下。鹿妈妈把一碗汤端出来放在鹿照远的面前，跟他闲聊："我前两天见到了你的班主任，和他说起了你去研学的事情。"

拿起勺子准备喝汤的鹿照远心里咯噔了一下："妈，你没事问这个干吗？"

"正好碰到了，问问怎么了？"鹿妈妈没注意到鹿照远的脸色不自然，自顾自地说，"我问他你们研学去哪儿，你老师也不太懂，支支吾吾的，没个准话，后来还是我追问了才跟我说他没得到消息。你老师是不是在学校里被排斥了，怎么这种事情他也不清楚？对了，他还问我你最近在家里做什么，有没有什么比较反常的行为。"

"那妈你……"

"我说没有。"鹿妈妈瞥了鹿照远一眼，旧事重提，"小亮你一直懂事，金猪的事情妈妈没有和老师说。"

鹿照远心头的紧张消散了，甚至有点哭笑不得——他学校家里两头瞒的事情被老班知道了，但老班的暗示他妈没有领会，或者说没有深想。

一想到这，他心里头的那点儿庆幸消散了。鹿照远低下头，拿勺子搅了搅碗里的汤，难掩失望地淡淡应道："我知道了……"

说着话，他的脑海里突然冒出个人来——祝岚行，如果是他的话，他一定不会这样的。不知道为什么，鹿照远就是这样笃定。

深夜，某公司黑暗的办公室中有一张蓝幽幽的脸。

高飞捷缓缓抬手抹了把僵尸似的枯槁面容，然后才从电脑椅上慢腾腾地站起来。

一连上了三个大夜班，总算把手头的任务给搞定了，他顶着沉重得几乎想要动手摘掉的脑袋准备回家。

才进门，他猛地想起了高小默的事，于是忍着恶心，主动开了电脑，再次对上了那个蓝幽幽的电脑屏幕。

一周前，高小默为了不让他看手机里的东西竟然决绝地将手机丢到水里。但这一举动非但没有打消他的念头，反而激起了他更强的好奇心——一定要弄清楚高小默的手机里到底藏了什么。

这不，一加完班，高飞捷就马不停蹄地开始了破解工作。他从网页端登上了弟弟手机账号，在云备份里看到了那些照片。

祝岚行，高飞捷冷哼一声，你化成灰我也认得出来！但很快，他察觉到了不对劲的地方。这些照片的背景都是学校，而且照片里的祝岚行还穿着校服，更重要的是，照片中的祝岚行行动自如，一点都不像眼盲的样子！

看得越细，高飞捷越疑惑，这真的是祝岚行吗？还是……这个人其实是大家不知道的祝岚行的弟弟？之前情况不稳，祝岚行一直把他藏着，直到现在才将他放出来？

高飞捷越想越觉得有可能，几乎在瞬间打定主意："我得亲自去看一看！"如果真的是祝岚行的弟弟，他是有资格分祝家的财产的！只要他们兄弟俩反目，呵……

他一时激动，飞快地摸出手机，给老板发了条请假的消息，才发送成功，激动的脑袋又清醒了，赶忙撤回，但是迟了，老板的电话打过来了。

高飞捷战战兢兢地接起来："喂……"

老板怒喝："喂，喂你个头！你知不知道现在几点了？半夜你找我请假？你不想干了吧？不想干你干脆点，直接发消息跟我说辞职啊！"

马上就要过年了，过年项目收尾有奖金，还能多发两个月的工资，辛辛苦苦一整年，就指着这点奖金，怎么可能不干了！熬油点蜡也要干下去！

听到熟悉的怒骂，高飞捷的腰都下意识地弯了一截，反射性地赔着笑脸，如果他有尾巴，说不定还会摇一摇："不好意思啊老板，都是我的错，都是我的错……"

第 10 章 小鹿老师

周一。

王勇男踱到教室的窗户外向里头看，一个萝卜一个坑，萝卜全把坑占了，连失踪了整整一星期的两棵歪萝卜也回来了，他不禁轻轻吐了一口气，知道回来就好。但神色由晴转阴也就一瞬间，他马上意识到上周这两人肯定是结伴跑哪里去浪了！

这怎么可以！

鹿照远成绩虽好，可也不能放松；祝岚行就更不用提了，这几个月成绩本身就退步了很多……但两人情况特殊，还是得想个别的办法……王勇男眉头紧锁着离开了。

他一走，教室里就更嘈杂了。向晨回过头去小声地问鹿照远："今天老班吃了枪药了吗？怎么一副一点就炸的模样。"

鹿照远心里清楚，嘴上却说："谁知道？"

向晨其实也没那么在意，他继续跟鹿照远八卦："老大你知道吗？你请了一周的假，祝岚行也请了一周的假，我就没见过上学上成他这样的，三天打鱼，两天晒网……"

鹿照远乜斜他一眼，说："他和我一起去德国了。"

向晨只觉得青天白日的，有道雷劈中了自己。

早读的下课铃响了，班长来找祝岚行："老班叫你去办公室找他。"

祝岚行对此习以为常。自从来这里上学之后，他好像三天两头就要去一趟老师办公室，那里都快成为他在学校的第二个根据地了。

他才站起来，鹿照远就用脚轻轻地蹭了一下他的脚踝。祝岚行转头，就见鹿照远懒洋洋地趴在桌上，他说："要是问你上周的事，你就照之前我们商量好的说。"

"放心，没什么要紧的。"说完，祝岚行就出了教室。

办公室里的王勇男一脸和煦："坐吧，找你来是想问问上周你请假的事情。"

关于这一点，两人之前已经讨论过了，反正木已成舟，可以直接告诉王勇男。于是祝岚行实话实说："我陪鹿照远去德国参加试训了。"

"……试训？"

祝岚行将事情的前因后果一说，王勇男听得眼神都有点木。

但正如他们所想，事情都过去了，再说什么也没太大的意义，王勇男也并不在这一点上纠结，他抓住主要矛盾："鹿照远我晚些会找他，现在问题主要是你。你这回请假一请就是一周，没多久就要期中考试了，你这样跟得上吗？"

见祝岚行不说话，他又说："我有个想法，你听听。"

祝岚行直觉不好，但只能说："老师你说。"

"上回那种交白卷的态度是肯定不行的，如果你要再交白卷，就不只是老师，可能教导主任都要来找你谈心了。我们上回摸底，你的分数是500分，这回我们——"

祝岚行连忙说："400分吧。"

王勇男脸色一黑："人往高处走，水往低处流，你这样可不行。"

祝岚行眼观鼻，鼻观心，不接话。

王勇男一锤定音："500分，不能再低，如果你低于这个分数——"

可能是觉得威胁学生有些不光明磊落，但为了孩子的前途，他还是咬咬牙说："老师就把你调到距离鹿照远最远的位子上去，我想这样你就可以安心读书了吧？"

祝岚行："……"这一瞬间，他居然真实地体会到了当老师的艰辛，连威胁都软弱得让人忍不住替他掬一把同情的眼泪。

看着祝岚行脸上的微妙表情，王勇男以为他怕了，忍不住给他一颗甜枣："当然，如果你考到了500分，甚至超过这个分数，那老师就调你去跟鹿照远当同桌，你觉得怎么样？"

祝岚行回以礼貌的微笑。还能怎么样，老师除了调位子，也没别的法子了吧。

祝岚行不说话，王勇男就默认对方接受了这个方案，于是满意地说："好了，你出去吧，把鹿照远叫来。"

不用叫，才从办公室里出来，祝岚行就看见了靠在办公室门边墙壁上的鹿照远。

鹿照远见他出来，问："该我进去了吧？"

"你听见了？"

鹿照远轻哼一声："这还用听？对了，老班骂你了吗？"

祝岚行看过去，迎上对方那满是关切的眼睛，摇摇头："没有，放心吧。"

鹿照远满意地点点头，朝祝岚行摆了下手，进了办公室。

面对鹿照远，王勇男就没有笑脸了，不仅没有笑脸，还拍了下桌子，喝道："鹿照远，你最近太过分了！"

鹿照远神色镇定："嗯，是我的错，不该瞒着家里和学校去试训，老师你看是要写检讨还是要记过，都没问题。不过别怪祝岚行，他是被我拉去的。"

王勇男："……"感觉话都被说完了呢……

王勇男重新起范儿，板着脸："什么叫作'别怪祝岚行'，你说不怪就不怪？他和你一起隐瞒学校和家长是不是事实？"

"是我威胁他的。"

越说越夸张了，王勇男根本不信，索性追问到底："你怎么威胁他了？"

"我威胁他……不去的话，就不给他讲题目。"

王勇男差点被他说笑了，他没好气地反问："学校这么多老师都是摆设，非得你给他讲题他才能学会？"

"可能我有特殊的讲题技巧吧。"

"行了，别贫了。"王勇男正色道，"你成绩好，平常行为出格一点，老师睁一只眼闭一只眼也就算了。可祝岚行和你不一样，他家……他成绩下滑得很厉害，学习任务非常重。你拉着他陪你到处跑，是在害他，你明白吗？现在你们感情好没关系，但等到将来——也许不用那么久，你们高考的时候祝岚行就明白了，他会怪你的。"

鹿照远不说话。

王勇男仔细打量着鹿照远的神色，语重心长地劝道："老师是希望你们不要仗着年轻就挥霍青春，到时候后悔。你刚才说你在给祝岚行讲题，你有这份心，我很欣慰，但学生最终还是要看成绩的。我已经跟祝岚行说了，期中考试要见真章，剩下的一周多时间，你给祝岚行好好补补吧。期中考试如果祝岚行总分没有500分，我就把你们的座位调开。鹿照远，你不能耽误其他同学的人生，你也耽误不起！"

鹿照远终于开口："老师，你放心，我知道该怎么做的。"

王勇男摆摆手，放人离开。等鹿照远出门后，班主任王勇男保持着严肃的神态回想了下刚才谈话的结果，默默地给自己点了个赞，此战我得胜矣！

祝岚行也没走，就在楼梯口等鹿照远。看到鹿照远出来，他才发现王勇男找人谈话还蛮有效率的，课间仅仅十分钟的时间，对方接连见了自己和鹿照远，还给他们留了三分钟休息时间。

"记过吗？"他问。

鹿照远似乎正琢磨着什么，闻言摇摇头："没说，我猜是放过我了。"

祝岚行安心了："那就好。"

"对了，"鹿照远问他，"马上期中考了，你能考到500分吗？"

"八成不能。"经过了上回考试，祝岚行对自己的实力已经比较有数了。

"哦……"鹿照远抬手揽住祝岚行的肩膀，"不怕，还有一周多的时间，我给你补补课，再押几道题，500分随随便便就拿下了。"

"嗯。"

"然后高考一起考个好大学。"

"……嗯?！"

周一下午，放学时分。

高飞捷顶着老板阴阳怪气的冷笑和同事羡慕的眼神硬着头皮请假出来，跑到实验中学门口盯梢。

学校的大门口，一拨一拨的都是学生。

这些学生穿着一样的校服，顶着差不多的发型，看得高飞捷眼花缭乱，一度认为自己压根无法在这么多的学生中找到祝岚行的弟弟。就在他想着是不是先从自家小弟那边收集点情报再过来的时候，前方突然传来一道声音。

"亮哥！"

喊话的人声音很大，虽然和自己无关，但高飞捷还是忍不住朝声音传来的方向看了一眼。就这一眼，他意外发现了自己的目标！

刹那间，一股怒火毫无征兆地从高飞捷的心脏冒出，直冲天灵盖——天底下怎么可能有人长得这么像祝岚行那个恶魔，什么祝岚行的弟弟，这就是祝岚行本人吧！

可是……这怎么可能？如果面前的人是祝岚行，那他的眼睛是什么时候治好的？还有身高，怎么感觉矮了些……这些都算了，更关键的是，祝岚行都多大了，没事还回到高中读书？他是疯了还是傻了？他就不能做点有意义的事情吗？

高飞捷藏在树后，一万个念头在他脑中闪过，但无论怎么想他都觉得自己的复仇大计无望了……就这样想了好一会儿，等他回过神来想再确认一番的时候，祝岚行和刚才的学生早就不见了踪影。突然，他灵光一闪，这事情是高小默最先发现的，他那边会不会有什么自己不知道的线索？

而这边，自从鹿照远开始竞赛培训后，四人已经好久没有放学一起走了。今天难得又在一起了，可一路上鹿照远的电话就没停过。祝岚行在旁边听了两句，发现鹿照远是在打电话请假，实在请不动的就干脆辞了职。他明白鹿照远这么做是为了什么，不禁觉得意外和感动，忍不住问道："都不去了？"

鹿照远"嗯"了一声："不去了，抓紧时间给你补课。"

"那——"

祝岚行不想占鹿照远的便宜，正想提补习费的事情，鹿照远一道略带警告的眼神射过来："升舱和吃饭我都没跟你提钱，现在你也别和我提钱。你能给我的报酬就是你期中考到好成绩。"

旁边的向晨和舒云飞听了这话，忍不住插嘴："亮哥，你要给祝岚行补课？"

鹿照远扫了两个小弟一眼："嗯。"

两人心动了。全校第一是自己的老大，要说不想抱大腿，怎么可能？只是一直以来鹿照远都很忙，两人只能见缝插针地问问题目，根本没有时间进行常规补习，既然现在有这个机会……

向晨立刻开口："既然亮哥你要开班补课，一只羊也是赶，一群羊——"

他的嘴巴被舒云飞捂住了。舒云飞直奔主题："不如捎带上我们两个吧。祝岚行，你觉得呢？"

现在的情况很明显。祝岚行这个新加入的小羊羔后来居上，成了他们小团队里的二把手，所以还是识相点吧……就是这上位的速度，真的快得让人不敢置信。舒云飞有点唏嘘。

虽然不知道舒云飞为什么要问自己,但祝岚行是无所谓的:"可以啊,大家一起学还更有动力,你觉得呢?"

鹿照远皱眉看了向晨和舒云飞一眼,一副想拒绝的样子,但既然祝岚行同意了,他也就勉强答应了:"想来就来。我和祝岚行可能会学到挺晚的,你们也一起?"

两人异口同声:"一起!"

"有个问题,"向晨又说,"我们在哪里学?学校图书馆?"

鹿照远本来是想带祝岚行回自己家的,他的房间虽然不大,但两个人也是可以待的。但现在又多了两个拖油瓶……他想了想说:"图书馆有时间限制,还是去甜品店吧。找个安静人少的甜品店。"

舒云飞立刻行动:"我来搜一搜。"

祝岚行等了会儿,看没人再出主意了,便提议道:"要不然去我家吧。我家没有人,空间也还可以,如果想吃甜品的话,也可以让人做。"

能有个单独的空间学习当然更好,祝岚行的提议得到了大家的一致同意。

但当四人站到一栋私家别墅前时,多少有点被震惊到了。

一般只在电视里才会出现的泳池、花园、影音室以及健身房就这样大剌剌地展现在他们面前,更别说餐厅里还摆着满满当当的甜点、小食,就像电视里的酒会一样。

向晨的声音都有点发虚:"大飞你掐我一下,我是不是大白天做梦了……"

话音没落,旁边的舒云飞立刻狠掐他一把,掐得他当场一蹦三尺高,嗷嗷叫道:"你还真掐啊!"

祝岚行是真的觉得这两个少年很有趣,看他们这么兴奋,忍不住介绍道:"楼下是影音室,楼上有健身房,想要游泳的话,外面的泳池也可以,不过游泳之前最好还是别吃太多……"

两人双眼放光,连声应道:"好——好——"

"好个屁。"鹿照远一盆冷水浇下来,"我们是来补习的,不是来聚会的。"

祝岚行递了个爱莫能助的眼神给向晨和舒云飞,然后说:"我们去里面的小餐厅吧,那里的桌子大。"

虽然觉得可惜,但向晨和舒云飞也知道能让鹿照远给自己补习的机会难得,于是乖乖跟着祝岚行往小餐厅走去,只是嘴上还是忍不住感慨:"看不出来,你还是个大少爷!藏得挺深啊!"

祝岚行笑了一下，说："主要平常我也不住在这里。"

"为啥啊？"向晨问。

"房子太大了，一个人住不方便。"

向晨还想问问他为什么一个人住，却又被鹿照远踹了一脚，踹得他一个趔趄。

鹿照远警告地看了他一眼，强硬地转移了话题："我看有咖啡机，我给你们弄点喝的吧。你们想喝什么吗？"

向晨和舒云飞连忙点单。

"卡布奇诺。"

"拿铁。"

祝岚行摇摇头，跟着鹿照远走到厨房："你别忙，我来。"

他还是慢了一步，只见鹿照远已经轻车熟路地打开机器操作起来。他对祝岚行笑道："你忘了我在甜品店打工吗？我做过的咖啡没有上万也有成千，放心吧。"

见鹿照远是认真的，祝岚行突然也想喝了，于是问他："我现在要一杯卡布奇诺还来得及吗？"

鹿照远仔细地挑着咖啡豆，直接问道："想要什么拉花？"

"一片叶子吧。"

这是最传统的拉花，鹿照远笑了一声，没说好也没说不好。按部就班地做好了咖啡，倒奶泡拉花的时候，他却没有按祝岚行说的画一片叶子，而是很细致地画了个鹿头。接着，这杯咖啡被送到了祝岚行面前："尝尝看。"

祝岚行端起杯子，比杯沿高一些的奶泡微微晃动，他将杯子凑到唇边，轻轻地抿了一口。咖啡浓郁的香气在口腔中弥漫开，还有奶泡上的鹿头，也随着他的啜饮，渐渐偏移，眼看着就要被他吞入口中……

祝岚行及时止住。真要破坏这个精致的拉花，多少有些舍不得，但一动也不动它，又感觉辜负了鹿照远一片心意。他没多想，伸出舌头舔掉了一只鹿角，然后才笑起来："味道很好。"

看祝岚行这么给面子，鹿照远满足地笑了。他张开嘴，正要说点什么，向晨的声音突然从后边传来："亮哥、祝岚行！"

"干什么？！"鹿照远转过头没好气地回复道，他是真拿向晨这个咋咋呼呼的性格没办法。

向晨根本不在意鹿照远的态度，兴冲冲地说："亮哥，你们刚才在讨论拉花对吧？你给我拉个足球。"

我拉你个头，鹿照远腹诽。他沉着脸，又做了两杯咖啡，飞快地递给向晨和舒云飞。向晨看着咖啡，一脸疑惑："我的足球呢？"他要求的足球的拉花变成了陨石和脸——陨石砸脸，是鹿照远送给向晨的花样。

还敢问！鹿照远低哼一声，走向了小餐厅。

祝岚行憋着笑，端着杯子紧随其后。

短暂的休整后，四人终于开始补习。

鹿照远拉开书包，拿出几本高一的练习册放在祝岚行面前。

看着厚厚的资料，饶是已经补了一段时间，祝岚行还是觉得难顶，忍不住叹了一口气。对面的向晨看到这个情况，立刻抖了起来："祝岚行，你还在补高一的内容？这基础也太薄弱了吧！我们学校的考试可是很难——"

鹿照远眼皮也不抬直接吐槽他："对于一个班级三十名、全校排名在倒数三分之一的人而言，我们学校的考试确实很难。"

向晨被噎住，半天了才委屈道："亮哥，为什么你每回都向着他？"

鹿照远冷笑一声："你猜。"

向晨既说不出反驳的话，也猜不出来原因。他吭哧半天后委委屈屈地打开书包，拿出了作业。

一旁的舒云飞偏偏在这时悠悠地叹了口气，引得向晨顾不上拿笔就去掐他。

正要跟祝岚行讲题的鹿照远慢慢地抬头看了对面的两人一眼，打闹的家伙们立马乖了。第一次补习终于在鹿照远无声的暴力镇压下走上正轨，一时间，整个房间只有沙沙的写字声。

过了好一会儿，鹿照远从自己的习题中抬头，看祝岚行半天了也没写几道题，于是问他："不会做？"

祝岚行摇摇头："看得懂。"

会做却没写，那就只有一个理由了。鹿照远放下笔，问："不想做？"

"多少有一点吧……"

"为什么？"鹿照远有点纳闷，祝岚行现在成绩不行，但过去不差，按理来讲，学习这种东西，只要掌握了方法，考出了好成绩，一般就算不喜欢，也不会讨厌——反正是件必须做的事情，做完也就完了，但祝岚行却不是，他对成绩，或者说对学习是一种很自然的无所谓的态度,甚至觉得勉强和麻烦。

祝岚行沉吟片刻,轻轻耸了下肩膀,说:"我不是很需要……"

他说得含糊,但鹿照远却懂了,心也跟着沉了沉。

别人的终点是祝岚行的起点,读书的价值被大幅度地削减,再加上祝岚行的父母……没有了父母的期许,祝岚行似乎真的没有非做这些不可的理由。

"我随便说的,你别在意。"祝岚行又说。

话刚说完,他就感觉不妥当。其实从鹿照远问过他关于未来的想法后,他就一直深陷悲观的泥潭里,祝岚行本来打算自己慢慢消化的,可惜,不但没成功,还把负面情绪投射给鹿照远这个真正的小孩子了,实在不像是一个成熟的大人会做的事情。

"反正——"祝岚行尽量让自己表现得积极一点,"就这样吧……总归我还是要继续上学的。"

鹿照远也在尝试调动祝岚行的学习积极性,想了想,他说:"你不是想学医吗?好的医学院分数也不低。"

祝岚行配合地笑了笑:"你说得对。"

祝岚行对这个也无所谓,鹿照远清楚地看明白了这一点。沉默片刻,他说:"高考考什么学校,现在想这些有点早了。但如果你不好好学,现在就有个困扰……"

他以一种半开玩笑的口吻说:"我们说不定就要分开坐了。"

祝岚行听出了对方话中的在意,感到惊奇。

"你看我干什么?"鹿照远有点不自在。

"没什么,就是觉得……"祝岚行渐渐咂摸出味来了,鹿照远的在意,说明他已经获得面前人的友谊了。他有点感慨,觉得心里头的结微微松动,脸上忍不住露出笑意,"你的话很有道理。为了我们不分开,我也得好好考试。"

他的话音刚落,余光就瞥见了一道不知从哪儿冒出来的绿光,闪了两下后进入了他的手链。

祝岚行奇了,正想探究一番,就听鹿照远轻咳一声。

三人齐齐仰脸看向鹿照远。而他拿起桌上的杯子假装无事发生地说:"我去厨房倒杯咖啡。"

三人目送鹿照远走进厨房,之后面面相觑。向晨一向憋不住话,刚要张嘴问,就听到厨房那边传来了什么东西打翻了的声音。

祝岚行连忙赶了过去:"发生了什么——"

话没说完，他就见面粉洒了一地，靠着料理台的鹿照远半边身子都是面粉。听到他的声音，鹿照远转过身来，祝岚行看到他的鼻尖也白了一块。

看到鹿照远这个样子，祝岚行有点想笑。他想起了之前鹿照远在学校踢球的时候，他的鼻尖也经常蹭上泥。好像这些脏东西总喜欢找上鹿照远的鼻子，可能是他的鼻子比较挺的缘故？

鹿照远完全不知道自己现在是什么模样，还在一个劲儿地道歉："不好意思，没注意碰掉了东西，我来收拾，你去做题吧。"

祝岚行拉住对方："不用，有人打扫的。你站好，我给你拍拍。"说着，他抬手把鹿照远衣服上的面粉拍掉。

鹿照远配合地转身，末了还微微低下头："脑袋上有吗？"

祝岚行踮脚一看："有。"说着，也伸手将他头发上的面粉也给拍掉了。

他没有看见，低着脑袋的鹿照远好像很惬意似的，眼睛不受控制地眯了眯……

祝岚行仔细替鹿照远拍了一会儿才说："好了。"

鹿照远闻言抬起头时，祝岚行的手还没有完全收回，他看见对方细白的手腕上戴着条银色的链子。

链子设计得特别，鹿照远觉得挺好的，却没放在心上，只问祝岚行洗手间在哪。

祝岚行指了个方向："沿这条走廊往里走。"

鹿照远按照祝岚行的指示往洗手间走去，祝岚行却没离开厨房，因为他找到了刚才消失的绿光——那其实是一块绿色的碎片，它嵌在了虚拟屏幕的电池标志上，垫在电池下端，就像现实里手机电量用尽后终于充上了电的样子。

这是什么情况？难道……电池变绿表示电量的上限可以增加？

不多时，鹿照远从洗手间出来，祝岚行已经坐回了桌子旁。

半个小时后，祝岚行终于完成了自己今天的任务，而此时鹿照远已经给向晨和舒云飞讲完他们的题目了。

祝岚行刚放下笔，鹿照远就无比自然地拿过练习册批改起来。很快，他就整理好了祝岚行的练习情况，开始讲题了。

鹿照远讲题的语速有些快，祝岚行不得不全神贯注地跟着他的思路走。

一说一听间，时间不知不觉过去，眨眼就到十点了。今天的补习终于告一段落，鹿照远几人收拾好东西，准备离开。

别墅门口，祝岚行将一把钥匙交给鹿照远："这里就当我们的基地吧。我不在的时候，你们也可以自己过来。"

向晨和舒云飞的目光落在钥匙上，唰——脑海里同时闪过几个词：美食、游戏、秘密基地兼聚会乐园！

舒云飞咳了一声："我们有三个人……"

向晨迅速接上话："亮哥有钥匙了，我们是不是也能拥有一把？毕竟亮哥有时候还要去打工。"

对于祝岚行给钥匙这个行为，鹿照远多少有点意外，也不是很想要，可一听向晨和舒云飞说的话，他立马接过钥匙，还呛了向晨一句："要那么多钥匙干什么？给你丢着玩吗？你自己说说，上高中以来，你的自行车钥匙丢了几把了？"

向晨一听，说不出话来，这件事他无可辩驳。

向晨一哑火，舒云飞也独木难支，只能羡慕地看着鹿照远将亮银色的钥匙抛了两下后揣进了兜里。

鹿照远拍了拍装着钥匙的口袋，对祝岚行说："我们走了，你回去早点睡吧。"

祝岚行嘴上应了，但依然站在原地看着鹿照远几人渐渐走远，直到他们的身影被幢幢小楼彻底遮住才转身回别墅。

回去后他也没按鹿照远说的洗澡休息，而是坐到桌边将鹿照远刚讲过的题复盘了一遍，可惜效果不是很好……

鹿照远刚才讲得太快了？或者……祝岚行迟疑着不想承认，是我把过去学的东西都还给老师了？

不管哪个原因，都有必要跟鹿照远提一下，好对症下药。

祝岚行头疼地放下练习册，习惯性地看了一眼许愿机的电量——45%，今天一直和鹿照远在一起，竟然只剩下45%的电？

看来学习还真是一件非常消耗精力的事情……祝岚行干脆不挣扎了，老实上楼去泡了个澡就睡了。

第二天醒来时，天灰蒙蒙的，祝岚行看了眼时间，五点半，还可以再睡一会儿。他躺了回去，没一会儿又坐了起来。

祝岚行揉了揉脸，从床上爬起来，拿出语文课本，翻到需要背诵的段落，一边看，一边慢吞吞地刷牙洗脸，甚至在出门时他还戴上耳机听起英语听力来。

上学的高峰期，学校门口的学生一拨一拨的，祝岚行戴着耳机走在其中。突然，他的肩膀被人拍了一下。

祝岚行还没回头，拍他的人快步上前，出现在他的视线中，是鹿照远。

鹿照远指指自己的耳朵，问他："听什么呢？"

祝岚行抬手摘下一只耳机："时政新闻，英语的。"

鹿照远笑道："英语老师老念叨这个——今天你这么听话？"

"你都牺牲课余时间给我补课了，我能不听话上进吗？"两人并肩走着，祝岚行顺手就将耳机塞进鹿照远的耳朵里，"你也听听。"

鹿照远笑着将耳机塞紧了一些。

今天的早读课是英语，有个随堂小测验，测试的内容很基础，祝岚行早早写完了，又把昨天鹿照远讲过的练习册拿出来看，还圈出几道题，打算下课找他问问。

哪知一下课，不等他开口，鹿照远就拖着椅子坐了过来，惹得苗小卉侧目：他们什么时候这么哥儿俩好了？

鹿照远没管女同学八卦的眼神，只看祝岚行圈出来的题："这不是我昨天给你讲过的题目吗？"

"是，但是……"

"没弄懂？"

"对。"

鹿照远又看了看题目："那我重新讲一遍。"说完，他拿起笔拉过草稿纸，三言两语又将解题的思路和重点讲了一遍。讲完后，鹿照远看向祝岚行。

祝岚行抬头与他对视，从他的眼里看见了期盼，虽然很想点头，但沉默片刻后，他依然缓慢而坚定地摇了摇头。

鹿照远难以置信："你……"

祝岚行挺惭愧地承认："我有点笨。"

"谁说你笨了？"鹿照远立马不干了，"老师教不会学生，是学生的问题吗？明显是老师的问题！你等等，我想想。"

他拿走练习册，退到自己的位子上皱眉思考起来。

这一思考，就是整整一节课。

一下课，鹿照远就抓着练习册出去了。

祝岚行本想跟上去的，但想想又坐下了——明明是他没搞明白，但感觉鹿照远受到的打击比他还大，算了算了，安心等吧。

　　这边鹿照远想了一节课，确实也没什么头绪。本来嘛，他思维敏捷、理解力强，做题也好，讲题也罢，都是习惯性地三两下把主要思路点出来，但这对祝岚行来说是明显不够的。所以，一下课他就直奔老师办公室找外援。

　　正巧，二班的数学老师在。鹿照远直接走过去把练习册放在他面前："老师，这道题我有个不理解的地方，你给我讲一下行吗？"

　　数学老师见是鹿照远，还挺乐呵："好啊，拿来，是什么题呀？"

　　说完低头一看题目，高一数学，还是基础内容。

　　"……"他脸色迅速黑下来，"你是消遣我的吧？"

　　鹿照远直接把笔塞进老师手里："不是消遣，我认真的。老师你慢慢讲，每一个步骤都要详详细细地告诉我！"

　　数学老师瞅了瞅手中的笔，又瞅了瞅鹿照远，见他不像是开玩笑，于是认真地讲起题来。

　　这一讲，就是五分钟。听完之后，鹿照远若有所思。

　　数学老师觉得情况有点不对劲："还没弄懂？"

　　"懂了，原来是这样子……老师，我讲一遍，你听听。"说罢，鹿照远清清喉咙，将数学老师刚才讲的几乎一字不差地复述了一遍，就连在讲解过程中穿插的用反问来引导学生思考的步骤也全部照搬。

　　讲完，他问："老师，我讲清楚了没有？有没有需要改进的地方？"

　　数学老师能说有问题吗？这就是他的教学方法！

　　"没有任何问题，你都可以上讲台当老师了。"

　　"有你这句话我就放心了。"他急着回教室，卷起练习册，边走边说，"谢谢老师，回头有不懂的我再来问老师——"

　　"……"数学老师听了沉默很久，也很迷惑，这小鬼还真的忘了高一的内容？莫非是休了一周假把脑子给休坏了？

　　回到教室，鹿照远一进门就对上了祝岚行的目光。可惜上课铃已经响了，他只来得及说句"下课说"就被科任老师赶回了座位。

　　这个上午的课间，鹿照远哪里都没去，只专心给祝岚行讲题。

　　说实话，祝岚行还挺意外的。只是出去了十分钟，鹿照远就跟脱胎换骨了一样，不仅讲得深入浅出，还开通了互动技能，不时引导他自己推演，最后还不忘找几个同类型的题目让他练习巩固。

祝岚行这次真的吃透了知识点，三下五除二就把正确答案算了出来，甚至能举一反三地解出这类型题目的变形题。

鹿照远翻着题目，若有所思："感觉这些你都会，就是忘得厉害，还记混了。"

祝岚行尴尬地笑了，正要编个理由打马虎眼就发现鹿照远看了过来，目光中带着同情，他温和地说："没事，不就是这几个月里忘了点东西吗？补起来很快的。"

祝岚行悟了，所以他果断地换了个话题，夸奖起鹿照远来："嗯嗯。都是你厉害，听你讲课跟听老师讲课差不多，太透彻了。"

鹿照远心虚地接受了这个夸奖，但他也惦记上了这件事，后面一有空就去网上搜各类老师的讲课视频，认真揣摩。学上者得其中，学中者得其下。不能光以数学老师为模板，要潜心研习、博采众长才行。

不过这都是后话了。

这天午休，两人照例吃完饭就去了球场，鹿照远踢球，祝岚行在边上看。

冬日午后的阳光很明媚，暖融融地照在身上，连外套都可以脱掉。

早上起得早，祝岚行这会儿有点儿困了。他戴上耳机，点开英语资料，准备一边听，一边闭目养神。周围的声音和着有节奏的英语朗读声一下一下地敲击着祝岚行的耳膜，他只觉得自己像是一艘小船，在声音和阳光交汇成的河流中晃悠悠地漂荡。

突然，有一大块阴影遮住了祝岚行眼皮上的阳光。他似有所觉地睁开眼，看到鹿照远俯在自己的头上方，手里捏着一个枯黄的东西。

"虫。"鹿照远转身将手放到草地上打开。

祝岚行看到一个枯黄的小东西噌地跳远了。他拉着鹿照远的手，借力坐起来，问："不踢了？"

"活动活动就可以了。"鹿照看着他，"还睡吗？"

"还有半个小时才上课……"祝岚行看了下时间，然后像早晨一样分给鹿照远一只耳机，"我再眯一会儿吧，你也一起？"

"好。"鹿照远把耳机塞入耳中，和祝岚行一起迎着太阳躺下。

距离两人不远处，向晨和舒云飞正蹲在球门前玩手机。

向晨忍不住感叹："现在的日子，从前我真是想也不敢想啊……中午踢球居然可以休息了！"

舒云飞点点头，深以为然："我只希望这不是我的梦。"

下午，祝岚行嫌鹿照远挪来挪去地给自己讲题麻烦，自觉地收拾了东西，坐到鹿照远旁边的空位上。各科任老师并没有发现什么不对劲的地方，还是王勇男在自习课路过时发现了。

说了考试考好给你们调换座位，没说现在你们就可以擅自调换！再说，做同桌就做同桌，竟然还勾肩搭背的，准没干好事！王勇男憋着一肚子气，气势汹汹地走进教室，直奔祝岚行和鹿照远："你们——"

低着头的两人同时抬起头来，有些惊讶："老师？"

两人的声音唤回了王勇男的理智，也因为两人都抬了头，原本被他们脑袋遮住的练习册露了出来。

王勇男及时刹车，挤出一抹笑："你们在做题啊？做题好，做题妙，好好做。"

他这话一说出口，鹿照远和祝岚行还没有什么反应，坐在前排的向晨像是受到鼓励般拿着题就往鹿照远面前推："亮哥，来帮我讲讲物理题……"

王勇男看着面前这幅同学间友爱又向学的画面，满意地离开了教室。

而在他背后，鹿照远正嫌弃地推开向晨的脑袋："把脑袋从我面前挪开。挨得这么近也不嫌热？"

向晨看了一眼旁边伸着脑袋看题的祝岚行，只觉得无语。

这天放学后，四人照例去祝岚行的别墅继续学习。少年人一路上都在热烈地讨论今天的球赛和八卦，丝毫没察觉有一辆白色的轿车一直跟在他们身后。

四人乘坐的出租车毫无阻碍地进入了别墅区，而跟在他们后面的白色轿车却被负责的保安拦了下来。

年轻的保安背着手，来到白色轿车驾驶室旁，敲敲车窗，礼貌微笑："您是走亲还是访友？"

车窗降下，露出高飞捷不太高兴的脸："走亲。"

"请问是哪家呢？"

高飞捷愤愤地说："查岗呢你！"

保安指了一下岗亭，他的职责还真就是查岗。

高飞捷说不出来是哪家，气得重重地捶了下方向盘。

跟踪个人怎么这么难！

这个小小的插曲几人并不知道。几人高效地学完，八点左右就各自回家了。

祝岚行本来也打算休息一下，但一想到即将到来的考试和鹿照远为自己努力补习的样子，他又做了几个小时的题，直到十一点多才去洗漱休息。

躺在床上复盘知识点的祝岚行渐渐睡了过去，所以他没有发现许愿机的电量并没有随着他的沉睡而停止消耗，而是迟缓但稳定地一点点往下掉……

5%，4%，3%，2%，1%……关机。

不知过了多久，再度睁开眼睛的祝岚行产生了一丝疑惑。他的视野有些模糊，盖在身上的被子像盔甲，重得让他喘不过气。他试图伸手推开这层盔甲，但好像一点力气都使不出来。他张嘴想叫人，却只能发出了一声"哇"。

什么？他又喊了一声，还是只能发出简单的音节。

祝岚行闭上嘴，非常费力地从被子里抽出一只手来。

他慢慢地调动手指，团握成拳。

他盯着这个拳头看了很久，确定只有小笼包一般大。接着他不可思议地意识道：我变成……婴儿了？

第11章 宝宝岚行

鹿照远的目光在门口徘徊。早读课已经接近尾声，校门早就关闭了，但还是不见祝岚行的身影。

他低头看了眼手机，也没有收到任何消息。

祝岚行去哪儿了？

"鹿照远。"旁边传来声音，是王勇男过来了，"祝岚行来了没有？"

"来了，在路上。"鹿照远面不改色地说起了瞎话。

"下次让他早点，早读课都上完了。"王勇男眉头微皱，有点不悦，但考虑到祝岚行情况特殊，他也只是念叨两句就走了。

王勇男一走，早读课的下课铃声也响了。

向晨转过头来颇为羡慕地对鹿照远说："祝岚行真的太行了！这才转学过来多久啊，迟到、早退、请长假试了个遍，老班居然也没有炸……对了亮哥，他跟你说了他什么时候来吗？"

鹿照远哪里知道祝岚行什么时候来！他皱着眉把向晨的脑袋推回去，一边打电话，一边快步朝教室外走去。

床头的手机一直在响。

醒来后，祝岚行一直在努力挣扎。当他费了九牛二虎之力从被子里挣脱出来后，稍感庆幸地确认了自己现在的身体应该不是刚出生的婴儿的，然后又无比尴尬地发现自己现在是光溜溜的——身体变小太多了，原本合身的睡衣被被子一压，他直接来了个金蝉脱壳。

细小的胳膊和腿无法支撑他现在的身体，就算祝岚行拼尽全力翻滚着接近，手机铃声还是在完成循环后戛然而止。

糟了……祝岚行顾不上其他，暗暗在床上积蓄力量再次翻身，一下、两下、三下……小小的身体终于接近床头柜。

祝岚行抬起头，小腿用力，小手也尽力往前伸，细细的手指尖终于触到了手机！

屏幕亮了起来，他看见了手机屏幕上的未接来电提醒，是鹿照远。祝岚行很感动对方关心自己，但当务之急还是要先联系威廉，因为以这样的状态见鹿照远的话，自己的所有秘密说不定都会暴露。

然而，没等祝岚行解锁屏幕，又有电话打进来。突兀的铃声吓了祝岚行一大跳，手机被他拨歪了，并在规律的振动中掉到了地上。

一整个上午，鹿照远都有点心不在焉，因为祝岚行不光没有来上学，甚至连他的电话都没接。他隐隐有点后悔在清晨王勇男询问的时候说谎了，如果当时他如实相告的话，说不定王勇男会联系祝岚行的监护人……但现在说这些也晚了。

今天上午王勇男离开学校去办事了，就算现在去找他也来不及了。

只是上午没来而已，不一定就出事了……鹿照远安慰自己。

偏巧舒云飞过来闲聊，问他："亮哥，祝岚行怎么还没来？他没跟你说什么吗？不会出了什么事吧？"

向晨听了，嗤笑一声，正要呛舒云飞八卦，就见鹿照远抓起手机直接往外走去，他连忙问道："亮哥！你去哪儿？不去食堂了吗？"

鹿照远摆摆手，头也不回："出去一下，下午要是没回来就帮我请个假。"

出了学校，鹿照远直奔别墅。

看着紧闭的别墅大门，鹿照远心里不好的预感急剧增加。他一边喊人一边摸出钥匙打开了别墅大门。但空荡的别墅没有传来祝岚行的回应，只有他自己的声音带着一丝回音响在室内。

鹿照远皱着眉，在一楼转了一圈，没见着人，倒是发现桌子上还放着昨天的作业本，书包也没有收拾。

鹿照远望着桌子犹豫片刻，抬脚上了之前没去过的二楼。

二楼所有房间的门都大敞着，鹿照远走了一圈也没发现祝岚行的踪迹。

难道祝岚行不在这里？

鹿照远失望极了，但走到楼梯口，他抱着试试的想法，又给祝岚行打了个电话。

电话接通的那个瞬间，手机铃声在别墅里响了起来！

声音很小，但真实存在。

他瞬间警觉，向手机铃声传来的方向走去，是三楼！鹿照远猛然想起他们第一天来的时候祝岚行说过三楼是阁楼，可以观星，也可以住人——难道祝岚行昨天是在阁楼睡的？想到这里，鹿照远三步并作两步上了三楼，站到了那扇唯一关着的门前。

手机铃声就是从这扇门里传出来的！

鹿照远想都没想，一边叫着祝岚行的名字，一边推门而入——

只见一个身上缠着浴巾的小婴儿躺在地上，紧闭着双眼，小小的身躯规律地起伏着，似乎是累极睡着了。

他睡得很熟，鹿照远开门进来都没有惊醒他。小小的婴儿并不占多大的地方。他侧着脑袋，趴在地上，浴巾的两只角被他抓在手里，但浴巾对他来说太大了，除了身上的部分外，其他的铺展在地上，像一件巨大的白色披风。

鹿照远被面前的景象震惊了一下，但很快反应过来，连忙上前把婴儿抱了起来。

看着只裹着浴巾的婴儿，鹿照远觉得幸好室内的暖气充足，不然这孩子怕是会冻出个好歹。但现在这样也很糟了！

虽然照顾刚出生的婴儿已经是好久之前的事了，但他做起来并不生疏，何况这孩子已经好几个月了。他找了条暖和的小毯子将小婴儿包好，又把浴巾裹在外头。

做完这一切，他才有心思找祝岚行的手机——很明显祝岚行不在家，但突然出现的婴儿和落下的手机又是怎么回事呢？

鹿照远抱着婴儿在床上坐下，看了眼熟睡的婴儿，再次拨通了祝岚行的电话。

铃声从脚下传来。鹿照远把婴儿轻轻地放在床上，跪趴在地，终于在床头柜下面发现了手机。

当他捡起手机抬头时，毫无预兆地对上了一双圆溜溜的眼睛。

不知什么时候，小婴儿醒了，他不哭也不闹，只定定地看着自己。

祝岚行是被手机铃声吵醒的。

他不知道自己睡了多久，只记得自己历尽千辛万苦好不容易折腾了一点遮盖物并且下了床，却在胜利在望的时候精疲力竭地陷入了昏睡。再醒来时，鹿照远正看过来，自己也被裹得像个粽子。

祝岚行就这样定定地看着鹿照远，一方面担心他看出端倪，一方面期待他能理解自己的意思——给我松松绑！

幸运又不幸的是，鹿照远没起疑心，但也没领悟到他的暗示，只见他笑眯眯地伸手戳了戳自己的脸蛋，问："你是谁家的孩子？"

祝岚行："……"

婴儿的脸蛋又软又滑，鹿照远没忍住又戳了一下："你和祝岚行是什么关系？"

"……"小婴儿祝岚行忍无可忍，皱起小眉毛狠狠地"咿"了一声。

鹿照远赶紧收回手："弄痛你了？"

"咿咿咿！"祝岚行急切地叫出声，别戳我啦，快打电话找人啊！

鹿照远显然听不懂"婴语"，有过照顾婴儿经验的他大胆猜测："小宝贝，你是不是饿了呀？"

"咿呀……"祝岚行不挣扎了，你说是就是吧。

鹿照远却以为自己猜对了，他抱起小婴儿，一边哄着"好宝宝"，一边下楼，一边打电话。

因为位置的关系，祝岚行清楚地看到鹿照远把通讯录翻到"祝霸总"那一栏并毫不犹豫地摁下了"呼叫"键。

婴儿祝岚行僵住了——他的另一个手机就在楼下的书包里，这个电话只要打通，他的身份就瞒不住了！

可小婴儿的身体实在是太柔软了，他的这点异常并没有被发现。

鹿照远稳稳地抱着他，面色如常地等待着电话接通。

令祝岚行无比意外的是，鹿照远对背包里振动的手机恍若未闻。他平静地举着电话，仿佛知道接下来要发生什么。

片刻后，威廉沉稳的声音自电话中响起："你好，鹿照远同学。"

"你好。"鹿照远开门见山，"你知道祝岚行现在在哪里吗？"

电话那头，威廉原本沉稳的声音一下变得异样："岚行不在你那边吗？"

"他今天没有来学校。"鹿照远说，"我现在在他的别墅里，发现了他落下的手机和一个小婴儿。"

大概后者的存在太过于离谱，电话那头一下陷入了长长的沉默，之后才不可置信地反问道："……婴儿？"

"是的，一个婴儿。这个孩子可能饿了，虽然没有哭，但状态也不是太好。"

"我现在马上过来！"威廉的声音明显带着急切，"麻烦你再照顾他一下。"

鹿照远和威廉的这几句对话虽然简短，但对祝岚行来说无疑是巨大的安慰。也许祝霸总的身份暴露了，但婴儿祝岚行的秘密保住了……看着已经有10%电量的许愿机，祝岚行知足地没有想要更多，也牢牢地按捺住想要开机的冲动。

了却了一件大事的鹿照远也松了一口气，但他可没忘自己为什么来这里，在挂断电话之前鹿照远喊住威廉："等等！你能告诉我祝岚行去了哪里吗？"

"这个……"威廉短暂停顿后声音又恢复了从容，"岚行临时有事，应该不久之后就会回来了。请你放心，今天之内，你肯定能够见到他。"

悬着的心终于放下，鹿照远紧拧的眉头终于松开了些："好。"

被抱在怀里的祝岚行也在暗暗盘算着自己该怎么出现才最合理，却突然发现自己正在轻微地移动——鹿照远一手抱着他，一手去拿他的书包。

刚刚放松的祝岚行又紧张起来！

祝霸总这事儿还没解决呢！他怎么给忘了！

顾不得许多，祝岚行"咿咿呀呀"地叫起来，并在襁褓中用力挣扎。

鹿照远以为小婴儿是饿得狠了，抱着他轻轻地摇晃起来，嘴里也不停地哄着。哄了一会儿，见小婴儿安静下来了，鹿照远伸手就把祝岚行的老年机拿出来了。

祝岚行被吓得愣在原地，完全忘了反应，只眼睁睁地看着鹿照远熟练地调出未接来电的记录，找到自己的那条，删除。

"呀？"婴儿祝岚行发出了疑惑的声音。

鹿照远低头看他一眼，笑眯眯地晃晃手机说："小宝贝，你要替我保密哦！不能告诉祝岚行我知道了他的秘密。"

"……"祝岚行觉得自己好像明白了，之前在德国的时候应该就已经穿帮了吧，只是鹿照远不知道出于什么原因不拆穿他……一种复杂的情绪涌上祝岚行的心头……

威廉赶到别墅的时候看见的就是这样一幅画面：少年抱着婴儿坐在沙发上，阳光照在他们身上，硬生生营造出一丝岁月静好的味道来。

少年是鹿照远，他虽然没有正式和鹿照远见过面，却很熟悉他。

稍微整理了一下情绪，威廉大步上前，伸手就要接过婴儿："鹿照远同学，你好，谢谢你照顾他。"

鹿照远看清来人后才轻轻地把小婴儿交到对方怀里："不客气。但是把这么小的宝宝一个人放在家里，实在是太不应该了。"

威廉仔细地打量着怀里的小婴儿，万分诚恳地再次向鹿照远道谢："真的是太感谢你了！你说得对，这次是事出突然，我们以后一定不会再犯这样的错误。"

鹿照远被威廉郑重的态度搞蒙了，也有些不好意思："我不是……"

顿了顿，他干脆换了个话题："孩子是谁的？怎么跟祝岚行这么像呢？"

威廉面不改色地胡扯："是祝岚行哥哥的。"

"哦……"鹿照远也不知道说什么，祝岚行的哥哥他只知道个祝霸总，问题是现在这个身份也存疑了，于是他干巴巴地说，"他们家基因可真强大啊……"

威廉的表情有了一瞬的僵硬，干笑起来："哈哈……我先把这孩子送回他父母身边，岚行那边的事情差不多该结束了，应该马上就能回来了。你要在这里等他吗？"

鹿照远点点头，伸手抓住小婴儿的一只手，轻轻地摇晃着："我等他吧。小宝宝，再见……"

突然他的话音一顿，目光落在婴儿的胳膊上——那里挂着一条银链子，对小婴儿来说这条链子过分大了，已经滑到了他的手肘。其实之前鹿照远就看到这条链子了，只是当时他记挂着祝岚行又担心小婴儿，没有多想，这会儿他放下心来，突然意识到这条链子很眼熟："这手链……是祝岚行的那条吗？"

威廉并不知晓这条手链的来历，但作为一个合格的管家兼监护人，他会无条件地帮助祝岚行。他借整理襁褓的动作不动声色地将祝岚行的胳膊连同胳膊上的银链子遮起来："也许就是岚行给他戴上的吧……时间不早了，我先走了。"

鹿照远摸了摸小婴儿的脸，算是道别，然后就站在门口，看着威廉抱着小婴儿步履匆匆地离开了。

威廉离开别墅，没走多远就抱着祝岚行上了一辆停在路旁的加长轿车中。他将祝岚行小心翼翼地放在后座上，微微将襁褓松开了些。

"这样可以吗？"威廉紧张地盯着祝岚行，可惜祝岚行除了"咿呀"之外无法给他更多的指示了。

威廉定定地看了会儿，确认婴儿版本的祝岚行没有别的表示，似乎也不反对这样的安排后，便说："那我先出去，有需要你叫我。"

说完他就退了出去，但小心地将车门留了一道缝。

祝岚行轻轻吐了一口气，再次庆幸自己现在这副身体不是新生儿的模样。他伸手将手链摸出来，调出虚拟屏幕，欣慰地看到刚刚的接触已经让许愿机充够了开机的电量。嫩嫩的小手试了好几次，才摁准了开机键。

熟悉的感觉向他席卷而来，只是这次的过程似乎格外漫长，祝岚行都开始怀疑许愿机的电量是不是又被耗尽时那种感觉才终于褪去。

祝岚行观察了下身体，松了一口气——总算恢复了！

守在门外的威廉耐心地等着。里面一直静悄悄的，直到几分钟后，突然响起了窸窸窣窣的声音。

威廉既担心又高兴，忍不住问了一声："岚行？"

"嗯，等一下。"祝岚行一边穿衣服一边回复。

不一会儿，一身常服的他走了出来。

威廉终于放下心来："岚行，你……"

祝岚行却直接打断了他的话："一两句也说不清，但是我只要跟鹿照远在一起就没事。你先回去吧。"

威廉欲言又止，最后还是什么都没说，开车离开了。

祝岚行一进院子就透过落地窗和循着声音转过头来的鹿照远对上了视线。他看见对方一挑眉，喜悦便慢慢绽开在脸颊。

鹿照远差不多是从沙发上弹起来的，他几步跑出来，激动地问道："今天你去了哪里？连手机也不带，房间里的婴儿是怎么回事？全部跟我好好说说！"

祝岚行既高兴又头疼地顿住脚步，准备开始编故事："我……其实是昨天——"

鹿照远却突然打断他："祝岚行。"

"嗯？"

"我只是随口问问，不一定非要知道答案，如果你觉得有什么事情不方便说，那就别告诉我了。最好不要……"鹿照远笑了笑，将"不要骗我"咽下，只说，"反正其他的都不重要，我和你是朋友最重要。"

祝岚行心头一动，半晌才重重点头："……我明白。"

"那昨天？"鹿照远试探地问

祝岚行笑了，实话实说："有些事现在不方便告诉你。"

"没关系，这样就很好。"鹿照远笑道。

祝岚行却突然变得很认真，他看着鹿照远，一字一顿地说道："但是我保证，时机到了，我一定会告诉你全部真相的。"

鹿照远有些意外祝岚行的态度，正要开口，就听他已经换了话题："等我收拾好书包我们就去学校。我一上午没去，老班发火了吗？"

鹿照远是完全不怕这些的，他无所谓地说："反正我出来的时候他还不知道你一上午没去……"

"但现在……"鹿照远看了眼时间，"我们走运的话，可能也不会被发现。"

祝岚行很快就换好校服背好书包了。他伸手去揽鹿照远的肩膀，银色的手链反着光，晃了一下两人的眼睛："那就只能让你舍命陪我了。"

"好说。"鹿照远顺着祝岚行的力道往前走，问他，"这链子……拿回来了？"

"嗯……"祝岚行将手伸到鹿照远面前，好让他看得更清楚。

鹿照远盯着仔细地看了一会儿，才问道："这链子有什么特殊意义吗？总觉得不是你的风格。"

祝岚行想了片刻，说："这条链子是命运的馈赠。"

"啥？"鹿照远简直不敢相信祝岚行会说出这种酸话。

祝岚行看着不停吐槽的少年，在心里默默补充：而你，是命运赐予我的光明。

两人赶到学校的时候，下午的第二节课还没下课。本来他们打算在外面等一等，趁下课时悄无声息地混进教室的，可惜幸运之神没有站在他们这边，两人才摸上楼就迎面撞上了办完事回到学校的王勇男。

而且王勇男的身后还站着好久没来巡视的教导主任窦兴学。

王勇男有心帮两人圆几句，但祝岚行的书包太扎眼了，他根本没来得及发挥，窦兴学就直接让两人罚站了，而且是站在教室门口，意思很明确：就算挨罚也不能再落下一点儿课！

令人头大的是罚站不过是前菜，因为放学后他们还得留下来写检讨。王勇男迫于形势，给他们布置了千字检讨，写完给他看过之后才可以回家。

这时已经是晚上六点多了。冬天天黑得早，外头的风呼呼地吹着，同学们早就走了，教室里只剩下祝岚行和鹿照远并肩坐着，奋笔疾书。

"连累你了。"祝岚行感到很抱歉，如果不是去找他，鹿照远也不会旷课，更不会被罚站写检讨。

"有时候你客气得很没有道理。"鹿照远漫不经心地说，他一只手托着腮，一只手写字，闲适得像是在做读书笔记，"我要是在意这个，我会去找你吗？你再这么客气，我可走了啊。"

"算我错了。"祝岚行从善如流，连忙改口，又勉强写了两笔，还是停了下来。

"怎么，写不下去？"

"嗯。"

"检讨，要怎么深刻怎么写。"鹿照远很有经验，"你写得越肉麻，表现得越痛哭流涕，老师就越爱看，就越容易让你过关。"

祝岚行干脆放下了笔："可我觉得我们没有什么要反省的地方。"

鹿照远无奈地笑了，以为祝岚行只是赌气，正准备将自己丰富的经验传授一二，就听祝岚行特别认真地说："要不是你来了，事情可能还没这么快结束，到时候也不知道会发生什么……鹿照远，你帮了我很大的忙。"

甚至救了我。

他看向鹿照远，眼睛亮得摄人："你都救我于水火了还有什么好检讨的？检讨你不该过来帮我吗？"

鹿照远被祝岚行的态度和话唬了一下，但很快他就想通了，认为孩子是钻了牛角尖，便认真地将自己过往写检讨的经验一一传授。

祝岚行趁机收拾好情绪，照着鹿照远的指点磕磕绊绊地把检讨写完了。

王勇男果然在办公室等他们。

看到两人相携而来，一副秤不离砣的样子，王勇男觉得窦兴学和自己是一拳打在棉花上了。等他看到两份写得密密麻麻的检讨时，更是一点脾气都没有了。

王勇男把检讨放在桌上，问两人："你们认识到错误了没有？"

"认识到了。"祝岚行与鹿照远异口同声地答道。

两个刺儿头难得乖巧，王勇男抓紧机会教育了一番，之后又老话重提，问祝岚行："期中考试有信心没有？"

"保证500分。"祝岚行只得立下军令状。

王勇男满意地点点头，本想就这样放他们回家的，但转念一想，又拿出课本，翻开目录，对祝岚行说："剩下几天重点复习这几个单元，都是要出题的。"

鹿照远不敢置信："老班，你还给画重点？"

王勇男黑着脸："画什么重点，有什么重点好画的！学校的考试是要阶段性地检测你们的学习效果，你还想投机取巧，要考的就复习，不考的就忽略？"

他训完了鹿照远，又叮嘱两人："不准把我说的话拿到班级里去说，我要看的是你们的真才实学！"

这不还是画了重点吗？鹿照远在心里默默吐槽着，就听王勇男又说话了："祝同学，你才转来没多久，没有听完全部的课程，老师这回破例了，复习时不要有杂念，期中考试加油！"

两人沉默着离开了办公室。

祝岚行不是真正的只有十七岁，在王勇男说完之后他就马上意识到了对方做这些的原因，鹿照远也几乎在同时就明白了王勇男的用意。

一种微妙的气氛将两人笼罩。

这天晚上，两人默契地没有再提补习的事情，而是各自回了家。

祝岚行也趁机又做了一个用电量的详细测试。

许愿机的初始电量是35%。在威廉的帮助下，他测出5%的电量能够支撑跑步19分钟或者是写数学试卷23分钟。

这样的结果令祝岚行无语了片刻，敢情在这许愿机的设计里，读书和运动都属于高耗能项目？他也总算是明白自己为什么会变成婴儿了……

通过这次的意外事件他再次确认了许愿机电量耗尽时他的变身是不稳定的，到目前为止他已经体验过三种变身和自己的实际身体，一共四种不同的形态，而且每种形态几乎都完美还原真实的身体状态，换句话说，如果他变身后年龄是在二十岁之下，他就不用担心失明的问题！

祝岚行晃晃脑袋，将许愿机的事情暂时放一边，趁电量还算充足抓紧时间看了会儿书，然后在剩下20%电量的时候就立马去休息了。

还是得好好珍惜和鹿照远在一起的时光啊……

随着考试临近，学校里的学习氛围都浓厚了许多。就连鹿照远雷打不动的午休踢足球也为考试做了让步，分了一半时间来复习。离考试只有三天的时候，他们足球队干脆变成午间学习小组，哦，还要加一个编外人员祝岚行。

这时候，球场旁边遮阳棚底下的休息区就成了现成的自习室。大家自动按年级分边坐好，各自看笔记、做习题，学得热火朝天。

鹿照远也一改往日考试跟他无关的形象，勤勤恳恳地带着大伙儿查缺补漏、梳理知识点，当然，他的重点关照对象还是祝岚行。

今天是考前的最后一天，阳光也格外烈，照得人心更加浮躁。

花了十五分钟还没把这道数学题算出来的向晨蓦地甩下本子扭过头，一个猛子扎进舒云飞宽广柔软的怀抱，愤怒号叫："到底是谁发明了数学！"

"数学，不能用发明来形容……"鹿照远懒懒地瞥了他一眼，看到向晨在那儿撒泼打滚，只觉不堪入目。

他拉着正在做题的祝岚行换了一个桌子："到这儿来做，非礼勿视。"

向晨和舒云飞面面相觑："……"

实验中学的期中考试因为是高一和高二一起考，所以这天下午考场的安排表就出来了。祝岚行确认过考场，心情落到了谷底——他和鹿照远这次没在一个考场，这也就意味着考试期间他很可能电量不足……

缺考是肯定不行的，也不可能找老师调整考场……唉，祝岚行最后只能头疼地决定在晚上复习的时候多留鹿照远一会儿了。可真到了晚上，当他看见餐厅中鹿照远伏案的背影时，歉意一股脑儿地涌了上来。

鹿照远的手边堆着一摞练习册，背影有细微的颤动，是他书写不停的证明。

他本来不该把鹿照远留到这么晚的，这让对方几乎没有了自己的私人时间……

祝岚行端着一杯热水快步走回桌旁。他将水杯放到鹿照远手边，道："抱歉，耽误你这么久，我真的——"

"别这么说。"鹿照远脱口而出，"我们是朋友不是吗？"

祝岚行一愣，随即笑着将这份心意收下："喝点水休息一下吧，再好的朋友也得让你回家不是？"

鹿照远看看学习进度，觉得今天是可以告一段落了。他放下笔，一边喝水，一边跟祝岚行闲聊起来。

因为聊得投入，还是威廉过来提醒时间——自从祝岚行意外变成婴儿后，威廉晚上就留在别墅了——两人这才意识到真的很晚了。

祝岚行送鹿照远到门口。

鹿照远长腿一跨，书包一甩，稳稳地骑在了车上。

祝岚行挑挑眉："酷！"

听到这一声赞叹，鹿照远反倒不好意思起来："那个……再见。"

祝岚行忍不住笑起来："明天见。"

"嗯，明天见。"鹿照远一手扶着车把，一手冲祝岚行挥了挥，灯光在他脸上照出灿烂的笑影。

鹿照远花了二十分钟骑回家，争分夺秒地洗了个澡之后还有精力骚扰别人。

他给祝野楼发了个消息："在吗？"

祝野楼几乎是在同一秒就给了回复："在。"

"在干吗？"

"打游戏。"

这倒是很真实，也十分符合他初中生的身份，之前半夜三四点起床和他聊天才是不正常的。鹿照远看着聊天记录，暗暗想着，回道："你在忙我就不打扰你了。"

"没事亮哥，你说吧，我不忙。你早点说完我也早点专心打游戏。"

"……"好像被嫌弃了呢，鹿照远面无表情地想道，然后输入："我只是好奇，你是不是有双重人格？一三五人格冷静成熟点，二四六人格幼稚欢脱点。"

看见这句话，高小默的汗瞬间就下来了。

没错，现在和鹿照远聊天的又是高小默……

这段时间，高小默总结出了些陪聊的经验。白天的时候他不用太关注手机，鹿照远发消息的次数不多，偶尔有一两次，祝岚行也会及时回复。但等到晚上，尤其是过了十点之后，自家作息规律的表哥一般是不在线的，这时候就轮到他顶上了。

结果聊得多了，心态飘了，一不小心本性暴露了！

高小默暗自警惕，赶紧打马虎眼："我一三五学习，二四六玩乐，学习时沉着冷静，玩乐时开怀欢畅。"

鹿照远忍不住笑了："你可以的……"

高小默松了一口气，刚要把这个设定再巩固巩固，就看鹿照远发来消息："你跟我说说你哥的事情吧。"

高小默心中警铃大作："关于我哥的什么？"

"什么都可以。我想了解一点他过去的事情。你上回说他只有我这一个朋友，是怎么回事？你哥人这么好，怎么会缺朋友？"

高小默将这句话反复看了几遍，略微放心。从鹿照远和善的聊天语气来判断，应该没发生什么坏事，至少不是他岚哥找人陪聊的事情穿帮了。

"我哥……"高小默看过之前的聊天记录，他脑子转得飞快，结合祝岚行的实际情况，边想边编，顺便添点过去从自己亲哥那里得来的料，"我哥他被人背叛过！"

"什么意思？"鹿照远怔了怔。

"我哥家里发生的大事你知道了吧？"

"我知道他父母过世了。"

"就在他父母过世没多久，因为一些财产纷争，有人雇凶去害我哥，他们找的人还是我哥关系很好的朋友……"

鹿照远的心脏开始鼓噪，像是全身的血液在这一刻都逆流回心脏，打字的手都有点抖："那个人动手了？"

"当然动手了，我哥伤得很重，在医院里待了好久，有很多后遗症……"

高小默说到这里，突然有点懊悔，情绪也有些低落。鹿照远不知道，可他自己知道，"有人"就是他爸爸，雇凶害人的，是他的爸爸，祝岚行的亲舅舅。

"我说得太多了，你听听就好，别告诉岚哥，他不喜欢别人提这些。"

"……好。"鹿照远回答，"谢谢。"

高小默怔怔地看着手机，觉得对方的"谢谢"像是一块看不见的砖头，砸得他面红耳赤。他心烦意乱，不想再看，干脆把手机关机了事。

但屏幕还没黑下去，他的房门就被敲响了。

开门一看，自家大哥站在外头，手里还拎着一袋水果。

高小默没精打采地说："哥。"

高飞捷提着水果进门："哥来帮你打游戏。怎么样，哥一下班，就特地买了水果过来陪你打游戏，感不感动？"

"嗯，感动。"高小默兴致还是不高。

高飞捷像是没察觉，放下水果就指挥高小默："你去厨房里煮碗方便面来，我来剥水果，我们一边吃夜宵一边打游戏，今天一定帮你游戏升级！"

　　说完，他见弟弟没动，有些疑惑，便问道："你今天怎么了，一脸哭丧样，是在学校被同学欺负了？"

　　"没。"

　　"别怕，被欺负了就跟哥说，我去找你们校长谈谈，你校长要是不给咱们解决，我就继续往上找。"

　　高小默有点烦，吼了一声："说了没有！"

　　高飞捷一愣，气笑了："被外人欺负了，跑回家里来撒气？你就是属螃蟹的，也到外头横去，窝里横是最没出息的。"

　　高小默的气势一下弱了："哥，我没冲你吼。"说完，他转头往厨房走去。

　　"哦。"高飞捷冷淡地应了，见高小默进了厨房，他立刻看向了高小默的手机。

　　他当然不是平白无故来陪高小默打游戏的，也从来没有放弃从高小默这里得到更多关于祝岚行的消息。假借打游戏之名，不过是为了让弟弟放松警惕罢了，他最终的目的是要趁机查看弟弟的社交软件。

　　高飞捷装作很累很急的样子拿起手机，对高小默说："算了，别说这个了，我帮你升级——手机密码是多少？"

　　可能是因为愧疚，高小默想也没想就将密码说了出来。

　　高飞捷输入密码，解锁手机，一气呵成。

　　他打开聊天软件，找到祝岚行的头像，点了进去。

　　匆匆扫过两人的聊天记录，心跳就不自觉地加速。不等他去找聊天中提到的那个"鹿照远"，鹿照远的消息就来了。

　　"你哥有条很珍惜的银手链，你知道是怎么来的吗？"

　　祝岚行有条很珍惜的银手链？

　　"哥——"

　　蓦地听到高小默的声音，高飞捷心虚地慌忙藏起手机，然后才发现高小默是在厨房里喊自己。

　　高飞捷差点跳出喉咙的心脏又落了回去，他一边装模作样地剥水果，一边故作镇静地问："什么事？"

　　"爸雇凶伤人就雇凶伤人，为什么要雇岚哥的朋友呢？"说这话时，高小默一直没有转身，这时候他有点没法面对自己的哥哥。

"当年进入公司的亲属里，他的姑姑、舅舅都为了钱和他翻脸了……这些打击还不够吗？还要让岚哥连朋友都不能再相信？"

"没事说这个干什么……都多少年前的老皇历了。"高飞捷沉声说。

"事情确实发生很久了，可是根本没有过去，哥，你不也没有忘记吗？"

高小默关了火，水雾弥漫在整个厨房，让人看不清他的表情。

"我是没忘记，但我没忘记的是祝岚行的狠毒。"高飞捷生硬地说，"不管怎么样，爸爸是他舅舅，他居然真让爸爸去坐牢……"

高小默忍不住反驳："他眼睛都瞎了，还不反击，难道等着被人害死吗？"

"你懂什么！"高飞捷粗暴地打断他，音量不自觉地高了起来，"行了，我不想和你说这些。"

"你觉得我不懂就说到我懂！"高小默也提高了音量，"但我觉得你不敢和我说这些，是因为你也知道这都是高凌的错！"

高飞捷勃然大怒，他猛地站起来，动作幅度大到甚至带翻了面前的水果。

"你……"高飞捷拳头捏得死紧，艰难地从牙缝中挤出一句话，"不准叫爸爸的名字，要不是你是我弟弟，我现在就揍你！"

他困兽似的在房间里转了好几圈，用力地喘了几口气，伸手一抹脸，冷笑起来："你十四岁了，能不能把你脑袋里的水甩干净再说话？还什么'为什么要雇岚哥的朋友呢'，我呸！都你死我活的程度了你还管爸爸用的是什么方法？你别太幼稚！"

"我可求求你了。"高飞捷阴阳怪气地讽刺他，"你用你那个几乎崭新的脑子好好想想，爸爸这么做是为了什么？他如果成功了我们过的会是什么日子？现在又是什么情况？你觉得祝岚行很好？是、是、是，他真的很好！就算他把爸爸害得进监狱了，也不忘逢年过节施舍点钱给你——你怎么那么喜欢靠人的施舍过日子啊？"

高小默不敢置信地看着发疯的哥哥，一言不发。

发泄过后，高飞捷也冷静了一点，他弯腰把散落在地上的水果一个一个地捡起来，半响才开口："你还记得爸爸吗？"

"记得……"

"我想你也记得，毕竟你每年中秋和过年都会去监狱里打打卡。"高飞捷讥讽一笑，顿了下又问，"你觉得爸爸对你好吗？"

高小默沉默不语。

"他对你的好你都忘记了。"高飞捷抓着水果的手用力收紧,脸上满是悲痛。

"你忘记了你小时候,爸爸不管再忙,每周都要抽出一天时间带你去游乐园玩;你忘记了家里如山似海的汽车和飞机模型都是爸爸和你一起拼出来的;你忘记了从幼儿园开始,你上的就是贵族学校……现在这样……是哥哥没本事,而哥哥没本事,是因为哥哥背后的靠山倒了——你背后的靠山也倒了!

"我们的靠山是因为谁倒的?你还觉得祝岚行很好?

"你是不是傻啊!"

高小默的嘴唇动了动。

厨房里的水汽像是全聚集在他的脸上了,湿漉漉又沉甸甸的:"哥……"

"什么正义、法治、情理、道德我都不说了,就说对我好这一点……"高小默悲哀地说,"他对我的好,就是在这七年里只给我一个待在铁窗后的父亲吗?这样真的是对我好吗?"

第12章 淋一场雨

考试这天，祝岚行特意约鹿照远早一点来学校——形势严峻，能充一点是一点。

他们到的时候，教室里一个人都没有。不知道是不是错觉，祝岚行总觉得鹿照远有点不对劲，一会儿的工夫已经瞥自己三五次了，一副有话想说的样子。

祝岚行询问，鹿照远却摇头否认："没事，只是在想这回你的考试成绩。"

真是哪壶不开提哪壶。听他这么说，祝岚行也没心思深究了。他眉头微皱，看着只有75%电量的许愿机忧心忡忡——听天由命吧，唉！

实验中学的期中考试流程严格按照高考来。

上午考完语文，发现电量从75%掉到了39%，祝岚行胆战心惊，一中午都没敢离开鹿照远半步，就连鹿照远去水房打水他都找了个借口要一起去。

不料他才站起来，啃着面包的向晨就说："反正祝岚行要去，亮哥你把水杯给他，让他一起带回来呗。对了，也帮我打一杯！"

三道视线一齐射向他。

向晨有点蒙："你们都看着我干什么？"

"你想要喝水，不会自己去打吗？"说罢，鹿照远搭着祝岚行的肩走了。

"等等，就顺手的事——"向晨叫道，但没人理会，他只好转向舒云飞，"我没说错啊！这么点事儿，干吗要两个人一起去！我还等着亮哥给我讲题呢！"

"情况不是很明显吗？"舒云飞慢悠悠地说。

"明显什么？"

"明显亮哥宁愿跟祝岚行一起去打水，也不想给你讲题。"

"太不公平了！"向晨被气得没话了。

就算祝岚行这么努力了，接触时间毕竟太短，电量还是在艰难地升到49%之后就没有再动过了。下午进考场前，祝岚行下意识地抓住了鹿照远的手。

"怎么了？"鹿照远一愣，以为他害怕，连忙安慰道，"别怕，也别有压力，就算这次没考好，我也会继续给你补习的。"

"嗯。"祝岚行看着跳到50%的电量，做了个深呼吸，觉得自己应该能熬过去，于是扯出一个笑，对鹿照远说，"我进去了。"

他依依不舍地放开对方的手，走了两步，又回头："考完试我就马上去找你。"

鹿照远点了点头。

下午考的数学不知道是谁出的卷子，题目格外难。开考才半个小时，祝岚行就发现许愿机的电量已经消耗了10%了。这速度……是平常做作业和考试时候专注程度差异导致的吗？或者是因为考试的题目比较难？可不管是哪种原因，祝岚行都觉得自己在劫难逃了，他忍不住轻声地骂了一句："可恶！"

话才出口，监考老师的目光就锁定他了。期中考试的监考比联考还要严，而且不准提前交卷——既然无论如何都要在这个考场待满两个小时，祝岚行决定好好做题，毕竟他也不想白费鹿照远这么多天来的努力。

祝岚行抛开杂念，全神贯注地开始答题。

当他写完最后一笔的时候，监考老师的声音恰好响起："还剩十分钟，没做完的同学抓紧，做完的同学检查一下答卷。"

祝岚行恍然惊醒，赶紧检查电量——5%！

紧接着数字一跳，4%……

祝岚行的神经也跟着轻轻一跳……

考试结束的铃声响了。鹿照远将考卷反扣在桌上，随后站起身，抓起笔袋，跟着同考场的同学一起往外走，才走出教室，他的脚步就停了下来。

他想起考前祝岚行说过考完就来找他……

这念头才起，鹿照远就听到了祝岚行的声音。

他循声望去，就见祝岚行在离去的人潮中逆流穿行，举步维艰。

"祝——"鹿照远才说了一个字，祝岚行就已经扑到他面前将他狠狠抱住。

许愿机的电量也从1%跳到了2%。

终于活下来了……祝岚行长长地舒了一口气。

而鹿照远却被他的模样吓到了，扑在自己怀里的人满身冷汗，脸色苍白。他下意识地用力抱紧祝岚行，紧张地问道："你怎么样？哪里不舒服？"

虚拟屏幕上的数字又跳了一下，从2%变成了3%。

虽然电量还是很低，但是足够祝岚行勉强站直了。他深吸一口气，缓缓开口："都怪数学，这次的数学试卷真的太难了。"

围观的同学深有同感，集体叹气："唉——"

鹿照远听了简直哭笑不得。正要开口，他的手就被祝岚行拉住了。而拉住他的那只手凉极了，掌心还有一点湿润。

这一片冰凉的湿润打断了他的思绪，也让他错过了开口的机会。

祝岚行拉着他径直往小卖部走去："走、走、走，去买点喝的。我请你。"

当两人拿着水回到教室时，一个从未设想过的场面迎接了他们。

班里女同学忍不住惊呼："他们真的抱在一起了？"

啥意思？两人面面相觑，但不等他们说话，又一道声音直冲他们而来："祝岚行，听说你在走廊上抱住亮哥了？"

祝岚行："……"

鹿照远："……"

"我太理解你了！"向晨走过来挽住祝岚行，一副同是天涯沦落人的模样，"我和舒云飞同一个考场，我都没等收卷就把他给抱住了，差点被老师判了个作弊。但这能怪我吗？要怪就怪出卷老师！把我们这群学生考哭了，他们就笑了，真是一群没感情的出卷机器——"

考试的时候舒云飞就坐在向晨身后，他此时已经被数学和向晨折磨得有气无力了，他双眼无神地点点头："唉，真的太难了……"

"嗯，确实很难……"祝岚行深有体会。

鹿照远忍不住说了一句："真有这么难？"

这回，全班同学异口同声地回答他："真有这么难！"

鹿照远摸了下鼻子："难就难吧……这么大声干什么。"

祝岚行忍不住笑了。

他嘴角才牵起，就见鹿照远看过来："回头我们对对答案，看你哪些题错了。"

"……"这就是所谓的痛并快乐着吗？祝岚行不禁感叹。

考试期间，学生们考完试就可以直接回家了。四人简单聊了几句，等回过神时才发现同学们已经走得差不多了。为了充电，祝岚行想也没想就对鹿照远说："你今晚能睡我家吗，帮我考前再突击一下？"

刚好没走的苗小卉瞪大了眼睛，似乎不敢相信自己的耳朵——求助大佬，作弊！

别墅！被关键词触发的向晨更加直接，他立即转身对祝岚行说："兄弟，我和大飞也要去！"

鹿照远轻轻磨牙，直接拿书本盖住向晨的脑袋："你给我回家好好复习去。要是这回你没有进步，呵……"

这一声充满威胁的冷笑成功吓住了想去别墅玩的向晨和舒云飞。鹿照远满意地看着打消了念头的两人，然后轻咳一声，对祝岚行说："好啊，我去你家陪你复习。"

因为要留宿，两人特意绕道先去了鹿照远家拿换洗衣物。

鹿照远上楼的时候，鹿妈妈正在厨房做饭。她听见开门的声音，叫了声："小乐回来啦，鸡汤炖好了，在锅里头，你去打一碗喝。"

鹿照远应了一声："妈，是我。"

鹿妈妈没说话，反而从厨房里传来一阵翻炒的响动。在鹿照远刚刚迈进房间的时候，鹿妈妈出来了。她先去鹿乐成的房间里看了一眼，又跑到鹿照远的房间问他："你弟弟怎么还没回来？"

"不知道，我们今天考试，放学比较早，他现在应该还在路上吧。"

鹿妈妈皱着眉："都五点四十了，正常也该放学了，你给小乐打个电话，看看他在干什么。"

晚上要在祝岚行那里过夜，得洗澡，衣服要带一套……鹿照远的目光在房里扫了一圈，敷衍地答道："正常情况下，小乐也就是五点半回家，现在只晚了十分钟而已,哪怕是和同学去买杯奶茶也不止这点时间,妈,你把小乐管得太紧了……"

鹿妈妈扫到鹿照远收衣服的动作:"你要洗澡?先等一会儿,水还没烧热。"

鹿照远利索地把衣服装进包里:"我不洗,晚上我在同学家睡,不回来了。"

"哪个同学?"

鹿妈妈才问了这一句,外头就传来开门声,接着鹿乐成的声音响起来:"妈——我回来了。"

原本在问鹿照远的鹿妈妈立刻转身出去。房间的门没关,于是客厅里的声音很清楚地传进来:"小乐,有鸡汤,一会儿妈给你端出来。你今天怎么回家比平常晚?"

"我在路上和同学一起吃了点麻辣烫。"

"路边摊的东西少吃点,不卫生。"

"知道了,妈……"

鹿照远拉好背包的拉链,推开窗户往下看,只见祝岚行就守在楼道口。他们俩是骑车回来的,他的单车放在了一边,祝岚行却还跨在车上。他用脚撑地,一手拿着手机,一手扶着车把手,露出的那一点点肌肤在萧瑟的冬天里白得几乎发光。

"喂!"鹿照远叫了一声。

祝岚行应声抬头。

"接着——"

随着话音落下的还有鹿照远装着衣服的背包。

祝岚行一伸手,稳稳接住,然后抬手做了个"OK"的手势。

鹿照远关了窗户,迫不及待地往外走。走到门口时,他冲厨房的方向喊了一声:"妈,我出去了!"

"早点回来。"

"刚才和你说过了,晚上在同学家睡,不回来了。"

"行,别太麻烦人家。"

正苦着脸喝汤的鹿乐成一听,特羡慕地叫了一声:"哥!"

鹿照远打量着小家伙,神情有些戒备:"干吗?"

鹿乐成小声说:"回头你能不能和妈说说,让她别管我管得这么紧了。我也十四岁了,在外头和同学吃个麻辣烫都要报备……"

"等你上高中就好了。"

"你是真的这么想的吗?"鹿乐成盯着他。

鹿照远尴尬地摸摸鼻子。他有时候觉得妈妈过于忽略他，有时候又觉得这对他来说未尝不是一种幸运。如果非要选一种的话……还是保持现状吧。

他颇为同情地拍拍弟弟的肩，不再浪费时间，利索出门。

虽然是说让鹿照远给自己补习，但真到家了，祝岚行就不想这么做了，因为补习做题也好耗电啊！

他放下书包，走到厨房，打开冰箱，问鹿照远："看看，想吃什么水果？"

鹿照远跟在他身后走进去，看到把冰箱塞得满满当当的各种水果，觉得自己的选择困难症都要犯了："都可以。"

祝岚行从冰箱里拿了一串提子出来。

鹿照远帮忙摘提子，嘴上也没闲着，他问："你喜欢吃提子？"

"这是我最喜欢吃的水果。"祝岚行打开水龙头冲洗，"我小时候毛病多，吃什么都要剥皮……"

鹿照远看着手里的提子，好大一颗，翠绿翠绿的。他试着剥了一下皮，有点难。

"一般我妈和我爸是不惯着我这个毛病的，不过偶尔，我妈也会帮我把提子的皮给剥掉，这时候的提子就特别美味，就算是隔了多年我也忘不了那个味道。"

"你妈妈给你剥提子皮，是为了奖励你吗？"

祝岚行想了想："好像不是，也许只是当时她心情好。"

他这话才说完，一颗提子就被塞进了他的嘴里，好甜。

祝岚行微怔，转头看鹿照远。

鹿照远一笑："我也心情好。"

夜幕中，城市里的一盏盏灯亮了起来，映出窗里的一道道人影。其中一道，是坐在窗前复习的苗小卉。

小小的桌子上，左边放着书本，右边放着手机，她既想复习，又想玩手机。

正当她纠结之际，朋友发来消息，苗小卉马上抓起手机。

"你听说了吗，今天祝岚行和鹿照远的事？"

苗小卉差点尖叫："我何止听说了！我这儿还有新料呢！"

"啊——是什么啊！我真的好急！好想知道！"

苗小卉手指飞舞，飞快打字："我悄悄跟你讲，你不要告诉别人……"

就在两个女孩子悄悄八卦的同时，向晨已经把鹿照远抛弃他和舒云飞与祝岚行一起回家享受按摩浴缸和两米水床的消息散布到了他所在的每一个群，让本来已经渐渐消弭下去的八卦掀起了第二波浪潮。向晨兀自长叹："为什么呢？明明地方那么大，为什么就不愿意让我和大飞加入呢？"

"可能是因为明明明天还有两科考试，你却只惦记着按摩浴缸和两米水床吧。"舒云飞忍不住出来吐槽他。

几个八卦传播者都没想到的是，这八卦最后居然传到了窦兴学那。几乎是在知道消息的那一刻，窦兴学就给王勇男打了电话："你们班祝岚行——"

一句话还没说完，王勇男就喜气洋洋地打断了他："我知道！数学分数已经出来了，他这回进步很大……"

祝岚行是万万没想到自己为了充电的无奈之举居然在这个晚上丰富了这么多人的生活。当然，他现在也无暇顾及这些。

吃完水果，聊完天，眼见着时间不早，充电效果却不是很理想。看来还是得通过肢体接触快速充电才行。祝岚行想了想，对鹿照远说："明天就考试了，做题没什么意义了，我们看看题型，你给我讲讲思路吧。"

鹿照远也有这个想法。

祝岚行迅速拿出课本，将人按在沙发上，不动声色地接近："从这题开始。"

毫无防备的鹿照远就这样掉入了祝岚行的陷阱。他接过课本，开始梳理，祝岚行一边听，一边满意地看着电量飞速增加。

时间不知不觉地过去。鹿照远讲着讲着，只觉得肩膀突然一沉，低头一看，只见祝岚行已经歪着脑袋靠在他肩上睡着了。

"祝岚行？"鹿照远叫了一声，但对方没有回应，反而迷迷糊糊地动了两下，脑袋直接从肩膀滑到了他怀里，斜靠变成了平躺。

鹿照远伸手托住他的脑袋，正要动，突然想起高小默说他曾经受过伤的事情。

他……伤在哪里？

鹿照远低头盯着对方露出的小半张脸。

或许是他的肤色太过苍白的原因，每当祝岚行不说不动的时候，他就如同一个精美的瓷器，好像必须轻拿轻放、小心保管才不致使他磨损受伤。

露出的皮肤上没有看到疤痕……或者是在头发里？鹿照远腾出一只手，轻轻地拨了拨祝岚行的头发。

祝岚行的头发丝很细，但特别黑，像是吸收了黑夜的颜色，沉沉地覆盖着头皮。鹿照远用手指小心地在他的头发里摸索，祝岚行突然瑟缩了一下。

鹿照远还没来得及收回手，就听祝岚行呢喃道："痛……别碰……"

声音从他的薄唇中漏出来，特别轻，几乎一出口就消散在了空气中。

鹿照远才发现睡着的人眉头已经拧了起来，好像在睡梦中都感觉到了疼痛。

他看了下自己刚才摸的位置，是在耳后，在浓密的头发底下。他回忆着手感，确认自己似乎没有摸到什么疤痕，但疼痛像是能传染似的，因祝岚行的瑟缩和回避，突然传到他的身上。

很疼，疼得他手指都在抖，疼得他愤怒。

清晨第一缕阳光洒进来时祝岚行就醒了。刚睁眼时，他还有点迷糊，可当他看清鹿照远流畅的下颌线时，那点儿迷糊便如晨间的雾，刹那间就在阳光下消失无踪了。

怎么睡在了沙发上？

祝岚行连忙起身，小心地叫醒了鹿照远。

鹿照远的情况不大好——给祝岚行当了一晚上的枕头，现在他的双腿已经完全没有知觉了："嘶……"

鹿照远一边吸气一边捏腿，看得祝岚行愧疚难当。

他伸手帮鹿照远按摩，商量道："你先休息一下，我给威廉打个电话，让他带早餐过来，顺便再送我们去学校。"

要是平时，鹿照远肯定会说算了，但这次的考试对他们来说尤为重要，鹿照远也就歇了逞强的心思。他点点头，一边捏腿，一边说："好。你别管我了，就这样睡了一夜，你肯定也不舒服。先活动活动，再去洗漱。"

"嗯。"祝岚行嘴上答应着，可手上却没停，依旧给鹿照远捏腿，还利用换手的空当给威廉打了一个电话。

威廉来得很快，带来的早餐也非常丰盛。

两人挑着清淡的几样吃了，收拾好东西就急匆匆地出了门。在去学校的路上，祝岚行偷偷确认了一下电量，100%，只要不发生什么意外情况，今天绝对够用了。

正如祝岚行期待的那样，这一天考下来，顺顺当当的，两人放学分别时，电量还有25%。反正已经考完了，祝岚行是绝对不会再逞强学习了，他也没有丧心病狂地要求鹿照远继续陪自己——这一段时间以来，鹿照远为他花了这么多的私人时间，着实不容易，祝岚行大发慈悲地放了他一晚上假，让他回家做个自由的少年，而不是绑在自己身边成为充电宝。

回到家的鹿照远其实也没闲着，他正在房间床上躺着呢，耳边突然传来一个虚弱的声音："哥……"

鹿照远一扭头，看见鹿乐成，问："怎么了？"

鹿乐成把自己的试卷往他面前一递："我期中考试的卷子。"

鹿照远拿起来一看，一个大大的"60"以不容忽视的姿态烙在最上方。他有点无语："你就是真打算出国留学，这分数也不行啊！"

鹿乐成趴在鹿照远身边唉声叹气："别说这个，我还没想好呢。"

"都初二了，该想想了。如果决定出国，那你就考你们学校的高中部；如果不想出国，那就要努努力，争取到实验中学来。"

鹿乐成拉起被子盖住脑袋，瑟瑟发抖："别说了，这些事都太遥远了……你先给我讲讲错题吧。"

但鹿照远却说："今天没心情，下回吧。"

"什么？"鹿乐成从被子里探出脑袋，疑惑地看着自家大哥，几乎怀疑自己听错了，"哥，我不是要你带我打游戏，是讲错题……"

鹿照远冷酷地推开弟弟的脑袋："就这么些知识点，平常给你讲了那么多遍，讲完什么都懂，做题什么都错，可见不是不会，是没认真听。今天我有事，你别来折磨我，去折磨你老师去。"

这也太无情了吧！鹿乐成震惊了。他从床上爬了起来，怔怔地看着自家大哥。只见对方面无表情地经过他身边，一屁股坐在椅子上，拿起手机摆弄起来。

鹿乐成偷偷地瞟了一眼，没看清他聊的什么，却看清了和他聊天的人的头像……有点眼熟？

鹿乐成正回忆自己在哪里见过这个头像，突然听见鹿照远叫他全名。

"鹿乐成。"

鹿乐成本能地一个激灵。

鹿照远还在低头打字，说出的话却很冷酷："再看我你的分数也改变不了。"

"哥，你……"鹿乐成拿着试卷气呼呼地走了。

鹿照远瞟了他一眼，低头无奈地笑了。

电脑上，消息提示音一直在响。祝岚行看着来自鹿照远的消息，有些不明白这个少年为什么如此纠结。

他已经给祝野楼这个账号分享了一条新闻、一则笑话以及一首歌，并且他还问祝野楼祝岚行平时看这些吗、会不会喜欢。

祝岚行沉默片刻，没用祝野楼的账号回复，而是拿起手机，用自己的账号给鹿照远发了条消息，正是他想分享给自己的那首歌的链接。

"听过这个吗？我觉得超好听。"

鹿照远收到这两条消息，脸上立马绽开了笑容。

而这一切，都被躲在门外的鹿乐成看在了眼里。

"小亮！"鹿妈妈的声音传来，"出来帮妈妈收个床单。"

"好，来了。"鹿照远应了一声，放下手机走出房间。路过还在自己房门口徘徊的鹿乐成时，他轻轻地敲了一下鹿乐成的脑袋，"别气了，先自己想想，晚点哥再给你讲。"说完，他就拐去阳台帮鹿妈妈收床单了。

鹿乐成捂着脑袋往阳台那边看了一眼，见没人注意到自己，便悄悄摸到鹿照远的房间里。因为时间短，手机还没有自动锁屏，鹿乐成一眼就看见了那个熟悉的头像。

祝野楼？鹿乐成疑惑了，他刚刚想起来，自己的同学高小默也是这个头像。

想了想，他拿出手机，点开高小默的账号资料和眼前这个叫祝野楼的人的资料对比起来——一模一样，这不就是高小默吗？

他搞不懂了。

但没等他想明白，鹿照远就回来了。一进门他就见自己的手机被弟弟拿着，眉头一挑："怎么回事？"

鹿乐成根本不怕："我刚才看你发信息的时候笑眯眯的，以为你有女朋友了，所以来看看。"

鹿照远觉得很无语，他点了点弟弟的脑袋："天天想这些，怪不得只考60分！"

鹿乐成气得简直要跳脚。

鹿照远见他这样，觉得好笑，于是问他："怎么样，发现所谓的女朋友了吗？"

鹿乐成悻悻地摇摇头，将手机还给鹿照远，问他："对了哥，你认识高小默？"

鹿照远压根没听过这个名字:"高小默是谁?"

鹿乐成一愣:"就……你好友里那个用黄色可达鸭当头像的人。"

鹿照远只觉得是巧合:"哦,那是祝野楼,祝岚行的弟弟——祝岚行就是上回和我一起去医院看你的那个哥哥,他弟弟和他长得很像。"

"长得像?和高小默?"

这事很不对劲。

鹿乐成思前想后,哪怕鹿照远说他曾在商场见过祝野楼,他也确实记起了那一幕,但他依然没法将这件事情抛诸脑后。于是他找上了高小默。

被堵在厕所隔间的高小默惊恐地看着一脸严肃的鹿乐成,双手防备地抓住自己裤子的松紧带:"你……你想干什么?当心我报告老师!"

鹿乐成很愤怒:"还我想干什么?想干什么的是你吧!你为什么骗我哥?"

高小默一脸蒙:"我知道你哥是谁啊我就骗你哥?"

鹿乐成望着高小默,冷冷地吐出三个字:"鹿照远。"

差点忘了鹿乐成是鹿照远的弟弟了!高小默吓冷汗都下来了,但还是嘴硬道:"不知道你在说什么!你让开,有什么事出去说。"

鹿乐成"哼"了一声,依然挡着门:"别装了,我都看见了。你伪装成一个叫祝野楼的人跟我哥聊天,如果不是心怀鬼胎,干吗装成别人?"

等等……听这意思,鹿乐成知道得也有限?高小默那被吓得停跳的心又蹦起来了,他冷笑得比鹿乐成更大声:"你听过一句话没有?"

"什么话?"

高小默开始胡言乱语套路鹿乐成:"谁知道网络背后的是人还是狗!这个微信号是我的没错,但你怎么能确定用这个微信号的就是我?"

"……"鹿乐成琢磨了一下,替高小默圆上了:"你的意思是……你的微信号是别人在用?"

高小默微微一笑,一副不可说的神秘模样。

鹿乐成被唬住了,自觉发挥想象补充细节:"谁在用?我哥见过的那个小孩儿吗?他自己没有微信,不能用自己的账号和我哥聊天吗?"

高小默"呵呵"了两声,机智地把这个问题抛回去:"是啊,这年头谁没有微信啊,需要借别人的账号吗?"

鹿乐成陷入了沉思，他使劲琢磨着，突然灵机一动，有了个猜测。他忍不住向高小默那边凑了凑。

高小默警觉地后仰，拉开距离："有话说话，别靠这么近。"

鹿乐成翻了个白眼，但还是拉开了些距离压低声音道："祝野楼有姐姐吗？"

"啥？"高小默觉得自己无法跟上鹿乐成跳脱的思维。而且仔细一想，他发现自己没有办法回答鹿乐成的问题。

祝野楼是虚构的，谁知道虚构的祝野楼有没有一个虚构的姐姐呢？

他只好又向鹿乐成绽开了一个高深莫测的微笑："这事你不知道吗？"

鹿乐成像是看破了什么惊天大秘密一样，一拳砸向自己的掌心，兴高采烈地说："我就说我哥恋爱了，他还想骗我！那祝野楼用你的账号是不是为了偷偷帮我哥牵线搭桥追他的姐姐？"

"……你全都说了，我还有什么好说的？"

可鹿乐成又有些想不通："就算是牵线搭桥，那为什么不用自己的账号呢？"

高小默还能怎么说，顺着说呗，鹿乐成多好啊，帮他把理由找全了："保密，保密，事情没成之前，怎么保密都不为过！"

鹿乐成转念一想，心有戚戚焉："可能他们的爸妈会时不时查看手机……我家就这样，美其名曰避免早恋。"

高小默松了口气："你知道就好，现在可以放我出去了吧？"

鹿乐成一把揽住高小默的肩膀："急什么！你再跟我说说祝野楼的姐姐长什么样，漂不漂亮？欸，我老觉得应该是别人追我哥的，没想到是我哥主动……"

高小默一时半刻也不知道这可能有的姐姐长什么样，只好照着祝岚行的样子添添改改地描述一番："漂亮的！长头发，高个子，还白！"

鹿乐成很怀疑："真的？"

高小默拍胸脯："当然！老祝家的基因，特别棒！"

鹿乐成扑哧笑了："还有呢？"

"还有……还有头发特别黑，披散在纤瘦的肩背上……啧啧，简直了……"

说着话，高小默已经开了隔间门，带着鹿乐成走了出去。

鹿乐成沉浸在对自家大哥美丽女友的想象中无法自拔。只要一想到哥哥和女友站在一起的画面，他就恨不得击节赞叹：好一对璧人！

他揽住高小默的肩膀，凑到他耳边问："我们是不是兄弟？"

高小默冷冷一笑："不是。"

鹿乐成干脆死皮赖脸了："你让我见下姐姐？"

我上哪给你大变活人去！高小默的内心虽然在疯狂吐槽，但面上，他冲鹿乐成微微一笑："你哥让你见，我就让你见。"

应付完鹿乐成，高小默就利索地把事情跟祝岚行说了。

祝岚行听了也是沉默半天，跟高小默一样，他有种侥幸逃脱的后怕："我知道了，你做得很好……最近有什么想要的吗？"

毕竟和高小默家里有点纠葛，祝岚行虽然没给高小默脸色看，但也不可能和他多亲近。不谈感情，那就给点奖励吧，这也算是基本操作了。

高小默却说："这是应该的，毕竟是岚哥你的事情嘛。不过……有件事，我……我想问问你……"

"什么事？"

"我们学校要开家长会了，可我最近和我哥闹掰了，如果岚哥你没事的话，能来帮我开家长会吗？"

祝岚行愣住了。

高小默连忙解释："我知道岚哥你的眼睛不太方便，可是威廉可以陪着你出门，对吗？我就是觉得，嗯……没事多出门走走，也不会那么闷了吧。当然岚哥要是不方便也没事，不用放在心上。"

祝岚行想了想，问道："我不去的话，你哥去吗？"

"我不打算叫他去。"

祝岚行眉头皱了皱："你们闹什么别扭了？"

高小默不打算细说："我和他三观不合，岚哥你就别问了，反正也不是什么让人高兴的事情。"

话都说到这份上了，祝岚行还有什么不明白的。他沉默了一阵，问："这次家长会，你们学生在吗？"

高小默连忙说："没说让学生去，应该就是家长在。"

在陌生人面前，只要戴副墨镜就可以装瞎子了，不怕露馅儿。祝岚行松了口："我知道了，我会去的。"

双语中学的家长会定在第二天的晚上七点。

祝岚行准时到了高小默的学校。他一身西装，戴着墨镜，手持盲杖，一边敲击着路面，一边慢吞吞地往前走。虽然是装瞎，但这场面还是让他有一瞬间的恍惚。

教学楼距离学校大门口不远，但祝岚行这副样子，一路走过还是惹得许多好心人主动上前想要提供帮助，可都被祝岚行坚定而温和地拒绝了。再一次拒绝了一个好心人之后，祝岚行终于到了高小默的班级。

教室里的家长不多，见祝岚行进来，马上就有热心的家长上来问需不需要帮忙。

这回祝岚行没有拒绝："谢谢，能带我到高小默的位子上吗？"

"在那边，三组二排！"眼尖的家长说。

祝岚行在众家长的帮助下成功坐到了高小默的位子上。

他刚坐稳，又走进来一个人。那人十分年轻，身材颀长，眉目凌厉，又带着几分慵懒的气质，不是鹿照远还能是谁？

祝岚行收盲杖的手一顿，墨镜下的眼睛不自觉地瞪大了。

鹿照远进门的时候是很漫不经心的，直到一个身影进入了他的视线。

他径直走到祝岚行身边，对与他同桌的家长说："不好意思，我和他认识，能和您换个位子吗？我的位子在三组六排。"

同桌的家长是个阿姨，很好说话，听鹿照远这么说，她爽快地站了起来："可以的，你过来坐吧。"

阿姨走了，鹿照远坐下了，祝岚行屏住呼吸，拿不准自己该做出什么反应。

鹿照远却伸着头仔细地打量了祝岚行好一会儿，才说："墨镜很酷。"

祝岚行转头看向对方，没说话，也没摘墨镜。

鹿照远似乎是料到了他的反应，自顾自地说："我是替我弟弟来开家长会的，他考得太差了不敢和我爸妈说，就求我来了。"

"你呢？你是替谁来开家长会？"桌上贴着名字，他扫了一眼，"高小默？他是你的什么人？"

祝岚行觉得自己今天算是完了。

他刚要开口，高小默的班主任老师进来了。年轻的女老师一张嘴，就吸引了教室里所有人的注意："各位家长大家好，今天将大家聚在一起，主要是想跟大家汇报一下这半个学期以来孩子们在学校的成绩、表现……"

教室里的家长都全神贯注地盯着讲台上的老师，鹿照远似乎也将注意力转移到讲台上了。祝岚行想了想，觉得自己还是暂时保持沉默比较好。

班主任侃侃而谈了足足四十分钟，然后她给各位家长发了一张学生平时表现的评定表。在各位家长认真研究自己孩子平时表现的时候，老师邀请了个别重点关注对象的家长出去单独谈话了。

祝岚行想离开了。他不怎么关心高小默的平时表现，他本人习惯抓大放小，一直认为只要结果是好的，过程中出现一些问题是可以接受的，更何况学习是一个漫长的过程，这中途出现一点波折在所难免。另外一个促使他做出离开这个决定的更重要的原因是，鹿照远在停止跟别的家长谈话后明显要转向他了。

祝岚行站了起来，恰巧班主任老师这时候进来了。她以为祝岚行要找自己，想都没想就走到他面前，问："先生您是……"

祝岚行没料到会有这种巧合，一时语塞。旁边的鹿照远倒是很快地替他回答了："他是高小默的家长，他的眼睛不方便。"

班主任面上有一丝尴尬一闪而过，连忙道歉："真是不好意思。"

祝岚行摸不清鹿照远的想法，但为免多说多错，他赶紧将话题引到了这次家长会的主题上："我想问问老师，小默最近在学校的表现怎么样？"

班主任面上这时也找回状态了，她笑了笑："你是小默的表哥吧，小默跟我说过这回是他的表哥来参加家长会。小默的成绩有些退步，之前一直是班级前10名的，但这次考试排名掉出了前20。虽然一次考试的成绩不足以说明什么，但我还是想问一问，家里头是不是出了什么事，所以影响了孩子的成绩。"

鹿照远在一旁默不作声地听着祝岚行和班主任的对话，目光落在了祝岚行身上。

今天的祝岚行有些不一样，架在鼻梁上的墨镜遮住了他大半张脸，无遮挡的那一点轮廓似乎也在墨镜和西装的衬托下变得成熟了。

不知怎么的，鹿照远突然想起了鹿乐成之前的话。

"哥你认识高小默？"

高小默……鹿照远垂着眼睛看向了贴在桌上的姓名。

薄薄的纸被胶水浸染，变得皱皱巴巴的，透出桌面的深色，一如祝岚行努力隐藏却又明显得异常的秘密。

鹿照远兀自沉思着，丝毫没注意班主任已经结束了和祝岚行的谈话，并将注意力转向了他，不为别的，只因在一众家长中，他显得格外年轻，或者说稚嫩。

班主任老师定定地看着鹿照远："这位……请问你是哪位学生的家长。"

意识到班主任是在跟自己说话，鹿照远回过神，冲她礼貌地笑了笑："老师您好，我是鹿乐成的哥哥。"

一说名字，班主任心里有数了。她严肃起来，对鹿照远说："鹿乐成同学这次考试的排名是班级45名。"

"……"日常做榜首的鹿照远颇感脸上无光。

这个班主任老师虽然年轻，但很负责，鹿乐成虽然目前成绩不好，她一样分析、叮嘱："鹿乐成不是个笨孩子，只是心思并没有完全放在学习上。他的成绩时好时坏，所以除了学校之外，我希望家里也能一起努力鞭策、监督他，只要他养成好的学习习惯，力争上游不是问题……"

弟弟不争气，鹿照远也摆不出酷脸了，格外乖巧地应道："知道了，老师。"

两个非正式家长的配合态度让老师非常满意，她稍稍说了两句之后就走到一边跟别的家长聊起来了。

祝岚行当机立断，拔腿就要走。哪知鹿照远更快，伸手就挽住了他的胳膊，一副要扶他出去的模样。

其他家长看到这一幕，忍不住夸赞起来。

"年轻人就是热心！"

"是之前就认识呢，两个小兄弟感情也好！"

鹿照远挽着祝岚行的手臂，一路走到了教学楼前的观景长廊，长廊上悬着玻璃平顶。两人一步一步地向前走，其间，祝岚行始终沉默。

突然，鹿照远放开祝岚行的手，站到他对面，冷声质问道："你不觉得你该说点什么吗？"

平平常常的一句话，所有愤怒，所有委屈，都藏在里面。

祝岚行觉得自己要被鹿照远的情绪烧痛了。

可他不知道该说什么，他也在问自己——

我该说什么？

我该把这些事情都告诉鹿照远吗？

只有一轮残月悬挂在黑色的夜空里，玻璃顶似乎要沉沉地压下来，如同笼罩在祝岚行心上的重重阴影。

许久，祝岚行说话了，他的声音很低："鹿照远……你记得我之前跟你说过等时机到了，我会告诉你的吗？你记得你跟我说过，如果我不想说，可以先不说吗？我现在还有这个权利吗？"

他凝神注视着面前的人，期待对方给他一个答案。

可过了好一会儿也没有声音。

沉默的人，换成了鹿照远。

祝岚行轻轻地吐了一口气，鹿照远的迟疑让他心里有了决断。

"我确实骗了你，这点我很抱歉。"祝岚行平静地说，"但我现在还没有做好告诉你的准备……"

鹿照远终于有了反应，他生硬地反问道："那你什么时候能做好准备？"

"……"

"你不回答是因为你根本就没有想过要告诉我，对吗？"

夜里的光线很暗，鹿照远的眼睛却很亮，好像有光在其中流转。

"你真的打算告诉我事实吗？先是扮成别人跟踪我，接着又给我假的微信账号——你和我说的话，有哪一句是真的？"

你说过我是你最好也是唯一的朋友。

你说过我是特殊的那一个——

鹿照远咬着牙根，没让自己质问出口。

"算了。"他心烦意乱，转身就走。

祝岚行赶紧拉住他："给我一些时间吧，我要想一想……"

动作间，戴在他手腕上的银链在黑夜里闪着微光。

鹿照远顺着祝岚行的动作也看到了手链。

祝岚行注意到他的目光，松开手，将手链取下，递到鹿照远面前。

"这件事我没有骗你，这条手链对我非常重要，它是命运对我的馈赠……也是我出现在你身边的原因。"

停顿片刻，他继续说："我会告诉你一些事情，但不是今天晚上，也不是在现在这个情况下。"

"我会给你一个解释，最后再相信我一次。时间不早了，你早些回家。"说完，他越过鹿照远，径直往外走去。

"祝岚行——"

鹿照远叫了他一声，可这一声之后再也没有后文。

祝岚行也只微微停顿了一下，下一秒就步履坚定地离开了。

他需要一些时间独处，也要做好坦白的准备。

长廊里的两个人先后走了，藏在长廊后边的一道黑影慢慢地蹲了下来。

残月自天上漏了一点光，照亮这人的脸，不是别人，正是高飞捷。

高飞捷是来给高小默开家长会的。虽说他们两兄弟前几天大吵了一架，但吵完之后，高飞捷自我调节好了，认为一家人没有隔夜仇，尽管高小默没说家长会的事情，他还是来了，更没想到因为迟到没进场居然还看到了这么一出好戏。

高飞捷激动得都有点发抖。虽然还是不知道祝岚行为什么回了高中，眼睛又是怎么好的，但至少有一点他弄明白了——那条手链，至关重要。

双语中学家长会的第二天，实验中学期中考试的成绩也出来了。排名照例是在早读课之前张贴在布告栏上了。

祝岚行没去看，没心思也没时间去，他进教室都是踩着早读课的铃声的。但他没看并不代表别人没看。他的成绩早在交白卷之后就成了同学们关注的热点了。

"祝岚行！"向晨眼尖，看见人到了就叫了起来，"快过来，成绩出来了，我帮你看了，你这回考了540分，年级第433名！"

"哦。"祝岚行反应平静。

"怎么，不满意？"一道声音从祝岚行背后传来，祝岚行回头一看，不知什么时候王勇男站到了他背后。

王勇男虽然来了，但班里说话的声音一点也没小。他也体谅学生们的心情，决定让大家稍微放纵一下。

王勇男今天的心情还挺好的，祝岚行不交白卷了，二班的平均成绩回到了正常水准，排年级第二，只在实验班之后，而且二班还有个实验班也没有的宝贝，个人成绩年级第一的鹿照远。

王勇男欣慰的眼神落到了鹿照远身上，然后又转回来，看着祝岚行说道："你这回表现很不错，慢慢来，老师相信你一定能回到你之前的水平，有信心吗？"

"有。"祝岚行配合地回答道，反正这个问题也不可能有别的答案。

果然，王勇男露出了满意神情。他慈爱地看着鹿照远和祝岚行，决定兑现承诺："之前答应过你们的，下了早读课，你就收拾东西去和鹿照远坐——"

但王勇男的话没说完就被人突兀地打断了。

"不要。"鹿照远看着祝岚行，生硬地说，"我不要祝岚行做我的同桌。"

祝岚行叹了口气，对王勇男说："老师，我坐原来的位子挺好的。"

王勇男看了看两人，心说不妙，干脆地走了。

鹿照远的脸色唰的一下又黑了一个色号。

祝岚行在自己座位上刚坐下就对上了苗小卉欲言又止的眼神。

"怎么了？"

苗小卉迟疑地问："你和鹿照远……"

祝岚行神色平静："没事。"

这叫没事？苗小卉显然不信。沉默了半晌，她说："其实鹿照远人很好的。"

祝岚行没想到苗小卉会说这些，他怔了怔，弯起嘴角："我知道。"

我知道他人很好。

上午的所有课老师都在讲卷子，在这看似轻松其实紧张的氛围中，祝岚行和鹿照远一句话都没说。鹿照远更是一个眼神都没给他，甚至中午放学时他还故技重施，又从窗户溜走了。祝岚行对这些都早有预料，也不生气，独自去食堂吃了饭后又慢悠悠地往球场走去。

鹿照远正带着一帮人在场上踢球。

祝岚行走到一旁的休息区，惊讶地发现遮阳棚不翼而飞了。

"棚子漏雨，所以学校拆了要重装。"在一旁休息的同学看祝岚行吃惊的样子主动向他解释道。

"哦，谢谢。"祝岚行冲他点点头算是道谢，然后找了个地方坐了下来。

球场上的鹿照远双手撑着膝盖，停在中场。在祝岚行走过来的时候他就看见了，只是强迫自己不去在意、不去看。

祝岚行都过来了，是不是在主动示好？鹿照远一边问自己，一边唾弃自己主动为祝岚行找理由的行为。几个深呼吸后，他直起腰朝休息区走去。

向晨的声音在这时传来："亮哥……"

向晨抱着球，站在鹿照远身后，十分没有眼色地说："你去哪儿？去找祝岚行吗？他刚刚走了。"

冬日的天气很少剧变，更别说打雷了。可就在刚刚，一道惊雷响彻云霄，轰隆的声响让所有人都吓了一跳。继而，豆大的雨点争先恐后地落了下来。

这场雨来得出乎所有人意料，鹿照远大声招呼队友回去。可这雨实在是太急太大了，眨眼间就铺满了天地，形成了厚重的雨帘。

鹿照远一边跑，一边寻找着祝岚行的身影。

向晨猜到了他的心思，便跟在身后劝道："亮哥，快回去吧！祝岚行说不定已经回教室了。"

鹿照远看了他一眼，却问："他刚才往哪边走的？"

"这……"向晨求助地看了一眼舒云飞。

舒云飞指了个方向："那边。"

鹿照远抬眼看了看这大雨，对两人说："你们快回去吧，我去看看。"说完，他头也不回地扎进了密密的雨幕中。

这场雨意外的大，一下子就把世界变成了银白色。

祝岚行站在雨中，耳边全是哗啦啦的雨声，世界好像只剩下这一种声音了。突然，规律的雨声中传来了另一种节奏的脚步声。他朝声音传来的方向看去，只见鹿照远如同一抹再灵动不过的色彩，悍然撞破这寡淡的世界。

鹿照远也看见祝岚行了。

操场上乱哄哄的人早被大雨冲散了，只有祝岚行依然站在那里，手里撑着把透明的伞，雨水顺着伞面流下，如同珠帘将他笼罩其中。

鹿照远松了一口气，然后又尴尬起来。他定定地看了对方一眼，然后默不作声地转头离去。

祝岚行快步追上去，叫住了他："鹿照远，等我一下。"

"等你干什么？我又不是来找你的。"鹿照远停下了脚步，却还是嘴硬："叫我干吗？我为什么要等你？"

祝岚行将鹿照远罩到了伞下，透明的雨伞截断了自天降落的雨水。

"我们一起回去。"

回到教室时，笼罩着两人的别扭气氛已经荡然无存。虽然是南方，但在冬天淋一场这样的大雨也绝对不是小事。鹿照远自己还好，但一想到祝岚行苍白虚弱的样子，他毫不犹豫地抬脚往老师办公室走去。

鹿照远出现在办公室门口的时候，王勇男一眼就瞄到他了，见他浑身湿透，吃惊不已："怎么淋得这么湿？"

"踢球，没来得及躲雨。"鹿照远拉拉衣服，问王勇男，"老师有吹风机吗？班里好多同学衣服都湿了。"

"快拿去吹干。"英语老师把吹风机塞到鹿照远手里催促道。

鹿照远拿了东西，谢过老师，反身匆匆往教室跑去。

教室里，祝岚行正拉着湿漉漉的衣服坐在座位上，表情勉强。

鹿照远走过去把他拉起来："走，去把衣服吹一吹。"

祝岚行有点诧异："你从哪里弄来的？"

"老师办公室。缺什么的时候去办公室问问，八成有惊喜。"

讲台附近有插座，本来是为了让老师使用多媒体教具的，现在正好方便了祝岚行和鹿照远。两人配合着互相帮对方吹干了衣服，又把吹风机留给其他需要的同学后就回了座位。

看着坐在原来位子的祝岚行，鹿照远欲言又止。他懊恼地抓抓头发，思考着要不要在还吹风机的时候跟王勇男说自己愿意和祝岚行做同桌了算了……

这个周末，祝岚行久违地又去钓鱼了。偌大的水库一眼望去，只有零星的几盏灯映在黑黢黢的水面上，那是和祝岚行一样来垂钓的人。

"鹿照远约我明天出去玩。"祝岚行对身旁的威廉说。他甩了钓竿，鱼钩在空中划出一道弧线，扑通落入水中，激起两圈涟漪，如同正泛在祝岚行心头的波澜。

"他应该是想和我摊牌了。"

家长会已经过去三天了，也该有个结果了。

威廉沉吟片刻，问道："你是怎么想的？"

"如果我知道，就不会来这里了。"祝岚行抓着钓竿，露出一瞬的无措，"给我点建议吧，威廉。"

"那就把全部的事情都告诉他吧。"

祝岚行抓着钓竿的手一紧，转头看向威廉："我记得上次出国时，你还担心我暴露呢。为什么现在给我这样的建议？"

"因为情况不容乐观。"威廉说，"岚行少爷，这三个月来已经发生了许多事，未来如果情况不发生改变，你们还要相处更长的时间，现在也没有别的办法可以处理你身体的状况……如果鹿照远还是什么都不知道的话，你将要独自面临更多的未知情况，甚至危险。"

"只是这样？"

"当然……"威廉看着祝岚行，他从很早以前起就在祝岚行身边了，他知道他身上发生的一切，"岚行少爷，你还需要一个好朋友。事情已经过去了很久，你应该尝试着再去信任一个人。"

"我一直都很信任你。"祝岚行说。

"除我以外的同龄人。"

"鹿照远和我并不是同龄人。"祝岚行反驳道，但沉默了一会儿之后，他又轻声自语，"不过，你说得对。"

无论从哪个角度思考，这个秘密似乎都到了该公开的时候。

他早已明白鹿照远并不会像过去的朋友那样背叛他，之所以百般犹豫，也许是因为受伤之后的软弱。可这种恶果，不应该由鹿照远来承担。

应该怎么做，他的内心比他的理智更早得出结论，否则他也不会又来到这个地方——这个曾经救了鹿照远的地方。

"我明天会把所有的事情都告诉鹿照远。威廉，谢谢你。"

"愿意为你效劳。"威廉欠身道。

第13章 开诚布公

第二天是周日,祝岚行和鹿照远在电玩城里碰了面,同行的还有向晨和舒云飞。不过四人才碰头,向晨和舒云飞就不知道钻哪里去了,只剩鹿照远和祝岚行两人呆站在原地。

"想喝什么吗?"鹿照远问。

祝岚行看到了一家咖啡店:"咖啡?"

"那我去买,你等等。"说完,鹿照远就小跑着去对面买了两杯咖啡。

他将其中一杯递给祝岚行:"卡布奇诺,你好像爱喝比较甜一点的。"

"确实。"祝岚行笑笑,低头喝了一口。

温热的液体在口腔里漫开,他开了口:"鹿照远,我——"

"我有话想和你说。"鹿照远抢了话头。

他垂着眼,将杯子在手里转了一圈。这几天他看着祝岚行魂不守舍的样子,感觉很不是滋味,如果不探究那些秘密能让一切恢复正常……

鹿照远发现自己突然就不是很在意祝岚行的那些秘密了。

"如果不想说的话就别说了,谁还没点秘密呢,你有我也有。"

"……你有什么秘密?"祝岚行有些惊讶,一时被转移了注意力。

鹿照远勾起嘴角："等你告诉我的时候，我就告诉你。"

见祝岚行一脸呆愣，鹿照远补充道："放心吧，骗谁也不骗你。"

祝岚行哪里还不懂鹿照远的用意，他浅浅地笑了："那你恐怕马上就要守不住这个秘密了。"

万千情绪在这一瞬间涌上心头，为了掩饰，他抓着咖啡杯又喝了一口。

两人说话时电玩城里正热闹着，他们站在电玩城门口，正好有一群人从里头出来，祝岚行避闪不及，被一个穿着连帽衫的人轻轻地撞了一下。在两人看不到的角度，连帽衫悄悄抬手，藏在指间的刀片朝着祝岚行的手腕轻轻一划。

银光一闪，连帽衫一拢手掌，带着祝岚行的手链挤出人群，快速消失。

"我要告诉你的秘密可能有点奇异，你听了不要被吓到……"祝岚行才开口就感觉视线模糊，光线昏暗。他下意识地停下，迟疑地抬起手在眼前晃了晃。

眼里有光的最后一刹，他看见空空如也的手腕和鹿照远疑惑又紧张的脸。

"祝岚行？"

眨眼之间，眼里的最后一点亮光如同风中的烛火一般湮灭无踪。

祝岚行陡然慌乱起来。

鹿照远关心的询问不间断地响在耳边，祝岚行强压心头的慌乱，扯出一个笑容："没什么，有点头晕而已。"

手链消失了，眼睛看不见，我的身体发生变化了吗？短短几秒钟，一个接一个的念头在祝岚行的脑海里闪过……

手链是掉了吗？还是断在了衣服里？

祝岚行仔细地在衣袖里摸索着，可惜一无所获。

看来是掉在地上了，祝岚行判断，视力是刚刚消失的，所以手链应该是刚才掉的，也许就在脚边！想到这里，他什么都顾不上了，直接蹲下在脚边摸索起来。

祝岚行突然的动作把一直在观察他的鹿照远吓了一跳。他挡在祝岚行面前，以免他被人踩踏，还伸手去拉他，声音急切："你到底怎么了？是不是头晕？还是在找什么……祝岚行，你告诉我你到底怎么了？！"

鹿照远的声音让祝岚行停了下来，他抓住鹿照远的手，慢慢地站起身，虽然眼前一片漆黑，但他还是将脸转向了鹿照远的方向。

鹿照远愣住了，好一会儿，他才找回自己的声音，艰难地说："你的眼睛……"

"我看不见了。"祝岚行直截了当地告诉鹿照远。

"你……你的眼睛出事了？你等等，我叫救护车！"

"不是。这就是刚才我们说到的我的秘密——"

他的话还没说完就被鹿照远严厉打断了："都这样了还管什么秘密不秘密！我们先去医院再说！"

"鹿照远！"祝岚行用力地抓紧鹿照远的胳膊，态度异常坚决，"别着急，先听我说，好吗？"

鹿照远突然停了下来。

祝岚行想要确认一些事情，于是他慢慢地伸出手，轻轻地碰了碰鹿照远的脸颊。轻微的颤抖传来，而与这颤抖的轻微相反的是他的呼吸很重，仿佛在极力忍耐着什么。随后，鹿照远的声音响起来，带着一点沙哑："好，你说。"

"我的眼睛看不见有七年了，直到戴上你之前见过的那条手链，我才复明。"

"什么？"

祝岚行明白鹿照远的心情，但现在有比解释更重要的事："现在手链不见了，我的视力也消失了。事情是刚刚发生的，你能帮我找找看吗？手链也许就在附近。"

这句话一下把鹿照远砸蒙了。他的心头萦绕着浓浓的迷惑让他来不及思考，只是下意识地按祝岚行说的去做。

"没有，我们附近什么都没有。"鹿照远站起身，自觉拉着祝岚行的胳膊，"你确定出门的时候戴着吗？要不要沿着来时的路找找或者回家看看？但我还是觉得，你应该先去医院——"

"不用。"祝岚行的声音很轻。

鹿照远看着他，只觉得他冷静得过分，好像已经知道了一切答案一样。

祝岚行确实如此。在得到没找到的答案后，他就意识到过往的某些事情重演了。

但这里不是说话的地方。祝岚行反手握住鹿照远的手："带我回别墅。"

鹿照远却还是犹豫："可是你的眼睛……"

"听我的。"祝岚行用温和又坚决的声音对他说，"我明白自己在做什么，等回了别墅，我就把所有事情都告诉你。"

"……好。"鹿照远终于被说服。

祝岚行刚要松一口气，却突然感知到了身体的异常——很熟悉的感觉，一般在许愿机电量耗尽关机时才会出现。

如果是从十七岁变成二十七岁就还好，只是身高和面容的些微转变，周围的人甚至不会注意，但万一……万一不是呢？

祝岚行抓着鹿照远的手不自觉地握紧了。

鹿照远几乎是立刻就反握住他的手，紧张地问："不舒服吗？"

祝岚行忽然很庆幸他决定告诉鹿照远一切，也很庆幸这时鹿照远就在他身边。

"带我去没人的地方……去洗手间。"

"现在？"

嘴上虽然在问问题，但鹿照远的动作可不慢。他挽着祝岚行快步往商场的洗手间走去，路上还不忘鼓励对方再坚持一下。

祝岚行听了哭笑不得——这是我能坚持的吗？

鹿照远盯着隔间门，满脸焦虑。自从祝岚行进去后他就没眨过眼，也没动过，可里面一点声音都没有，搞得他也不敢出声，生怕误了祝岚行的事。

而隔间里的祝岚行正在被熟悉的感觉席卷，好像是一瞬间，也有可能过了很多个瞬间，他清醒过来时，眼前还是黑的，但他能够感觉到鞋子变大了，身上的衣服也松松垮垮的。

他并没有变回二十七岁，而是变小了。

他小心地向前一步，双手伸在前面，然后摸到了隔间的门板。他把手掌贴在门板上慢慢摸索，胳膊伸直了一些才摸到门锁……

这么矮？难道又变成四岁的样子了？

祝岚行心里有了大概的结论。虽然现在的情况不容乐观，但也许是即将坦白一切的原因，他不仅不慌乱，甚至还有心思梳理许愿机带来的变身规则。

总结起来，变身的规则就是随机。许愿机关机时他的身体会随机变化，但现在看来，许愿机不在身边也会带来一样的问题，而且还无法维持光明，哪怕他现在是幼儿的身体。

吱呀一声，隔间的门开了。鹿照远毫不犹豫地冲过去："祝岚行，你……"他的话被眼前的景象堵在了喉咙里，因为一个穿着祝岚行衣服的小豆丁出现在门口。

在黑暗中的祝岚行摸索着打开了隔间的门，他听见鹿照远戛然而止的问话和压抑至极的惊叫。虽然他很想像之前约定的那样回家再说，可事情已经发展到了这一步，有些话不得不提前说了。

祝岚行露出苦笑，幼儿的脸做出这种表情有一种违和的可爱。

"手链让我复明的同时也给我带来了一点小小的后遗症。你之前在咖啡厅见到的那个险些被拐卖的小孩儿，还有祝野楼，以及祝霸总……他们其实都是我……我之所以会转学到实验中学，之所以去跟踪你，是因为只有接近你我才能保持光明，并且不会变身。"

鹿照远本能地张了张嘴，却一点声音都没发出来。

"鹿照远，"祝岚行声音平稳，"手链是命运的馈赠，而你，就是我的光明。"

漫长的沉默后，鹿照远终于找回了声音，他结结巴巴地问："还——还有吗？"

"有。得麻烦你给我找身小孩儿的衣服……"

正跟着节奏扭动的舒云飞被人拍了一下肩膀。他一回头就看见站在身后的向晨朝自己挤眉弄眼："快看，是亮哥！"

舒云飞朝向晨指的方向看去，只见鹿照远正慌慌张张地走进一家童装店。他连忙从机器上下来，拉着向晨攀着栏杆往下看："什么情况？亮哥为什么去童装店？还有，祝岚行呢？"

"我咋知道……亮哥这几天都怪怪的……"向晨也莫名其妙。

说完，两人交换了一个眼神——跟上！

鹿照远拿着衣服进了洗手间。他们的运气不错，这时候除了一个正在洗手的男士之外就没有别人了。鹿照远把衣服放在洗手台上，假装自己也要洗手。没一会儿，男士洗完手出去了，鹿照远抓起衣服，轻轻地敲了敲祝岚行所在的隔间门。

"是我。"鹿照远低声说。

"嗯。"祝岚行的声音也响起来。

隔间门开了一道缝，大小刚好容纳衣服袋子塞进去。

袋子递进去了，门又关上了，很快就从里面传出窸窸窣窣的声音。

鹿照远想了又想，还是忍不住问："要不要我帮忙？"

"不用……"祝岚行的声音有点小，好像是头被蒙住了，"我很快就好了。"

"好……"鹿照远应了，像是没话找话一样，又说，"你说，手链怎么突然不见了呢？真的没落在家里？"

祝岚行穿衣服的手一顿，想了想，还是把自己的猜测说了出来："我怀疑是刚才被人偷走了。"

鹿照远吃惊道："被人偷走了？谁？你的秘密暴露了吗？"

"不清楚……我也只是怀疑而已。"祝岚行声音平静，"而且，如果真的被我猜中了，那事情就简单多了。"

隔间门拉开，豆丁祝岚行走了出来，鹿照远连忙过去牵人。

大手拉起小手，祝岚行一愣，突然笑起来。

明明是一副小孩的样子，却总是做出这种老成的表情，但因为长相可爱，所以也不觉得违和，只是更加惹人怜爱。

鹿照远被他这小模样给萌到了，一时忘记了说话。

豆丁祝岚行不得不拉了拉他的手，仰着头说："另外，我觉得现在这样也算因祸得福了。"

鹿照远回过神，蹲下来与他平视："都这副样子了，还因祸得福？"

"嗯。"祝岚行粲然一笑，"最起码我们的误会算是解除了吧？"

鹿照远只觉得有一口气堵在心口，对自己追根究底的行为后悔极了。而祝岚行坦然的样子，却让他说不出任何话。

他牵着祝岚行走到空一点的位置："在这里站着等一下，我把你的衣服收起来，我们就打车回去。"

"好。"祝岚行乖乖地应了，仿佛自己真的是个四岁的小孩儿。

两人出去时，祝岚行是被鹿照远抱在怀里的，他虽然极力反对，但鹿照远一票否决，而且理由无法让人拒绝："这样最快，也最安全。"

可他们没想到，才走出洗手间意外就发生了。

洗手间门外的左右两边各跳出一道人影。

"抓到你了，偷孩贼！"

"看你往哪跑！把孩子放下！"

鹿照远心脏都被吓得差点停跳，根本没听清对方喊的啥，抬脚就要踢。

还是祝岚行听出了来人的声音，忙说："向晨、舒云飞？"

鹿照远急忙收脚，还因为惯性单腿往后蹦了两下才恢复平衡。

向晨和舒云飞也没料到一个小玩笑会闹成这样，连忙去扶鹿照远。

"亮哥，我们开玩笑的。"向晨嘴上说着话，眼睛却瞄着鹿照远怀里的祝岚行。

舒云飞更甚，直接伸手："孩子让我抱，亮哥你吓到了，休息一下。"

祝岚行被鹿照远抱已经很无奈了，说什么也不能再被另一个同学抱在怀里了。他把脑袋往鹿照远肩膀上一埋，双手借挽着对方脖子的姿势用力扯了扯他的衣服。

鹿照远会意，假装生气地说："都吓着孩子了！还有，你们怎么在这里？"

"我们看你鬼鬼祟祟地去买童装才跟来的。"向晨还绕到背后去看小孩儿的脸。

鹿照远转身躲开他，应付道："无聊。"

"无聊？"舒云飞有点不服了，"你自己鬼鬼祟祟的，还说我们呢！话说回来，亮哥，这小孩儿谁呀？"

"我亲戚。"鹿照远心虚地把祝岚行往上托了托。

向晨和舒云飞对视一眼，异口同声道："你当我们眼瞎吗？他不就是缩小版的祝岚行吗？"

祝岚行和鹿照远齐齐语塞。

鹿照远觉得今天因为害怕和祝岚行独处尴尬而找向晨和舒云飞一起出来实在是个再错误不过的决定，他木着脸说："既然这都被你们发现了，那你们继续玩吧，我们先走一步。"

向晨和舒云飞却是一点眼力见儿都没有："大家一起来就一起走，亮哥你去哪儿我们就去哪儿！"

鹿照远嘴角抽了下，还没想到什么好的理由，就听祝岚行出声了："我哥临时有事，拜托鹿哥哥送我回家。"

向晨更加兴致勃勃了："我就说怎么没见到祝岚行！回别墅是吧？小朋友，我和大飞哥哥也一起送你回家吧，到时候哥哥们带你打游戏好不好？"

舒云飞也十分赞成："对、对、对，哥哥们也可以陪你玩。"

鹿照远凉凉地瞟了这两人一眼，张口就要拒绝。祝岚行就像看得见似的，轻轻拉了一下他的衣服，抢先说："好，谢谢哥哥们。"

鹿照远不理解，他往旁边挪了两步，小声问道："真要带他们去？"

"嗯，一起去还安全些。"祝岚行有自己的考量，"不带他们，万一又来尾随，反而更容易出意外。"

鹿照远点点头，不再反对，招呼向晨和舒云飞："那就一起，你们叫车。"

向晨和舒云飞忙不迭点头："好、好、好！"

到了别墅，向晨和舒云飞抑制不住兴奋，吹起了口哨，鹿照远看他们这样，悄然松了一口气。

祝岚行依然埋首在鹿照远的脖颈间，这样他就能够不惊动他人地悄悄将话递到鹿照远耳朵里："游戏影音室在负一层，让他们去负一层，我们上三楼。"

鹿照远将祝岚行的话转述后，向晨和舒云飞乐颠颠地就去玩儿了，下楼前还不忘招呼鹿照远："亮哥，你把小鬼安顿好后就下来，我们给你留位子。"

鹿照远没搭理他们，自顾自地抱着祝岚行往楼上走。

到了阁楼，祝岚行推推鹿照远的胸膛，从对方怀中下来了。

他问鹿照远："我和你说的关于手链的事情，你有告诉过别的人吗？"

"没，这种事我怎么会告诉别……"鹿照远下意识地否认，但才说到一半，他突然想到一件事，眉头拧了起来，"等等，我跟祝野楼说过，可祝野楼就是你呀！"

"有时候是我，有时候是我表弟高小默。"祝岚行坦白道，"我向他借了账号，我们轮流使用。"

"哦……"鹿照远不期然间又得知了一个真相，嘴角抽了抽，"难为你们了。那个个性活泼、喜欢发黄色鸭子表情的就是高小默吧？"

"嗯。"事到如今，已经没有什么好隐瞒的，祝岚行痛快地承认了，"而且我怀疑是高小默那边出了问题。"

"你是说，是高小默偷走了你的手链？"

"不是他。"豆丁祝岚行坐在床上，一脸严肃，"你确认一下你和高小默聊起手链的时间，再问问他是什么时候和他哥哥吵架的。"

"他哥？"鹿照远跟上了祝岚行的思路，又觉得这个问法似乎太直接了，"这样问不会打草惊蛇吗？"

祝岚行嘴角露出一丝冰凉的微笑："没关系，不会的，你尽管问。"

鹿照远依言照办。高小默的消息回得很快，就是鹿照远提到手链的当天，他和他哥哥吵的架。鹿照远将对方的回复念给祝岚行听。

祝岚行的嘴角挂上了冷笑，他就知道，这世上哪有这么多巧合。

"我去把手链抢回来。"鹿照远说。

可能是不想祝岚行不舒服，说这话时他是竭力压抑着自己的怒气的。可是祝岚行却像是有所察觉一样，一把抓住了鹿照远的手。

鹿照远此时正紧紧攥着拳头，指甲都几乎要掐进肉里了。

"别这样。"豆丁祝岚行个子小小的,声音中带着点软甜,有种神奇的抚慰人心的效果,"这不是你的错。"

"你……"鹿照远被他这突然的举动惊到,一时不知道说什么好,最后只结结巴巴地问他,"你——你是怎么……"

"我怎么知道?"祝岚行笑了笑,"在黑暗里待久了,人有时候会拥有一些类似蝙蝠的技能……"

话说到一半,祝岚行突然感觉到身体有些不对。一阵眩晕后他直接扑到了鹿照远怀中:"我的身体,好像又要发生变化了……"

"什么?"鹿照远蒙了,"怎么回事?"

"不知道。可能是手链被带走的原因。"祝岚行努力解释,这时候了也不知道他哪里来的兴致,还开了一个小玩笑,"希望这回不要变成婴儿……"

他的话没说完,隐约从楼下又传来了大嗓门向晨的声音:"亮哥,你在哪里?我们找到一个能三个人一起玩的游戏了……"

向晨的声音越来越近。鹿照远抱着祝岚行,浑身僵硬,心中油然升起秘密被撞破的紧张感。突然,祝岚行似乎是失去了意识,闷哼了一声。鹿照远朝他看去,只见他的身体正在肉眼可见地慢慢变大……

这变故打了鹿照远一个措手不及,他的舌头像是被猫叼走了一样,什么话都说不出来了。

幸好,渐渐逼近的脚步声唤醒了鹿照远的神志。他再次确认了祝岚行的状态——是真的在变大,衣服已经明显紧了……等等,变大?这也就意味着……

鹿照远想都没想,就把祝岚行抱起来塞进了被子里。

刚把他安顿好,门外就传来了敲门声,还有向晨的声音:"亮哥,你在吗?"

鹿照远的心跳急剧加速,他想站起来去抵着门,却忘了自己是半跪在床上的。柔软的床垫没能给他的动作提供足够的支撑,反而让他失衡直接摔倒在床上,还把被子里的祝岚行压了个正着。

对方轻哼了一声,像是在睡梦中发出的一样。鹿照远听见了,立马紧张兮兮地用气声喊他:"祝岚行?"

没有回应。除了依然在被子底下变化的身体之外,祝岚行始终没有声音,如同陷入了半昏迷中。

好在向晨只在门口待了一会儿,见里面没有回应就离开了。

鹿照远长舒一口气，撑起身体，翻身坐到了祝岚行的身边。他盯着祝岚行出了一会儿神才喃喃道："你既然告诉了我你的秘密，那等再过段时间，我也会把我的秘密告诉你的……"

希望……不要被我吓到。

出神间，鹿照远突然注意到祝岚行的身体还在变大，他猛然想起一件关键的事情——祝岚行身上的衣服是童装！

祝岚行睁开眼睛的时候稍稍怔了一下才习惯眼前的黑暗。他好像短暂地失去了意识，和之前每一回变化时差不多，要说有什么不同……可能是短时间内的多次变化让他觉得格外疲惫。

长年失明导致的敏锐的感官让他在回神的一瞬间就确定自己正躺在床上，盖着被子，光着身子……他只意外了一瞬间就明白了：他变大了，也许怕他被勒着，所以鹿照远替他把衣服脱掉了，那……鹿照远呢？

"鹿照远？"

"我在。"

对方的回答即刻传来，听起来离得不太远，但是又听不真切，好像隔着些什么。

"我在洗手间，你等我一下。"鹿照远又说，片刻之后就传来了他的脚步声，"你现在怎么样？有没有不舒服？"

"还好。"祝岚行撑起身体坐起来，被子从他肩头滑落，皮肤上毫无阻碍的触感和对被子外空气的敏感反应让他想起来自己的上身是赤裸的……

"咳……那什么……你的衣服——"

"谢谢……"祝岚行干脆地打断鹿照远的话，利落地重新拉起被子，"麻烦你帮我拿一下衣服。"

"哦、哦。"鹿照远连声应着，转身就去开衣柜，"有什么搭配的要求吗？"

"没有，随便拿就可以了。"

可能因为是小阁楼，所以衣柜不大，两人一问一答之间，鹿照远已经拉开了衣柜，清一色的浴袍与睡衣进入了他的视线。

祝岚行的声音从他背后传来："这里就只有一些睡衣，其他的衣服都在楼下。"

"……"再一次被祝岚行是有钱人的事实刺激了一下的鹿照远神色复杂地取下浴袍转身递给祝岚行，"看出来了……给，浴袍好穿些，你先穿这个。"

他顿了下，又问："要我帮忙吗？"

"不用。"祝岚行拿过浴袍，熟练地披上并系好了腰带。

鹿照远看着对方流畅的动作，心里五味杂陈——祝岚行到底经历了多少才能在黑暗中如此熟练地做到这一切呢？

穿好衣服，祝岚行摸索着下了床。虽然他一再说不用帮忙，但鹿照远还是没忍住在他下来的时候伸手牵了一下。

双脚落了地，宽松的睡袍也因为重力自然下垂，完美地贴合着祝岚行的身体。他向鹿照远求证："我现在是什么样子的？"

鹿照远愣住了，因为早在祝岚行醒来之前，他就已经知道他的模样了——不是十七岁的他，熟悉的轮廓褪去了仅余的稚嫩和圆润，每一道弧度都变得更加纤长。现在的祝岚行颀长而沉默，如同潜藏在冰面下的静水，因终年不见阳光而阴郁、寒凉。

他抹了把脸，声音有点沙哑："你……你长大了。"

鹿照远的话印证了祝岚行的猜测，他现在变回了自己真正的模样，二十七岁。

祝岚行想了一下，说："向晨和舒云飞还在这里，我这模样不好见他们，你可以去楼下主卧帮我拿一套衣服吗？"

鹿照远想都没想就同意了，他小心翼翼地打开门，确定没有听到向晨和舒云飞的动静后便飞快地跑下了楼。

而就在他闪身进房找衣服的同时，向晨和舒云飞两人又沿着楼梯上来了，这次他们的目标很明确，三楼阁楼。

"亮哥——"

两人抬手正要敲门，门从里面打开了。

舒云飞和向晨先是一愣，然后脱口而出："亮——你是？"

"我是祝岚行的哥哥，你们好。"虽然有些意外，但祝岚行还是很平静地跟两人打了招呼，一点儿也没表现出自己认识他们的样子。

两个家伙愣愣地回了一句"哥哥好"后就词穷了，完全忘了自己过来要干什么。

幸好这时候鹿照远拿着衣服回来了，他看到两人堵在门口，只觉得头大，声音都带着一丝紧张："你们不在楼下待着上来干什么？"

"找你。"向晨回头看向鹿照远，下意识地就问，"这……祝岚行他哥哥……"

"问那么多干什么！"鹿照远也不知道该怎么解释，干脆暴力镇压，"你是来玩的，还是来查户口的？"

"没事。"祝岚行说，他把脸转向鹿照远声音传来的方向，好像是用他那双不见微光的眼睛深深地看了他一眼，才又转过脸去对着向晨他们，礼貌而又疏远地问道，"是不是还有什么事？"

一向不太懂得看眼色的向晨此时格外乖觉："没事，没事。"

舒云飞也接话："我们来这里时间也不短了，亮哥你之前不是说还有事吗？"

鹿照远："……"你又替我有事了？我所有的事都在这栋房子里了！

但他确实要回一趟家，于是说："你们去楼下等我，咱们一会儿走。"

两人如获大赦，齐齐松了口气，赶紧溜了。鹿照远嫌弃地看了两个家伙的背影一眼才走上前去把手里的衣服交给祝岚行："我还以为又要解释一通了……"

"不是所有事情都有必要对人解释的。他们会不会误会，有没有多想，我并不在意……"祝岚行垂下眸，微微偏头，像在确认鹿照远的位置，"我在意的是你，你不要误会就好了。"

鹿照远一时没了反应，只觉得祝岚行那张脸明明没怎么变，但一举一动都似乎变得特别有气势了，真要命啊。他咳了一声以掩饰自己的失神，也顺便转移了话题："待会儿我跟向晨和舒云飞一起走，我得回一趟家……"

祝岚行轻轻颔首："好，不用担心我，我晚点找高小默聊一下。"

鹿照远点点头："我晚上再过来陪你，今晚就在你这儿睡了。"

"你不用，我已经——"祝岚行有点意外。

"我知道你已经习惯了，我知道你不用我陪也不会出什么事，我也知道威廉会把你照顾得很好……"

鹿照远一顿抢白，末了，他扬扬眉："但我就是想这么做，不行吗？"

十分钟后，看着祝岚行换好衣服的鹿照远带着向晨和舒云飞离开了别墅。

今天不知怎么的，附近没有共享单车，三人边走边聊，准备去搭公交车。

途中，回过神来的向晨发出感叹："天哪，祝岚行的哥哥怎么会在别墅里，我还以为别墅里除了小孩儿没别人了。冷不丁看见祝大哥，吓得我命都去了半条。"

"气场十足。"舒云飞一针见血，"看见他就不敢说话了。"

"看你们下次还在别人家乱跑……"鹿照远狠狠吐槽。

两人也有点后悔。之前在别墅里没见到别人，他们就以为那里只住了祝岚行一个，兄弟家那还不是随意就好？没想到祝岚行一不在，就碰着了他哥。

"别说，"向晨感慨，"祝岚行的哥哥、弟弟都和祝岚行像一个模子刻出来的一样，一看就知道这是亲生的三兄弟，他们家的基因好强啊……"

"表的。"

"不可能吧？"舒云飞惊呆了，"这不科学！"

"双胞胎姐妹嫁给了双胞胎兄弟，所以生了长得这么像的孩子。"鹿照远积极传播祝岚行瞎编的设定。

向晨和舒云飞面面相觑，神色十分狐疑，明摆着很不相信。

鹿照远看着两人，仿佛看到了当时被祝岚行骗的自己，正好公交车来了，他玩味一笑，不给两人追问的机会，挥挥手，跳上车走了。

一程车到站，鹿照远下车回了家。鹿妈妈还在上班，家里就剩鹿爸爸和弟弟，鹿照远打了声招呼就钻进房间开始收拾东西。

他从柜子里拖出个大背包，然后将零零散散挂着的衣服直接收了一半装进包里，还没来得及拉上拉链，鹿乐成进来了。

"哥，葡萄洗好了，我还叫了炸鸡外卖，马上就送到了，一起吃啊！"

"不吃。"鹿照远头都没抬，手上的动作也没停。

"你收拾衣服干吗？"鹿乐成有点蒙。

"去一个朋友家住两天。"

"两天？"鹿乐成瞄了眼鼓囊囊的背包，这可不像只住一两天的样子。

"虚指，懂吧？"鹿照远拉上背包拉链转头看自家弟弟，"指不定几天。反正这段时间我可能不在家。你晚上帮我给妈带个话。"

"哦……"鹿乐成朝外头瞟了一眼，将门无声合上，蹭到鹿照远身旁。

"哥，"鹿乐成小声说道，"你是不是和你的女朋友……"

鹿照远简直服了他了："说了我没有女朋友——"

"什么女朋友？"门开了，鹿爸爸出现在门口。

鹿乐成大叫："我都关门了，爸你怎么还偷听我们说话！"

"我只是进来告诉你炸鸡送到了，趁热吃，迟点你妈回来又要说你了。"

"爸，"鹿照远利落地背上背包，"我先出门了，这两天不回家。"

"那你去哪？"鹿爸爸没让开，还是站在门口。

"去同学家。同学最近出了点事，我去帮帮忙。"

鹿爸爸还想说些什么，可大儿子已经越过他径直走出了家门。他望着合上的门出神了片刻，转头问鹿乐成："你哥谈恋爱了？"

"没。"

"没？"

鹿乐成就差指天立誓了："绝对没有！我哥那性格，会谈恋爱吗？也就足球成精变成足球宝贝了，他才有可能谈恋爱。"

鹿爸爸觉得也是，大儿子确实不怎么开窍："那你们刚才说什么女朋友？"

"是说我班上的……"鹿乐成为了洗脱鹿照远的嫌疑也是拼尽了全力。

"你们才十四岁。"

"十四岁又怎么了，该懂的都懂了。"鹿乐成撇撇嘴。

"那对叫什么名字？"

"爸，你的好奇心太过啦——"

"说。"鹿爸爸敲了一下儿子脑袋。

"女孩名字我不方便说，但男孩么……"鹿乐成一脸正气，"叫高小默。"是兄弟就一起背锅，哥哥、姐姐们的恋情，就包在我们身上了！

墙上的时钟发出当当的响声，呆板又无趣地重复着整点的报数。

祝岚行正听高小默发来的语音。

鹿照远他们离开后，威廉没一会儿就到了。

祝岚行联系了高小默，直接告诉对方自己丢了一条很重要的手链。

高小默颤颤巍巍地开口："不会是我哥……"

"有可能是你哥哥拿的。"他跟高小默形容了一下手链的样子，"如果方便的话，你帮忙看看你哥哥手里有没有这条手链，如果有——"

"岚哥——岚哥，真的非常对不起！你别说了，我一定帮你把手链找到！"高小默急急地打断他，赌咒发誓地说了一堆就匆匆挂了电话。

感受到对方的焦急和愧疚，祝岚行默默地轻叹了一口气。

"岚行少爷，你真的打算靠高小默来找手链吗？"威廉问，祝岚行和高小默的对话他听了全程。

"当然不是。我告诉他这些事情是希望他能让高飞捷露出一些破绽。"

"我们要不要……"威廉压低声音。

"不要。小丑而已，不值得你脏了自己的手。"

威廉便不再提这些，而是问祝岚行："那我们现在回家吗？"这栋别墅并不是祝岚行的日常住所，他有更习惯的地方——鹿照远曾经送四岁的他回过一次的房子。

但祝岚行却说："不……"他的话刚说了一半，庭院那头就传来了一些响动——熟悉的、轻快的脚步声，是鹿照远来了。

一片漆黑的视野里仿佛出现一抹发着光的身影。

祝岚行合上眼，在脑海中描摹鹿照远的轮廓，思维的笔触很浅，哪怕琢磨许多，描出的模样也不尽如人意，祝岚行这时无比期待光明，期待看到光照在鹿照远脸上的模样，想看他眉梢飞扬，意气满身。

"鹿照远来了。"威廉也在同时注意到了动静，他转头看见走入庭院中的人，开口提醒祝岚行。

"嗯，你回去吧，鹿照远会陪着我的。"

"岚行少爷，你的心情似乎不错。"

"嗯，很不错。威廉，你说得没错，人是需要朋友的，可以分享秘密的朋友。"

高小默知道这件事后气得手都发抖了，他毫不犹豫地给高飞捷打了个电话。电话很快接通，高飞捷装模作样的声音响起来："还知道我的电话号码啊？"

"我怎么不知道了？"高小默冷笑，"你的东西就算被烧成了灰，我也能从灰烬中把它找出来！"

"你吃枪药了？阴阳怪气的。"高飞捷不悦，但他不想和弟弟吵，"行了行了，你嫂子这两天和闺密出门玩了，今晚你过来，我们兄弟俩好久没一起吃饭了。"

高小默原本要挑破他偷祝岚行手链的事情，听到这里，突然一顿："嫂子不在家？你呢，在家吗？"

"怎么可能在家，我在加班！但我会早点回去的。"

"哦——行吧，既然你这样说，那就一起吃饭吧。"

电话一挂，高小默迅速换好衣服，拿起高飞捷家里的备用钥匙就出了门。

高飞捷结婚后另外买了房子，夫妻俩单独住，高小默则留在他们家原来的房子里。起初，高飞捷是想带着弟弟一起住就近照顾的。但高小默住进来之后，老婆时不时跟他吵架，最后高小默受不了了，主动搬了回去。高飞捷两边都搞不定，只能默认了，但家里的钥匙他还是给了高小默一把。高小默也没想到从拿到手之后就没用过的备用钥匙第一次使用竟然是在这种情况下。

面对空无一人的房子，高小默起初还有些心虚，但想到祝岚行，他觉得自己有义务拨乱反正。

高小默小心翼翼地把房子里里外外翻了个遍，愣是没找到祝岚行说的那条手链。

难道我和岚哥都搞错了？高小默有一瞬间的怀疑，但一想到自己大哥对祝岚行的成见和仇恨，他便坚定了想法，觉得一定是自己忽略了哪里。

这时，高飞捷打来电话："小默，你出发吧，我去买个菜就回家。"

高小默连回答的力气都没有，他愣愣地坐在沙发上，环顾四周，兀自焦虑着。

找不到……质问也肯定得不到答案……还能怎么办？高小默的视线突然落在厨房灶台上露出的黑色物体上，那是一把菜刀的刀柄。他有了一个主意。

高飞捷提着菜回到家时看见的就是这样一幕：大门洞开，窗帘撕裂，屋里一片狼藉，还有一把菜刀正插在他客厅雪白的墙壁上，下面是东倒西歪的沙发和他仿佛是呆住了的弟弟高小默。

"怎么回事？！"

高小默好像是被这一声叫声唤回了神志，他慌慌张张地说："哥，我来的时候看见有人在你屋子里乱翻乱找，我才上去问了一声，他们就甩出菜刀跑了……"

高飞捷脸色骤变，提着菜就往卧室里冲！

成了！高小默双眼放光，连忙跟上。可才到卧室门口，卧室的大门就砰的一声在他眼前关上了！高小默急忙扭动门把手，可高飞捷从里面把门反锁了，任他怎么拧，门都纹丝不动。他用力地拍着门："哥，你关门干什么？"

高飞捷的声音从里头传来："别吵，我找点东西，你先在外头待着。"

"我帮你找啊！"

"不用了。"

话音刚落，房门开了，高飞捷一脸平静地走出来。

高小默问："你找到那东西了？"

"找到了。"

"是什么？"

"我的私房钱。"高飞捷一语带过，"好了，我们报警吧。"

"啥？"

"啥什么啥，你都碰见了入室抢劫还不报警？"

"可是……"

"别可是了，你撞见了几个人？他们长什么样子，穿什么衣服，待会儿都要跟警察好好说。居然敢入室抢劫，只要能查到，保管让他吃不了兜着走！怎么也得进班房看看风景。"高飞捷似乎想到了什么，冷笑凝在嘴角。

好一会儿他才记起面前的弟弟："对了，你没有受伤吧？"

"没。"高小默和他商量，"我们能不能不要报警？"

当天晚上九点，高小默打来了电话。电话里，他几乎虚脱地将今天发生的事情对祝岚行和盘托出。

"基本可以确定我哥是把手链藏在卧室了，但我不知道具体藏在哪儿。"

实话实说，高小默的速度和带来的消息都比祝岚行预计的好得多。

"抱歉啊，岚哥，我还是没能帮上什么忙。"高小默很愧疚，"我会再找机会试探我哥的，不过我们报了警，警察应该会盯一段时间，最近可能不太好行动……"

"你已经帮我很多了。"祝岚行十分感激高小默所做的一切，"对了，警察有怀疑到你头上吗？"

"其实我觉得……他们可能对我和我哥都有所怀疑。"高小默窘了。

高飞捷最终还是报了警。起初高小默很慌，警察查勘完现场，找他们兄弟俩录笔录的时候，他说得磕磕巴巴，满是漏洞。就在他以为自己就要露馅儿的时候，他哥，高飞捷，突然冷笑起来，满脸写着"我有话说"。

于是警察转而去问高飞捷，问他是否有怀疑的对象，偏偏高飞捷又矢口否认。就这样聊了几个来回之后，警察看他们的眼神都不对了，并且还再三强调报假警是违法行为，告诫他们不要浪费警力。

听完了高小默的复述，鹿照远忍不住笑了。

电话那头的高小默立即敏感地问道："是谁？"

"我的好朋友。你也认识，鹿照远。"

"哦——哦——"高小默连忙说，"原来是鹿哥。"

"嗯。"鹿照远凑到电话旁跟他说话，"辛苦你之前伪装祝野楼了。"

"这……我……啊？！"高小默惊得差点没拿稳手机，直到祝岚行叫他，他才镇定下来，"岚哥你说什么？"

"我说，你已经做得很好了，也足够了，其他的事情交给我就可以了。"祝岚行说完，又感谢了高小默一番才结束了这通电话。

　　听完电话，鹿照远也觉得苦恼："有了今天这一出，高飞捷一定会提高警惕的。你打算怎么办？"

　　祝岚行不打算瞒着鹿照远："高飞捷拿到手链之后肯定会打听关于它的消息，我打算放出一点风声，让他以为这条手链是继承一笔大额财产的信物……"

　　"他有这么蠢吗？"

　　"谁知道呢，不过贪心的人总是比正常人更蠢一点。"祝岚行淡淡地说道。

　　鹿照远觉得祝岚行说得有道理。但他还是担心……这些事情不是一天两天就能够搞定的，而且说不定因为牵扯到大量金钱，对方会把手链藏得更紧。

　　更重要的是，只要手链一天不找到，祝岚行就得一直待在家里，而他的身体还说不准什么时候又会再次变化……

　　这件事情，对方拖得起，可祝岚行却拖不起。

　　"如果能让高飞捷的老婆也和我们一起找就好了。"鹿照远喃喃自语，"他老婆更了解他，也更了解他们的家……"

　　祝岚行听到这话，若有所思，片刻后，他说："鹿照远，我觉得你是个天才。"

　　"嗯？"鹿照远被夸得有些蒙，也有点高兴，但他还是提醒祝岚行，"谢谢称赞，不过我们在说手链的事情。"

　　"我知道，我说的就是这个，因为你刚才出了一个很好的主意。找他老婆。但他老婆要怎么样才能帮我们找手链呢？"

　　"出轨？"鹿照远的第一反应就是这个。

　　"手链变成出轨证物？"

　　"说得通，那条手链上有天使吊坠，说是女性的手链也可以。"

　　"再加上雇人偷手链的资金往来……"

　　祝岚行和鹿照远不约而同地露出了一个心照不宣的微笑。

　　夜里，鹿照远回房后祝岚行一个人来到庭院。

　　庭院里，造景喷泉的水流声给他带来了一丝平静。这样坐了一会儿，冬日的寒凉里挟着水汽穿透衣物、沁入肌肤，熟悉的感觉笼罩过来，那是孤独与寂寞，时间在这种时刻，在这种黑暗中，显得尤为没有意义。

突然，鹿照远的声音响了起来："大半夜的，怎么还坐在这里？"

话音刚落，祝岚行就感觉自己的脖颈被什么东西轻碰了下，弄得他有点痒。然后又是鹿照远的声音："你的身体怎么这么冷？"

"我可能坐得有点久了。"祝岚行说，温热的触感稍纵即逝，他莫名有些失落。

可能是寂寞得太久了，有一个可以相处的人在身边，就会忍不住想要靠近。

更大的热源突然贴近，是鹿照远在他身边坐了下来。虽然看不见，但祝岚行就是觉得鹿照远正在看自己。

"怎么了？"祝岚行问。

鹿照远好像是轻笑了一声才说："祝岚行，你在想什么呢？我们之间还有什么不能说的吗？"

"我有一个不情之请。"祝岚行缓缓开了口，"你可以拒绝，没有关系。"

"你还什么都没说就觉得我会拒绝？"

"嗯……"祝岚行停顿片刻，请求道，"你能让我抱一下吗？"

身旁的热源似乎停滞了片刻，忽而张开，将他笼罩在内。

他被鹿照远紧紧抱住了。

"是这样吧？"鹿照远后知后觉，"不对，你说的是你抱我，不是我抱你。"

闻言，祝岚行抬起手，按在鹿照远的背上。

停留在体表的热量随着这一个拥抱像一股暖流进入他的身体。

"没事，这样就很好。"

他没有说谢谢，他们两人之间，有些话已经不需要再明说了。

高飞捷的老婆是个典型的都市女郎，年轻、漂亮、时髦。脚踩高跟鞋，背着当季的名牌包包，可能因为抽烟的缘故，她身上总有一股甜腻而呛人的味道，和她颇为温婉的姓名并不相符。

"桑然，都出来泡温泉了怎么还一直看手机？"

没有什么比初冬时候来温泉度假村泡一周热汤来得更惬意了，两个年轻的女郎穿着比基尼，泡在热气腾腾的红酒温泉里，悬挂在温泉周围的白纱在冷风中轻轻晃荡，真是偷得浮生半日闲……

恐怕是没有的。

放下手机的桑然冷冷一哼，撇撇嘴："高飞捷的弟弟发了一堆云里雾里的话过来，不知道打着什么算盘。"

"高小默？"闺密回忆了一下，对上了号，"一个初中的孩子能有什么坏心思，你别想太多了。"

"那可说不定。这孩子也许还记恨我当年没让他读贵族小学的事情呢。"

"你的被迫害妄想症该治治了，七岁的孩子能记得这些吗？"闺密受不了了。

"谁知道？反正他一向无事不登三宝殿的，这次突然主动给我发消息，还说到我老公，怎么想怎么奇怪……"

"你老公？"

桑然发现了闺密脸上的异样。她的眉毛很细，眉梢慢慢挑起来的时候，像把收起的钩彻底张开，随时准备见血封喉："怎么，你也有话要说？"

"可能不是一回事。"闺密支吾了下，"这样吧，我们交换下情报。"

"高小默说家里有人闯入，报复性地砸了一地东西，他哥哥可能和闯进来的人关系匪浅，还藏着个很重要的东西也不让他看一眼。"

"我看见你老公在街上和别的女人走在一起！"

桑然姣好的面容肉眼可见地扭曲起来。

"其实……"闺密说，"我也就远远看了一眼，不太确定，你别多想……"

真实的情况是她在自己的八卦群中看见了照片，百分百就是高飞捷！但涉及闺密的家事，总要把自己的消息来源美化，真实程度模糊，说是一时看错，也有个回旋余地，总好过最后夫妻俩和好了掉过头来一起打她。

"呵呵……"桑然笑起来。

闺密突然放心了，看这样子，高飞捷大概是活不到来找她麻烦的那一天了。

高飞捷到家的时候，屋子里烟雾缭绕。

难道祝岚行还没有死心？他吓了一大跳，随手抄起一个东西准备当武器，就听一道冷幽幽的声音自缭绕的烟雾中传来。

"你就这样欢迎你老婆？"

"然然！"高飞捷定睛细看，总算看见了坐在沙发上的老婆。他长吁一口气，将手里的东西放下，"你怎么回来了，不是说要玩一周吗？"

桑然狠狠地吸了一口烟，烟自她的鼻孔和嘴角飘出。她眯着眼睛说："家里都遭贼了，我还能不回来？"

"小事而已，已经解决了，你就别操心了。"高飞捷说着就要去厨房倒水，又和高小默撞见了。

他心脏都要吓停了，缓过神，他捂着胸口说："你怎么还在这里？"

高小默很无辜："怎么，老婆回来了你就要赶我走了吗？"

桑然冷笑一声："这话我可没说，你爱待到什么时候待到什么时候，要待不下去了，记住，不是我，是你哥要扫你出门的。"

高飞捷被他们说得一个头两个大。今天难得早点回家，得，左一个大爷右一个小爷，轮番对他进行精神攻击。他无奈地对高小默说："好了好了，哥没有不让你待，你爱待多久待多久，行吗？"

才说完，背后传来响亮的一声冷哼。

桑然将烟狠狠摁灭在烟灰缸里，站起身来，然后将房门狠狠一甩——没关上，因为高飞捷以迅雷不及掩耳的速度将胳膊塞了进去，用血肉之躯阻拦了坚实的木门。

门板撞得他疼得龇牙咧嘴。

这还不止，高小默踮起脚，看见一只鞋跟尖细的豹纹高跟鞋从里头伸出来，狠狠地钉在高飞捷的脚背上，还碾了碾。

看得高小默下意识地"嘶"了一声。

高飞捷不想在弟弟面前太没面子，硬生生将惨叫改成了赞叹："噢——啊，老婆你这新衣服真好看啊。"说完，他匆匆看了自家弟弟一眼，迅速钻进了卧室。

高小默悄悄移过去，轻轻地把耳朵贴在门上。虽然里面的人极力压抑着，但争执的声音还是清楚地传到了高小默的耳朵里。

"说，你最近有什么事情瞒着我！"

"没事，你别老是疑神疑鬼的。"

"没事瞒着我，会有人找上门把家里弄得一团乱？"

"有人入室抢劫还成我的错了？"虽然是质问的口吻，但高飞捷说起来却透着一股心虚气短的味道。

这股心虚高小默听得分明，显然，桑然更听得清楚，因为下一秒高飞捷又叫了起来："哎哟——别掐，别踹——小默还在外头呢……够了，再来我就不客气了，我真的——啊！！！"

真的惨啊。高小默捂着嘴偷笑，他有预感，要不了多久，手链就能物归原主了。

威廉去了趟学校，替祝岚行请了长假，王勇男关心地问了情况，威廉也只是表情凝重地摇摇头，看得王勇男心里怪不是滋味的。

　　王勇男也发愁，每天巡视班级的时候，看着空着的那个座位，如同自己秩序井然的萝卜田里少了棵好萝卜，怎么都觉得不得劲。这孩子的身体……才上去的成绩，不会因为学习中断又跌回去了吧？如果……他的目光落到鹿照远身上："鹿同学。"

　　"老师有事？"鹿照远懒洋洋地应了声。

　　"祝同学住院了你知道吗？"

　　"知道。"

　　王勇男暗自点头，觉得自己这个计划能成："祝同学也不知道什么时候能回来上学，老师会收集各科的讲义，回头你代表咱们班去医院看望一下他，再把这些讲义、资料一起交给他，如果你有时间，就再帮忙辅导——"

　　"老师你放心，助人为快乐之本，我一定会照做的。"鹿照远坐正了，"另外，讲义什么时候可以好？"

　　"这两天吧。"

　　"好，那我明天下午去办公室拿。"

　　高小默最近过得很好，虽然一直没回自己的家，也没有两米大床、满柜子的零食、各种手办、游戏机，就连上下学的路程都比往常要远一倍……但愉快还是浸透他生活的方方面面，让他每天神清气爽。

　　这种愉快主要来自每天凌晨时分准时响起的争吵声。

　　"高飞捷，你给我起来！"

　　"你疯了，大半夜的闹什么？"

　　"你现在嫌我闹了？娶我的时候你怎么不嫌我闹？"

　　"好——好——是我错了，我的姑奶奶，我的老祖宗，您就行行好，让我闭一下眼睛睡个觉吧……"

　　"做梦，你给我起来！"

　　"哈——"躺床上的高小默一不小心笑出声，吓得他赶紧捂住嘴，屏息听着外头的动静，直至确定隔壁争吵的两人并没有被自己的响动打扰到后，他才掀起被子蒙住脑袋躲在里头笑了个痛快，笑得眼泪都出来了。

　　因为这个大嫂他差点没学上，所以高小默总和对方淡淡的，一年下来，话也说不上两三句。但现在他才发觉这个大嫂是个人才，对付自家大哥很有一套。

一般人要么硬刀子，要么软刀子，他大嫂呢，一手硬刀子一手软刀子，鸳鸯蝴蝶刀使得特别有章法。白天硬刀子，没事掐两把踹几脚，再指使大哥做家务，劳其筋骨；晚上软刀子，抽走枕头卷起被子，不让大哥睡觉，但也不说为什么，让他自陈罪状，乱其心智；而她自己，逛逛街，做做美容，回来就折磨老公，好不快活。

那边的争执还在继续，兴奋劲过了，高小默打了个哈欠，慢慢闭上眼睛，准备进入酣然睡梦。

可在这个时候，一声尖叫划破夜空："高飞捷——这条手链是谁的！"

手链！高小默从睡梦中惊坐起。

"然然！"高飞捷的声音也大起来了，"你把手链还给我！"

真是手链！高小默迅速下床，跑到高飞捷的卧室门外一把推开了门。

房间里，高飞捷和桑然正隔着床对峙。

高飞捷可能忍无可忍了，绕过去抓住桑然的手："这条手链很重要，你什么都不知道，别在这儿和我闹了，还给我！"

即使被抓住了手，桑然也不改泼辣的本色。她一手牢牢地抓着手链，一手伸过去挠高飞捷："你敢和我动手了？高飞捷，你长本事了！你有本事就打死我！"

高小默想上前，转念一想，觉得不行。于是他转身去厨房找了根擀面杖，然后冲到桑然身边，伸手去推自己大哥："大哥，你实在太过分了，你怎么能打老婆呢？大嫂你别怕，我来帮你！"

说着他假装不敌，用身体抵着高飞捷，作势要把擀面杖递给桑然。

桑然眼睛一亮，立刻伸手接过，手链落了下来。

一直盯着手链的高小默手掌一张一合，顺利地把手链收到了掌中。接着，他弯着腰从夫妻俩的乱战中抽身离开，倒退着走出了卧室……房子……

高小默按着狂跳的心脏，将拿在手里的手链翻来覆去地看，难以置信地想：居然成功了！出这主意的真是天才啊！

虽然很想立刻就将东西送还给祝岚行，但今天实在太晚了，高小默稍稍思考一番，决定找个酒店凑合一晚。

第二天一大早，果不其然，高飞捷的电话打来了。

"高小默，你在哪儿？你把手链给我送回来！你知不知道我们有了这条手链能干什么？简单说吧，就算开价一亿让祝岚行买，他也得买——"

高飞捷说得气急败坏，高小默也不客气："哥，你不用说了，手链我已经还给岚哥了。你知道你犯了多大的错吗？你不只唆使盗窃，还想敲诈勒索，我劝你悬崖勒马，好好做人，不要进了监狱再后悔！"

"高小默——"

高飞捷狂怒的声音响在耳旁。高小默利落地挂断电话，拉黑高飞捷，一气呵成。

这一架吵得高小默彻底醒了，看了看时间，他拨通了祝岚行的电话。

"岚哥，我拿到手链了……"

半个小时后，高小默到了别墅。他将一直好好收在口袋中的手链拿在手里，深吸了一口气，然后按响了门铃。

门开了，穿着围裙、手持锅铲的鹿照远出现在门口。看见是高小默，他想也没想就伸出空着的手："手链。"

高小默蒙了："等等，你……"

鹿照远做了个自我介绍："鹿照远，祝岚行的朋友。"

"哦。"高小默不敢表现出半点自己认识他的样子，连忙问，"岚哥呢？"

"祝岚行有点事，现在不在家，委托我替他拿东西。"

"这是很重要的东西！"

"所以我过来了。"

"我不能把它交给除了岚哥以外的其他人！"高小默强调。

鹿照远没想到这个小家伙居然这样谨慎。他既欣慰又苦恼，于是耐着性子跟他解释："真的是祝岚行委托我过来的，你要是不相信，可以打电话问他，或者我给你写张收条……"

"那我要再跟岚哥确认一遍。"高小默警惕地后退一步，拨通了电话。

祝岚行没接电话，但没一会儿高小默的手机响起了新消息的提示声。高小默低头去看，接着飞快地打起了字。过了好一会儿，他才收起手机，走向鹿照远。

鹿照远一挑眉："怎么样？"

"他是让我把东西给你……"高小默打量着鹿照远，虽然不太放心，但他还是把手链交出去了，"这很重要，你一定要亲手给岚哥。"

鹿照远看着手里的东西，满意地点点头："放心吧，你回去吧。"

说着他就要关门。

高小默用脚抵住门："等等、等等，鹿哥——"

他叫了半天，发现没回应，抬眼一看，只见鹿照远抱着双臂，倚着门框，站在那边看他着急呢。

见对方看过来，鹿照远也不绕弯子了："说吧，什么事情，我替你转达。"

"是有点事……"高小默表情讪讪的，"其实是关于我哥的……我哥做了坏事，但他现在也算自食恶果……我也不知道岚哥的情况怎么样，有多大的损失……但……我是说如果，如果岚哥那边是虚惊一场的话，能不能请他放过我哥？"

高小默硬着头皮把这话说出口了，也感觉到前方投射过来的目光更加灼人了，于是声音更小了："他……毕竟是我哥。"

"行吧。"鹿照远收回目光，利落地关了门。

明明得到了回应，高小默却更加羞愧了。

鹿照远站在落地窗前看着高小默的身影消失才转身去了三楼。

阁楼的房门紧闭着，鹿照远轻轻地敲了敲。

脆生生的童音响起："进来。"

他推门进去，看见一个幼年版的祝岚行。

自从手链消失后，祝岚行的身体十分不稳定，几个小时就会变化一次，时大时小，毫无规律可言，更让人揪心的是，不论身体怎么变化他始终看不见。

本来他是打算亲自见高小默的，但就在跟高小默说完地址后，他突然变成了现在这副小孩儿的模样。

听见鹿照远进了门，祝岚行没急着拿手链，而是问起刚才的情况。

鹿照远如实相告，连高小默的要求和他的挣扎都没落下。祝岚行听了，沉默片刻，点点头，答应了高小默的要求："嗯。"

小孩子圆嘟嘟的脸上偏是一副深沉的表情，有一种反差的可爱，让人忍不住想扒拉一下他的脑袋，甚至亲一口脸蛋……

鹿照远移开眼睛，打消因萌而生的冲动。

"你真的打算就这样放过高飞捷了？"

"嗯。"涉及高家两兄弟，他也不想把事情做得太绝，一是嫌麻烦，二是有高小默在，至于这三……祝岚行的嘴角隐隐出现了点笑意，"就像高小默说的，他现在已经自食恶果了，我没必要再去费心了。"

"也是。"鹿照远真心实意、幸灾乐祸地笑起来。

来自高小默的小小要求被准许，那就只剩下最后也最重要的一件事了——鹿照远将手链交给祝岚行。

"你摸一下，是不是这个？"

手链失而复得，要说不激动，是不可能的。祝岚行伸出来的手都有些轻轻颤抖，似乎是激动，又似乎是害怕。

他迟迟没有触碰手链。

鹿照远想了想，伸手抓住他肉肉的小手，直接按在了手链上。

"要我形容一下手链的样子吗？"

交叠的双手给了祝岚行力量，他微微一笑，说："不用。"

他看不见，但这条手链并不需要看见才能辨别真伪。

开机……祝岚行在心中默念。

眼前还是一片漆黑，但漆黑中缓慢地亮起一道荧光，这微弱的光芒像箭一样射透漆黑的网，在眼球上留下些许光斑，但很快的，黑幕再度沉重地压下来。

虚拟屏幕上代表电量的标志长久地亮着，提示电量不足。

"……"他心情有点复杂，松了一口气的同时有些好笑。

突然，拿着手链的手一抖，牵着鹿照远的手也跟着动了一下。不，不是他，是鹿照远的手在抖，很轻微，但在颤抖。

"鹿照远。"

"嗯？"

祝岚行翻过手掌，用自己那双小小的手牢牢地握住鹿照远的手，手链被夹在了两人的掌心："这条手链是真的。"

"那就好。"鹿照远松了一口气，颤抖的动静也消退不少，可还是有一些。

"你还在担心什么？"

"我……"鹿照远犹豫了一下才问，"那你为什么还没有变大，或者复明？"

祝岚行微微一笑："因为缺你。"

第14章 生日礼物

拿回了手链，又有鹿照远在身边，祝岚行很快就恢复了。正好又逢周一，祝岚行和鹿照远一起去了学校。祝岚行独自去办公室找王勇男销假。对方看到祝岚行，非常高兴，本以为他这次请假少说也要十天半个月的，没想到只一周就回来了。

"身体怎么样？"

"已经好多了，谢谢老师关心。"

王勇男不忘鼓励他："回来了就好好学习，同学和老师，特别是鹿同学，都是非常愿意帮助你的。"

祝岚行一笑："我知道。那我回教室了。"

王勇男痛快放人，看着祝岚行挺拔的背影，他高兴地哼起了小曲。

祝岚行回到教室时，居然还受到了小小的迎接，大家都知道他生病住院了，从早读课下课开始就陆陆续续地过来慰问他。祝岚行心情也好，不论谁和他说话，他都带着微笑，班里因为还掀起了一场小小的讨论。

"没想到祝岚行还挺好相处。"

"之前看他不苟言笑的样子，还以为他很酷，都不敢和他说话……"

同学们聊着天，就见鹿照远风一样卷到祝岚行旁边，勾着他的肩膀把人带到了自己座位旁边——他决定了，不管老班同不同意，他都要和祝岚行做同桌，要是实在不行，就再激老班赌一回好了。

可怜祝岚行才恢复，就要面对鹿照远的魔鬼补习计划。

"其他事情都解决了，现在我们该考虑学习的事了……"

"上回你考了540分，期末我们就争取上到600分，下学期我们再向650分冲刺，高三总复习，我们的目标是730分……"

祝岚行被念得昏了头，一时口快，问了一句："要是考不上呢？你会陪我吗？"

鹿照远愣了下，一下没了声音。

祝岚行反应过来，不禁有些后悔，这玩笑开得真不合适。于是他连忙解释："我开玩笑呢，你别在意。就算我真的考不上，我们肯定也有别的办法能在一起。"

鹿照远张了张嘴，老师却在这时进来了，他只得把话咽了回去。

这一节课鹿照远上得心不在焉，可祝岚行却分外认真。

鹿照远跷着腿，转着笔，心里想着祝岚行的话。有好几次，他都想跟对方说"可以，我陪你"，但话到了嘴边就是说不出口。一节课下来，他眉头越皱越紧，脸色阴郁得像是挂了一层霜，哪怕只是扫一眼也觉得心惊肉跳。

一向没什么眼色的向晨在这时也悄然挺直背脊，暗暗远离鹿照远。如芒在背……肯定是祝岚行！祝岚行又惹亮哥生气了！他在心里暗暗埋怨，又有点佩服，因为不管亮哥怎么生气，祝岚行从来都是淡定自若，仿佛无事发生。

其实祝岚行只是稳得住，并不是真的毫无所觉。所以下课铃一响，他立马转向鹿照远："我真的是开玩笑的……"

剩下的话，他没能说出口，因为转过身的他正好看见了鹿照远无比认真的表情。

"我想清楚了。"鹿照远说，"如果你考不上，我陪你复读一年。"

"所以，"鹿照远深吸一口气，"你一定要考上，我一定会帮你考上的。"

我在开玩笑，可鹿照远却是认真的，祝岚行突然意识到，认真决定陪他、等他，甚至愿意付出最宝贵的青春和时间。祝岚行并不觉得自己值得鹿照远这样付出，哪怕之前他救过他，可他没说过鹿照远也不可能知道。而正因如此，他才真切体会到了——

少年的心，何等赤诚。

学习小组再次以期末考试为目标重新集结，但只学了两天，向晨和舒云飞就先后找借口溜了。鹿照远太严格了，他俩哪怕只是被台风尾扫到也觉得吃不消。

至于祝岚行，他没办法溜，也确实有些触动，干脆定下心来学习。

学习小组只剩两个人了，他们有时也会去学校的图书馆自习。因为图书馆除了公共自习区域外，还有几个用于一对一上课的小自习室。小自习室在图书馆的角落，一般没什么人，祝岚行和鹿照远很喜欢在这里补习，因为不用担心打扰到别人。

这天，鹿照远有足球比赛，走之前他给祝岚行留了作业。

今天的习题有些难，每一道题都要费不少劲。写着写着，祝岚行突然感觉有点不对，糟了……这念头刚起，他的身体已经开始变化。

于是，鹿照远踢完球回来看到的就是变成豆丁的祝岚行一脸无奈地坐在校服中。

"……"鹿照远啪地关上门："怎么回事？"

祝岚行指指面前的卷子，叹了口气："题目太难了。"

"……"鹿照远明白了，沉默了一会儿才说："看得出你真的很努力了。"

这时鹿照远的手机响了，他接起来，向晨的声音传了过来："亮哥你怎么还不来？祝岚行呢？我们已经点好菜了。"

"我和祝岚行有点事，来不了了，你们吃。"鹿照远搪塞两句就挂了电话。

他看向祝岚行，无奈地笑了："走吧，今晚我管你晚饭。"

食堂的聚餐，鹿照远和祝岚行都缺席了，但大家还是吃得很开心，有个来得晚的队员还说他在路上远远地看见鹿照远了，怀里似乎还抱着一个小孩儿。已经见过鹿照远带孩子的向晨和舒云飞表现很淡定，等讨论够了才又招呼大家吃起来。

这场意外没有产生很大的影响，却让鹿照远多了个恶趣味——他和祝岚行独处时会故意让对方做难题，再借故出去一段时间，然后乐颠颠地回来揭晓祝岚行的变身结果。

对此早有所觉的祝岚行表示，自己的充电宝，只能宠了呀。

时间悄悄走过十二月来到了一月。而一月，是鹿照远的生日。

祝岚行从知道这件事起就盘算着要送鹿照远一个特别的礼物。因为这个礼物需要花些时间准备，所以他特意提高了做题的速度，引得不明真相的鹿照远当场又拿出一张试卷要他做。祝岚行立即求饶："我能申请提早结束吗？"

鹿照远怔了怔："可以倒是可以，不过……"

"那就提早结束吧，我累了，还有点别的事情要做，今天就这样，可以吗？"祝岚行不自觉地放软了声音，就像在撒娇一样。

鹿照远便把剩下的那句"反正都要做,晚做不如早做"给吞了回去。

接下来的一周,祝岚行都是这样。鹿照远虽然很想和对方强调马上就要期末考试了,他们的目标是600分,但每每看着祝岚行努力做题又轻快离去的模样,这话他就有点说不出口了。

可憋得久了,总要宣泄一下的。

一天中午,他趁祝岚行不在,逮着向晨和舒云飞吐槽:"'五三①'真的这么没有魅力吗?连我在旁边寓教于乐地教他做都不行吗?"

向晨和舒云飞双双语塞。

沉默了半天,还是舒云飞打破了沉默,他违心地说:"亮哥你要有耐心,等祝岚行再多做做,他就能体会'五三'的魅力了,嗯……像你一样有魅力。"

"……"鹿照远黑着脸:"你是在说我毫无魅力吗?"

向晨毫不客气地笑出声来:"亮哥,你也知道'五三'毫无魅力啊!要不你换个法子,和祝岚行打打游戏?"

鹿照远有些犹豫。

"反正都学这么久了,就当是偶尔调节一下,问题不大。"

这句话说服了鹿照远。所以,当天晚上在祝岚行做完老师布置的作业等着鹿照远布置新的练习题时,鹿照远却说:"今天就这样吧。"

祝岚行很吃惊。而鹿照远早就有了计划:"这一阶段的复习到今天算是结束了,我们休息一下,打会儿游戏,再看电影,怎么样?"

祝岚行还挺开心的:"今天晚上没有其他学习任务了?那我早点出门,早点回来,再和你一起打游戏。"

"……"鹿照远僵硬地微笑着:"也行。"

祝岚行很快就出门了,鹿照远坐在沙发上思考良久,觉得自己必须做点什么了。

其实这些天晚上祝岚行是去了一家私人的法式甜品店。这家店看着不大,主厨的来头却不小,曾是米其林餐厅的甜品主厨。

进店之后,祝岚行熟练地换好衣服进了操作间。他和主厨打了声招呼,从对方手里接过裱花袋,开始在制作好的蛋糕坯上练习裱花。

究竟送什么给鹿照远当生日礼物,祝岚行其实思考了很久。从房产到球星的集体生

---

①五三:指教辅资料《5年高考·3年模拟》。

日祝福，他想了许多方案，最后还是决定选个最朴素的——亲手为鹿照远做个蛋糕，就像妈妈当年为他做的一样。这个蛋糕未必有多好吃，也未必有多漂亮，但祝岚行觉得，不，他肯定鹿照远会喜欢。

一旁的法国主厨细心地指导祝岚行操作技巧，祝岚行也学得很认真。很快，练习告一段落，天性浪漫又幽默的法国主厨忍不住开起了玩笑："收到你这个蛋糕的人一定会答应你所有的请求。"

祝岚行闻言笑了："那我希望和他永远不分开。"

法国主厨指指蛋糕，笑得意味深长："一定可以的。"

两人正说着话，一阵悦耳的门铃声响起，有客人进来了。

甜品店中的操作间是明档，透明的玻璃让厨房一览无遗的同时也让主厨看到了自己的客人。主厨脸上的笑容一僵："客人在哭。"

祝岚行也看了过去。刚才进来的是一位女性客人，她的长发凌乱地搭在肩上，哭得身体一抽一抽的，一副十分伤心的样子。

法国主厨喜欢将自己做的甜品亲手送到顾客桌上，也喜欢听顾客的赞美，因而这家小店并没有雇佣店员。平常并没有什么问题，毕竟笑容和赞美世界通用，但一旦有突发情况，比如现在，他那并不怎么样的英语和只会"对不起""谢谢""听不懂"的中文就不太够用了。

"祝，你能帮我去问问那位女士需要什么吗？"法国主厨的目光没有离开过外头的女客人，"虽然不一定能够帮上忙，但我希望能帮她推荐一款合口味的甜品……"

这是小事，祝岚行想都没想就答应了。他从操作间出来，走到女客人的餐桌旁，递上纸巾："擦擦吧。"

女客人的眼睛哭得几乎睁不开了，但她还是接过纸巾，结结巴巴地道了谢。

祝岚行耐心地站在一旁，直到对方冷静了一些后才问："有什么能帮你的吗？"

女客人哭着说："没事，我很好，我刚刚才甩了个渣男，我嗝——"

她打了个长长的哭嗝："我就是……我就是……"

祝岚行听懂了，他接上话："你这是喜极而泣。"

女客人愣住了，然后破涕为笑："你说得对，我真是太高兴了！你是这里的厨师？我能吃你做的甜品吗？"

祝岚行摇摇头："我只是临时来这里学做蛋糕的。我朋友快过生日了，我打算亲手做个蛋糕送给他。"

女客人有点失落又有些欣慰:"真好,对方对你来说一定很特别。"

想到鹿照远,祝岚行脸上不禁露出笑容:"他是我很重要的人。"

两人说了一会儿话之后,女客人豪气地把店里剩下的甜品包圆了。

法国主厨目瞪口呆,忍不住问祝岚行:"她这样冲动消费没问题吗?"

祝岚行摇摇头:"我刚才问过了,她说今晚要和朋友开单身party,所以不光要买甜品,还要买酒,说不醉不归。"

法国主厨耸了耸肩,大概也在感叹女孩子的神奇吧。

没一会儿,祝岚行就完成了蛋糕的最后一步——他把用翻糖做出来的迎风奔跑的鹿照远小人放在了蛋糕上。

法国主厨看了忍不住竖起大拇指。

一眨眼就到了1月15日,而鹿照远的生日是16日。

祝岚行打算在16日的零点零分跟对方说生日快乐。他甚至想过要不晚上干脆让鹿照远留宿好了,等时间一到,他直接带着蛋糕去敲他的房门,给他惊喜。

但还没等他整理个头绪出来,鹿照远先给了他一个惊喜。

午休时,鹿照远将一个圆滚滚的东西丢到了他怀中。鹿照远一只手还插在兜里,看起来满不在乎:"我亲手做的,你看看喜不喜欢?"

祝岚行拿起东西仔细地看起来。

这是个套娃,但跟常见的有些不同。图案的底色是喜庆的红,手绘娃娃圆圆的脸上有圆圆的眼睛,翘翘的睫毛配着嘴边酒窝似的笑影,这娃娃的脸有些熟悉的影子。祝岚行仔细地研究了一下,发现了画在娃娃身上的天使手链。

"这是我?"

"画得不太好。"鹿照远轻轻咳嗽以作掩饰,"你就凑合着看看……"

祝岚行拿起娃娃,稍稍用了些力就把第一层打开了。他无比耐心地一层又一层地打开,最后一共七个大小不一的娃娃摆在他面前。

接着他又将这些娃娃耐心地装了回去,双手捧着,手指不停地摩挲着最外层。

刚刚漆好的娃娃带着些手工制作的粗糙感,细看画作边缘的线条,能感受到作者凌厉的笔锋,就像鹿照远这个人一样。

"不凑合。"祝岚行仰起脸,笑意闪在他脸上,荡入他眼底,"一点都不凑合……很可爱。"

"你喜欢就好！"鹿照远放心了，他坐到祝岚行旁边，开心地说，"以后我们就可以把要讲的题目拆分，一题一题地塞进里头，然后你来挑选，说不定——"

他的声音戛然而止，想到毫无魅力的"五三"，再开口时，他语气放软了许多，宛如在哄小朋友："说不定手气好，抽到'不用学习卡'，那就可以休息了。我们每隔三天就放一张进去，好不好？"

祝岚行看了鹿照远半天，笑了："我最近是真的有事，不是在逃避学习……"

鹿照远将信将疑："是什么事？"

"迟点告诉你。"

"多迟？"

"今晚，所以别太早睡。"

突如其来的礼物打断了祝岚行的思路，他忘记提前邀请鹿照远留宿了，但这点小小的意外不足以打乱祝岚行的计划。

晚上，祝岚行来到了鹿照远家楼下。这个时间小区里基本没人活动了。

十一点五十五分，祝岚行放下蛋糕，打开背包，将东西一一准备好。

十一点五十八分，黄色的夜灯悬在枝丫间，像一个个发光的橘子。祝岚行站在树下，蛋糕放在他脚边。他看着鹿照远房间那扇透着光的窗户，发消息："看窗外。"

十一点五十九分，紧闭的窗户打开了，鹿照远的脑袋探了出来。

十、九、八……祝岚行默默数着秒。

零点零分，祝岚行举起灯牌，五彩的小灯在这一瞬间同时亮起，他冲楼上的人微笑道："生日快乐！"

寂静的夜里，好像有声音急促响起又消失，接着，窗台上的脑袋不见了，似乎就在下一瞬，鹿照远的身影出现在了楼道口。

他出来得有些急，脚上趿着棉鞋，羽绒服裹在睡衣外面，可他脸上的笑容和惊喜那样真实，就算在黑夜里也足够晃到祝岚行的眼睛。

他急急地冲到祝岚行面前停下，看着他，双眼似乎在发光："你怎么来了？这个时候站在这里不冷吗？"

祝岚行摸着脖子上毛茸茸的围巾，笑了笑，细白的热气自口中氤氲出来："不冷，来给你过生日。"

鹿照远的脸红了一下，明明很高兴，但嘴上还是说："过生日这种事情，白天就好了，干吗非要赶着半夜十二点，又冷又不安全。"

"这样才不会被别人抢了先。"祝岚行认真地说，"别管这个了，给。"

他小心地拎起地上的蛋糕，双手托着底部，让鹿照远拆开蛋糕盒。

丝带落下，蛋糕露了出来。

绿色的蛋糕上有个翻糖小人正奔驰着，他的身边是一个足球形状的蜡烛，上面贴着翻糖的数字"18"。其实这是鹿照远的虚岁，他们当地习惯算虚岁，其实要等到明年的这个时候鹿照远才真正成年。

祝岚行没有错过鹿照远脸上的惊喜表情，他将蛋糕微微举高了一些："我们点蜡烛许愿吧！"

鹿照远的目光从蛋糕移到了祝岚行脸上。

也正因为如此，哪怕夜色深沉，灯光昏黄，祝岚行也看清了对方脸上真切的开怀。他高兴起来的模样，像是群星都在他脸旁闪烁。

"去我家点蜡烛许愿吧。"鹿照远拿起地上的灯牌和背包，虽然是商量的语气，但行动中却透露出不容拒绝的坚决。

祝岚行当然同意。他端着蛋糕亦步亦趋地跟在鹿照远的身后上了楼，进了屋，然后双手一空，蛋糕被鹿照远拿走放在了桌子上。

"哇……"当充足的灯光照亮蛋糕时，惊叹也从鹿照远嘴里溢出来，他看清了自己模样的糖人，也看清了糖人前的足球，他目不转睛地盯着蛋糕，"这是你特意为我定做的吗？"

"嗯，"祝岚行没有隐瞒，"是我亲手做的。"

鹿照远立刻看向他，神色怔怔的，先前的惊喜和开心不见了，脸上像是罩了层纱，让祝岚行无法清楚地分辨他的模样。

"祝岚行，"鹿照远突然说，"其实你不用对我这么好……"

"哪就多好了？别多想，别有负担。今天你生日，快许愿吧。"说着，祝岚行点燃了蜡烛，微笑地盯着鹿照远，"想许什么愿？"

鹿照远似乎也从刚才的失态中缓过神来了："让我想想……"

"想不到？那你说出来我帮你参谋一下。"

"不是说愿望说出来就不灵了吗？"

"事在人为懂不懂。"

"那确实可以人为一下。"鹿照远万分认真地看着祝岚行，说，"我想一直陪着你，能实现吗？"

"我……"祝岚行有一瞬间的语塞，心想这不巧了吗！

没等他接着说下去，鹿照远的房门突然被敲响了，鹿乐成迷迷糊糊的声音响在门外："哥，几点了，你还没睡？"

屋里的两人骤然一惊。祝岚行下意识地屏住了呼吸，鹿照远强装镇定地回道："就睡了，你半夜不睡觉跑到我这里来干吗？"

"路过，我上厕所……"鹿乐成的声音依然迷迷糊糊的，接着，门外传来脚步离去的声音，又一阵动静之后，屋里重归寂静。

鹿照远重重地吐了一口气，和祝岚行对视一眼，一个没忍住，两人一同咧着嘴笑了起来。

就在这个时候，又一道绿光闪现，随后投入了祝岚行腕上的手链中。

同样的情景已经出现过一次，那次，虚拟屏上的电池标志上多了道绿色的纹路，让充电时长略微缩短，范围略微扩大，甚至连电池的容量也有所增加。

这次又出现了，祝岚行迫不及待地想研究一下绿色碎片的出现规律，于是借鹿乐成出现的小插曲，他提出离开："不早了，我先回去了，我们明天见。"

鹿照远有些不舍："要不我把蜡烛吹了，你吃口蛋糕再走？"

"不了，蛋糕你和家人吃吧。"

"哦……"鹿照远站起来，"那我送你！"

"不用，你送我的话，我还得再送你回来。"祝岚行把人按在椅子上，"我走了，明天见。"说完，他走出了房间，并轻手轻脚地带上了门。

关门的声音在黑夜里格外清晰，有那么一瞬间，鹿照远觉得自己好像被永远地困在了这里。他正失落着，门突然又开了。祝岚行探了个脑袋进来轻声说道："有件事忘了说，你刚才许愿想和我一直在一起，对吗？换个愿望吧。"

"为什么？"

"因为这不叫许愿……"祝岚行笑起来，"我也希望一直和你在一起。两个人都期待的事情，不叫愿望，它叫……"

"正在发生的事实。"

门又关了，这次祝岚行真的走了。

回到别墅，已经快两点了。祝岚行简单地冲了个澡，然后就躺在床上对着虚拟屏研究起来。绿光之后，绿色碎片果然又出现了在电池标志上，原本只在底部有一道浅浅绿的电池，现在又多了一道，让冒红光的电池看着健康许多。祝岚行有一种预感，也许一切都在往好的方向发展。

但今天到底发生了什么事让绿光又出现了呢？

祝岚行回忆着，脑海里全是今晚和鹿照远相处的点滴。想着想着，困意渐渐上涌，原本清晰的画面似乎笼罩了一层迷雾，而有什么东西就藏在迷雾之下，若隐若现，呼之欲出……

然后，他就睡着了。

鹿家周末的清晨是在鹿乐成的惊叫声中苏醒的。鹿照远打着哈欠出来查看情况。

"哥——哥！"站在冰箱前的鹿乐成惊得嘴皮子都不利索了，他侧过身，露出身后的冰箱，抬手指着冰箱里的蛋糕说，"我们家的冰箱终于成熟了，学会自己变出食物来了！昨天半夜我开冰箱摸东西吃的时候还没有这个蛋糕！"

鹿照远被逗乐了："想什么呢，是你哥的朋友送来的。"

"大早上送来的？可现在才六点多一点。"鹿乐成很迷惑。

"昨晚上送来的。"鹿照远说。

"可昨天还不是你的生日。"

"他凌晨来的，不行吗？"鹿照远板着脸，"问这么多，你学习上有这个求知欲成绩早上去了！"

"那你朋友留宿我们家了吗？"鹿乐成怔怔的，不知道是被自己大哥训的，还是被朋友送蛋糕这个事实冲击的。

"没。"鹿照远。

"那你送你朋友了吗？"

"没。"

"没？"鹿乐成震惊了，他已经认定送蛋糕的人就是高小默那个传说中的姐姐了，于是，他像看怪物一样看着鹿照远，"哥你怎么能这样！你一点都不绅士！"

鹿照远拍了拍鹿乐成的脑袋："这跟绅士有什么关系？乖，没睡醒就再去睡会儿吧，反正今天周六。"

第15章 家庭战争

今年过年早，鹿照远生日过了没多久就到期末考试了。

实验中学期末考试惯例是用60%的基础题搭配30%的拔高题再加上10%的超纲题来全面考查并且选拔学生的。就在这样的考试中，祝岚行考了601分，以1分的富余险险飘过鹿照远定的目标，同时他的排名也一跃到了班级前20名，年级前300名。

成绩出来的当天，鹿照远比祝岚行还要高兴，变着法儿地夸他聪明，搞得祝岚行都有点哭笑不得了。最后他没办法了，反问道："我超级聪明的话，那你算什么？世界宇宙无敌大一统般聪明？"

"我要那么聪明干什么？"鹿照远仍旧沉浸在祝岚行飞速进步的喜悦里，"聪明这种东西，和卷面分一样，只要能考满分，多一分都是浪费，如果能把我多出的那些分给你，我还会更高兴点。"

"这样我就可以和你一起上大学了？"

"是啊！"

祝岚行低头笑了。要和鹿照远一直在一起有很多的办法，但他俩考上同一所学校是鹿照远最喜欢的办法。

"好，那就说定了，我们上同一所学校。"

鹿照远反应了一会儿才意识到祝岚行在说什么，他一下转过脸来："认真的？"

"认真的，不反悔。"

兴奋淹没了鹿照远，他忍不住大喊了一声："耶！"

祝岚行看着来往学生投过来的视线，赶紧拉住他。但到底也被鹿照远的兴奋劲儿给感染了，他忍不住笑起来："真这么高兴？"

"真高兴。"鹿照远说，"不过我高兴了，你可能就不太高兴了，反正你的寒假大概是没了。"

祝岚行悠悠地叹了口气："放心吧，我有心理准备了。"

鹿照远却又担忧起来："寒假我还是要打工的。"

祝岚行了然，假期的高工资鹿照远不可能放弃，但他也不放心自己："没事的。你放心去，每天给我布置好任务，我自己在家做也是一样的。"

"这可不行。"鹿照远有自己的顾虑，"补习固然重要，但更重要的是你的身体，我不在你就没法充电，身体会随机变化，还会失明……"

"这么多年我都习惯了。"祝岚行安慰对方，"你抽空过来一下就可以了。"

"不行。"鹿照远头也不抬地反驳道，"这样肯定不行的。"

随即，他揽着祝岚行的肩膀说："别担心，我有办法了。"

当天下午就放寒假了，学生们就像挣脱牢笼的鸟儿一样，纷纷奔向自由，鹿照远和祝岚行他们也不例外。放学后，四人天南地北地聊了一路，然后才互相道别回家了。

寒假没放几天就到了年三十。

自从那些事情发生之后，祝岚行对这种节日都是刻意忽视的，往年威廉总会不顾他的反对留下来陪他，但今年祝岚行异常强硬地拒绝了。他如今能看见了，威廉也该在这个特别的日子陪陪家人了。

祝岚行坐在客厅的沙发上，心不在焉地看着晚会，一颗心怦怦地乱跳着，连他自己也说不清楚到底在期待些什么，但他有预感，他期待的事也许很快就要发生了。

手机的提示声伴随着歌舞节目的前奏响起，鹿照远发来了视频通话。

祝岚行立刻接起来，喜气洋洋的晚会音乐在两边同时响着，镜头抖了一下，鹿照远的脸出现在了屏幕上。

"等一下。"鹿照远说。

然后镜头再次抖动起来，电视的声音小了许多，光线也暗了下来。

"你这是在阳台？"祝岚行问，"怎么不进屋？"

"我们刚刚吃完火锅，挺热的。"鹿照远笑着回答，又问他，"你能从明天起就开始收留我吗？"

"嗯？"祝岚行下意识紧张起来，以为鹿照远跟家里闹了矛盾，但看着鹿照远的笑脸，他很快就反应过来，"问题解决了？"

"嗯。"鹿照远笑得见牙不见眼，"他们明天去旅游。"

祝岚行见他这样，也跟着笑起来："那我们明天见。"

"嗯，我明天就来。"鹿照远像是对待什么重要的事情一样一本正经地跟他保证。

最紧迫的事情被解决，两个人心情很好，就着万家的灯火和喜庆的音乐俩人又聊了很久，直到鹿照远的父母叫他进屋。

"那就这样了，"鹿照远把手机举起来，让自己的脸正对着屏幕，"祝岚行，新的一年里，我们都要快快乐乐的。"

"嗯。"祝岚行应道，屏幕里的鹿照远冲他笑了一下，接着通话结束了。

空空的心似乎被这一句简单的祝福填满，祝岚行决定不再枯守无聊的电视节目折磨自己了，他关了电视，上了楼。

第二天一大早，鹿照远就提着行李到别墅了。他本来还觉得来得太早了有些不好意思，但没想到祝岚行居然连早饭都做好了。

"都是现成的东西，热一下就行。"大概是鹿照远脸上意外的表情太明显，祝岚行赶紧坦白，"我不会做饭。"

"也是。"鹿照远点点头，觉得自己刚才的大惊小怪很不应该。

小小的插曲过后，两人就开始学习了。正如鹿照远之前预告的那样，这次补习不管是题量还是难度都上了一个台阶，补得祝岚行眼冒金星但进步明显。

一晃七天过去了。这天上午，鹿照远照例给祝岚行梳理知识点，突然接到了鹿妈妈的电话，让他赶紧回家。

说起鹿妈妈这个电话，还有一段故事。

一家三口旅游回来，鹿乐成不小心把自己没给老师拜年的事情说漏嘴了，而且不管父母怎么说，他都不肯打电话给老师，鹿妈妈没办法只能自己打了。

家长老师一交流，成绩自然是中心话题。再经老师一强调，鹿妈妈觉得提高成绩的事刻不容缓,这才火急火燎地给鹿照远打了电话。

鹿妈妈的情绪不大高,鹿照远也听得出来。祝岚行看他接完电话后一脸凝重,也跟着担心起来:"是不是你没跟家里出去,这几天又没回家,你父母不高兴了?"

"不是。"鹿照远收起手机,慢慢整理着面前的书,"应该是因为我弟弟……我还是回去一趟吧。"

"那我陪你?"祝岚行说着也要收拾东西。

但被鹿照远拦住了,鹿照远按着他的手:"你安心做题,我过去看一下就回来。"

"好,等你。"

鹿照远到家的时候距离那通电话已经过去四十分钟了。他一进门,就见爸爸妈妈和弟弟各坐一方,一副三堂会审的架势。

鹿照远关上门,看了看几人,问:"怎么了,出什么事了?"

鹿妈妈瞪了一眼小儿子才开口:"小亮,我们出去这几天你都没回家吗?"

坏了,是冲我来的?鹿照远一挑眉,决定实话实说:"嗯,在同学家。他家也没人,我俩正好做个伴。"

鹿妈妈不知道想到了什么,鹿照远说完她有一瞬间的不自在:"这样啊……那个,其实……妈妈……"

"那不错的。"鹿爸爸出声打圆场,"现在我们回来了,你看要不要邀请同学来咱们家住几天?咱家虽然小了一点,但是很热闹。"

鹿照远摇摇头:"那我得去问问他,但我觉得他应该不会同意。"

鹿照远这话说得很正经,可鹿乐成先入为主,又自动代入了高小默那子虚乌有的姐姐,忍不住对自家大哥挤眉弄眼,正巧被看向他的鹿妈妈抓了个正着。

"还作怪!"鹿妈妈对鹿乐成向来是舍不得打也舍不得骂,她虚虚地点了两下他的脑袋,"要不是今天给你们老师打电话,我还不知道家长会的事情呢!"

鹿照远听到这,心里明白了,这是老师告状了,多半还是因为成绩。果然,下一秒鹿妈妈就说:"小亮,你看能不能给你弟弟补补课?打工的事我们暂时停一下?"

鹿照远也惦记着弟弟的成绩,但祝岚行那边不光是学习需要他,连维持光明也需要他。鹿照远一时陷入了纠结。

鹿妈妈知道大儿子一直在打工,见他这么纠结,突然有了个想法。

"你是不是在给同学做家教?"

鹿照远没领会妈妈的意思，但她说的是事实，所以他点了点头。

鹿妈妈心疼道："你这几天打工完了还要给同学做家教挣钱，会不会太辛苦了？"

顿了顿，她又说："其实家里没有难到这个程度，你有什么需要用钱的地方，和家里说，只要是正当合理的，爸妈都会支持的。"

"不辛苦，妈，你放心吧。"鹿照远没说这几天他没打工，也没说这家教是不收钱的，"我给别人补习也可以巩固一下自己的知识。"

"行，你一向有主意，爸爸妈妈也不多说了。"鹿妈妈很快就被说服了，然后又担心起鹿乐成，"可你弟弟这样，你说怎么办？这寒假也快过完了，现在去找家教也来不及了吧？但是老师说他的成绩和态度都有问题，我——"

"妈，"鹿照远打断她的话，"这样吧，我白天在家里陪小乐写作业，晚上去我同学那边，两边都不耽误。"

"那你这样两头跑太辛苦了……"

"没事，我晚上不回来，就在同学家睡了。"

鹿妈妈不是很赞成："你们两个吃饭怎么办呢？而且在别人家哪里有在自家方便，要不你白天去同学家，晚上回来？妈正好可以给你和你弟弟做些好吃的补补。"

鹿照远担心许愿机的电量无法支撑高强度的学习，所以不同意鹿妈妈提出的方案，只说："没事的，我和我同学都会做饭，而且我们关系很铁，他家里又没别人，我正好给他做个伴。"

"可——"

鹿妈妈还要说点什么，就被鹿乐成打断了。他扑过来抱着鹿照远的胳膊就把人往房间带："妈，你别说了，不要耽误我哥给我补习。"

"行、行、行——"鹿妈妈拿他没办法，只得闭了嘴。

鹿爸爸连忙安抚："他们兄弟俩感情好是好事，而且小亮一直独立，我们还是不要过多干涉了。心疼的话不如中午做点好吃的。"

鹿妈妈一听，是这个道理，连忙催鹿爸爸换衣服跟自己出门买菜，她今天中午要大展身手，给孩子们做些好吃的。

房间里，鹿乐成看着哥哥，一脸求表扬的样子，看得鹿照远手痒，忍了又忍，还是没忍住，所以他干脆抬手轻轻地敲了两下弟弟的头。

鹿乐成捂着脑袋，假装委屈："哥——我都帮你打圆场了，你还打我！"

"哼！"鹿照远斜眼看他，"我用你帮？真帮我就别让老师告状吧！"

说起成绩，鹿乐成就蔫了，转念又想到自家大哥抵死不认在恋爱，于是他怀着自己是个不被人理解的"无名英雄"的悲壮心情坐到了书桌前。

鹿照远也开启了自己血压飙升的补课体验。

"我刚刚才教过你这道题吧？"

"多拐了个弯就看不出知识点了？"

"这不是初一的知识吗？"

"你再读读题！"

一个上午，除了抽空给祝岚行发消息说了一下情况外，鹿照远就没停过。甚至中午吃饭时，面对一桌子好菜他都没啥胃口，被气的。

吃完饭，兄弟俩回了房，鹿照远才看到祝岚行发来的消息。

"吃了吗？"

"刚吃完。"鹿照远迅速回话，"但出了点意外，我弟弟这边补习太花时间了，我估计要晚点才能过来了。"

祝岚行回复得超级快："那不如让你弟弟一起过来？我们一起学习，像之前的四人学习小组那样。"

这是个很好的解决办法，但鹿照远还是拒绝了，主要是鹿乐成去了别墅，那不是跟老鼠进了米缸一样吗？还能指望他学？而且还有个现实的问题："我跟家里说好了晚上在你家睡，他也来的话晚上就要单独回去了，我不放心。"

这条发送过去，祝岚行一时没了回复。鹿照远时不时拿起手机查看，生怕自己错过了消息。他的这一番举动被鹿乐成看在了眼里，有了另一番解读。

"哥……"做题的鹿乐成自鹿照远拿起手机开始心就飞了，"你在和谁聊天？"

鹿照远头也不抬："认真做题。"

鹿乐成依然八卦："做着呢！是不是上回给你送蛋糕的那位？"

"嗯。"

鹿乐成双目炯炯有神："你这几天也是在帮这个人补习？"

"嗯。"鹿照远终于瞥了鹿乐成一眼，"这些事情你倒是机灵。"

"嘿嘿。"鹿乐成干笑两声，"哥，我有个好主意，你听听。我觉得吧，寒假就剩这么几天了，爸妈明天就开始上班了，我们具体怎么搞他们也不知道。干脆你每天给我留些作业，我在家里做，你第二天回来检查。而多出来的时间呢，你就去你的那位……

朋友家里，给她好好补课，怎么样？"

鹿照远不置可否，鹿乐成迎着他的视线，趁热打铁："我们是兄弟，住在同一个屋檐下，相处的时间可多了，但你和她就不一样了，我知道的，你们得争分夺秒！"

鹿照远皱皱眉，这话越听越奇怪，他索性不去想了："你真会好好做作业？"

鹿乐成自认为已经为哥哥的幸福做了巨大牺牲："我发誓！"

"那就……"鹿照远可耻地心动了，给弟弟补习真的太考验血压了，"试试？"

"嗯、嗯、嗯！"鹿乐成连连点头，在鹿照远看不见的地方露出得逞的微笑。寒假只剩几天了，好不容易一个人在家里，写什么作业，当然要好好玩游戏啦！

两兄弟的计划进行到了第五天，不知道鹿家兄弟怎么想的，但祝岚行觉得很不可思议，他甚至习惯性地每日一问："真的没问题吗？"

今天，就在鹿照远要照常回答"没问题"时，突然接到了鹿乐成的电话，他说："妈妈发现了，你快回来。"

看着鹿照远离去的背影，祝岚行心中的石头总算落了地。果然如此，这就是命。

说回鹿妈妈这边。她今天特意跟同事换了班，想早点回来给两个孩子做点好吃的犒劳一下，却万万没想到，回家会看到这样一幅画面：大儿子不见踪影，小儿子没正形地窝在沙发上抓着手柄玩游戏，音效的声音震天响，连她开门进来他都没反应。

说好的补课复习呢？

啪的一声，电视被关掉了。4D环绕的音效骤然消失，沉浸在游戏中的鹿乐成下意识号叫起来："谁把电视关掉了？！没看见我正……妈？妈！"

"你哥呢？"鹿妈妈板着脸问。

"我哥……呃，有事出门了，他下楼去超市买零食去了。"鹿乐成收起手柄，努力降低自己的存在感。

鹿妈妈可不是好糊弄的，她追问道："他一出门你就开始玩游戏？"

"寒假快结束了，再不玩就没有时间玩了。下学期我肯定会好好努力的，一定迎头赶上，为初三的学习打下坚实的基础！"鹿乐成讨好地冲妈妈笑。

鹿妈妈不打算就这样揭过："把你这几天的作业给我看看。"

"那个……我哥还没讲……我……"鹿乐成支支吾吾的。

"拿来。"

简简单单两个字让鹿乐成不敢再找借口，硬着头皮把练习册交了上去。

鹿妈妈翻开一看，气得发抖——除了鹿照远讲过的几道题外，其他的一个字没动。她把练习册甩到茶几上："这些天就做了这点儿？你哥呢？把他给我叫回来！"

鹿照远接到电话的时候就知道自己将要面对一场风暴了，但回家看到铁青着脸的妈妈和趁妈妈不注意苦着脸冲自己双手合十认错的弟弟，他还是没忍住翻了个白眼。

"小亮，过来坐。"见到鹿照远回来，鹿妈妈缓和了脸色。她不太冲大儿子发脾气，主要也是大儿子根本不会惹她生气，他太懂事了。

"你弟趁你不在的时候偷打游戏这事你知道吗？"

"没亲眼看见，但能猜到一点。"其实不只是猜到一点，鹿照远在出门第二天就心里有数了。两人是亲兄弟，又都是学生，鹿乐成眼珠一转，鹿照远就知道他心里转悠着什么心思，更别提什么作业做得慢、教过的内容不记得之类的明显证据了。

"那你要看着他呀！"鹿妈妈忍不住对大儿子提出更多的要求。

鹿照远说不出心里什么感觉，但他还是实话实说："妈，学习这事是要靠自觉的。而且小乐也不是一点都学不进去。小乐脑子活但贪玩，寒假最后几天，让他玩玩游戏也不是不行。玩的时候好好玩，玩够了，上学的时候他也就可以收心好好学习了。反正总比能玩的时间被压着学习只能偷偷玩，上学的时候还继续偷偷玩来得强。"

"对、对、对。"鹿乐成赶紧声援哥哥，"妈，寒假没两天了，你就让我把游戏打通关吧。游戏通关后我就不惦记了！"

"你闭嘴！"鹿妈妈对鹿乐成就没那么客气了，"你要是学习成绩好，至于没有玩游戏的时间吗？你哥哥别说玩游戏了，就算天天不着家，我说他什么了？"

两兄弟都不太敢接话。

鹿妈妈按捺着火气冲鹿照远说："你想这样安排，怎么不先和我说一声？"

那不是因为知道你肯定不同意才不说的吗？这一刻，两兄弟心有灵犀。

"就算只剩下几天，也要好好读书。能提高1分是1分，也许中考就差这1分呢？"

"我差的是1分吗？我差的是1分后面的两个0。"鹿乐成小声顶嘴。

鹿妈妈没理小儿子。她低头盘算片刻，突然觉得自己找到鹿照远不尽心的理由了："小亮，你告诉妈妈，在外头补习你收你同学多少钱？"

"怎么了？"

"这钱妈妈给，你认真带弟弟。"鹿妈妈说，"我相信你能带好你弟弟。"

"妈——"鹿照远眉头皱起来了，"你不用这样……你觉得这几天这么重要的话，我看着小乐就是了。"

"还是要的。"鹿妈妈打定了主意，钱是小事，鹿乐成可不能再浪费时间了，"本来我就觉得你晚上在同学家睡不合适，也不方便，现在正好弟弟需要你辅导，你也可以在家赚钱，一举两得。"

"……"鹿照远觉得，在妈妈心中自己应该是个守财奴，有钱瘾。

相较弟弟，他确实要自由很多，也更被父母尊重，但这种自由和尊重大多数时候都让他不太得劲。鹿照远有点烦躁："妈，真的不用，再说我也没收我同学的钱。"

"你没有收同学的钱？"鹿妈妈的脸上渐渐浮现出诧异，那是进门后看见鹿乐成玩游戏都没有过的诧异，"没钱你为什么这么积极？你对你弟弟都没这么积极吧？"

鹿照远词穷了，这离谱的真相要他怎么说？

这天晚上，鹿妈妈辗转难眠，她推了一下丈夫："老鹿，我觉得有点不对劲。"

鹿爸爸还以为她说的是鹿乐成的事情，他惬意地烫着脚，开导她："小乐如果真的学不进去就算了，孩子有没有天赋是上天注定的，小亮我们压根没管，学习和生活就没有我们需要操心的地方，到小乐这里是从早到晚操不完的心。做人嘛，有时候也要认命，不能想着什么好事都你一个人占了，有个贴心懂事的大儿子了，还想要个贴心乖巧的小儿子——"

鹿妈妈不耐烦地打断丈夫的絮叨："我怀疑小亮恋爱了。"

哐当一声，盆被踩翻了，水泼了一地。他惊疑不定地回头问妻子："你从哪看出咱儿子谈恋爱了？"

"他说是去补课，却没有收同学的钱。"

"就这？"

"你又不是不知道咱儿子多爱钱。他为了钱替同学补课不替小乐补课，我能理解，但是都不给钱，他还替同学补课不给亲弟弟补课，你觉得这对头吗？"

"是不对劲，怎么亲疏也该有别……"鹿爸爸也上心了，"你和小亮聊过了吗？他承认了吗？"

"没有。"鹿妈妈表情有些凝重，"我不知道怎么和他聊。我觉得他不仅不会告诉我的，甚至还有可能撒谎骗我。"

鹿爸爸出主意："给小亮的班主任打个电话，问问他在学校的情况。"

"你说得对。"

鹿妈妈点点头，也不管什么礼节了，直接一个电话打给了鹿照远的班主任王勇男。

"老师您好，我是鹿照远的妈妈。"

王勇男接到鹿妈妈电话的时候还有些诧异。他带鹿照远一年多了，之前从没跟鹿照远的家长单独联系过，但光这个学期已经接到两次对方家长的电话了，他直觉不好："鹿妈妈，您好。"

"是这样子的，我想问问，我儿子上学期在学校有没有什么异常？"老师和护士一样都很忙，鹿妈妈身为护士深有体会，所以开门见山，节约彼此的时间和精力，"比如他和哪个女同学走得比较近？"

王勇男一听就明白了，这是来问早恋的。早恋是学习的大敌，他也很重视。可重视归重视，还是不能罔顾事实："鹿照远同学在学校虽然不是非常遵守校规、校纪，但我确实没有见到他和什么女孩子走得比较近。鹿妈妈，您为什么有这样的担忧？"

"今年过年的时候，我儿子说要打工，说什么都不肯和我们一起去旅游，我不知道他这几天做了什么……"

"他又骗你们了吗？"王勇男脱口而出。

"又？"

"您还不知道？"王勇男一时情绪上头，直接给鹿照远"定罪"了，他告诉鹿妈妈，"就在上学期竞赛结束之后，鹿照远同学向学校请了一周的假，说是家里有事；但据我所知，他对你们说的是学校组织活动，要离家一周对吧？他学校家里两头瞒，其实是和一个叫祝岚行的同学出国参加试训了……"

"出国……"鹿妈妈怔怔的，"他和一个同学……出国了……一周？"

"是的，他们是好朋友，鹿照远同学也一直在帮祝岚行同学补课。"

"还一直……补课？"鹿妈妈好像是被大量的信息砸蒙了，一直机械地重复着王勇男的话。

"鹿妈妈，其实我也想和您建议一下，以我多年的教学经验来看，鹿照远同学并不是个坏孩子，他很聪明，虽然有些叛逆，但只要家长和我们学校配合，妥当引导，他肯定能够改掉这些毛病的。从家庭方面考虑的话，我想问一下最近是不是发生了什么变故，导致孩子心理出现了一些波动？"

"啊……"鹿妈妈仿佛被惊醒了，"老师你放心，家里没出任何事情。但我也觉得小亮最近的心理状态不太对劲，能麻烦您明天过来和我们一起疏导疏导孩子吗？"

"没问题，明天我一定来。"

第二天早上,鹿照远一推开房门,就觉得天塌了,因为王勇男正坐在自家沙发上。

他一出现,三个人六只眼睛,齐刷刷地落在他身上。千言万语,都从这三双眼睛里流淌而过。

鹿照远警惕地站在原地问:"什么情况?"

"小亮,你过来坐。"

说话的是鹿照远的爸爸,平常他不怎么出头,但今天特殊,他觉得自己应该挺身而出,当好家里的顶梁柱,矫正儿子青春期的一些……一些过大的步伐。最关键的是,父亲和儿子说青春期的心理和生理问题也比较不尴尬。

家里客厅小,沙发只有一个单人位和一个双人位,双人位爸妈坐,单人位老师坐。

鹿照远就只能坐在餐椅上,而那把椅子被端正地摆在电视机和沙发的中间——这个摆法,怎么看都有点不对。站在一旁看热闹的鹿乐成心直口快,直接问道:"爸、妈、王老师,你们这是要审问犯人吗?"

鹿妈妈凶他:"回你房间写作业去。"

"什么事都不告诉我,我还是不是这家里的一分子了?"鹿乐成噘嘴,趁机给他哥使了个眼色:有困难找我,我在房间里随时准备出来搞破坏!

鹿照远眨了眨眼,表示知道。只是心里有点纳闷,从现在这个情况看,怎么好像鹿乐成这个局外人倒比他这个当事人心里更有数?

鹿爸爸清了清嗓子,把大家的注意力拉到正事上来:"是这样的,今天把老师叫到家里来,主要是为了让我们双方全面地了解一下你学习、生活的情况……"

"我的学习和生活都很好。"鹿照远淡淡地说。

"虽然你自己觉得很好……"

"老班,我期末考了第几?"鹿照远转头问王勇男。

王勇男还没开口就已经词穷。

其实学校也是有生物链的。差生怕老师,老师却怕,或者说是会宽容地对待那些能给班级、学校带来荣誉的学生,而鹿照远恰巧就是这种。

见王勇男不说话,鹿照远委婉地催了一声:"老师。"

"第一。"王勇男不情不愿地说,将自己对他那又爱又恨的情绪表达得淋漓尽致。

鹿照远转头看向爸妈。

鹿爸爸此刻突然就体会到老婆的无力感了,他咳了两声:"也不只是学习,还有生活方面的。"

越说越奇怪了。鹿照远眉头皱了皱:"你们到底想说什么?我最近生活很好,没打架、没闹事,身体也很健康。"

他认识祝岚行以前,还会有事没事地和外校的不良分子争争闲气,可自从认识祝岚行后,他除了打工、踢球,就是学习了,简直比好学生还要好学生。

他越想越觉得莫名其妙,甚至有点不耐烦,主要昨天回来后他一直没去别墅,虽然已经跟祝岚行说好了,但他还是忍不住担心。见三个大人吞吞吐吐也说不出个所以然,他干脆道别:"爸、妈,你们没事的话我就先出门了。我给弟弟布置了作业,晚饭的时候我会回来给他讲的。"

这是他和祝岚行新商量好的时间分配方案,就是为了避免麻烦。

鹿照远的脚刚迈出一步,鹿妈妈脱口而出:"不行,你不能去!"

"……为什么?"鹿照远真的迷惑了。

可面对他的疑问,他的父母都支吾了起来。

王勇男见状,明白自己是时候出场了。他快速地组织了下语言,然后开口:"鹿同学,是这样子的,虽然你学习没有退步,但老师还是想问一下,你谈恋爱了吗?"

"……啥?"鹿照远最初的感觉是荒诞,但很快他就觉得自己找到原因了,"你们这么说是因为小乐吧?最近小乐也不知道怎么了,老觉得我有女朋友,和他说了很多次他都不相信。别听他谎报军情,我真没女朋友。"

隔着门板偷听的鹿乐成悲愤地在胸前画了个"十"字:兄弟就是拿来出卖的,我早已做好为我哥的恋情"捐躯"的准备!

听完鹿照远的话,王勇男还好,鹿家父母的四只眼睛里全写着不信。

鹿照远没好气地补充:"就算我想找女朋友,也要有时间吧。我要上课、打工,还帮朋友补习,哪来的时间谈恋爱啊?"

他觉得自己已经说得很清楚了,可父母一言不发的态度让他看不懂。他也懒得再多说:"没事的话我就走了——"

"你是去给祝岚行补课,是吧?"鹿妈妈突然抬头问道。

"对。"

"上回和你一起去德国参加试训的也是他吧?"

"妈!"鹿照远紧张起来,不明白为什么这个事情突然在今天暴露了。

话都说到了这里,鹿妈妈也不再拐弯抹角了,之所以让老师今天过来,主要也是因为这件事:"妈妈觉得你和他在一起之后变坏了!撒谎骗人就不说了,连出国这么大的事都敢瞒着父母！你想过没有，你要是在外面有个万一，爸爸妈妈怎么办？"

"这不是没有吗？我们好好地去，也好好回来了，别说没有发生什么事，就算发生了什么事，我们也能够自己解决。"鹿照远硬邦邦地说。

"小亮，你要是这个态度，妈妈只能要求你不要继续跟祝岚行来往了。"

鹿照远仿佛听到了什么天大的笑话。他异常愤怒，也异常坚决："祝岚行是我的挚友，只有他是！我不会因为你马后炮的关心而跟他分开的。我们没有错，错的是你！你根本就不关心我！"

鹿照远忍无可忍，一字一顿地说："妈，你真虚伪！"

鹿妈妈愣住了。

鹿爸爸大喝道："鹿照远！你是怎么和你妈说话的！快向你妈道歉！"

回答他的是鹿照远重重的关门声。

平复了一下心情，鹿爸爸向王勇男道歉："老师不好意思，小亮平常都很好……"

"我明白的。"王勇男说，想了想，又劝了两位家长两句，"十七八岁的孩子都比较敏感，我们不能太过激进，还是得慢慢来……"

鹿爸爸自然点头称是。

两人又絮絮叨叨地说了几句，王勇男就起身告辞了。鹿爸爸殷勤地把人送出了门，回到家里又是一脸凝重。

这时，被鹿照远顶撞得一直没说话的鹿妈妈突然抓住了丈夫的手。

"老鹿，我想见见祝岚行。"

鹿乐成从厕所溜回了房间，鹿家父母都没心情关注小儿子的这点动静。

回到房间，鹿乐成立马给鹿照远发消息："哥，爸妈可能要去找祝岚行！"

而先一步回房的鹿照远此时正戴着耳机听音乐，别说客厅的动静了，就连放在手边的手机响他都没察觉。

鹿乐成不知道哥哥房里的情况，见消息发过去半天没回，他急得上蹿下跳，正想着是不是冲进哥哥房里直接告诉他时，他哥回消息了。

"知道了。"

知道了？鹿乐成看着这简简单单的三个字，觉得自己一片真心错付了。

然而，看到消息的鹿照远远没有鹿乐成以为的那么冷静，甚至在最初的时候他的理智狠狠地碎掉了。过了好一会儿，他才回复了弟弟的消息，然后切到和祝岚行的聊天窗口，开始打字。

"岚行，我家里出了点事，我弟弟打游戏被爸妈发现了，现在正爆发家庭战争，这几天我恐怕都没办法过去了，我要留在家里给我弟补课，你现在状态还好吗？"

才打完，鹿照远又全部删掉了。

他想到之前祝岚行骗自己的事。

当时的他虽然完全能够理解祝岚行的谨慎，但还是不高兴，所以他想祝岚行也不会高兴自己骗他。

于是他重新编辑："家里出了点事，不方便告诉你，我能够解决。这几天没法去你那里了。"

"ps：我没有骗你说没事，这样想想，你是不是有点高兴？"

祝岚行是以非正常状态收到鹿照远的消息的——他又变小了，学习确实是一件消耗电量的事情。虽然很失望不能见到鹿照远，但他没有表露分毫，反而安慰他："不用担心我，我很好。"

"你没有骗我，我很开心。"

鹿照远回复得很快："我们学校见。"

"学校见。"

第 1.6 章
矛盾升级

剩下的几天假期眨眼就过去了，转眼开学了。

祝岚行睡得迷迷糊糊的，闹钟响了很多遍，但他就是没有力气睁开眼。直到专属鹿照远的手机铃声响起来，他才挣扎着拿起手机接电话。

"岚行，是我，你出发了吗？你现在的状态方便吗？"

鹿照远的声音让祝岚行清醒了一点。他甩甩头，慢慢坐了起来。经历过手链丢失的事，祝岚行也总结出规律了，除了电量耗尽他的身体会随机变化外，如果许愿机没电的时间较长，他的身体也会不定时地随机变化，痛苦倒是不痛苦，就是比较容易疲惫。

"方便，我现在大概十四五岁，不引人注意，我们学校见。"

"你的声音有点不对劲，是感冒了吗？再说，你现在能看见吗？"

被鹿照远一提醒，祝岚行才发觉自己正在发烧。鉴于他一直没出门，家里也是恒温的，所以推测这应该是身体不停变化导致的。

"问题不大，我吃点药，让威廉送我去学校。"

想到今天出门时父母的表情，鹿照远警惕地看了一下四周才说："算了，我过来吧，顺便给你带些药。具体什么症状？"

祝岚行没有拒绝，反而像是解脱了一样立马倒回床上，将自己的症状说了。

"好，知道了，你休息吧。"

鹿照远又叮嘱了两句才挂了电话。

祝岚行刚要睡，突然想到今天开学，于是他又强撑着给王勇男打电话请假。

浓重的鼻音掩盖了声音的细微不同，也让王勇男痛快批了假，末了，他还不忘表达一下关心："家里有人照顾吗？"

"不严重，鹿照远一会儿帮我买药送过来，请老师放心。"

想到几天前的一幕，王勇男心情复杂，但最终他什么都没有说，只让祝岚行好好休息就挂了电话。他捏着电话，犹豫着是不是要跟鹿家父母说一声，这时鹿照远来电话了，说要请半天假。

王勇男闭了闭眼睛，做了好几个深呼吸才说服自己算了，好歹请假了，这会儿就不去激化矛盾了吧。

可王勇男没想到鹿照远一整天都没来学校。

欸，当老师好难。

当天晚上，鹿照远家中。

这几天鹿妈妈特意跟同事换了班，晚上熬大夜，白天在家看孩子。虽然连轴转很累，但看着两个孩子都老老实实地在家学习，她安心不少。

今天她本来想去实验中学直接找祝岚行的，但大儿子这几天的表现她看在眼里，认为再采取强硬的措施可能真的会让孩子跟自己离心了，所以她抑制住自己的冲动，心神不宁地等到了放学。

大儿子开门的那一刻，她飘了一天的心终于落了地。"上了一天学累了吧？"她迎上去想接过儿子的书包，对方却不着痕迹地躲开了。

"那你先回房学习，"鹿妈妈在围裙上擦了下手，"妈妈做了你最喜欢的金线莲老鸭汤，一会儿给你盛了送进去。"

"好。"鹿照远挤出一个笑，然后快步进了房间。

没一会儿，鹿妈妈端着汤进来了。看到儿子面前摆着满满当当的练习册，她满意极了，二话没说就离开了房间。

鹿照远对着这碗汤，露出了个不知道是笑还是哭的表情："妈，你又忘了，我从来不爱喝鸭汤……"

鹿妈妈今天还是夜班，弄完饭，她都来不及吃一口就匆匆出了门。路上，她接到了王勇男的电话。

"鹿妈妈，您好，我是鹿同学的班主任王勇男。"

"王老师您好！"鹿妈妈正在等车，鉴于前几天这位班主任见证了他们家的大冲突，所以她对对方这时候打来电话颇感紧张，"请问，小亮是在学校做错了什么吗？"

"那倒没有。"

"那就好。"鹿妈妈很高兴，"上次真是不好意思，让老师您……小亮这几天很乖了，每天都在家，除了自己学习也帮他弟弟补习，我要感谢老师对他的培养……"

鹿妈妈说话很客气，语气也很轻松，王勇男听了心里却不是滋味。打这通电话之前他还有些犹豫，但听到鹿妈妈对孩子的感受是如此模式化的认识时，他觉得自己有必要戳破假象，让这一家人好好了解彼此。

"鹿妈妈，请听我说。"王勇男语气十分认真，"鹿照远同学今天请假了，他没有来学校。"

"什么？！"鹿妈妈的脸色唰的一下变了，满心愧疚在这刹那全被错愕给冲散，接着怒火将她淹没。

"他干什么去了？"

"祝同学生病了，他去照顾他了。"

愤怒让她口不择言："他生病和我儿子有什么关系，我儿子是医生吗？"

王勇男没料到对方会如此生气，但事已至此，有些话他还是要说："我觉得您和您的家人对鹿同学的关注是不够的。在学校，他是个非常有个性的学生，他和祝同学是好朋友，两个人是共同进步的……至于祝同学，他的家庭情况有些特殊——"

"他家情况特殊关我儿子什么事？"鹿妈妈厉声打断了王勇男的话。

"我对我儿子的关注不够？我认为王老师您可能是关注得过于多了吧！"

"上次他们出国，我没记错的话，王老师您也对我隐瞒了实情吧？

"我儿子上学就是去学习的，我相信王老师您也清楚这一点。至于那个祝岚行……他三番四次地影响我儿子学习，我希望他能离开这个班级！"

"这怎么可能！不管是学校还是老师，都不会做这种事情的！"王勇男想也不想就拒绝了鹿妈妈的要求。

"实际情况王老师您也知道，如果您不想我去学校闹得大家都不好看的话——"

"鹿照远妈妈！"王勇男提高音量直接打断了鹿妈妈的话，态度也变得强硬，"请冷静一点！您对孩子的在乎我明白，但祝岚行也是别人的孩子！您不能因为自己的私心而剥夺他的权利!他们都是我的学生,对我来说他们是一样的!我希望您也能明白!"

鹿妈妈胸膛剧烈地起伏着,过了好久,她慢慢冷静下来,但手依然木着发抖,说话的声音硬邦邦的:"王老师,您说得对。既然不能给祝岚行调班,那我要求把他和我儿子隔开,让他们的座位离得远远的……"

第二天,祝岚行和鹿照远都上学了。

早读课的时候,王勇男照例巡视了自己的班级。看到祝岚行和鹿照远并肩坐着,他有一瞬间的愣神,然后抬脚进了教室,直奔两人而去。

他在两人面前站定,鹿照远和祝岚行也停止了早读,仰头看他。

到底还是屈服了……王勇男闭了闭眼睛,重新睁开后,他板着脸对祝岚行说:"祝同学,下课了你换个座位。"

祝岚行一脸迷糊,鹿照远却一下就明白了,他愤怒地质问:"凭什么?!"

祝岚行本来以为王勇男是要自己回到原来的座位上,但鹿照远的反应让他意识到这事情不简单,这中间恐怕还有自己不知道的情况。

他刚要说话,王勇男也硬邦邦地开口了:"鹿同学,老师调换同学的座位是很正常的事情,你的反对根本没有道理。"

鹿照远定定地看了王勇男一会儿,一抹讥笑浮上他的脸:"师者,所以传道受业解惑也。但您现在的行为不光跟这些一点不搭边,反而还阻碍学生进步。您做得不对,我为什么不能反对?"

不知道什么时候,班里的读书声停了,所有人都看向了这边。

祝岚行看了鹿照远一眼,眉头微微皱起来。

王勇男察觉到班里的异常安静。

"行了,不要打扰其他同学,"他皱着眉说,试图在占领道德高地的同时化解冲突,"下课后你们到我办公室来!"

"去什么办公室。"王勇男想大事化小小事化了,但鹿照远偏偏不如他的意,"影响同学学习的可不是我,老师,是你莫名其妙地挑起事端的。再说,有什么话不能在班里说?不能在班里说的话就能在办公室里说了?还是说,那些话在班里说不像样,但在办公室里说就义正词严了?"

就算平时再怎么跟学生打成一片,王勇男到底是个老师,如今他身为老师的权威一再被当众挑战,他的脾气也上来了,声音逐渐大了起来:"我还不是为了你们!"

"我不需要。"鹿照远冷漠道，"祝岚行也不需要。我们只需要你把话说清楚。"

"你们总是这样，说什么都是为了我们好，可这种好我一点也没感觉到，只觉得不被信任、不被理解，还有窒息。"鹿照远厌倦了和王勇男没完没了地兜圈子，他直视着王勇男的双眼质问，"心里有鬼的，究竟是你们，还是我？"

王勇男哑口无言。

最后是来领早读的语文老师发现了班里的不对劲，快步走了过来，把王勇男挡在身后，呵斥鹿照远："怎么回事，你是来上课的还是来耍威风的？看你刚刚的样子，还有学生的模样吗？出去站着，什么时候学会尊重老师、不扰乱课堂纪律了再回来上课！"

鹿照远嗤笑一声，然后沉默地向外走去。

虽然不了解内情，但祝岚行还是想都没想就抬脚追了出去。

可王勇男拦住了他。

他满脸疲惫地说："祝同学，没让你出去，你坐回去吧。"

"虽然我还不太清楚具体情况，但这件事的起因是我，没道理鹿照远要受罚，而我不用。老师，教书育人，更要公正合理才能让人信服。"

祝岚行不疾不徐地说完后径直越过两位老师，走到了教室外。

没一会儿，语文老师也带着王勇男离开了。

两人进了小办公室，就是祝岚行之前补做试卷的那间。

语文老师翻出个一次性纸杯，给王勇男倒了一杯水，安慰道："王老师，你先冷静一下，喝口水。"

"谢谢。"王勇男接过水杯，勉强笑了一下。

看着委屈得差点哭出来的年轻同事，语文老师看得明白，开口劝道："这个年纪的孩子就是这样……缓一缓，换个方式也许问题就能解决了。"

王勇男点点头，他自己心里也清楚，甚至忍不住替鹿照远说好话："他也受了委屈……小孩儿家里担心他交友不慎。"

这话一说，再结合刚才发生的事，语文老师哪里还不懂？沉默片刻，她才开口："父母有这种担心也能够理解……不过有些事情吧，我们越在意，学生越要和我们对着干；我们不在意了，学生自己也觉得没意思了。你得先稳住……"

祝岚行出了教室和鹿照远并肩站着。

鹿照远看他也出来了，眉头皱起，眼中闪过一丝戾气："他们把你也赶出来了？"

"是我自己要出来的。"祝岚行笑着拍拍他的脑袋，"别一副要去打架的样子。"

鹿照远就像被顺了毛的大狗，一下就好了。

见状，祝岚行又掏出了一颗巧克力："吃点甜的。"

鹿照远拿起来，一边剥包装，一边问："你怎么还有这个？"

"路上扫码送的。"

刚把巧克力吃进嘴的鹿照远险些被噎到："你也扫码拿赠品？"

"凡事总有第一次。"说着，他又掏出一颗巧克力，利落地剥开包装丢进嘴里，一笑，"我也有。"

鹿照远的心情一下就变好了。

两人站着回味了一下巧乐力的甘甜味道，祝岚行就说起了正事。他把手机往鹿照远面前一送："来吧，讲题。"

"……" 鹿照远看着手机屏幕上的题目，很是佩服，"都这样了，还做？"

"不是你告诉我不要拿别人的错误惩罚自己吗？我们的目标还没有达到，难道要为了他人放弃吗？"

"当然……不能。" 鹿照远释然地笑了，随即他又有些紧张地问，"我刚刚……你会不会觉得我很逊？"

祝岚行摇摇头："你会这样做一定有你的理由，我等你主动告诉我的那天。"

过了很久之后，鹿照远再回想起今天，仍然会为祝岚行无条件的支持与信任感动。但刚满十七岁的他此时还无以为报，他压下眼底的热意，认真看起题来。

早读课虽然还没下课，但二班的风波已经传了出去，引得有一段时间没来高二年级巡视的教导主任窦兴学闻风而来。

他气势汹汹地上了楼，一眼就看到了坐在教室门口还在交头接耳的两人。正要去兴师问罪，却见鹿照远拿着笔，一边看手机，一边在纸上写写画画。

窦兴学踮脚伸脖子往前看，终于看清了纸上的内容，一腔怒火就这样熄灭了。他放轻脚步，悄悄退到了楼下——要是非要罚站才能学的话，他觉得每天让这两个家伙站一站也不是不可以。

于是，除了公开顶撞老师之外，鹿照远还多了个在窦三毛手下毫发无损的战绩，一时间，他的威名传遍了整个高二年级。

不过这事儿传得太广了，舆论就不是一边倒地支持了。舒云飞就碰到一个，是在聊天群里匿名发的言。舒云飞气不过，正较真儿地要把这个说坏话的家伙给揪出来，就被数学老师抓了个现行，叫到黑板上做题了。

舒云飞看见黑板上的附加题，两股战战，几乎要跪。

片刻后他直接坦白："老师，我出去罚站。"

"去后面罚站。"老头儿没好气地说，"带上纸笔，给我认真学！"

当天放学，四人照例一起走。事件当事人祝岚行和鹿照远已经恢复成平常的样子了，反而是舒云飞一直捧着手机，一副有事要办的神秘模样。

鹿照远眼疾手快地拉了他一把，才避免了他撞向电线杆的命运。

"还看！"鹿照远放开他的衣服，没好气地说道。

舒云飞也被吓了一跳，他反应过来之后连忙告状："亮哥，有人说你坏话！"

鹿照远不大感兴趣，都不敢当面来跟他说，这种人根本不值得他费神。

向晨倒是来了精神："说什么了？人在哪里？要去揍他吗？"

祝岚行也将目光转向了舒云飞。

舒云飞把手机屏幕亮出来给几人看："在群里。"

向晨翻了个白眼："群里有什么好说的！"

"那也不行。"舒云飞有自己的坚持，"在我做群主的群里说亮哥的坏话，就是看不起我亮哥座下头号小弟舒云飞！"

向晨不满："头号小弟是我吧？"

舒云飞根本不搭理他："反正那些背后说人坏话还心虚到匿名的家伙我都找到他们的姓名和班级了……我保证，至少在这两个月里他们会被所有女生的唾弃，别的不说，至少马上到来的白色情人节，他们是没戏了，嘿嘿嘿……"

祝岚行和鹿照远对视一眼，选择了沉默。倒是向晨咋咋呼呼的，还在跟舒云飞争论谁才是头号小弟。

说笑间，几人走到了要分开的岔路口。鹿照远自觉地跟祝岚行站到了一边，他们要向西走，去别墅。向晨和舒云飞交换了一个眼神，不等鹿照远问出口就丢下一句"再见"往东跑了。

这个课后学习小组，不知道从什么时候开始就只剩他们两人了。

鹿照远叹了口气："走吧，回去给你讲题。"

回到别墅，两人按照计划开始补习。

看着认真做题的鹿照远，祝岚行却怎么都静不下心来。

偌大的别墅只有两个人，早上的场景一幕幕在他脑海中重现。犹豫了很久，祝岚行放下了笔，叫了一声鹿照远的名字。

"怎么了？"

鹿照远算完了最后一步才把眼睛从稿纸上移开，却没想到一抬眼就对上了祝岚行欲言又止的眼神。

来了，鹿照远心想。

下一秒，祝岚行开口了："你……愿意说吗，今天的事？"

鹿照远露出了一个笑容，苦涩又无可奈何。祝岚行看了，心里有些难受，就在他准备放弃探寻真相时，鹿照远缓缓开口了。

"我家……你也知道。当年的事，我也跟你说过了。不知道是不是因为那件事，或者多孩家庭就是这样，反正，我在家里不算不受重视，但实际也就那样。"

身为独生子的祝岚行无法切身体会鹿照远的感受，但只看他的表情，他觉得自己的心也跟着揪起来了："还记得你去试训时我跟你说的话吗？如果你想……"

鹿照远摇摇头，打断了他的话，和父母的争执他也不打算讲了："其实我不想……我还有点渴望。"

如果可以，他也不想那么懂事。

"鹿照远……"

"我把我的秘密告诉你吧，祝岚行。"

祝岚行一愣，不知道自己是不是做好了准备，但鹿照远却打定了主意。

"过往的那些事情，让我有了这个秘密，你要听吗？"

祝岚行抬头看进了鹿照远的眼睛里，他没有说要或不要，而是问："是什么？"

"我有皮肤饥渴症。"

"皮肤……饥渴？"祝岚行下意识地重复道。

似乎是很不好意思，鹿照远的眼神飘忽起来："就是……因为在婴幼儿时期没有得到足够的抚慰，于是渴望别人碰触的毛病。"

"我知道，"祝岚行曾经上过医学院，这类心理问题他多少有些了解，不需要鹿照远多说，他主动补充道，"同时还伴随着自卑、怯弱等个性问题，是个不容忽视的心理问题。"

但——自卑、怯弱？鹿照远？

虽然不合时宜，但祝岚行还是觉得有些离谱。

他试图多了解一些情况："你这个情况多久了？看医生了吗？是看到任何人都想要皮肤……肢体接触吗？"

"不，只有对你才这样！"鹿照远斩钉截铁地说，"我这是定向皮肤饥渴症！我去看过医生的！"

"定向？只对我？就像……我的手链锁定了你一样？"

说完，他思考起来，好像不只是在问鹿照远，也是在问自己。

"对、对、对！"鹿照远连说了三个"对"，然后说出了一直以来难以启齿的事情，"你还记得我们第一次见面吗？那时候我就想你摸我的脑袋。"

祝岚行当然记得。他第一次和鹿照远见面的时候，鹿照远还是个孩子……

"我们第一次见面的时候，你刚刚转学到实验中学。当时在水房外我就……就想你摸我的脑袋了。"

祝岚行了然，突然意识到自己还没有告诉鹿照远这一段往事，于是他沉默了。

可祝岚行此时的沉默被鹿照远看在眼里又有别的意思了。

他吞吞吐吐、紧张兮兮，最终还是结结巴巴地问了："祝岚行——你——你不会嫌弃我吧？"

回过神来的祝岚行粲然一笑："不会，不过是个小毛病而已。我不光不会嫌弃你，甚至还会满足你。"

说着，他伸出手重重地在鹿照远头上揉了一把。

鹿照远满足地眯起眼，就像之前那样，甚至还厚着脸皮要求再来一下。

悲伤的气氛荡然无存，祝岚行虽然还是没有太搞清楚今天事情的起因，但有了一些意外收获。

送鹿照远离开后，回想起刚刚发生的一切，祝岚行觉得又好笑又感动。

早该猜到的，能坚持每年祝福他的小孩，还能召唤出许愿机这种不合理的存在，他身上有点奇奇怪怪、无伤大雅的小毛病也不算什么。

寂静无人的夜，房间空旷得他几乎能听见自己胸腔中心脏跳动的声音。

事情原来这么简单——他无比信任鹿照远，而鹿照远也无比相信他。

鹿照远到家已经是十点了，一开门就见到爸爸妈妈都坐在沙发上，看样子是在等他。鹿照远猜是因为学校的事情，但他一个字也不想说。简单地跟父母打了声招呼后他就直接钻进了房间，根本不给他们开口的机会。

鹿妈妈一肚子话没说出来，气得要爆炸。

鹿爸爸赶紧给她顺气："慢慢来，慢慢来！孩子大了，不能逼。"

满腹心事的鹿家人和已经进入梦乡的祝岚行并不知道，在学校附近的漆黑角落里，三个鬼鬼祟祟的人影聚在了一起。

第17章 血色风波

日子就这样一天天过去，二月短得让人来不及反应，等意识到的时候已经到了3月14日，白色情人节。

这天一大早，祝岚行就到教室了。鹿照远进来的时候就看见他背着书包站在自己的桌子前发呆。

他几步跨过去，揽住了对方的肩膀："怎么了，发什么呆？"

祝岚行无奈地看他一眼，一抬下巴："你自己看。"

鹿照远一偏脑袋，看了个全貌，只见祝岚行的桌肚里塞满了巧克力和零食。

鹿照远扑哧一下笑了。

"有什么好笑的？"祝岚行朝他座位的方向一努嘴，"我刚才瞟了一眼你的抽屉，也是满的。"

鹿照远耸耸肩："习惯了，去年就这样，女生们就是玩一玩，凑个热闹而已。"

"果然很有经验。"祝岚行揶揄道。

鹿照远干笑两声。

"那这些东西要怎么处理？"祝岚行把课桌收拾开，才把桌肚里的东西掏了出来，有些发愁，"还是要回个礼？"

"不用。"鹿照远也回自己座位整理起来，"大多都没有留名字，大家只是玩儿。但如果你看到有留了名字并且有包装的……"

剩下的话鹿照远没有说明，但祝岚行懂了，真发现了这种，也只能冷处理了。

这边祝岚行还在整理，那边鹿照远已经在教室里吆喝开了："来来，东西都在这里，你们随便拿。"

"耶！"

一阵热烈的欢呼声响起，祝岚行这才发现，不光是二班的同学，鹿照远还把足球队的队员叫上了。

同学们一哄而上，将鹿照远的座位团团围住。隔着人群，鹿照远向祝岚行一挑眉，那意思似乎在说"怎么样，要帮忙吗？"。

祝岚行心领神会，抓起零食投进了人群中。

到底顾忌着还要上早读课，一群人拿了东西很快就散了，鹿照远和祝岚行的座位附近一下子清静了不少。

突然，鹿照远递了一个盒子到祝岚行面前。

祝岚行低头看去，发现是一盒巧克力，可能是酒心的，因为每一颗都是迷你酒瓶的形状，包着花花绿绿的包装纸摆放在透明的盒子里，还挺可爱的。

"这是？"

"我打工的甜品店里的爆款，今天我们也凑个热闹，尝尝。"

鹿照远都这么说了，祝岚行也不客气了。他精挑细选了两颗，分别用两只手小心地拈了起来，然后轻轻地碰了一下。

"干杯。"他冲鹿照远一笑，递了一颗巧克力过去。

鹿照远笑着接下。

巧克力入口，先是浓郁的甜苦夹杂的味道，随后酒心渗出来，微辣，微呛，混合着香醇的可可香味，让人忍不住回味。

"再来一颗？"看到祝岚行陶醉的样子，鹿照远又拿了一颗递给他。

祝岚行接了过来，却没吃："下课再吃。"

今天领早读的英语老师来得有些晚，疯闹过后，学生们的兴奋劲渐渐褪去，陆续进入了学习状态——不包括祝岚行，他还在想办法把书包塞进桌肚里。

鹿照远看他折腾了半天，忍不住问："怎么回事？里面有东西？"

"嗯。"祝岚行气闷地把书包放在腿上，转头跟对方吐槽，"不知道是什么，刚拿零食的时候我就发现了,但卡得特别紧,不好拿出来。"

"你放着,下课我帮你弄。"

祝岚行点点头,到底想不过,又把手伸进桌肚里摸索起来。

有个东西卡在了上层桌板上,位置比较偏里,摸起来又硬又凉。

祝岚行下意识地把那东西抓住,用力一拽,清脆但细微的一声响后,桌肚里的东西被掰下来了,同时似乎有什么东西划过他的掌心,一瞬间的冰凉后,剧烈的疼痛与湿润一同袭来。

祝岚行"嘶"了一声。

鹿照远见状,直接把他的手从桌肚里拉了出来。

明亮的光线照到祝岚行手上,一道狰狞的伤口横贯他的掌心,血液从中渗出,染红了断在掌心的美工刀片后又从指缝滴答溅落。

"祝……祝岚行!"鹿照远捧着他受伤的那只手,沾到血液的手指不停地颤动:"我们去医务室——谁有纸巾?"

苗小卉被这场面吓到了,听到鹿照远的问话后才从震惊中回过神来,赶紧掏出面巾纸:"我有,给——快!"

"……我没事,别紧张。"虽然受了伤,但祝岚行反而最为镇定。他站起来,任由鹿照远按着自己的伤口,又叫前桌的两名同学让开,然后一把把桌子推到一边。

空空的桌肚朝天花板张开了大嘴,也让所有人都看清了里头散着的许多刀片。

人为的。

鹿照远握紧拳头,神色在这瞬间变得极其恐怖。

伤口看着可怕,其实割得并不深。校医麻利地替祝岚行清创包扎:"没大事,皮外伤,这两天小心点,不要碰水,以免感染,也不要提重物或者碰撞,好好养几天就会结痂了。一会儿我给你开张条子,让你同学陪你去医院打破伤风疫苗,现在你先在这里休息一下吧。"

说完,他就出去了。

鹿照远帮祝岚行脱掉了外套,强行让他躺了下来。他自己则坐在床边,眼睛盯着祝岚行缠着白纱布的手,一言不发。

"我没事。"

祝岚行动了动手指,冲鹿照远笑了一下。可能是因为失血,他的笑容显得有些苍白和脆弱，看得鹿照远更加难受。

"都怪我……"鹿照远眼圈有些红，似乎在极力忍耐着，"这些日子你都跟我在一起，根本没有仇人……肯定是冲我来的。"

听鹿照远这么说，祝岚行知道对方又要钻牛角尖了。他心里有些着急，但面上不显，还是一派乐观的模样："反正老师已经知道这件事了，交给他们调查就好。你现在要做的就是陪我。"

闻言，鹿照远扯着嘴角笑了一下，但很勉强。

"我肯定会的，"鹿照远把手轻轻地覆在祝岚行受伤的那只手上，"你先休息，我过一会儿再来陪你。"

说完，鹿照远起身就要走。祝岚行一着急下意识地伸出受伤的那只手去拉他。

"嘶——"为了留人，祝岚行干脆呼痛起来。

鹿照远果然又转了回来："怎么了？"

祝岚行没说话，但鹿照远看见了，他的伤口又渗血了。

祝岚行抓住机会，用没受伤的手牢牢地抓住鹿照远的手臂，把人留在了身边。看着对方愧疚的表情，祝岚行知道说服他的机会来了。

"冷静点了吗？"

鹿照远呼吸一滞，然后才很小声地"嗯"了一句。

冷静下来就好。

祝岚行缓缓吐出一口气："你刚才想去干什么？是要去找人？你已经知道这件事是谁做的了？"

鹿照远摇摇头，声音发紧："反正跟我有过节的就那些，挨个问就是了……"

"是用嘴巴问吗？"祝岚行也有了点火气，"鹿照远，我知道你打架很厉害，但不要打架。"

祝岚行叹了口气，他刚转学到这里的时候就察觉鹿照远有逞勇斗狠的苗头，那时他也劝过，但心情跟现在完全不一样，就像今天，哪怕受伤的是他自己，他也不想鹿照远做错事。

"打架虽然能够解决一些问题，但也会制造出更多的问题。我们不能以制造新问题的方式来解决旧问题……"

"但我不怕。"鹿照远硬邦邦地抢白。

"我怕。"祝岚行目光落在鹿照远脸上，看着他那还有些稚嫩的轮廓，声音不自觉地变得轻柔起来，"我怕你受伤，也怕你因一时冲动而后悔一生。鹿照远……"

祝岚行摊开受伤的手给鹿照远看。

"你说我会受伤都是因为你……姑且算是吧，可我认为这伤口显然还不够深，因为你完全没有从中吸取到教训。"

"祝岚行……"

"怎么，你觉得我说的话不对吗？"

"你想要我怎么做？"鹿照远的目光第一次躲闪起来。

"我不想要你怎么做。"祝岚行无比认真地告诉鹿照远，"我只是希望你在做一些重要的决定之前先告诉我，同我商量。"

正因为知道面前的少年有一颗怎样干净的心，祝岚行才不能放任鹿照远行差踏错，一丝一毫也不能。

"因为……无论你去哪里、面对什么，我都会和你一起面对；无论你做什么、承担什么，我都会和你一起承担。

"鹿照远，你不仅要对你自己负责，你还要对我负责。"

当天晚上，往祝岚行抽屉里放刀片的人就被抓住了。

因为事发之后，学校里流言四起，他们做贼心虚地想要毁灭证据，没想到被巡查的老师抓了个正着。

学校方面有些犹豫要不要报警。说不严重吧，有学生受了伤；说严重，这几个人的行为像是暗地里报复更多一些……

很快，学校方面的担心就消除了，因为苦主祝岚行说不报警。

"放心，"窦兴学就差拍胸脯向祝岚行保证了，"学校一定会公正公平地处理此事，给你一个交代的。"

陪在祝岚行身边的鹿照远却仍然愤怒不已，对此很不满意。

祝岚行轻轻地拍了拍鹿照远的背，然后才说话："老师，我想跟对方聊一聊。"

"这……"窦兴学有些犹豫，主要是旁边的鹿照远拳头攥得紧紧的，一副见了面就要揍人的样子。

祝岚行注意到了窦兴学的犹豫，他说："鹿照远肯定是要跟我一起去的。老师，我认为有你们在场，今天是我们矛盾双方解决问题的最好时机。如果今天不能解决的话，我不保证后面会发生什么。"

窦兴学教书这么多年，还是第一次碰见一个学生用这种口吻跟自己说话。但他转念一想，也是，这么多老师在场，还有什么好怕的？万一今天他们擅自决定了，鹿照远一个不服，以后再闹出什么事来，岂不得不偿失？

想到这，窦兴学就同意了祝岚行的要求。他先跟其他老师通了个电话，然后才带着两人过去。

一进门，鹿照远的目光就落在了其中一个人身上。祝岚行悄悄问他怎么了，鹿照远咬牙切齿地说："中间那个是咱们班的，叫韩茂茂，坐你前面的前面。"

他这么一说，祝岚行就有印象了，只是他还是不懂，为什么这三个人要针对自己，或者说针对鹿照远。

"你们为什么这么做？"祝岚行问。

三人低着头，不说话。

已经问过他们一轮话的王勇男开了口："我问过了，他们因为这段时间被同学们针对，所以才想要报复的。"

这话一出，祝岚行瞬间就明白了。他立马转头去看鹿照远，果然发现对方的脸色已经阴沉得能滴下水来。他还来不及安抚，鹿照远就嗤笑着开了口："孬蛋，你们被人针对是因为我吧？怎么不冲我来？懦夫！阴沟里的老鼠！这辈子也只能在暗地里叽叽喳喳，做些恶心人的勾当了！"

鹿照远的这番话说得毫不留情，那三人被这么一骂，脸上的愧疚表情也消失了，取而代之的是愤怒，尤其韩茂茂，简直气到发抖。

鹿照远冲他一挑眉："怎么，不服？要来打我？哦，我忘了，你没这个胆子，要是有也就不会有今天这事儿了。"

韩茂茂被彻底激怒了，他顾不得有老师在场，直接回呛："你以为你是什么好人吗？翘课、打架你哪样没干过？不过是仗着成绩好老师给你特权罢了！现在装什么正人君子？哼，我不过是在群里说了你一句'每天捧着祝岚行的臭脚真让人恶心'，你就叫你的狗腿子鼓动大家孤立我，你怎么有脸站在这里说这些？"

看到老师们吃惊的眼神，祝岚行不得不简洁地把舒云飞之前找人的事情交代了。

老师们听了，表情一言难尽，而做坏事的那三个同学更是觉得难以置信。

"你说他没做他就没做了吗？"韩茂茂厉声反驳，"反正你们是一伙的，你当然帮他说话了！"

"那你要什么样的事实？你不肯承认鹿照远不知情，是因为如果真是那样的话，你们做这种事的理由都不存在了，对吗？"

祝岚行被他的胡搅蛮缠弄得心烦，他第一次正眼看着韩茂茂，不客气地质问道："但是，请问，就算鹿照远他知情又怎么样呢？你们伤害的是我！从你们决定向我下手开始，鹿照远知不知情都不重要了，舒云飞做了什么也不重要了，因为不管有怎样的前因，你们都是个选择向无辜者下手的卑鄙懦夫！"

祝岚行的一番话说得三人哑口无言，也点醒了差点被带偏的老师。

王勇男反应过来，连忙找补："祝同学说的话很有道理，一码归一码，你们要认识到自己的错误，至于舒同学，我明天会找他聊一聊的。"

三人中的其他两人讪讪地点头，连声说知错了，但站在中间的韩茂茂却倔强地没有开口。站在一边的一位老师忍不住催他表态。

"别说了！"韩茂茂大喊一声，随即崩溃地抱着头蹲了下去，"是，我就是你说的那样，我就是懦夫，你满意了吧！我就是生气别人骂我，那么多人都骂我，我一张嘴根本辩不过来。我——"

说到一半，他的声音突然有点哽咽。

他哭了。

"我……我也讨厌被人骂，被人说怪话……祝岚行，对不起，我不该迁怒于你，我只是，我也不知道怎么回事，那时候只想找个人发泄……"

韩茂茂的崩溃让另外两人清醒过来，今晚第一次，他们抬起眼睛正视祝岚行："对不起，我们就是被人骂了很生气，所以才在你抽屉里放刀片，一开始也没有真想伤害你，我们……我们很抱歉，真的对不起。"

事情到了这个地步，祝岚行的目的达到了。作为一个成年人，也处理过家族的那些事，祝岚行自认不是个同情心泛滥的人，但今晚，涉事的都是未成年人，他也自认为没有狠毒到要毁掉他们的人生。

刚刚三人的表态已经足以让祝岚行确定他们是真的知错了，而确认了这一点，他就满意了。

"我不接受你们的道歉，"祝岚行说，"因为从头到尾我都没有怪过你们。我今晚过来跟你们对质，了解了这件事的真相，这对我来说已经足够了。"

"谢谢老师。"祝岚行转头看着王勇男和窦兴学，"我要问的事情都问完了，我和鹿照远先回去了。"

说完,他也不管别人怎么看,拉着僵硬的鹿照远径直离开了。

直到两人离开,在办公室的几位老师才反应过来,这一晚上他们都被这两个高中生带着走了,尤其是祝岚行。

一下楼,鹿照远就甩开了祝岚行的手,可能是顾忌着他的伤,动作还很轻柔。

祝岚行知道鹿照远在发什么脾气,他不仅一点儿不生气,反而还觉得有些好笑。

可他的笑声更刺激了鹿照远。

"有什么好笑的?"他眉头紧锁,双眼紧紧盯着祝岚行,"为什么就这样轻易地放过他们?"

"鹿照远——"

"他们就是冲着我来的,你是被我连累的,就算不报警,就算我不去揍人,也不能这么轻易就放过他们。"

"鹿照远,你听我说。"祝岚行拉住鹿照远的胳膊,强迫他冷静下来,"刚才韩茂茂说的话你听到了吗?"

"听到了……"鹿照远不情不愿地说,但到底没有再甩开祝岚行的手,"但那又怎么样?不是我针对他,我也没说过——"

"我知道。"见对方根本没领悟自己的意思,祝岚行干脆打断了他的话,"韩茂茂说,他是因为同学们对他的态度,他才决定做这件事的。"

"哼,懦夫。"

"是,因他人的眼光而仓促决定并做了一件错事的人,确实是懦夫。"祝岚行深深地看进鹿照远的眼睛里,"所以我不希望你也成为这样的人。"

没管鹿照远的呆愣表情,祝岚行自顾自地说了下去:"他们给你的评价我不在乎,他们对我做的事情,我也不在意。我唯一在意的是你,我不希望因为别人的眼光、别人的错误,让你失去了本心。"

我更不希望,你因为别人的错误一直自责下去。

"鹿照远,我挺喜欢你刚开始那种桀骜不驯、根本不在乎世界杂音的样子的,麻烦你恢复一下。"

学校的动作很快,第二天就出通报了。三个学生记大过,并在全校师生面前做检讨,还要公开向祝岚行道歉。因为这件事,各班都被要求开"反霸凌"主题班会,班主任老师每周都要深入学生中间了解情况。

始作俑者舒云飞也被王勇男狠狠地批评了，并要求他在下周的班会上当众检讨。

其实昨晚还有一个学生们不知道的小插曲。

事情结束后，窦兴学特意把王勇男叫到办公室里聊了一会儿。看着荣誉墙上优秀毕业生的照片，他跟王勇男分享了一段自己年轻时跟学生斗智斗勇的往事。

具体细节他一语带过了，却告诉王勇男那两位被他和家长极力反对的早恋学生不仅学业进步，还事业有成，如今两人已结成夫妻，一家幸福。

"前事不忘后事之师啊，小王。

"学生就像是树，这世上的树有多少种，学生就有多少种，只要最后能长成，能扎根，中途有些歪枝、受些虫害，都不要紧的。

"要允许学生犯错。"

一场血色风波就在众人的努力下迅速平息了，学生们也渐渐回归到了正常的学习生活中，祝岚行手上的伤也结痂了。

这天中午，他照例到球场边看鹿照远他们踢球。

初春的阳光穿过树叶，将斑驳的树影印在祝岚行的脸上，如同点点碎金。看着绿茵场上飞奔的少年，他觉得这日子真的再好不过了。

不知不觉间，祝岚行晒着太阳睡着了。少年们的热闹呼喊逐渐远去，眼前的绿草如茵也被梦幻的蓝天白云取代。

"祝岚行——"

好像是鹿照远的声音从天际传了过来，祝岚行顶着太阳抬头看去。

神奇的是这阳光一点儿不刺眼，而太阳的中心渐渐显出一个人影。

是鹿照远。他向祝岚行跑来，可是跑着跑着，两人之间的距离越接近，鹿照远的身形却越小，最后变成了四五岁的模样。

祝岚行还来不及惊讶，只见小小鹿照远的身影一下子变得虚幻，最终散成了七彩的光。而在这光中，一个挥动着翅膀的小天使飞了出来。

他一边笑着，一边朝祝岚行飞来。

祝岚行欣喜地伸手去接，小天使却高高地飞到他面前，落下了一个轻轻的吻。

强光猛闪，梦幻的场景随之消失，耳边又传来了球场上的呼喊和哨音。祝岚行眼睫微动，下一秒，他就从浅眠中苏醒了。睁眼的瞬间，似乎有金光在他眼前闪过，边缘依稀带着彩虹的光晕。

祝岚行突然福至心灵，低头去看手链，只见虚拟屏上原本空了一半的电池标志已然全部变绿！

峰回路转，美梦成真。

祝岚行惊喜地跳起，直接冲进球场给正在奔跑的鹿照远一个大大的拥抱。

舒云飞忘了守门，向晨忘了进攻，全体球员呆愣愣地看着拥抱的两人，迟迟没有反应过来，而被突然拥抱的鹿照远则是彻底傻了。

最后还是反应过来的祝岚行拉着鹿照远去了偏僻的地方，跟他分享了许愿机的最新情况。得知祝岚行也许可以更久地维持光明后，鹿照远高兴得不知道怎么好，脑子一热也抱住了祝岚行。

"恭喜你！"鹿照远说完一顿，然后说，"由我主动的才算数。"

祝岚行的好心情一直持续到了半夜，连睡梦中他都是笑着的。

直到凌晨的一通电话打来。

是鹿照远。

他说："我妈被我气跑了，你能帮帮我吗？"

第18章 医院见面

初春的凌晨,还是很冷的。不过祝岚行赶到医院的时候还是出了一身汗。

他在急诊大厅外的椅子上见到了鹿照远。少年只在睡衣外面套了一件外套,低头坐在椅子上,也许是灯光的原因,他整个人看着似乎在发抖。

祝岚行几步走过去:"发生什么事了?"

"前几天的事被我妈知道了,然后我就和她吵了起来。"鹿照远似乎很疲惫,祝岚行从没听过他用这种声音说话。

虽然鹿照远说得含糊,但祝岚行就是觉得与自己有关。他问:"也跟我有关是吗?我可以跟她解释。"

"有一部分吧,"鹿照远垂着双眼,"但归根结底还是我和她之前的问题。"

他笑了一下:"现在的情形挺像你之前受伤的时候的。我和我妈的事也不是你的责任,你不要自责……你现在……在这里陪我就好。"

时间倒退回到两个小时前。

鹿照远刚到家就迎来了妈妈的诘问。鹿妈妈显然已经到了忍耐的极限,她声色俱厉:"小亮,之前妈妈就让你不要跟祝岚行走太近,你为什么不听?如果不是我自己去问，我还不知道你居然一而再再而三地因为他在学校闯祸！你能不能向妈妈解释一下，你到底是从什么时候开始变坏的？"

有那么一瞬间，鹿照远不知道怎么开口，他直挺挺地站在门口，然后他想起了祝岚行之前说过的话，于是蓦地抬起眼看着鹿妈妈："妈妈，我们谈一谈吧，其实我也想知道为什么你最近总是对我很不满意？"

"我不是对你不满意，我是不希望你和祝岚行继续来往！"

"好，那就是你对我的朋友不满意。你觉得他带坏了我，让我变得陌生了，不再是你眼中的乖孩子了，对不对？"

鹿妈妈一时没话了，因为鹿照远说的都是她心中所想。

片刻之后，她走上前去抓住鹿照远的双手："小亮，你还小，你还不能完全分辨出什么是好的，什么是坏的。你想想，妈妈过去管过你交朋友吗？为什么妈妈过去不管，现在却一再反对呢？那是因为祝岚行他——"

"祝岚行带坏了我？"鹿照远替妈妈把话说完。

"既然你知道，那你就应该离开这个糟糕的人！"

鹿妈妈突然放软了态度向他保证："小亮，只要你不再跟祝岚行来往，妈妈就放心了，之后妈妈肯定不会像管你弟弟一样对你管头管脚……你一直都很让妈妈放心的，我们只是回到原来……"

鹿照远反握住鹿妈妈的手，一时有些恍惚。

时间过得真快啊，在他的记忆里，还是妈妈的大手牵着他的小手带他走在商场里、马路上，但现在他已经能轻轻松松地将妈妈的手包裹在自己的手掌中了。

"妈，不要这么不公平。"

"什么？"

"不要把我们之间的矛盾转移到任何一个替罪羊身上。从前，现在，未来，我都是我，我就是我。如果你对现在的我不太满意，不是因为我变了，而是因为你从来没有真正地去了解过我。"

"……小亮！"鹿妈妈难以置信地瞪大了双眼。

鹿照远却低头移开了视线，他沉默了。

时间在走，一切在变，有些话他藏在心中很久了，他一直不说，是因为他觉得把这些事情说出来，除了显得他懦弱又没长大之外，不能再带来什么了。

直到祝岚行向他提议，又用自己的实际行动告诉他：面对问题，剖析问题，解决问题，决不懦弱。

"妈妈，你知道我爱喝什么汤吗？"

面对大儿子的突然提问，鹿妈妈的反应是错愕，她不明白这点事情有什么要紧。

鹿照远悲凉地笑了一下，慢慢地把话说出口，哪怕这些话对他来说是如此难以启齿，就像把结痂的伤口撕开。

"我喜欢的不是金线莲老鸭汤，不是虫草乌鸡汤，不是任何有营养的补身汤。我爱喝的是冰镇绿豆汤，绿豆煮开花，出锅的时候再加冰糖，夏天在外头疯跑回来，喝上一口，甜甜的，沙沙的，整个人都从暑热里恢复过来了。"

鹿妈妈的脸上闪过一丝恍然。

鹿照远看得真切："你记得这道汤。我十岁的时候，弟弟贪凉喝了许多，然后拉肚子了，之后你就再也没有做过了。"

鹿妈妈沉默了半晌，当她再度开口的时候，她的声音和神态都变得柔和不少："只是一道汤，当时你弟弟年纪小，身体又不好，他没法抵抗诱惑，你作为哥哥难免要吃点亏……如果你现在想吃，妈妈可以再给你做。"

"妈妈，这不是一道汤的问题。"鹿照远平静地开口，在他成长的过程中，有太多这种"为了弟弟"的小事。

"我的成绩并不是一直这么好的，你记得吗？我小学低年级的时候，因为成绩不太好，有一次老师还找上门来了。"

鹿妈妈记得这件事："我记得那时候不赶巧，小乐正在住院……是我当时没有好好招待老师，所以让你在学校——"

"没有，不是你想的那样。"

"这件事的重点是，从那之后，我的成绩就变好了。"有一声叹息升到鹿照远的喉咙，又被他用舌尖点了点，重新吞下去，"那天，你真的很忙，刚把老师送出门又要马上赶到医院去。当时，我拉住了你，想给你安慰，你却崩溃地哭了。你说，房子、小乐、工作已经让你快疯了，你问我能不能让你省点心。"

"妈妈，"鹿照远抬头看向妈妈，"这么多年来，我有让你省心吗？"

鹿妈妈的嘴唇颤抖了一下，她好像知道鹿照远接下来要说什么了。她急切地开口，想把那些话堵回去："有的！小亮，你是个很好的孩子，一直都是。这么多年来多亏了你，妈妈才能——"

听到这个回答，鹿照远像是终于松了一口气，他不顾鹿妈妈的急切，自顾自地打断了她的话:"那就好。那这么多年来,我的忍耐就不算白费。"

"忍……耐?"

"'做哥哥的当然要让着弟弟',这么多年来我一直听你这样说,也一直这样劝自己。可当我发现你的所有注意力都在弟弟身上我却分不到一分一毫的时候,为什么我会这么难过呢?"

"小亮,这不怪小乐。"

"这当然不怪小乐。小乐是个很好的弟弟,我很爱他。如果没有他,我和你的关系也许会更差。"

鹿妈妈的脸色陡然变了:"你想说……我不是一个好妈妈?"

"也有可能是'我不是一个好孩子',"鹿照远自嘲一笑,"所以我待在家里才会觉得喘不过气,也许是因为我在肖想不属于我的东西,也许是我要求太多,也许我根本就不属于这个家。"

"你在说什么傻话……"鹿妈妈的声音都哽咽了,"我当然关心你……你当然是这个家的——"

"可我没有感觉到。"

鹿照远说这话的时候十分平静,鹿妈妈却觉得他是在冷酷地诘问自己。

"妈妈,你觉得,这是你的问题还是我的问题?"

"鹿照远!"鹿妈妈浑身发抖,她失控地喊道,"你怎么能这样看我!你是我生的,我怎么会不关心你?这些话是谁教你说的,是不是——"

"妈妈,我今天是鼓起很大的勇气才把藏在心里的话说出来,请你不要攀扯不相干的人。不要让我在一直被你忽视后,再让我觉得你无法沟通。"

"早在今天之前,我们就已经变成这样了不是吗?妈妈,你真的没有察觉吗?为什么我一直在打工,原因你真的不知道吗?"

鹿妈妈紧闭双唇,好像稍一放松她就会哭出来一样。

"我攒了些钱,不多,但足够我大学第一年的开销了……"

他向妈妈摊牌了,他要把压在胸口多年的巨石搬开。

"天天盘算着怎么远离这个家,我这样算不算坏孩子?

"妈妈,我接受你的偏心,你也接受这个坏孩子就是你教育出来的,怎么样?

"这样我们就能够互相体谅了。"

鹿妈妈将双手从鹿照远的掌中抽出来,高高扬起,对着鹿照远的脸狠狠挥去。

可最后，手停住了。

她双眼含泪，嘴唇颤抖，然后一言不发地摔门离去。

"事情差不多就是这样的。"鹿照远一口喝完刚刚祝岚行买给他的饮料，转头问对方，"我真的是个坏孩子吧？"

祝岚行揉了揉他的脑袋，却问道："阿姨现在在哪里？"

"住院部。"鹿照远说。

鹿妈妈跑出门后，他立马跟了上去。一路上母子俩一句话都没说，但鹿照远还是执着地跟到了医院，看她上楼，看她跟同事换了班。

"那我们上去看看吧。"祝岚行说。

鹿妈妈一个人坐在护士站的桌前。

走廊的灯已经熄灭了，只有护士站那里还亮着一盏小小的灯，这样的环境衬得鹿妈妈的身影格外单薄。也许还在哭，抑或眼睛不舒服，她总是抬手做抹眼睛的动作。

祝岚行和鹿照远站在入口处将一切尽收眼底。

祝岚行轻轻地撞了一下鹿照远的胳膊，用只有他们两个人才能听到的声音对他说："去弄一条热毛巾，再倒一杯热水来。"

"那你……"鹿照远有些犹豫。

祝岚行冲他笑笑："我在这里等你回来。"

鹿照远还是很犹豫。这时呼叫铃响了，鹿妈妈看了眼病房号就立刻朝病房走去。"那我去了。"看着妈妈离去的背影，他轻声说。

祝岚行点了点头，向他露出了一个安心的微笑。

鹿照远离开没多久，鹿妈妈就忙完出来了。

可能是太累了，她走回护士站的时候，不小心撞到了放在一旁的小推车，一卷纱布掉了下来。

她弯腰去捡，一只手却比她更快。

"谢谢——"道谢的话在她看见对方的脸时中断了，随即她像是想起什么，朝那人的背后看去，"小亮呢？"

祝岚行将纱布轻轻放在护士台的桌上，才轻声说："他去楼下买东西了，现在只有我在这里。"

鹿妈妈的表情有些僵硬，好一会儿才说："我早就想见见你了。"

祝岚行点点头："我也觉得有必要跟您见一面。"

鹿妈妈问："是小亮叫你来的？今天的事你都知道了？"

"嗯，来医院后他告诉我了。"祝岚行没有隐瞒，想要跟对方交心，坦诚是最基本的前提。

"你们交情可真好。"鹿妈妈干巴巴地说了一句，没一会儿又问，"你半夜出来，你父母不管的吗？"

"我父母几年前出车祸去世了。"

鹿妈妈没想到是这个情况，愣了一会儿才结结巴巴地向祝岚行道歉："我……我不知道这件事，真的抱歉。"

"已经过去了。"祝岚行神色平静，"之前鹿照远刚知道这件事的时候，他的反应跟您一样。但是我对他说没事的，我已经伤心过了，人总要向前看的。"

"我也觉得这段话挺适合您的。"说完，他深深地看了鹿妈妈一眼。

鹿妈妈皱起了眉："你什么意思？"

"不管您承不承认，过去您的种种行为都对鹿照远造成了伤害。可那都是过去的事情了。鹿照远长大了，就算没有过去的伤害，他也总有一天会独立，会离开。"

鹿妈妈一言不发。

"我今天来不是想谴责您什么。我只想请求您，从今天、从这一秒开始，停止伤害他，不要再忽视他，希望您愿意为他提供一个一辈子都想回去的家。"

鹿妈妈显然没想到祝岚行会说这番话，而他的表现也跟她以为的坏学生完全不同。并且，祝岚行作为一个完全的外人，他说的这些话却真正点醒了她。

她愣愣地坐回了护士站，就像刚才那样。

祝岚行在说完这些后也没有管鹿妈妈的反应，而是直接回到了入口处。

没一会儿，鹿照远拿着热毛巾和热水回来了。到底是母子天性，这回不用祝岚行开口，他就主动走上前把东西送到了妈妈手边："妈——"

鹿妈妈红着眼接过儿子手里的毛巾，一言不发地敷在了眼睛上。

她一直维持敷眼睛的姿势，甚至连开口催儿子回家都没变。但鹿照远没错过妈妈声音中的明显哭腔。

"妈妈……"鹿照远无措地搓着手指，微微抬手，似乎是想要抚一抚妈妈的背，却迟迟没有动作。

终于,她抬起了头。

护士站的天花板上亮着一小盏灯,鹿照远的身影正好映射到了护士站的桌面上,就在鹿妈妈面前。

她就这样盯着儿子的影子,就像正在注视着对方一样。她说:"小亮,你今天晚上说的那些话,妈妈会认真考虑的。让你忍耐了这么久,妈妈很抱歉。"

鹿照远的眼眶陡然一热,他深深地吸了两口气,强忍着鼻酸对她说:"妈妈,早点回家。"

最后,还是鹿妈妈强硬地赶走了两人,虽然她板着脸,虽然她话里话外都嫌两人碍事,但不论是祝岚行还是鹿照远都知道她不是那个意思。

出了医院,鹿照远如释重负地长舒了一口气,然后他转头问祝岚行:"你跟我妈说什么了?"

"这么确定我和你妈妈聊过了?也许是你妈妈自己想通了呢。"

"不会,"鹿照远摇摇头,"我了解我妈,我也了解你。"

"这样啊……"

祝岚行卖了个关子,他冲鹿照远轻轻一眨眼:"既然你这么了解我们,想必我就算什么都不说你也都能想到吧!"

"喂——"鹿照远气闷,"你——"

可说了一半,他又突然笑起来。

祝岚行不明所以地看着他,正要开口问话,就见鹿照远止住了笑,无比认真地对他说:"谢谢。"

谢谢你替我挽救了我的家。

祝岚行却摇摇头,又揉了一把鹿照远的脑袋,才说:"你应该谢谢你自己。"

如果没有你的坦诚,如果没有你的体贴,那我说什么都没用。是你……是你自己在努力维持自己的家啊。

两人在路边打了一辆车,鹿照远说什么也要先送祝岚行回家。

到别墅下车后,祝岚行却说什么都不让鹿照远走了:"我都陪你去医院了,今晚你留在这儿给我充充电,这很合理吧?"

鹿照远一想也是，反正妈妈对祝岚行的误会已经解除了，再加上时间也不早了，再跑回去也是折腾，留宿一晚，问题不大。

鹿照远给弟弟打了个电话，报备了一下自己的行踪就轻车熟路地上楼洗漱了。

跟在他身后的祝岚行看着少年又恢复活力的模样，心中感慨，还是年轻好啊。

第 19 章 一点心意

家庭风波过后,鹿照远和祝岚行的要好程度又上了一个新高度,鹿照远觉得他们堪比伯牙子期、高山流水,可要让向晨和舒云飞来形容,他们会说是公不离婆,秤不离砣。反正不管怎么样,这段时间所有人都很快乐。

这天,出去倒水的鹿照远突然板着脸回来了。

大喇叭向晨快嘴问道:"亮哥,你咋了?出门还好好的,回来怎么这样了?"

鹿照远对着虚空翻了个白眼:"碰到三毛了,他要我写检讨。"

舒云飞也加入讨论:"为啥?"

"上次那事,"鹿照远朝韩茂茂一抬下巴,"三毛说我肯定背地里打了不少架,虽然他没抓到,事情也没闹大,但还是要我写份检讨,写完去他办公室念给他听。"

向晨和舒云飞听完,吓得汗毛都竖起来了:"窦三毛,真的名不虚传。"

隔得不远的韩茂茂听到这些,冲着鹿照远尴尬一笑,溜了。

只有祝岚行在短暂的呆愣后大笑出声,笑得鹿照远觉得自己的玻璃心都快碎了。

"你还是不是兄弟了!"

中午,祝岚行被老师抓了壮丁,没跟鹿照远他们去食堂。等他从办公楼出来时,看到鹿照远站在门口，手里抓着几张纸，看样子是在等着自己。

"这么快就吃完了？"

"我没去。"鹿照远摇摇手里的几张纸，"检讨书写好了，你帮我练练。"

"练啥？"祝岚行不明所以。

"练速度，免得我面对窦三毛时又忍不住违纪。"

说到这个，祝岚行不禁又笑了起来。等笑够了，他才说："好吧，我陪你练。"

鹿照远瞪了祝岚行一眼，这才清清喉咙，将检讨立在自己眼前。

正午的阳光是一天中最烈的，直直地照下来，金色的光芒里，祝岚行立身其中，干净清爽，一身灿然。眼前的形象与记忆中一个模糊的影子渐渐重合了。没来由地，鹿照远想起当初救了自己的大哥哥。

鹿照远摇摇头，将奇怪的感觉甩出脑海，却又深深地觉得，对他来说，祝岚行和记忆中的大哥哥都是天使和英雄，因为他们在不同的时期，都救他于水火。

"祝岚行……"

"嗯？"

"你现在好像一个英雄啊！"

祝岚行微微一怔，接着笑弯了眼："谢谢。"

鹿照远的检讨到底没练成，因为两人在办公楼前磨蹭时刚好碰见窦三毛了。他看到鹿照远，也没废话，直接过来收了他的检讨，放人之前他也不忘再叮嘱两句。

"你们两个，啊……"他做了个"盯紧"的手势，"好好学，乖一点。"

鹿照远敷衍地点点头，拉着祝岚行就跑了。

一天就这样有惊无险地过去了。经历了大喜大悲的鹿照远一夜好眠，反倒是过得平平淡淡的祝岚行没怎么睡好。

可能是受中午鹿照远说的话的影响，他做了个神奇的梦，梦里有只活泼的小鹿在斑斓的色彩里蹦来蹦去。以至于早上醒来，没发现小鹿的影子时，他还有点怅然若失，直到吃过了早饭，他还是懒懒的。

昨天下了场大雨，今天整个天空都是灰蒙蒙的。祝岚行完全不想动，几乎没犹豫，他就选择让威廉开车送他上学。坐上车的时候，他突然想到了鹿照远，于是连忙让威廉改路线。

祝岚行到鹿照远的小区时，正好碰见他走出来。祝岚行降下车窗，招呼对方上车。

发现祝岚行的那一瞬，原本恹恹的鹿照远一下精神起来，而当他坐上车后，才真正清醒了："这冰箱……这电视……这空间……你是真少爷啊！"

祝岚行："……"

鹿照远兴致勃勃地体验着这辆豪华轿车的功能，直到他终于坐定，祝岚行才一手送上早餐，一手拿出练习册："吃吧。边吃边讲。"

鹿照远被他这一手打了个猝不及防："你是魔鬼吗？"

"怎么能这么说呢，鹿同学。"祝岚行自顾自翻开练习册，"读书使我快乐啊……来看看这题，昨天我没弄明白……"

两人乘豪车上学的事自然引发了一轮范围不小的议论，但两人都不在意，甚至连向晨和舒云飞都没参与到讨论中，因为他们有更关心的事——还有半个月就要比赛了，而他们的队长鹿照远还在禁赛中。

没错，窦兴学除了罚写检讨外，还给鹿照远下了禁赛惩罚。

队友们愁云惨雾，鹿照远一言不发。

今天正好有一节自习课，鹿照远趁机悄悄溜了出去，直奔窦兴学的办公室。

当窦兴学看着礼貌敲门还叫他"窦主任"的鹿照远，本能地打了个激灵："你想做什么……不对，你做了什么坏事？"

鹿照远满脸无辜："窦主任，您真会开玩笑。在您的教育之下，我早就迷途知返，痛改前非了呀。"

窦兴学狐疑地看着鹿照远："然后呢？你来就是为了告诉我这事？"

"当然……"鹿照远干笑两声，"当然不是。"

"主任，你也知道再过两周比赛就要开始了……是不是能——"

"不能。"不等鹿照远说完，窦兴学就果断拒绝了。

"不是，窦主任，这场球赛也关系着咱们学校的荣誉啊！"

窦兴学冷笑一声："话是没错，但学校的本质是教书育人，如果这次的教训能让你彻底认识到错误，从此走上正确的人生道路，那么学校愿意放弃这暂时的荣誉。"

这一番话说得大义凛然，哪怕鹿照远被拒绝了，他都忍不住想鼓掌。

后来，不论鹿照远怎么保证，怎么认错，窦兴学都不肯松口让他去比赛，直到下课铃打响鹿照远才垂头丧气地道别离开。

令窦兴学没想到的是，鹿照远前脚刚走，祝岚行后脚就来了。

对祝岚行，窦兴学是很客气的，不光是因为他财大气粗，还因为上次的事他表现得非常大度，给学校省了许多麻烦。也因为这样，窦兴学对祝岚行是心怀愧疚的。

见他来了，窦兴学不光笑脸相迎，还亲自给他倒了杯茶。

祝岚行接过茶，没喝，而是开门见山地说出了自己此行的目的："窦主任，咱们学校足球队的成绩一直不错，我那个当老板的亲戚非常欣赏……"

祝岚行才开口，窦兴学的心里就一咯噔：这开场白太熟悉了啊，他们家之前要捐建教学楼的时候也是这么说的！

窦兴学稍稍分神的工夫，祝岚行已经把话说完了，他的后半句是"希望能够获得校足球队的冠名权"。

对天上掉馅饼的事，窦兴学非常谨慎："我可以问问真实的原因吗？"

"我希望鹿照远能参加比赛。"

得到这个回答，窦兴学有种果然如此的安心感。他笑着拍拍祝岚行的肩膀："你们年轻人，感情真好。不过我要告诉你，想要鹿照远参加比赛，不用冠名，因为我本来就打算解除他的禁赛惩罚。"

"那你刚才……"

"先给他一点教训，让他长长记性。不过你先不要告诉他这个消息。"

祝岚行了然地点点头："明白。但球队的冠名权，我们还是想要。"

窦兴学连连摆手："我们不是那种学校。"

"我知道，"祝岚行笑了，"但这是我们的一点心意。"

祝岚行回到教室的时候鹿照远已经坐在座位上了，整个人看起来不是很有精神。

见他回来，鹿照远的脸色亮了一瞬："去哪儿了？"

"买水，透透气。"祝岚行把特地买的热饮递给他，明知故问道，"你怎么了？看着有点不开心的样子。"

"有个问题不知道怎么解决。"鹿照远喝了口热饮，发愁道。

"和我说说？"

鹿照远张了下口，又摇摇头："等我先试试，真解决不了再和你说。"

"好。"祝岚行也不追问，转头却看见窦三毛慢悠悠地从窗户边路过，他忍不住露出微笑，"我觉得你这么聪明，肯定能解决。"

鹿照远一听，乐了："我觉得也是。"

而刚刚假装不经意路过的窦兴学，其实在他和祝岚行聊完后就从办公室出来了。他琢磨着再制造个机会让鹿照远主动向自己求情，然后就顺水推舟地给他解禁，然而他走得鞋底都磨薄了一层，不久前还一脸殷勤的家伙就是没出现！

烦人！窦兴学头都愁得更秃了。

威廉和学校的速度很快，第二天中午，庆祝校足球队获得独家冠名赞助的横幅就在校园里挂了出来。

"行路集团……行路集团预祝实验中学足球队旗开得胜？"

"谁来告诉我，这是怎么一回事？"

不只是一般的同学一头雾水，连足球队的人都搞不清楚是怎么回事。

"行路集团？是咱们市里那个大公司吗？"球队休息室里，有个队员问道。

"不知道……"向晨突然开始找人，"亮哥呢？老师找他过去，是不是就是说这个啊？毕竟他是咱们队长……"

接着就有人大叫："亮哥来了！"

下一秒，鹿照远的身影就出现在休息室门口。向晨他们还是第一次在鹿照远脸上看到这种表情——三分茫然、三分微妙，还有四分欣喜。

足球队的同学一窝蜂围上去，七嘴八舌地问起情况。

鹿照远示意大家安静，才在众人的期待目光中简洁交代了："我们被赞助了。"

"行路公司认为我们球队在过往的比赛中踢出了水平、踢出了风采，主动要求赞助我们，所以现在……"

鹿照远从背后拿出一件球衣抖开，大大的"行路"两个字被印在了胸前。

"我们以后踢球就得穿着这款球衣了。"

"哦……"众人似懂非懂，觉得好像和过去也没什么两样，只有精致男孩舒云飞嫌弃地说了一声"有点丑"。

鹿照远瞪了他一眼，但话里话外却是赞同这个观点的。他说："作为补偿，我们即将拥有自己的室内训练场，并且配备一线的专业训练设备！"

"哇！"队员们大声欢呼起来。鹿照远又在他们的欢呼声中缓缓地从后腰抽出一沓红包。下一瞬，欢呼声差点掀翻休息室的屋顶。

最后，人手一个红包的球员们满脸幸福地感叹："有金主爸爸的感觉，真好！"

鹿照远看着众人也开心地笑了，不为别的，只因为老师又找他处理球队的事情了，这是不是意味着取消禁赛这事儿有希望了？

鹿照远在球队宣布喜讯的时候祝岚行也没闲着。他趁午休的时间一直在座位上写写画画。蛋糕、奶茶、围巾、手套和联排座椅，这些精巧的小元素眨眼就出现在他笔下。

苗小卉好奇地问他："你在画什么？"

"一点想法。"祝岚行把本子给她看，顺便问她，"对了，你喜欢看球赛吗？一般什么时候想看？"

苗小卉想了想，说："不上课的话，我就愿意去看。"

"嗯……如果看比赛有奖呢？"

"有奖？"苗小卉双眼放光，"有奖的话别说让我看比赛了，让我住球场都行。"

"还有还有，"追星女孩头脑发热，大胆畅想，"要是能中鱼鱼的演唱会门票，我甚至可以倒贴钱！"

苗小卉的话给祝岚行提供了新的思路："咱们班里有多少鱼鱼的粉丝？"

"21个！"

好家伙，祝岚行大致算了一下，半壁江山了。他低头在本子上又画了一张票券。

又跟大家说了几句，鹿照远就离开了休息室。没想到向晨和舒云飞都追了出来。

"亮哥，"两人叫住鹿照远，"我们跟你一起去找窦三毛吧！球队现在条件变好了，你不能比赛实在太可惜了。"

鹿照远拍拍向晨的肩膀："我心里有数，你们回去带大家训练，我现在就去找窦三毛继续求情。"

向晨和舒云飞听了这话，顿时笑开了，两人同时向他做了个敬礼的动作："老大放心，保证完成任务！"

鹿照远到办公室的时候，窦兴学刚好吃完饭回来。见是他来了，窦兴学立马坐正，把教导主任的架势摆了个十成十。

鹿照远根本不怕，但还是假装出一副被他的王霸之气震慑到的样子，异常恭敬地说："窦主任，刚才老师交代的足球队的事情我都已经安排好了。"

"嗯。"窦兴学假装喝茶，其实在偷瞄鹿照远的反应，见他一副明明不服但还是忍着的样子，暗自觉得好笑。

"您看，事情是这样的。咱们球队已经有赞助商了，那就更不能发挥失常……您看，我这禁赛的事……"

"你什么想法？"

"我的想法？"鹿照远心说我的想法就是好好踢球啊，但马上他就意识到这是窦兴学的试探，想到对方平时的行事作风，他谨慎地开了口，"我保证以后遵守校规校纪、好好学习，在赛场上努力拼搏，和大家一起为学校夺得荣誉！"

窦兴学放下杯子，问他："真的保证以后不再违反校规校纪？"

"绝对做到！"

"还会好好学习？"

"剑指清北！"

"行了！"窦兴学把印着他名字的球衣丢给他，"再违纪你就别想再踢球了。"

鹿照远接住球衣，不敢置信地连忙确认："那我的禁赛处分是不是解除了？"

窦兴学冷哼一声："每输一场就给我写一万字检讨！滚吧，抓紧训练！"

"得令！"鹿照远一溜烟儿地跑走了。

而他背后，老狐狸窦兴学的脸上露出了狡猾的微笑。

一出门，鹿照远就把自己可以参加比赛的消息告诉了向晨和舒云飞，经两人的转述，全体球员都大声欢呼起来。

发完消息，鹿照远也没再管对面的反应，他往教室狂奔，想把这个好消息亲口告诉祝岚行。午休时间，教室里的人不算多，鹿照远风一般地冲回教室，站到了祝岚行面前："祝岚行，我可以参加比赛了，你——"

他的声音戛然而止，因为祝岚行的笑脸让他觉得接下来的话没有必要问了。

你期待吗？

我很期待！

从鹿照远为比赛恢复训练开始，时间过得好像特别快。转眼就到了小组赛开赛那天，本市一共有八支中学球队，小组赛一共四场，两两对决，胜者晋级四强。

实验中学的运气不错，小组赛的对手很弱，毫无悬念地晋级了。

老对手七中则输给了同组的十三中——虽然没说出口，实验中学足球队的每个人在得知这个消息后都默默松了口气。

祝岚行是后来才知道实验中学和七中的这段往事的。

那时鹿照远刚上高一，因为他的加入，实验中学异军突起，在决赛中把霸主七中挑翻在地，使七中痛失金牌。此后，只要比赛时两校对上，双方都是不死不休。

而现在，足球队的人对着四强名单分析着战术。看到老对手没晋级，舒云飞不自觉地抖了起来："感觉今年幸运女神站在我们这一边。"

"五中和双语中学，"向晨看了眼赛程安排，"五中实力普普通通，不发生意外的话，决赛我们要和双语中学碰面了。"

双语中学和他们也是老冤家了——其实双语中学和其他所有学校都是老冤家，不为别的，就他们的足球场带观众席这事儿，其他七所公立学校就不可能看得惯。

"我有一个想法。"舒云飞摸摸下巴，肚子里的坏水开始哗哗往外冒，"半决赛的时候，亮哥先不上场。"

"这算什么想法，猪都能想到。"向晨不屑道。

"你听我说完！"舒云飞捂住向晨的嘴，不让他插话，"我的意思是亮哥不光是人不上场，我们还要把他被禁赛的事情宣扬出去。等到决赛，哼哼……"

剩下的话舒云飞没说了，向晨因为被捂住嘴，没办法第一时间表达对他的赞扬，于是竖起了两根大拇指。

舒云飞的计划毫不意外地全票通过。

鹿照远一锤定音："今年的第一还是我们！"

第 2.0 章
提前高考

　　一周后，半决赛的结果出来了，如鹿照远他们所料，晋级的就是他们实验中学和双语中学，而决赛的场地就定在双语中学，时间是下周五。

　　消息出来后，不光球队加紧训练了，祝岚行也做了不少事。

　　他以行路集团的名义派人提前将球场的草坪和观众席座椅翻修了一遍，并额外安排了专人对双语中学的球场草坪进行维护，务必保证比赛当天双方都能在安全舒适的环境下进行比赛。至于崭新的球场让双语中学的同学们大吃一惊这种小事就不在他的考虑范围内了。

　　比赛当天，来观战的观众更是惊讶地发现作为本次比赛的唯一赞助商，行路集团还给每一个观众都准备了伴手礼。

　　观众入场后更是从广播中得知将会在中场休息时进行摇号抽奖，被抽中的幸运观众有机会获得为期21天的欧洲游轮套票、虞生微演唱会VIP席门票或者不定额的现金红包等奖品！

　　比赛还没开始，观众席就沸腾了。

　　苗小卉忍不住同坐在自己身边的闺密感叹："幸好咱们来了。"

　　"就是，就是！"闺密连连点头，也庆幸自己为看这场比赛拼过命。

闺密认为的"拼过命",其实是两天前二班同学跟王勇男的一场博弈。

决赛的时间定了,是周五下午,正巧二班那天下午是体育课和自习课,同学们的心思瞬间活络起来。当时是王勇男的化学课,学生们一直不怕他,这次更是在课上直接跟他争取决赛当天去现场观赛的机会。

王勇男理解学生的心情,但是觉得不能就这样轻易答应,于是他假装犹豫了一会儿,然后提出了条件:"明天的课上我们进行一个随堂测验,只要班级均分达到75分以上,周五下午你们就能去观赛,怎么样?"

他话音落下,班里哀号一片,但为了去观赛,他们还是答应了,鹿照远甚至主动贡献了考前突击方法——熬夜刷题。就这样,在周四的上午,二班众人挂着黑眼圈完成了这场随堂测验。

功夫不负有心人,当天下午,学习委员小帅带着好消息回来了——均分77分,他们可以去看球赛了!

比赛前一晚,鹿乐成摸进了鹿照远的房间:"哥,明天的比赛你有票吗?"

"干吗?"

"给我几张呗!"

作为正式的参赛球员,鹿照远手里当然有票,还是放学的时候学校发的。他摸出三张票正要给弟弟,又突然收回了手:"你们学校初中部不能去看比赛吧?你要逃课?"

"我哪敢啊……"鹿乐成连忙辩解,"我们班主任和咱妈现在是深度合作,有一点风吹草动我就得挨骂……我是帮同学拿的。"

"你不许去!"鹿照远警告了一句才把票给他。

鹿乐成接过票,乐得不行。见他这样,鹿照远索性把剩下的票也给鹿乐成了。

"哥……你这是?"

"干扰对手也是战术之一,懂吧?"

"……"鹿乐成感叹,"哥,真有你的。"

最后鹿乐成带着十张票离开了。他做贼似的偷偷溜进了父母的房间,递给他们两张票:"使命达成。"

鹿妈妈笑眯眯地接过,看着翘尾巴的小儿子,习惯性地泼他冷水:"快去睡!"

鹿乐成嘴巴一噘:"妈妈,你们这叫过河拆桥、卸磨杀驴,知道吧?"

鹿爸爸笑了:"不错不错,这两个成语用得都很对。看来最近学习很用功啊!"

"那当然！"

得了表扬，鹿乐成高兴不已，鹿爸爸趁机顺毛摸："那快去睡吧，明天我们一起给你哥一个惊喜。"

其实不用父母催，鹿乐成也是想早点回房的，因为他还要好好盘算一下这多余的票要怎么处理。

周五下午，二班的同学登上了祝岚行事先准备好的大巴——当然，还是以行路集团的名义——然后他们惊奇地发现原来学校早就决定让他们去观赛，测验合格什么的，不过是王勇男利用信息差所使的小诡计罢了！

到了双语中学，祝岚行没跟大部队走，而是独自走向了球员通道。得益于之前的翻修，祝岚行虽然没来过，但也对这个球场的结构了如指掌。

明明没有事先约好，但当他在通道深处发现鹿照远的身影时，他一点都不意外。

两人相向而立，恍惚回到了几个月前，祝岚行去看鹿照远踢表演赛的那天。

鹿照远盯着他，然后清了清嗓子，说："你知道吗，在比较重要的比赛开赛之前，许多球员都会收到来自特别的人的加油助威……你……为我加加油？"

跟上次一样，祝岚行直到快开赛了才回到观众席。快走到自己座位的时候，他意外发现距离自己座位不远的地方，坐着鹿照远的家人。鹿照远的弟弟和鹿爸爸在说什么，没看到他，但鹿妈妈敏锐地捕捉到了他的身影。两人隔空对望，微微点头，然后默契地移开了视线。

祝岚行走到自己的座位上刚坐好，发放伴手礼的志愿者就过来了。虽然东西都是自己准备的，但祝岚行还是礼貌接过并道了谢。

广播中的音乐突然停了，解说员的声音响起："请大家欢迎双方球员入场！"

山呼海啸般的欢呼声响起，两队人缓缓走上了全新的绿茵场。

一声哨响，比赛开始。双语中学抢得开球权，观众席一阵欢呼，主场优势明显。

大概因为这是一场在自家举行的比赛，双语中学表现得意外顽强，当然，实验中学的实力也相当雄厚，上半场双方你来我往，数度挺入对方禁区并有进攻威胁球门。身高体胖的舒云飞天赋和实力兼备，在重重攻击中始终牢牢将球门封锁，让对方颗粒无收。

上半场比赛进行到四十分钟时，实验中学再度冲入双语中学禁区。鹿照远和向晨配合默契，绕过对方三名后卫后，球滚到了鹿照远脚下，他抬脚就射。

双语中学的守门员反应迅速，立刻向鹿照远射门的位置扑救！

但那只用力抬起的脚落地时竟一丝力道也无，它轻飘飘地停在球前，然后右脚换左脚，轻轻一推，足球贴着地面，以和守门员扑救方向相反的方向滚入网窝。

裁判立刻举手示意，进球有效，实验中学得分，比分1∶0！

"耶！！！"

"Goal——"

"鹿照远，鹿照远，鹿照远——"

看台上的气氛就像被点燃的烟花，轰然炸开了。实验中学来观赛的学生虽然不足双语中学的四分之一，但他们喊出了绝不逊于双语中学的气势。同学们拿着事先准备好的彩色啦啦球和写着"实验中学必胜"的横幅用力挥舞。

祝岚行激动地将目光锁定了球场中奔跑的鹿照远。

只见他突然停了下来，对着实验中学观众席的方向站定，随后高举双手，掌心向下，顶在脑袋上比出了一个大大的心！

实验中学的同学们沸腾了！所有人都在复制鹿照远的动作并尖叫。

"啊——鹿照远冲我们这里比心了！"

"他在说爱我们！"

"鹿照远你最帅！我们也爱你！"

祝岚行下意识地往后看去，只见后排的鹿妈妈也在人群的掩护下，生涩又坚决地冲儿子比着心。祝岚行没忍住，笑了。

最终，实验中学保持着1分的领先优势进入了中场休息时间。鹿照远带领大家回了休息室，只嘱咐了一声"好好休息"就钻进浴室里了，直到比赛快开始了才出来。

下半场比赛一开始，双语中学就发起了猛攻，但舒云飞就像一个巨大的铁将军，牢牢地锁着球门，让对手次次无功而返。

下半场二十分钟，向晨突进一球，将比分拉至2∶0。

下半场三十四分钟，双语中学的队长攻进一球，将比分改写成2∶1。

下半场四十二分钟，鹿照远梅开二度，比分变为3∶1。

比赛到了现在，实验中学基本锁定胜局！鹿照远一个滑铲，直接冲到球场边，接着他从地上爬起来三两下脱了身上的球服。他来回转身，终于让所有人看清了他白色T恤上写的字——正面是"祝岚行",背面是"一起上清北"。

"祝岚行,一起上清北吧!"

观众席爆发出开赛以来最大的欢呼与掌声,这时候不分学校、年级,在场的所有人都为两位少年的梦想感动,而那些欢呼和鼓掌,也是对他们最好的期许与祝福。

周一,实验中学对战双语中学的决赛新闻见报了。向晨读着校报上的报道,很不满意。他问刚走进来的祝岚行:"祝岚行,你是观众,你客观地说一说,我昨天在赛场上的表现如何?"

祝岚行突然被问,想了想才说:"挺不错的。"

向晨眉毛一挑,刚要得意,就听一个声音从祝岚行背后传来:"和鹿照远比呢?"

祝岚行几乎没有思考,指着鹿照远就说:"英姿勃发。"

接着他又看向向晨,沉吟片刻:"13号。"

向晨挑起的眉毛耷拉下去,没好气地伸脚一踹,不是踹祝岚行,而是踹刚才躲在祝岚行背后说话的舒云飞。

舒云飞一边坏笑,一边闪躲着向晨的攻击:"我真的是一片好心,只是想帮你认清事实,免得把客气话当真。"

围观同学一阵哄笑,班级里洋溢着快活的气氛。

突然,一阵急促的脚步声响起,王勇男如风一般闯进教室,留下一句"期中考试改在了这周三"后又像一阵风一样离开了。

刹那间,充满教室的欢笑变成了哀号:"不要啊,压根没复习啊!"

"这回考砸了,我就见不到第二天的太阳了——"

一周的时间一晃而过,经过了紧锣密鼓的学习、考试、出成绩的日程后,大多数的高二学生都像是狂欢之后的宿醉者,捏着自己的成绩单,挂着两个黑眼圈,摇摇晃晃地往家走。

这次考试虽然来得突然,但对老师来说也不是没有惊喜。撇开万年第一的鹿照远不说,祝岚行这次考了班级第6名,年级第56名。

不光老师们夸奖他,连鹿照远都翻出个不知道从哪里得来的小红花贴在了祝岚行的手背上,美其名曰算积分,集齐十个换一天休息。

说完他又开始帮祝岚行梳理知识点,见他基本掌握了,鹿照远感慨了一句:"其实以你现在这个成绩，再提高三十来分，我们就能提前高考了。"

说者无心，听者有意，这天放学回去后，祝岚行仔仔细细地了解了一下提前高考的各项条件，因为他总觉得鹿照远好像是真的想要提前结束高中学业。

第二天，祝岚行主动跟鹿照远说起提前高考的事情："你怎么会想到这个？"

"就突然想到的。"鹿照远解释，"高中三年不就是为了考个好大学吗？如果高二就能考上好学校，好像没有必要非读高三吧。"

"而且早点上大学，受到的约束也会少很多——"

教室前方传来的声音打断了两人的对话，看着嬉闹的同学，祝岚行心有所感："可是提前去上大学的话，你就要和他们分开了。你准备好和他们分别了吗？"

这话难倒了鹿照远。提前高考是鹿照远看见祝岚行成绩后的灵光一闪，但和朋友们告别……他眉头皱了皱，当然没有做好准备。

"是家里又给你压力了？"

"真不是。"鹿照远否认道，"自从那天之后，我和我妈的关系……好多了。而且最近医院特别忙，她每天回来恨不得瘫在床上，都没怎么和我照面，再说，如果是学习方面的事，她更不可能给我什么压力了。"

听了这话，祝岚行又仔细地观察了一会儿鹿照远的表情，确认对方真的没有任何勉强的神色才放心。

就在他要追根究底再问些别的问题的时候，鹿照远主动说了："我想早点上大学历练一下，是想变得更加成熟有担当。"

鹿照远看到祝岚行脸上的诧异表情，直接揭晓了谜底："这次足球决赛都是你弄的吧，冠名啊、抽奖啊什么的？"

"是我……"祝岚行承认了，"但这重要吗？"

"当然重要！"鹿照远无比认真地说。

"我很开心，比赛的时候我也非常地享受。比赛完，看着大家脸上的笑容，我觉得非常幸福。但是祝岚行，我没有忘记，我之所以会有这样的体验是因为有你，你提前做了那么多……

"我想和你一样，我想早一点和你比肩……

"我也想要你体验一下相同的幸福。"

鹿照远好像一直在追逐自己的身影，祝岚行恍惚地想，哪怕他没有认出自己是当年救他的人，可冥冥之中他总是在向自己靠近。

"如果是这样……那就考吧，"祝岚行摸了摸鹿照远的头，"反正我会陪你一起，反正我补课的事就赖着你了。"

　　鹿照远挑高眉毛，信心满满："包在我身上。"

　　两个都是执行力很强的人，既然决定了，那就要全力以赴地去做准备。

　　提前参加高考不是一件简单的事情，因为两人心仪的专业不同，所以颇费了一番功夫才找到可以报考的还在同一个地方的大学。之后，他们又跟学校报备，并在众多老师的帮助下完成了报名、体检等一系列流程。忙完了这些，时间剩得也不多了，两人简直学到了废寝忘食的地步。

　　转眼到了考试的日子，两人考完后对同学们是一点风声都没漏，仍旧安安分分地去学校上课、参加期末考试。

　　分数出来的时候，他们刚放暑假。两人查完分数，非常淡定。

　　祝岚行却有一点儿头疼，然后他说："你先回家吧，跟家里人商量商量。不管结果如何，都跟我说一声。"

　　当晚，鹿照远直接在饭桌上提了这事："爸妈，我的高考成绩出来了，我在想要不要提前一年去上大学。"

　　普通的晚餐被这个消息炸得面目全非，鹿爸爸、鹿妈妈连同鹿乐成一起目瞪口呆。

　　半响后，鹿妈妈勉强找回了理智："你什么时候报名高考了，怎么没和家里说？"

　　鹿照远咽下嘴里的饭，解释道："只是想试试，不用特意说吧。"

　　"这事也太出乎意料了，我们……我们一点儿准备都没有。"鹿妈妈的声音已经有点儿颤抖了。

　　鹿照远没有注意到这点，还傻乎乎地接话："啥准备？学费吗？这个你不用操心啊，我之前一直在打工，攒了不少呢！"

　　鹿妈妈听了心跳得更快了，她比以往任何时候都要更清晰地意识到，大儿子真的会在下一瞬就从眼前飞走了。

　　一顿饭，一家四口除了鹿照远剩下三人都吃得恍恍惚惚。

　　鹿照远神色如常地吃完饭回了房，下一秒，他的房间被人暴力闯入。鹿照远警惕地看着弟弟："你……你想干吗？"

　　鹿乐成满脸的难以置信："哥，你真的参加高考了？"

　　"我没有……"

"我就知道……"

鹿乐成刚要松口气，就听鹿照远说："我没有参加，难不成是你参加了？"

于是鹿乐成就被自己要呼出的那口气堵住心口，他捂着胸口摇摇晃晃，一副马上就要倒下去的模样。

鹿照远转头开了查分网站，当着弟弟的面又把成绩查了一遍："喏——看清楚了，货真价实。"

鹿乐成直接倒在鹿照远床上假哭："还要不要人活了！"

鹿照远翻了个白眼，考虑到是自己的亲弟弟，所以没有把他的嘴堵上。

突然，鹿乐成停止了假哭，他弹坐起来问哥哥："哥，那岂不是你过完暑假就要离开家去上大学了？那……以后家里就剩下我一个人了吗？"

这话一出，他半天都没听到哥哥的回答，无措之间，一只手落到他的脑袋上。

鹿照远的脸上有着和弟弟如出一辙的茫然，他揉了下弟弟的脑袋，实话实说："其实我也还没想好……让我再想想吧。"

夜深了，鹿妈妈收拾停当后也回了房间。房间里，鹿爸爸拿着手机一脸认真，连妻子进来他都没抬头。鹿妈妈好奇地问他："在看什么？一晚上你都没怎么说话。"

鹿爸爸抓着手机往妻子那边挪了挪，小声说道："你说现在大学生一个月的生活费要多少？"

鹿妈妈不作声，拉着被子直接躺下了。

"问你话呢。"鹿爸爸跟着躺下，追问道。

鹿妈妈干脆翻了个身，完全不理会。鹿爸爸好脾气，见妻子不回应他也不生气，而是自顾自地盘算了一阵，然后迷迷糊糊地睡着了。

这时，鹿妈妈睁开了眼睛，月光落在了她紧紧皱着的眉头上。她慢慢地坐起来，轻轻地拉开了床头柜的抽屉，从里面拿出张照片来。

这是之前在鹿照远决赛现场拍的照片。拍照的角度很巧妙，不光照到了场上的鹿照远，还把观众席上的鹿家三口也拍了进去，而在照片的角落里，还有对整个鹿家人来说既熟悉又陌生的人，祝岚行。

鹿妈妈对着这张照片看了很久，她用手轻轻地摩挲着照片上的鹿照远，喃喃自语道："我好像还没有认认真真照顾过你……你怎么就不需要我了呢？"

第21章 知心鹿鹿

第二天早上，鹿照远走出房间的时候感觉好像有哪里不一样了。当他看见桌上种类齐全的早餐后，更确定了这种感觉。

"今天是什么特殊日子吗？"看着从厨房走出来手上还端着一碗面的鹿妈妈，鹿照远疑惑地问道。

鹿妈妈把面放在桌上，看了鹿照远一眼："庆祝你高考胜利的日子。"

"呃……"这个回答大出鹿照远的意料，"谢谢妈。"

"一碗面条，有什么好谢的。"

鹿妈妈在鹿照远对面坐下来，将一张银行卡放到鹿照远面前："给你。"

"这是干吗？"

"你的生活费和学费。"鹿妈妈说，"也不知道够不够，你先拿去用，要是不够再跟家里说。"

"妈，我有——"

鹿照远才说了一句，就被鹿妈妈打断了："你的钱你自己留着，上学的钱必须由爸爸妈妈出。"

"可……"鹿照远嘟囔，"我还没确定是不是要去呢……"

鹿妈妈轻轻地"哼"了一声:"我还不知道你?如果你不想,你根本就不可能去参加考试。"

"妈……"

看着像是做错事被抓的大儿子,鹿妈妈突然放软了声音:"妈妈不是要赶你走……你迟早会长大,就算不是今年,最迟明年你也要去上大学了。妈妈想通了,现在只希望你能做自己喜欢的事情。曾经,妈妈因为各种原因做了很多错事,让你受了委屈,现在妈妈别无所求,只要你快乐……"

"妈……我……其实我……"

鹿妈妈轻轻地摇摇头,把银行卡塞进了他的手里:"去吧,妈妈在家等你。"

一家四口久违地坐在一起吃了早饭,如果忽略鹿乐成知道家里支持哥哥去上大学之后咋呼半天以及鹿妈妈得知祝岚行也参加了高考并且考得很好之后有一瞬间的僵硬外,这顿早饭还是相当温馨的。

吃过饭,鹿照远准备出门去找祝岚行,他们之前就约好了。

他刚走到大门口,鹿妈妈把他叫住了,还递过来一个保温桶。

"这是啥?"鹿照远接了过来,却是一脸疑惑。

"不是要出去玩吗?"鹿妈妈没好气地看着傻儿子,"天这么热,你们一起喝。"

鹿照远不敢置信地看着妈妈,仿佛不认识她一样。儿子直白的目光让鹿妈妈不好意思起来,她忍无可忍地一指大门:"带着汤,出去玩,不到晚上别回来!"

鹿照远就这样被扫地出门了。在去祝岚行家的路上,他将早上的事情反复地想了想,然后惊觉,难道……在他不经意杀了高考这只鸡之后,儆到了……妈妈?

鹿照远到别墅的时候祝岚行正以一副"沉思者"的模样坐在沙发上。而他面前的茶几上堆满了习题册、试卷和草稿纸。

鹿照远粗粗翻了一下,都是之前他给祝岚行补习的资料,他有点担心,于是问他:"出什么事了,怎么把这些翻出来了?"

祝岚行回过神来,他目光微动,嘴上却说:"没什么,我只是在想是不是要完成高考后的那个步骤。"

"撕试卷?"鹿照远也看过不少相关视频,数不清的喜悦面孔和漫天的纸屑形成了鲜明的对比,对被困在书山题海里的青春,学生们以这种决绝的方式说再见。

祝岚行看了鹿照远一眼，脸上浮现出一丝犹豫："但是万一要上高三呢？现在就把它们撕了，岂不是有点早？"

鹿照远想到了妈妈的话，刚想开口，就被祝岚行阻止了。

"别急着做决定。我们参加高考的事不是还有人不知道吗？"

鹿照远沉默了一会儿，坦白了："我确实还没有想好……"

"那就跟大家说一声吧。"祝岚行提议。

想到学校里还算开明的老师，气氛和睦的班级，志同道合的朋友……鹿照远确实不舍，半响，他轻笑了一声："总觉得你要撕试卷这事儿是做给我看的……"

"你说是就是吧……"祝岚行靠在沙发上并不否认这项指控，他催促鹿照远，"我建议你早点说，不然等老班、三毛他们抢了先，我估计大家不会放过你的。"

鹿照远觉得祝岚行的话非常有道理。他立即拿出手机，打开群聊窗口，编辑消息并发送："我和祝岚行参加了高考，分数出来了，可以去上大学。"

群里回复得很快。

"哈哈哈，真好笑。"

"嘻嘻嘻，我差点信了。"

"哦，岚岚，你怎么知道我也考上了清北？"

鹿照远无语地看着群里的这些回复，开始后悔自己刚才的犹豫，就应该直接决定去上大学的！而祝岚行则是看着"岚岚"两个字挑了挑眉。

突然群里有个人说："不是！你们看清楚啊！说话的人是亮哥啊！"

"我的天……真是亮哥？！"

"亮哥你怎么换头像了？我还以为是祝岚行……"

最后还是向晨出来将话题引回正轨："所以……亮哥说的是真的……"

像是配合他的话一样，祝岚行下一秒就把他和鹿照远的成绩截图发到了群里。

消息发出，一石激起千层浪，整整齐齐的经典国骂刷了几分钟的屏。

舒云飞醒得最快，在众多脏话里率先引领叫"爸爸"风潮。他说："两位爸爸，请受本学渣一拜。"

然后群里又是整整齐齐的一片"爸爸"的消息。

鹿照远受不了了："你们能不能好好说话！"

"是你不好好做人！都是高二的学生，凭什么你就去参加高考了？"

"可能是因为我聪明吧。"鹿照远欠欠地说。

向晨愤怒指责："亮哥，你真欠！"

舒云飞立马跟上："真的！"

"不过，能把你们开过光的书留下来吗？我要当护身符！"

舒云飞的话再次引起共鸣，群里纷纷求书。

鹿照远看了，突然笑起来。他对祝岚行说："好了，现在你不用纠结撕不撕了，都给他们就行了。"

祝岚行也跟着笑了："行，把你的也留下。"

群里的大伙儿还在七嘴八舌地聊着，向晨却单独给鹿照远发了条消息："今晚八点，我们学校足球训练室不见不散！"

鹿照远把消息给祝岚行看："也不知道这伙人是怎么商量的。"

"反正不可能把我们叫过去套麻袋打一顿。"

他不说还好，他一说，鹿照远顿时感觉后背凉飕飕的，心里也有点慌……

晚上八点，鹿照远和祝岚行准时到了。放了假的学校空得吓人，如果不是足球队还要来训练，祝岚行都怀疑他和鹿照远这会儿应该进不来。

训练室在球场那边，是新建的那个。他们俩穿过球场走过去的时候，就见训练室的大门紧闭着，里面一点儿声音都没有，只有从门缝里透出的一点儿光仿佛在告诉他们没来错地方。

鹿照远扯着嗓子喊了一声："向晨——舒云飞——"

没有任何回音，周围静悄悄的，只有光坚持不懈地穿过细缝透出来。

鹿照远眉头打了个结："这群家伙到底在干什么？"

祝岚行注意到自己脚边散落的红色纸屑，心中隐约有了答案："应该是好事，我们直接进去吧。"说着，他抬手推开了门。

门缓缓打开，绚烂的光线下砰砰的声响传来，纸筒里射出缤纷的彩带，喷了两人一头一脸。

"热烈庆祝鹿照远、祝岚行提前上岸，早脱苦海，修真得道，飞升大学！"

伴随着众人的声音，空中飞扬的彩带缓缓落下，祝岚行和鹿照远终于看清楚了训练室内的情况。

只见训练室里被布置一新，训练器材被堆到了角落里，正中央的位置出现了一张长桌，桌子上有蛋糕、水果，以及各种零食，桌子后边的墙上粘着排列成心形的彩色气球，中间则挂着手工赶制出来的横幅，上边用黑色的马克笔写着"热烈庆祝鹿照远、祝岚行成功上岸！！！"。在心形造型气球的旁边还有两个额外的画着不同哭脸的气球——祝岚行觉得这群人的心情可能都浓缩在这两个表情上了。

"亮哥、祝岚行，你们口风也太紧了，兄弟们只能一切从简了。"

舒云飞弯腰从桌子底下拉出一箱汽水，豪气地一摆："今晚我们不'醉'不归！"

"谢谢大家，我还真没想到你们会这样做……"鹿照远看着眼前的一切，非常感动，过往的一幕幕在眼前闪过，他无比认真地说，"其实，我还没决定到底要不要提前一年去上大学。既然你们这么舍不得我，我也可以在这里再留一年。"

他的话音刚落，原本热闹的训练室顿时变得安静，之前撸起袖子准备开party的众人也都暂停了动作，死死地盯着他。

还是向晨打破了沉默："那……祝岚行你呢？"

"我都可以，看鹿照远吧。"

回答他的又是沉默。

众人看两人的眼神宛如见了鬼。终于，他们爆发了："你们有病啊！考上了大学不去上还想再读高三？大佬们，请你们做个人吧！不要和我们抢明年的录取名额了吧！"

这半真半假的抱怨之后，欢送会还是开了起来，只是在这热闹的中又多了股悲愤之气。祝岚行并不是很习惯这种热闹的场面，他只待了一会儿，就悄悄离开了。

明亮的月挂在了丰茂的树梢上。祝岚行盯着月亮看了两眼，就听见身后传来熟悉的足音，不用回头，他就知道来的人是鹿照远。

"怎么出来了？"

"这话应该我问你吧。我说个话的工夫你就不见了。"鹿照远小声抱怨，"祝岚行，你是不是不喜欢足球队的人？"

"没有啊。你为什么会觉得我不喜欢？"

鹿照远上前一步，站到祝岚行身边："因为我觉得，你好像对什么都不太在意，我要不要去上大学，你也不在意。你转学来快一年了，但除了我以外，好像没有人再稍微了解你或者跟你亲近了……"

他刚刚出来找祝岚行时看见了站在月下的孑然身影。尽管很快祝岚行就听见了他的脚步声并转头对他微笑，将这张孤独的剪影变成了鲜活的生命，可他还是意识到了自己一直以来隐隐约约在意的是什么。

"对你而言，我和他们是不是没有什么不同，你一直都是这样孤单？"

祝岚行望着鹿照远，神色柔和："这是你提前参加高考的理由之一吗？"

"但事实并不是这样的，你对我来说，和他们是不同的，只是我……"

人类是脆弱的个体，也是强韧的个体，因此，他虽然厌恶黑暗，但最终还是习惯了黑暗和孤独。他将重新带给自己光明的鹿照远珍重地装在心底最深处，可他毕竟经历过很久很久的黑暗，他始终是那个孤独的他。

"我已经习惯自己一个人了。"

"你知道吗？"鹿照远突然说，"在第一次见你的时候，我就觉得你白得像是光下的一团烟雾，不知道什么时候就会消散。现在想想，那时候有那种感觉应该不全是因为你的外貌，而是我在潜意识里已经察觉到你跟其他人是截然不同的，在整个实验中学里，你始终格格不入。"

祝岚行笑了："你现在还这样认为吗？"

鹿照远摇摇头："我觉得你已经改变很多了，也一定会变得更好。这也许是个漫长的过程，但我会一直在你身边的，岚岚。"

"好。"几乎不用思考，祝岚行就接受鹿照远所希望的一切。失明是他不可磨灭的痛苦，是桎梏他的阴影，但他不能让过去的痛苦支配他未来的生活，那些应该成为养料，使他拥有更多美好的未来。

他心中些许怅然烟消云散，于是他问出了另一个才困扰到他的问题："岚岚？"

鹿照远理直气壮："怎么，他们叫得，偏我叫不得？"

祝岚行："……"

"别摆这个表情……"鹿照远伸手戳他脸，早在祝岚行变小的时候他就想这么做了，"知道你这副表情像什么吗？"

"什么？"

"月宫仙子嫦娥啊！给你条披帛，你就能即刻飞去广寒宫。"

"呵呵，"祝岚行冷笑两声，"我飞升了也要带你一起，让你去月亮上做玉鹿。"

"玉鹿？"鹿照远忍不住大笑起来，"好幼稚！你什么时候会开玩笑了？"

"我一直会开玩笑吧！"

"不，不是，最起码刚认识你时，你不会。"

"……"祝岚行被噎了一下，然后才说，"如果真是这样，那说明这里挺好的。"

"你觉得这里好？"鹿照远听出了祝岚行话里隐藏的含义，"比大学更好？明明上大学后我们可以认识更多人、见更多的世面，不是吗？"

"所以这里更好啊，不是因为更多，而是因为单纯。"祝岚行笑了，"我上过大学，经历过一些事，而我待在这里，却能笃定自己绝不会再遇到曾经经历过的事。"

祝岚行的手抬起来，抚过耳后，眼睛轻轻地一眨，纤长的睫毛下微光闪烁。

"待在这里，感觉有点像在做疗养。"

祝岚行微微侧头，站在他旁边的鹿照远看见月光洒下的银辉落在祝岚行的侧脸上，照出静谧的沉思之色。

鹿照远脱口而出："那我跟你一样，在这里再疗养一年。"

"我觉得这里舒适和我是不是留在这里是两件事情。"祝岚行看着鹿照远，说得无比认真，"因为对我影响最深的、我最在意的、把我从黑暗里拉出来的那个人现在就站在我的面前，他的名字叫鹿照远。"

"虽然你这么说我很感动……"鹿照远艰难地说，"但我还是没有搞清楚你到底是要去上大学还是要留在这里上高三？"

"我也还没想好。"祝岚行说，"和你说这些就是想让你替我分析分析。"

"让我当你的知心哥哥？"鹿照远兴致来了。

"知心哥哥算不上，勉强算是知心鹿鹿吧。"祝岚行笑道。

"鹿鹿也行，鹿鹿也挺好的。"鹿照远内心获得了极大的满足。过去一直是祝岚行扮演着他的领路人，他习惯将自己内心的困惑分享给祝岚行，而且每一次祝岚行都没有让他失望。他几乎以为祝岚行不会有困扰，但这一次轮到他为祝岚行领航了。

鹿照远迅速进入角色："岚岚，你现在最大的问题是除了和我在一起之外，你对你自己的未来没有任何想法，所以你对代表着更前进一步的大学也无所谓……等等，你刚才说你上过大学？"

"对。"

"那你之前学的是什么专业？"鹿照远问。不用刻意回想，他自然而然地就用祝岚行曾经引导他的方式来帮助祝岚行——他不替祝岚行做决定，而是建议祝岚行去做；如果对什么感到犹豫，那就去尝试一下。

"我们去你曾经的大学看看，怎么样？"

祝岚行沉默了，但他的内心并不挣扎，因为鹿照远是对的。道理很简单，犹豫什么，就去面对什么、了解什么。他只是惊讶于这么简单的事情，在鹿照远开口之前，他竟然始终没有想到。可能对过去他逃避太久了，本能已经帮他忽略了来时的路。

既然想通了，祝岚行很快有了决定："好，抽个时间，我带你去我的大学看看。"

商量完之后，两人一起回了训练室。大家正围坐在地上准备玩游戏，他俩加入正好将圆补齐。向晨气呼呼地吐槽："咱们兄弟今天特意为你们开欢送会，结果你俩跑出去说悄悄话！"

"没有，"鹿照远说，"我们只是在聊什么时候去旅游。"

"都聊到毕业旅游这环节了？"

"就是普通的旅游！"鹿照远解释，"说不定我们还会再在这里留一年。"

然而大家并不相信，集体用眼神鄙视他。

向晨撇撇嘴："高三这地狱有什么好待的。"

"因为你们都在这里啊。"鹿照远说，说完觉得有点矫情，又连忙找补，"这是朕打下的江山，朕还没决定放不放弃。"

舒云飞笑了一声："我倒觉得无所谓，今年不走，明年也要散。三年前相识，三年后分别，一届届不都这样吗？能联系的，只认识一天大家也会联系；不能联系的，认识十年最后还是会分道扬镳。"

"真实。"

"精辟。"

其他的队员调侃了两句，声音渐渐低下来，一种离别的愁绪开始在室内蔓延。

向晨突然说："亮哥，你去上大学以后，还会记得我们、和我们联系吧？高一时我被那个教练害得差点要停课、记过，是你拿着证据跑到窦三毛那里保下我……还记得我们一起捧起第一个足球奖杯，那个奖杯金光闪闪的……"

他突然骂了一声，用手背擦了擦眼睛："光想起来都觉得晃眼睛！"

"好了好了，你说得太久了。"舒云飞接上向晨的话，对鹿照远说，"当初那个教练觉得我胖，不是踢球的料，不让我上场。是你天天放学来陪我训练，又帮我争取到了上场的机会……不管你记不记得，反正我记得。"

球队的人一个接一个地开口讲起曾经来，有些事情很小，有些就是学校里随处可见的……欢送会变成了夜谈会，当最后一点声音消失时，训练室的地板上已经横七竖八地睡着不少人了。

鹿照远叹了口气："这下要怎么把他们送回家啊。"

祝岚行站起来："先把这里收拾了吧。对了，关于去我的大学……"

"嗯？"

"签证似乎还没过期，我们明天就走吧。"

第 22 章 愿望成真

这次出行跟上次不同，不光准备起来更加从容，鹿照远还跟父母报备了。

因为家长已经知晓，所以祝岚行特意把行程安排得很松，两人沿着景点慢悠悠地朝目的地进发。一路上，他们就像其他游客一样，观光、拍照、享受美食，都短暂地把之前的纠结和烦恼全都丢在了脑后。

这样慢悠悠地走了一周，他们终于到了祝岚行曾经就读的大学。虽然也在暑假，但学校里依然人来人往，他们两人混在人群里并不显眼。

鹿照远理解祝岚行的近乡情怯，所以并没有催他前进。倒是祝岚行望着大学古朴的门楼发了一会儿呆后主动开口：“我……我是不是没跟你说我父母的事？"

"嗯。"鹿照远轻轻地应了一声

"他们发生了一场非常严重的车祸，然后在急救过程中双双死亡。"祝岚行声音微颤，但他还是继续讲了下去，"那之后，我就不停地想，如果医学再发达一点，如果当时我在现场，如果我已经是一个优秀的医生……那他们是不是就不会死？"

他自嘲一笑："现在看来，那种念头大约只是落水的人对浮木一厢情愿地紧拥，但在当时，它直接影响了我在德国求学的态度。"

祝岚行闭上了眼睛。

不用刻意去回忆，他也能清晰地记起自己在学校的点滴。他记得图书馆，记得教室，记得解剖室，记得宿舍，记得自己交过的每一份作业、做过的每一个实验……

当然也记得这双眼睛所见的最后一幕。

他向地面倒去，世界在双眼之中震颤上浮。

当他倒在地上之后，他看见松软的土地，看见野草尖尖地刺向天空，他的视线变得模糊，血的味道弥漫在空气中。

熟悉的皮鞋踩在他的面前。

他以前所未有的角度看见了自己的朋友。

对方的身材因仰视而变得格外修长，脸藏在了阴影中，但金色的带波浪的头发垂了下来，被月光染成了冰冷的银白。

他看见对方的两臂垂下来，其中一只手里攥着一根泛着冷光的金属球棒。

他看见血——他的血，染红了球棒。

之后，他就再也看不见任何光亮了。对于医学的期待，就像他的父母一样，在全无准备的时候，被收拾整理，装入棺中，在漆黑与火焰中化成灰烬。

祝岚行停下脚步。他们已经走进学校了，祝岚行带着鹿照远来到湖边的一棵树下："我当时就躺在这里。我运气不错，对方可能不想亲手杀死我，所以他打算把我丢进湖里，恰好有人路过撞见了这一幕，我也因此获救。"

祝岚行感觉自己的手一沉，低头发现是鹿照远牢牢地握住了他的手。

"那个人呢？"

祝岚行笑了笑："他被抓住了，也被审判了，得到了应有的惩罚。"

"可是那远远不够！"鹿照远愤愤不平，心疼得都在发抖，"他在哪儿？"

"你不用这样……"祝岚行轻轻一叹，"他这些年应该过得很不好。"

鹿照远抿着嘴，盯着祝岚行，用沉默来表达自己的态度。

祝岚行最终没有拗过鹿照远，他拿出手机打电话给威廉，时隔多年，他再次叫出了那个被埋在记忆深处的名字："克莱斯现在在哪里？"

几分钟后，威廉报出了一个地址，祝岚行和鹿照远搭车前去。

路上，祝岚行告诉了鹿照远他这些年来对克莱斯的报复。

"伤人罪判得不重，没多久他就被放出来了。然后就开始经历一次次的背叛，他不知道谁会背叛他，也不知道下一次背叛会在什么时候开始。

"据说这样没多久，他就不敢再相信出现在身边的人了。可人是个社会性动物，只要活着，就不可能不与他人接触……他活在猜忌和怀疑的地狱里，无法解脱。"

祝岚行抬手揉了揉眉心，略感疲惫："这些事情，我本来不想跟你说的……"

"为什么？"鹿照远开口说了上车以来的第一句话。

"因为我自己也不想去回想。"

"你没有疑惑过吗，为什么我对高小默的态度这么奇怪？"

鹿照远迟疑了："我……我以为是代沟。"

"……"未曾想过的答案让祝岚行愣了一瞬，"这么说也行。"

"所以到底是为什么？"鹿照远没心情开玩笑，他催祝岚行告诉他所有真相。

"我父母去世之后，公司群龙无首。我的姑姑和姑父又是公司高管，我想要从他们手中夺回公司光靠我自己远远不够，更何况那时我全部心思都在学医上，无论如何我都不可能回公司去和他们争权，所以我引入了第三方力量……"

"我让两个人进了公司。"祝岚行的声音冷得像是湃过了的酒，"一个是威廉，一个是我舅舅，也就是高小默和高飞捷的父亲。"

"我对这个舅舅是有感情的，包括高飞捷也是。小时候我父母忙着创业，没空管我的时候就把我送到外祖家，但外祖他们毕竟年纪大了，都是舅舅带着我和高飞捷……他不是我的父亲，可在很长一段时间里，他做的就是父亲做的事。

"我父母的事业上了正轨之后，我才被接到他们身边，但我和舅舅的关系并没有疏远。我父母发生意外之后，是我主动提出希望他进公司来的，但舅舅一开始并不愿意。

"我理解他的想法。他有自己的事业，日子过得不错，没几年就要退休了，他不想蹚这浑水。是我再三请求，舅舅才点头同意的。

"当时他拍着胸脯对我说'你放心，我外甥的东西没人能抢走，无论如何，舅舅都会替你守好的！'

"后来，我的眼睛瞎了，也是因为他。"

剩下的话不用再说，鹿照远已经全懂了，祝岚行对高小默的矛盾态度也有了答案。

鹿照远不敢想象祝岚行到底自我疗愈了多久才能在今天把一切都说出来，他也不忍想象祝岚行这些年是怎样抱着一颗千疮百孔的心一个人在黑暗的世界里坚强生活。

"我……"鹿照远想说些什么，一张口却发现自己的喉咙被心疼的泪水哽住，让他一个字都说不出来。

身体比思维更快做出决定，他伸出双手，紧紧地抱住了祝岚行。

被抱住的瞬间，祝岚行也红了眼眶。但当他发觉抱着自己的人正在不停颤抖时，他的一颗心暖到蒸发了所有委屈的眼泪。

他伸手拍了拍鹿照远的脑袋，轻声说："谢谢你，我感觉好多了。"

两人下车后走进了一家破败的酒吧里。

昏暗的灯光下，半圆形的卡座里，零零散散坐着些人，但祝岚行第一眼看见的却是坐在最里面吧台前的一个男人。

那是个和记忆中的形象截然不同的身影。

他昏昏欲睡地抱着啤酒杯，原本英俊的脸上满是胡楂儿，总是细心打理的鬓发也不知道几天没洗了，现在油腻腻地搭在肩膀上，如同一摊煮得极其糟糕的通心粉。

"克莱斯……"祝岚行喃喃一声，声音轻得几乎只有他自己能听见。

自事发到现在连十年都没有，但对方似乎已经变成了另一个人。

细不可闻的声音似乎被吧台的男人听到了。他撑着脑袋，心不在焉地朝着祝岚行的方向看了一眼。祝岚行清楚地看见对方在望见自己的时候瞳孔骤然紧缩，面上的酒意全部化成恐惧的苍白。但很快，他的表情又变了，还是直直地看着自己，但他的眼神变得麻木，原本流露出的表情也全部收敛为一片虚无，那张脸像极了那个夜晚藏在阴影后的虚无面孔。

他明明看见了祝岚行，却又像没有看见一样。只见他从吧台上摇摇晃晃站起来，朝着大门走去。

祝岚行曾经也想过自己和对方再度见面的情景，但没想到会是如今这样，他看见的不是一个人，而是一具尸体，一具只想逃避的尸体。

"我看过他的庭审记录。"祝岚行突然说，"他说他需要钱，所以答应了和我舅舅做交易。他说我平时看似对他好，其实是在施舍、炫耀……"

他看向鹿照远，眼里没有哀伤，只有疑惑："为什么会变成这样？那个和我畅想过未来的人，那个和我约定要成为世界上最棒的医生的人，为什么最后会为了这些而放弃自己的人生？"

"没有为什么，"鹿照远面无表情地盯着对方离开的背影说，"对有的人来说，自甘堕落不过是更舒服的生活方式罢了。"

"你说得对，"祝岚行拉着鹿照远离开这个乌烟瘴气的地方，"我确实不应该浪费时间在他身上。"

傍晚的时候，他们逛到了一个花园广场。这时天色已经彻底暗了下来，天边最后一缕带霞光的云彩也被夜晚吞噬，但城市的灯亮了起来，一串一串的彩灯缠绕在广场两侧的树上，鲸鱼形状的喷泉开始喷洒带有霓虹夜色的水柱。

两人在广场的长椅上坐下来。

看着随着音乐跳动的水柱，鹿照远突然问道："你到底多少岁了？"

祝岚行身体一僵："为什么问这个？"

"因为这是进一步了解你的第一步。"

"好吧……"祝岚行被轻易地说服了，"二十七岁。"

"哦——"鹿照远做了个怪相，立刻就联想到了祝霸总版本的祝岚行，那样的祝岚行总让他有一种……极其安心又隐约熟悉的感觉。

鹿照远的脑海中闪过了一些想法，不过这些想法太过模糊，他还没有厘清，注意力又被祝岚行的声音吸引了。

祝岚行注视着鹿照远，对方的影子清楚地倒映在他的瞳孔中。灯光在不停变幻，将漆黑的夜染得色彩斑斓——好像只要注视着面前的人，就连黑暗都能变成绚烂。

他说："今天真是个值得庆祝的日子。"

这天晚上，两人坐在公园的长椅上漫无边际地聊着天，一直聊到喷泉的声音停了，彩灯也暗了，只剩下一颗颗星星在遥远的夜空上对着他们眨眼睛。

祝岚行在这时忽然说："我决定了。"

"决定去上大学了？"

"猜得真准。"

鹿照远得意地笑了："从一开始，我就觉得你会去上大学。"

祝岚行很惊讶："为什么？在今天晚上之前，连我自己都不确定。"

"没有什么理由……"鹿照远思考了一下，"也许是因为，我认识的祝岚行坚定、坚强，能够解决任何事情……所以他当然也不畏惧面对任何事。"

他说："我觉得，你就是个会大步向前走的人。"

从德国回来，两人就正式开始准备上大学的事情。学校是早就定好了的，当时在球场上鹿照远当众许下的愿望严格来说其实没有实现，因为祝岚行想继续学医，而另一所学校的医学专业更强，这样一来他就不能跟鹿照远上同一所学校了，好在两人的大学是在同一个城市，当然这个结果，两人也是费了不少心思才得到的，他们很满足。

"搞定——"当时鹿照远帮他在网上填好入学的一些流程信息后，转过身来装模作样地和他握手，"你好邻居，以后常见。"

祝岚行也笑："甚至可以天天见。"

其实现在许愿机的电池全部变绿之后，电量消耗速度就变得非常慢了，他的身体状态也十分稳定，已经不需要两人时时刻刻在一起了，不过如果鹿照远需要的话，他也不是不可以每天往隔壁学校跑一跑。

时间飞快地过去了。入学、军训、认识新同学……眨眼就到了十月。十月里，有一件重要的事情鹿照远坚持了十二年——他会在这天去定做一个写着"大哥哥"的奶油蛋糕，然后插上蜡烛许愿，从来未间断。

许多年过去了，当初巴掌大小的塑料红托蛋糕变成了如今的巧克力蛋糕、冰激凌蛋糕、水果蛋糕、网红奶茶蛋糕……写在上面的"大哥哥"三个字，也从稚嫩变得遒劲。甚至连参与的人，也由过去的他自己变成了如今的两个人，他和祝岚行。

"我曾经和你说过，小时候有个大哥哥救了我……"鹿照远说。

"嗯。"祝岚行简短地回答道。

灯关了，烛火摇曳出的昏黄的光像是一层温润的釉，覆上祝岚行的脸。

"那时候我太小了，没有记住大哥哥的任何信息，那个对我非常重要的、救过我的恩人就这样消失在我的生命中。此后每一年，我都会在我被救的日子里买一个蛋糕，插上蜡烛，许愿大哥哥能够健康平安、长命百岁。

"小的时候，我还曾有些不切实际的想法，幻想着能在未来的某一天，能再见到当初救了我的大哥哥，那时候我一定要向他……向他倾诉很多事情，说我的朋友、我的成绩，也有可能会说说我的弟弟、我的父母。

"等到长大一点，我开始明白，这种想法是多么幼稚……

"你说，过去这么久了，大哥哥他还记得我吗？"

"肯定记得，这件事既然是你生命中很重要的事情，我相信对他而言也一定是非常难忘的经历。"

"那你觉得，我和大哥哥还会再见面吗？"

这个问题让祝岚行沉默了。

当年不告诉鹿照远自己是对方的救命恩人是觉得要做好事不留名，后来又发生了那么多事，一时没顾上……而现在，说出真相不是不可以，但万一鹿照远生气呢？再说，看鹿照远的样子，也不是非要再见大哥哥不可……祝岚行谨慎地捂好了自己的小马甲。

"也许会，也许不会。也许他已经和你擦肩而过，只是你没有认出他。"

鹿照远想了想，笑了："你说得对，其实这么多年过去了，我已经不记得大哥哥的模样了，就算大哥哥真的站在我面前，我大约也认不出来了吧。"

祝岚行还能说啥？他只好微笑不语。

鹿照远转向蜡烛，在许愿之前他照例和大哥哥聊了两句自己的近况。

"大哥哥，我现在已经长大了，在这一年里，我碰到了改变自己一生的人，对父母说出了自己真实的想法，还参加了高考，如今已经是一名大学生了……我过得很好，大哥哥，你也过得很好，对不对？我希望你……"

说到这里，鹿照远却突然停下，他转头看向祝岚行的手链："说起来，我今年还碰到了很奇幻的事情，差点让我的世界观都跟着颠覆……"

"已经颠覆我的世界观了。"祝岚行抬起手，晃了晃腕上的手链。

"所以我觉得我要改一下愿望……"

"改成什么？"

"就改成……"鹿照远想了半天，一合掌，有主意了，"我希望能再看一回小时候发生的事情，让我辨认出大哥哥的样貌！"

祝岚行正想附和着说笑两句，突然感觉到手链一阵阵发热。他心感不妙，迅速向下瞟了一眼，看见自电量充满后便没动静的虚拟屏上出现了三行字。

> 检测到许愿人鹿照远的愿望，是否消耗电量将过去的画面呈现在他面前？
>
> 是/否

祝岚行当然选"否"！但屏幕上又出现了新的文字。

> 检测到宿主祝岚行的等级不如许愿人鹿照远的高，天堂239代许愿机v0.8自动执行许愿人鹿照远的愿望。

因为要点蜡烛许愿，所以房间里没开灯，只有蛋糕上的蜡烛一点光源，但在这条文字之后，新的光源出现了。鹿照远此时低着头许下了第二个愿望："除了让我认出大哥哥，我还希望能够再见大哥哥一面，就让大哥哥出现在我的面前吧……"

祝岚行听到鹿照远新的愿望，心中的感觉已经不能用不妙来形容了，他立刻看着屏幕，果不其然，上边又出现了两行字。

检测到许愿人鹿照远的愿望，是否消耗电量恢复二十七岁的身体。
是/否

祝岚行："……"

他只能选"否"，为保护自己的马甲做出最后的努力，但是——

检测到宿主祝岚行的等级不如许愿人鹿照远的高，天堂239代许愿机v0.8自动执行许愿人鹿照远的愿望。

"呼——"鹿照远闭着眼睛，吹灭蜡烛，旋即他睁开眼，笑道，"我相信我的愿望肯定有机会能够实现的——"

没有投影仪的漆黑室内兀自出现了投影，播放着他幼时被人贩子拐走的画面，越来越偏的乡下、黄土飞扬的道路、农村里远离其他住所的房屋，以及翻窗进来抱他逃出去的大哥哥！镜头一晃，照出大哥哥的脸。

他看着十五岁大小的祝岚行，大脑一片空白。他的身体仿佛经过了十多年的锈蚀，异常僵硬，所以他只能缓慢地转动自己的脖子，看向祝岚行的方向。

一点点的光，照亮了那只搭在扶手上的手。皮肤苍白，手指修长，原本尺码吻合的衬衫，短了老大一截，露出腕骨分明的手腕。

大约几秒钟的寂然后，藏在阴影里的人动了。他抬起手，先解开袖扣，又解开领口，把自己的身躯从窄小的衣服中解脱出来，最后，他的面容自黑暗中浮现。

他对着鹿照远无奈一笑，如同红酒褪去最后的涩，不用嗅，不用品，安然待在那里，就叫人头晕目眩。

"虽然最初并不太想告诉你过去的事，但是……

"你的愿望实现了。

"我就是你的大哥哥。"

番外篇

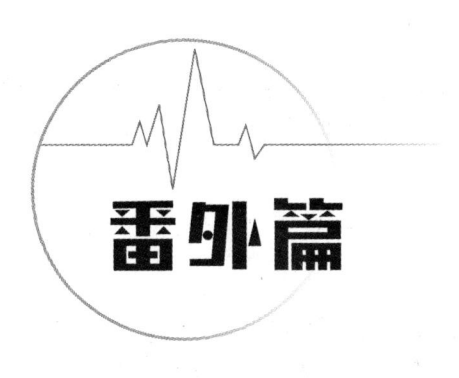

受 伤

秋天，鹿照远和祝岚行带着行李进入了大学校园，虽然两人分别报考了不同的学校，自认识以来第一次分开上课，但他们都适应良好，还经常去对方的课堂上蹭课，弄得两边的专业课教授一时都迷惑了，怎么今年的大一新生这么嚣张的吗，才开学就三天打鱼两天晒网？好在这种小误会很快就随着时间的推移解除了。于是，开学后仅仅三个月，鹿照远的舍友就认识了一个叫作祝岚行的邻校学生，而祝岚行的舍友……

祝岚行没有舍友，他就没住宿舍。

在收到录取通知书后，祝岚行就和鹿照远来了一趟首都。

他们逛了逛彼此的校园，还逛了逛学校附近的街道，聊了很多关于大学与未来的话题。第二天，当鹿照远还在抱着枕头呼呼大睡时，祝岚行已经起来了。过了好一会儿，鹿照远才听着耳旁小得几乎听不见的动静逐渐醒来。

或许是因为曾经失明过，祝岚行做什么都是悄无声息的，有时几乎感觉不到他的存在，就像是阳光下的一捧雪，明明存在可又随时都会消失。

"醒了？"祝岚行听到他的动静，转头看过来。

鹿照远抱着被子含糊地应了一声，然后就听到祝岚行用提议出门买根葱的口吻对他说："那一会儿陪我去买套房子吧。"

买房子？

买什么房子？

为什么要买房子？！

时至今日，鹿照远还清楚地记得自己当时听见这句话时那难以用言语形容的震惊。

这份震惊让他在那天早上大脑宕机了很久，甚至都不知道自己是怎么和祝岚行来到要买的房子里的……

房子很好，大小合适，坐北朝南，还有270°的弧形景观落地窗能将他和祝岚行的大学尽收眼底。

祝岚行全程都表现得淡淡的，说"就它了"。签合同的时候也很平静，仿佛是随手在街边买了个煎饼果子。

签完了购房合同，鹿照远还恍恍惚惚的，所以他也没发现这合同上有他和祝岚行两个人的名字。直到两人从购房处出来，鹿照远才稍稍回神。

"为什么要买房？"鹿照远问，"有这个必要吗？我们只是在这里上学而已。"

"有啊。"祝岚行很认真地回复，"我们现在在不同的学校，给许愿机充电什么的到底还是有些不方便，但我们住一起，就没有这种顾虑了。"

鹿照远被说服了一点点，但还是有些难以接受，所以小声嘟囔道："我也可以多跑几趟的……"

祝岚行这时候笑了，像雪在阳光的照耀下一闪一闪的。他想了想，说："把这看作投资怎么样？"

"投资？"

"是啊，这是首都，再说这地段，房价是一定会往上涨的，等我们毕业了，如果决定离开，到时候再卖掉也稳赚不赔的。"

"是——是哦……"鹿照远想通了，舒服了，转念就开始盘算着怎么布置了，"要防备许愿机突然没电你又看不见了，所以装修还是以安全、简洁为主。"

祝岚行皱了皱眉："你不用只考虑我，你自己喜欢什么风格也可以安排的。"

"我就不必了啊，你的房子还是要你喜欢并且住得舒适。"

"谁说是我的房子？"祝岚行摊开购房合同给他看，"这里写着我们俩的名字，是我们的房子。"

"我也有份？！"鹿照远不自觉地提高了音量，不敢置信地看着合同上的名字。

"嗯,所以也想想你喜欢的装修风格……算了,我们现在就去找装修公司,然后再去看看家具吧……"

路上,鹿照远极力要求将自己的名字去掉,毕竟无功不受禄,何况这也不是小事情。但不论他说什么,都被祝岚行完美地化解了,甚至在跟设计师交流后,鹿照远已经被完全说服,只是始终觉得,就算是只有他能给祝岚行充电,但这附带福利也太好了吧!这就是所谓的霸道总裁吗……

回酒店的路上鹿照远问出了那个在他心底盘桓了许久的问题:"你做生意的本事是家族遗传的吗?"

"嗯?"祝岚行却说,"我觉得我没有这个本事。"

"但你公司的业绩不是每年都在增加吗?"

"那也只能勉强算我知人善用吧,更重要的是我父母在最初就选对了赛道。"

"我其实不喜欢做生意。"祝岚行叹了一口气,鹿照远在他脸上看到了当初才开始补习时的表情,就有点痛苦。

"人如果做一件自己不喜欢的事情,就算有点天赋,也会在后来被逐渐磨灭,最终被淘汰,何况我确实没什么天赋。"

"那你喜欢什么?"鹿照远问。

"我喜欢医学。"祝岚行想了想,"和你一起上学也挺快乐的。"

嗯?喜欢这?

"那我们比比?"鹿照远一挑眉毛,他怀疑刚刚在销售脸上见到的灿烂笑容已经完美复制到自己脸上了。

"比什么?"

"学生能比的东西那可太多了!单科分数、期末总分数、发表的专业论文数、校内外和国际奖项……"

"我都有那么多钱了,为什么还要跟你比这个?"话是这样说,但祝岚行的脸上却出现了明显不是反对的愉悦与兴趣。

"现在说这些太迟了!"鹿照远不顾祝岚行虚假的反对,直接拍板定了。

而后就是你追我赶的半年时光。在这几个月里,两人互相较劲,忙得鹿照远和祝岚行都没有时间关注房子。直到威廉打电话来通知他们房子装好了,随时可以去住了,两人才恍然。

鹿照远尤其恍惚，那感觉就和当初听到要买房子时一模一样。

一切顺利，但鹿照远总觉得似乎还缺了点啥。他暗自琢磨了两天，直到周三晚上回到宿舍，看着打游戏、聊电话、看闲书的舍友们，才意识到到底缺了什么。

"兄弟们……"

"鹿哥说。"

鹿照远是宿舍四人中年龄最小的，但是男生间的交往，不以年龄论英雄，他延续了高中时候的神气，依然当他的"亮哥"。

"这周五我就要搬出去住了。"他轻描淡写地说出这句话，然后就看到了三张同样震惊的脸。

"搬什么？搬哪里？为什么搬？"

"搬出去住，跟祝岚行做个伴。"鹿照远解释道，"我没有告诉过你们吗？"

"没有！！！"宿舍里其他三人异口同声。

"那……"

"亮哥，喊了你这么多声'哥'，你的义气呢？搬家也不请兄弟们？！"

请！当然要请！第二天鹿照远就一边蹭课，一边和祝岚行商量起这事儿。

当时祝岚行正在写专业记录，笔尖摩擦纸张，发出沙沙的声音，像是彩色的沙子滑进透明许愿瓶的声音。

"他们来得正好，可以一起庆祝一下。我们吃火锅可以吗？"鹿照远问，他转了一圈笔，又不太确定地补充，"或者我们自己做烧烤？"

"那太麻烦了，火锅就挺好的。"说完，祝岚行问，"周五几点？"

"周五有球赛，六点结束，我们六点半到。"

"好，那我先过去把东西都准备好。"祝岚行说。一般鹿照远有比赛的时候他都会去看，但这次没办法了，不然等他们回来再一起准备就太晚了。

虽然他没有办法去，但他还是拜托了鹿照远的舍友帮他把球赛给录下来。舍友欣然答应，还羡慕鹿照远，好哥们儿就是自己的球迷，这小子也太幸运了吧！

话又说回来，鹿照远踢起球来确实帅气，像柄风做的刀，在球场上来回横掠，迅疾又凌厉。

搬离宿舍的前一夜，鹿照远突然回过神来。对于新家，他恍惚过，平静过，现在也不能免俗地开始有了期待。

但老话说得好，乐极易生悲。周五下午的球赛，鹿照远一个滑铲，只听咔嚓一声响，他的心也跟着咯噔了一下……

果然，做了这个动作之后鹿照远没能从草坪上站起来。

他的脚受伤了。

鹿照远的舍友和球队的其他队员七手八脚地将他抬到了附近的医院。一通检查下来，有了结果。

好消息是腿没断，不用做手术，也没后遗症，但坏消息是要打石膏，两个月。

鹿照远试图跟医生讨价还价，希望可以早点拆除石膏。然后被接到消息赶来医院的祝岚行抓了个正着。"听医生的！"祝岚行一锤定音。

火锅最后还是没吃成。舍友们把祝岚行和鹿照远送上了出租车就回去了。

路上，祝岚行不停地问他受伤的经过，又问他疼不疼，那紧张的模样，仿佛之前那个淡定地说自己眼瞎的人不是他一样。

鹿照远好笑地揽着他的肩膀安慰："真的没事，就是扭了一下，保险起见才要打两个月的石膏。"

见祝岚行还是紧皱着眉头，鹿照远伸手戳了一下他的眉心："真没事，运动伤害在所难免的，别担心。"

听了这话，祝岚行才稍稍放松了些。

下了车，祝岚行走到鹿照远身前，背对着他蹲下："我背你。"

鹿照远哪里肯！他态度强硬地把祝岚行拉起来站直，然后揽住他的肩膀干脆靠了上去："这样就挺好。"

感受着自己身上的重量，祝岚行无奈地笑了。他伸手揽紧鹿照远的腰，小心翼翼地迈开步子："挽紧。"

一回家，鹿照远就被祝岚行安顿在了沙发上。

房子是完全按照他们当初的设想装修的，虽然他们从没管过，但得到了实实在在的梦想之家。

鹿照远坐在沙发上舒服地长叹出声。转头看到餐桌上一堆食材，他心动了。

祝岚行也换好衣服出来了，迎着鹿照远期待的目光，他不明所以："怎么了？"

鹿照远虽然眼睛是看着祝岚行的，但他的脸却转向了餐桌："这火锅……要不咱们俩自己吃吧？"

"两个人吃火锅比较无聊。"

"有点……"鹿照远承认，然后提议，"要不然我们吃钵钵鸡？食材是现成的，煮熟放个料就行了。"

"太凉，太辣，太麻。"祝岚行一连用了三个"太"字，"对你的伤口不好。"

"一次无所谓啦……"

"防微杜渐。"

鹿照远无奈，将决定权交给祝岚行："那你定，你说吃什么我们就吃什么。"

祝岚行拿出手机开始点外卖："猪蹄？"

要以形补形？鹿照远诡异地明白了祝岚行的欲言又止，所以他拒绝了："还是不了吧，今天我见不得猪蹄。"

"不是说好吃什么我来定吗？"

"除了猪蹄。"鹿照远一般不耍赖，除非对方是祝岚行。

"那喝鸡汤。"祝岚行说着，三两下就点好了。

之后，他给鹿照远倒了杯水，然后开始收拾餐桌上的食材和餐具。

这人真不像是做这些事情的，鹿照远情不自禁地想，明明只是拿个盘子端个碗，但那架势看着像是拿着价值百万千万的合同去签署……

鹿照远不忍心再看了，决定去帮祝岚行。

轱辘轱辘，祝岚行正在厨房里收拾，突然听见背后轮子转动的声音。

他一回头，就看见鹿照远跨坐在小推车上滑了进来。

这辆小推车是沙发旁边做装饰和收纳用的，是扎实的金属材质，一共三层，每一层都有长虹玻璃的装饰隔断，最上层还有个实木盖板。推车只有一头有支起的扶手，另一头是圆弧形的……祝岚行之前选的时候就觉得这种灵活的收纳小车会很好用，但再好用应该也不能代替轮椅。

他忍不住叹了一口气。

"你看起来有很多话要说的样子。"鹿照远评价道。

"我确实有很多话要说……才受了伤，你能安分点，给你的骨头营造一个良好、安全的生长修复环境吗?"

"我看你在为难我大鹿。"鹿照远不乐意。

"那我换个说法。"祝岚行无奈了,"你能不能换个正常点的代步工具?"

"可是,家里没有轮椅,也没有拐杖。"

"但是有我。"

"哦……"鹿照远词穷了。

祝岚行看他一副可怜兮兮的模样,还是于心不忍,准备扶他去坐下。哪知他刚往前走一步,鹿照远就直接挂在了他身上。

"别生气了。我就是想帮你收拾东西……有我帮忙,会快很多的。"

"呵呵……"祝岚行双手扶着他的腰,给他一点支撑,"我这样带着你收拾?你确定是在帮我,而不是在增加我的工作量吗?"

"嘻!"鹿照远单腿站立,借着祝岚行的力道站直了,他揽着祝岚行的肩膀说得很轻巧,"是兄弟就有福同享,有难同当……"

在两人的齐心协力之下,祝岚行大概花了两倍的时间才把东西收拾完。收拾好之后,鹿照远突然心血来潮说要好好看看房子。祝岚行拗不过,只好推着小推车带人参观起来,其实,这也是他第一次认真看这房子。

和鹿照远的想象有点出入,这房子的整体装修风格很低调,除了质感非凡之外,还有许多运动元素,昂贵的有展示球星签名足球、签名球衣的展示柜,平常的也有球星的海报,鹿照远看了心花怒放。

他推开了其中一间卧室的门,忽然愣住了:"怎么和我家有点像?"

格局确实像,但房间比鹿照远家的大了不少,单是书桌,至少是他家的两倍有余。

祝岚行向他解释:"之前去你家的时候看到你房间的格局和布置了。这样你会感觉熟悉些吗?"

他小心地把鹿照远推到房间里:"你的专业需要动手,就给你弄了个手工工作区出来。小东西在房间里弄弄,大的可以去外头的餐桌上处理。"

鹿照远兴奋地摸着长桌,高高兴兴地接受了这份心意。

这天晚上,虽然暖居party没有如愿开起来,但他们还是在属于自己的新家里睡了第一个觉。

鹿照远甜蜜地睡着了，却在半夜被痛醒。

怎么回事啊……好痛！

鹿照远咬牙躺在床上硬扛着。

理论上来讲，受了需要打石膏的伤，当然会很痛，鹿照远也做好了要忍痛的准备。但让他不理解的是，明明没有打麻药，怎么之前不痛，现在突然痛起来了呢？

鹿照远不想影响祝岚行休息，准备催眠自己，硬扛到天亮再处理。可情况越来越糟，腿上的痛感没有减轻不说，现在连脑袋也痛起来了。

鹿照远无奈地爬起来，一看时间，凌晨三点。

祝岚行这时候应该睡得很熟吧。

他在黑暗中坐了会儿，决定去弄点水来吃点今天医生开的消肿止痛的药。

还好，那辆可以滑来滑去的小推车就在床旁边。

鹿照远爬起来，上了车，以好腿为桨，把地面当湖，划着出了门。他尽量不弄出声音，以免打扰到在另一个房间睡觉的祝岚行。

推开门，他看见客厅里的沙发边上亮着盏小夜灯，灯下坐着一个人。

"祝岚行？你还没睡？"

"嗯。"祝岚行应着，小小地打了个哈欠。

他坐在沙发上，膝盖上盖了条薄薄的毯子，手里拿一本砖头厚的书，鹿照远凑近一看，是本医学书。

"都几点了，怎么还不睡？"

祝岚行没说话，但他看向鹿照远的眼神已经说明了一切——

你半夜出来的原因就是我没睡的理由。

"我上厕所。"鹿照远嘴硬。

他话音才落，水和药已经递到了他面前。

"我说了我真没事……"鹿照远嘟囔着，然后接过水和药，痛快吃下。

"药效要一会儿才能上来，"祝岚行推着鹿照远回房，一边推，一边说，"你先回床上躺好，很快就可以睡着了。"

鹿照远像是没听到这些话一样，或者他听到了但是并不在意。他问祝岚行："你怎么知道我半夜会醒？"

"我不知道啊，"祝岚行说，"但是如果你醒了，我想第一时间能照顾你，就像你照顾陷入黑暗中的我一样。"

祝岚行把鹿照远扶上床："轮椅明天就能送到。快睡吧。"

"嗯……"说完，鹿照远看着坐在书桌前不打算离开的祝岚行，微微吃惊，忍不住问道，"你不回去睡吗？"

"等你睡着我就回去。"

"睡吧。"祝岚行轻声说。

黑暗里，对方的声音像是一只手轻柔地抚平了鹿照远因为疼痛而紧绷的神经，刚才一直唤不出来的睡意突然上涌，在一瞬间就将他吞没。

在彻底陷入昏睡之前，鹿照远还挣扎着说了声"晚安"。

"晚安。"祝岚行轻轻地回答。

他的声音轻到几乎听不见，几乎钻出嘴唇就立即消失在了空气中。

鹿照远很快就睡着了，还做了个梦。

梦中，他们就在这里，房间里最初是灯火通明的，然后灯光一盏接一盏地熄灭。

直到所有灯光都消失了，祝岚行仍然在，黑暗里，他的双眸浅浅地亮着，像是雪夜中的月亮。